LAS
BRUJAS
DE SU
MAJESTAD

JUNO DAWSON

LAS BRUJAS DE SU MAJESTAD

Traducción de
Ignacio Gómez Calvo

MOLINO

Papel certificado por el Forest Stewardship Council®

Penguin
Random House
Grupo Editorial

Título original: *Her Majesty's Royal Coven*

Primera edición: noviembre de 2022

Publicado por primera vez en 2022 por HaperCollins*Publishers* Ltd.

Printed in Spain – Impreso en España

ISBN: 978-84-272-2483-4
Depósito legal: B-16.576-2022

Compuesto en Pleca Digital, S. L. U.
Impreso en Black Print CPI Ibérica
Sant Andreu de la Barca (Barcelona)

MO 24834

Dedicado a mi aquelarre,
el Servicio de Atención Telefónica a Señoras

Los diablos tienen mayores oportunidades para vigilar a muchas personas, sobre todo a las jóvenes que en días festivos se dedican al ocio y la curiosidad, y, por lo tanto, las brujas mayores las seducen con mayor facilidad.

Malleus Maleficarum, 1486

Coincido con quien dijo que [las Spice Girls] son porno blando.

THOM YORKE, de Radiohead, 1997

25 años antes...

La noche antes del solsticio de verano, cinco niñas se escondían en una casa en un árbol. La cabaña, demasiado bonita para llamarla así, era sólida y estaba entre las viejas ramas de un roble de trescientos años. Debajo, en Vance Hall, los preparativos para la celebración del día siguiente habían terminado. Era más una excusa para que las adultas sacasen las botellas de vino con más polvo de la bodega durante dos días que una reunión para planificar el festejo. Las mayores, bastante entonadas, no se habían dado cuenta de que las niñas ya no estaban.

En el árbol, la más pequeña de todas, Leonie, estaba enfadada porque la mayor, Helena, había dicho que no podía casarse con Stephen Gately de Boyzone.

—No juego —dijo Leonie.

Varias velas ardían en la ventana de la cabaña, y la cera goteaba y formaba estalactitas. La luz ambarina se movía por las paredes y proyectaba sombras en la cara de Leonie.

—¿Por qué Elle siempre elige la primera?

A Elle empezó a temblarle el labio inferior, y sus ojos azules se llenaron de lágrimas. Otra vez. Por eso, Elle siempre elegía la primera. Tenía la capacidad de llorar y de parar cuando quería.

—Yo creo que las dos pueden casarse con Stephen —dijo Niamh Kelley, siempre conciliadora.

—¡No, no pueden! —gritó su gemela—. ¿Cómo va a ser eso?

11

Niamh la miró frunciendo el ceño.

—No creo que vayamos a casarnos de verdad con Boyzone, ¿no, Ciara? ¡Tenemos diez años!

—Cuando Elle tenga veinte, él tendrá treinta, así que no habrá problema —dijo Helena con autoridad.

Leonie se levantó apretando fuerte los puños como si fuese a salir de la casa del árbol.

—¡Bueno, si te vas a ir enfadada como una niña pequeña, vale! —dijo Helena—. Las dos podéis quedaros a Stephen. Pobre Keith.

Leonie empujó la trampilla con la puntera del zapato.

—No se trata de eso, Helena. Es solo un juego. Es una tontería. De todas formas, yo he dicho que voy a casarme con el príncipe de Bel Air, así que da igual.

Hubo un momento de silencio porque todas sabían lo que en realidad preocupaba a su amiga, que era lo que les preocupaba a todas. Las velas chisporrotearon, y sonaron unas risotadas ebrias de adultas procedentes del interior de la casa.

—No quiero hacer lo de mañana. —Finalmente, Leonie dijo lo que pensaba. Volvió a la alfombra y se sentó con las piernas cruzadas—. Mi papá no quiere que lo haga. Dice que es malo.

—Tu papá es idiota —gritó Ciara.

Niamh, la mayor de las gemelas Kelly por tres minutos y medio, dijo:

—En Irlanda consideran que traemos suerte.

—¿Quiere decir que mi abuela es mala? —añadió Elle—. ¡Si es la persona más maja del mundo!

Para Leonie era más difícil; ella representaba la primera de su familia, al menos de la que se tenía memoria, que mostraba los rasgos. ¿Cómo podía aspirar Helena a entenderlo? Su madre, la madre de su madre y todas las madres de los Vance habían gozado de esos dones.

—Leonie —dijo Helena con la certeza absoluta que solo una niña mandona de trece años podía poseer—. Lo de mañana está chupado, será como una reunión general de alumnos del colegio. Nos pondremos en fila, haremos el juramento, Julia Collins te dará la bendición, y se acabó. En realidad, no cambia nada.

Enfatizó las palabras «en realidad», pero en el fondo todas sabían que era mentira. Quedaban ya muy pocas de su condición, y cada generación había menos. Esa vida, ese juramento, no era como cuando Ciara se cortó el flequillo con unas tijeras de uñas. Eso crecía pronto, pero lo del día siguiente no tenía vuelta atrás. Había sonado el timbre, y el recreo había terminado. Leonie solo tenía nueve años.

—Yo también estoy nerviosa —reconoció Elle mientras agarraba la mano de Leonie.

—Yo también —dijo Niamh, antes de volverse hacia su hermana.

—Supongo que yo también lo estoy—convino Ciara a regañadientes.

Helena colocó una vela en el centro de la vieja y sucia alfombra.

—Venid a formar un círculo —dijo—. Practiquemos la oración.

—Uf, ¿es necesario? —se quejó Ciara, pero Helena la hizo callar.

No le intimidaban las gemelas, por mucho que a las mayores se les cayese la baba con su potencial.

—Si nos la sabemos de memoria, no tendremos por qué estar nerviosas, ¿no?

Niamh comprendió que eso ayudaría a Leonie y regañó a su hermana. Las niñas se reunieron en torno a la vela y se tomaron de las manos. Es difícil saber cuánto fue producto de su imaginación, pero más tarde todas jurarían haber notado una corriente que recorría su circuito humano, compartiendo y amplificando sus dones latentes.

—Todas juntas —dijo Helena, y empezaron.

Juro por la madre
defender solemnemente la hermandad sagrada.
Su poder ejerceré,
el secreto guardaremos,
la tierra protegeremos.
Un enemigo de mi hermana es un enemigo mío.
La fuerza es divina;
nuestro lazo, eterno.
Que ningún hombre nos separe.
El aquelarre es soberano
hasta mi último aliento.

Todas se la sabían de memoria. Palabra por palabra.

A la noche siguiente las dejaron ponerse las capas de terciopelo negras por primera vez. Olían a nuevo y al plástico en el que estaban envueltas. Como eran demasiado largas («Cuando crezcáis os quedarán bien»), las recogieron para no arrastrarlas por la maleza al subir por Pendle Hill.

La procesión avanzó serpenteando cuesta arriba hasta el corazón del denso bosque que cubría el valle como una piel. Todas llevaban un tarro con una vela dentro para iluminar el camino, aunque de noche el sendero desigual era un auténtico peligro para los tobillos. Al final, los negros árboles se separaron y dejaron ver un claro iluminado por la luna con una roca plana en el centro. El lugar irradiaba poder; cualquiera podía notarlo.

Naturalmente, a las niñas les daba miedo estar rodeadas de todas las mayores. Había cien, con las caras medio ocultas por las capuchas. Pero más miedo daba ver cómo se acercaban de una en una a la losa para dejar su ofrenda. Se pinchaban en el pulgar con un cuchillo plateado y depositaban una diminuta perla roja de sangre en el caldero de tejo. Julia Collins, cuyo rostro de matrona asomaba por debajo de la capucha, llamó a las niñas de una en una. Bebieron del cáliz hasta que se les pusieron los ojos negros y, cuando eso ocurrió, ella mojó un dedo en el cuenco de tejo y dibujó la marca del pentáculo en sus tiernas frentes.

Y cuando, a lo lejos, el reloj dio lúgubremente la una en el pueblo, dejaron de ser niñas y se convirtieron por fin en brujas.

El Aquelarre de Su Majestad

Hola, y gracias por interesarte por el Aquelarre de Su Majestad. Esta es nuestra página en la Darker Web™.

Me llamo Helena Vance y soy la suma sacerdotisa del ASM. Es para mí un gran honor dirigir el principal, y único, aquelarre del Reino Unido, afiliado a la Alianza Única de Aquelarres™.

Haciéndote miembro del ASM, pasarás a formar parte de un ilustre legado brujesco que se remonta a nuestra hermana fundadora, Ana Bolena. Servimos a Gea prestando servicio al planeta, a la reina y al pueblo. Trabajamos en equipo para ayudar al gobierno del Reino Unido en la gestión de sucesos y episodios paranormales, en el mantenimiento de la tradición de la brujería en el Reino Unido y en la salvaguarda de nuestro legado permanente.

En el ASM las mujeres y las chicas pueden alcanzar todo su potencial, desarrollar sus aptitudes y gozar de la protección y la hermandad que solo un aquelarre oficial puede ofrecer.

Haz clic aquí para presentar tu solicitud. Las menores de dieciséis años requieren el permiso de sus padres.

Helena Vance

Helena Vance
Suma sacerdotisa

1

Ciencia elevada

Niamh

En los sueños de ella, Conrad seguía vivo.

Eran pequeñas escenas domésticas intrascendentes: todavía olía la cena que él había preparado y, cuando estaba fregando los platos, él le rodeaba la cintura con los brazos. Notaba el roce de sus labios en la nuca, mientras de fondo sonaba *The Archers*. Recordaba fragmentos de lo más raro: las migas de las tostadas del domingo por la mañana que les jugaban malas pasadas por la noche; inclinarse por encima de él para mirar por la ventanilla del avión cuando aterrizaban en Dublín; pasear al perro por Hardcastle Crags una tarde relajada de sábado, con aquel olor a mantillo húmedo y ajo silvestre.

Otras veces simplemente soñaba que lo oía respirar. Él siempre se quedaba dormido en cuanto ponía la cabeza sobre la almohada, como si tuviese narcolepsia o algo parecido, y por eso Niamh, que como mucho dormía a ratos, solía concentrarse en la plácida marea de él para aplacar su inquieto cerebro.

Al despertarse lo buscó con la mano, pero solo notó el lado frío de la cama.

Era como apretar un morado con el pulgar cada vez que ocurría.

«¿Por qué estoy despierta?».

El móvil. El móvil estaba sonando. Se acordó de que estaba de guardia. Mierda.

Retiró el edredón de una patada y se apartó un nido de pelo castaño rojizo de la cara. El teléfono vibraba en la mesita de noche, y en la pantalla ponía GRANJA BARKER. Eran las 00.53. Todavía era la hora de las brujas, pensó. Un error muy común; cualquier hora es ideal para las brujas.

Niamh se aclaró la garganta. Le parecía poco profesional que se notase que se había quedado dormida estando de guardia, aunque casi nunca la llamaban tan tarde.

—¿Diga? ¿Señora Barker?

—Hola, doctora Kelly —dijo Joan con su mejor voz telefónica—. Espero no haberla despertado.

—Para nada —mintió Niamh—. ¿Se encuentra bien?

—Es Pepper, otra vez…

No hacían falta más explicaciones. La yegua estaba mayor. Mayor y cansada.

—Estaré ahí en diez minutos —dijo Niamh.

Se puso a toda prisa la ropa desparejada que se hallaba amontonada sobre el respaldo de la silla del tocador y se recogió el pelo en una cola de caballo. Tiger apenas se movió en su cesta cuando ella cruzó de puntillas la cocina, y se limitó a soltar un resoplido nasal para expresar su enfado por haber sido despertado. El *border terrier* estaba muy acostumbrado a sus idas y venidas nocturnas.

Era una noche fría para finales de marzo, no tan fría para una helada, pero casi. Lástima, ella creía haberse despedido ya del invierno hasta el año siguiente. Se envolvió el cuello con una bufanda —un regalo tejido por una de sus clientas— al salir. Llegó a su Land Rover y, mirando por el espejo retrovisor, se frotó los ojos con la yema de los pulgares para intentar parecer menos adormilada. No hace falta decir que no funcionó del todo.

La granja Barker estaba a un breve trayecto en coche, al otro lado de Hebden Bridge. Niamh se sabía la ruta con los ojos cerrados, pero prefirió poner la radio muy alta por si acaso. La carretera del pueblo de Heptonstall a la ciudad de Hebden Bridge, en el fondo del valle, era sinuosa y tan empinada que suponía un peligro, y más estando resbaladiza debido a la lluvia que había caído antes. Condujo con cuidado, con las ventanillas abiertas de par en par para espabilarse.

En Hebden Bridge, una localidad normalmente animada, se respiraba una tranquilidad casi inquietante. Los pubes, bares y restaurantes habían cerrado hacía horas, y Market Street estaba a oscuras. Niamh avanzó hasta que las casitas y los viejos molinos dieron paso a la oscura extensión de Gragg Vale. En el horizonte, la granja era la última luz visible en kilómetros.

La verja estaba abierta, y enfiló el accidentado camino de tierra con el Land Rover hacia la escuela de equitación. Joan Barker estaba esperando, con una chaqueta encerada sobre el pijama de franela y las perneras de tela escocesa metidas por dentro de las botas de agua. Niamh apagó el motor, bajó del coche y sacó el bolso del asiento del pasajero al salir.

—¿Qué tal se encuentra, Joan?

—Oh, doctora Kelly, no está nada bien.

Un temor conocido en el estómago.

—Vamos a echarle un vistazo.

En cuanto llegaron al establo, Niamh no tuvo que recurrir a ningún conocimiento arcano para saber que Pepper estaba muy mal.

—Vaya —dijo Niamh, arrodillándose junto a la vieja yegua de raza *cleveland* que descansaba entre el heno respirando débilmente.

—¿Necesita algo, doctora? —preguntó Joan.

Era preferible que Joan no estuviese delante durante unos instantes. Si veía lo que estaba a punto de ocurrir, a Niamh le costaría mucho explicárselo.

—Tengo todo lo que necesito para Pepper, pero no tendrá

un café solo para mí, ¿verdad? A estas horas suelo estar en la cama.

—Claro. Enseguida vuelvo.

Joan dio media vuelta para regresar a la granja. Es cierto lo que dicen de la gente de Yorkshire: siempre están dispuestos a hacer cualquier cosa por la gente y nunca les falta agua caliente en el hervidor.

Una vez fuera de peligro, Niamh posó las manos en el flanco de Pepper.

—Oh, pobrecilla.

Con los animales, no podía oír pensamientos enteros como con los humanos. Los pensamientos, como la luz y el sonido, se desplazan por ondas, y ella podía sintonizar con una frecuencia determinada si el estado de ánimo le llamaba la atención, pero los animales se comunican a un nivel puramente emocional. En ese preciso momento, Niamh percibió un luctuoso cansancio, un agotamiento absoluto, procedente de Pepper. En resumidas cuentas, ya había tenido suficiente. Era como mirarse a un espejo y reconocerlo en la propia cara en lugar de oírlo.

Niamh era mucho mejor sintiente que sanadora. Podía detectar un problema, percibir los rojos furibundos en el cuerpo de un animal, pero no tenía suficiente poder para hacerlo desaparecer del todo ella sola como hacía una sanadora. Sin embargo, sí que podía absorber parte del dolor y aliviar a la pobre criatura.

Niamh transmitió sus pensamientos con claridad a la mente de la yegua. «Te cuesta mucho seguir, ¿verdad? Déjate ir, amiga, ya puedes irte. Descansa. Lo has hecho muy bien y te has portado de maravilla».

Pepper hizo un último esfuerzo obstinado y movió las patas traseras. Relinchó tenuemente. Niamh comprendió. Pepper no quería fallarle a su ama.

«No le vas a fallar. Joan te quiere y no desea que sufras. Relájate y déjate llevar, vieja amiga. Aquí no te queda nada por hacer, y Joan es muy fuerte. Al principio sufrirá, pero luego solo quedará amor».

Acto seguido, percibió un gran alivio procedente de Pepper, como si le hubiesen dado permiso.

—Puedo ayudarte a marchar —dijo Niamh en voz alta.

Metió la mano en el bolso y sacó un frasquito de Reposo Eterno: una tintura de valeriana y cicuta que Annie le había enseñado a preparar poco después de licenciarse. Pepper estaba sufriendo, y eso la calmaría. Sería como quedarse dormida con la calefacción puesta. Desenroscó el tapón del pequeño frasco marrón. «Abre bien la boca», le dijo a Pepper, y la yegua obedeció. Niamh le puso un par de gotas en la lengua.

—Ya está, bonita.

Niamh apoyó la cabeza contra la de Pepper y casi oyó su gratitud, de lo intensa que era.

Joan volvió a las cuadras con una taza de café humeante.

—¿Qué tal está, doctora?

Niamh se levantó y aceptó la bebida. La peor parte.

—Se está muriendo, señora Barker. Lo siento mucho. Esta será su última noche.

A la mujer le tembló el labio.

—¿No puede hacer nada?

—Le he aliviado las molestias, no notará ningún dolor. —Niamh pasó el brazo alrededor de ella y la condujo al box de Pepper—. Hagámosle compañía mientras se duerme. Sabe que estamos aquí.

Niamh y la granjera se arrodillaron al lado de Pepper mientras la respiración del animal se iba apagando como si bajase la marea.

2

El golpe

Helena

El techo tenía más agujeros que un colador. Su atalaya, un almacén abandonado, era heladora, y Helena llevaba pisando una costra de mierda de paloma desde el amanecer. No se quejaba. No convenía hacerlo delante de los demás. Ella tenía que dar ejemplo, y no soportaba a los quejicas.

En una organización compuesta casi al completo por mujeres, tenía que estar muy atenta para apagar los pequeños fuegos de disensión antes de que enviasen señales de humo a los hechiceros o, peor aun, al gobierno. Eso significaba que no podía haber cotilleos ni protestas y, mucho menos, quejas. El Aquelarre de Su Majestad era fuerte, impenetrable y unido.

Helena solía hacer referencia al discurso inaugural de Eva Kovacic en la AqueCon 18: ella expuso con gran elocuencia que el patriarcado, por encima de todas las cosas, teme que las mujeres se unan, de modo que la división interna entre féminas no hace más que engrasar esa máquina. Desde entonces, Helena lo había adoptado como su mantra personal.

Se llevó los prismáticos a la cara. La calle estaba tranquila y la hora punta estaba terminando. Algún que otro rezagado que llegaba tarde a la oficina pasaba a toda prisa por delante del refugio de ladrillo rojo, con un café con leche en la mano, pero nada más. Helena se volvió hacia Sandhya y —siguiendo su credo personal— mantuvo la irritación a raya.

—¿Tenemos algo?

Sandhya se llevó los dedos a la sien y se dirigió sin hablar a las sintientes que aguardaban fuera en la furgoneta.

—Nada aún, señora.

Una mierda de pájaro cayó a un centímetro de los mocasines Prada de Helena. Notó que pasaba silbando junto a su nariz y dio un paso atrás. Las palomas de las vigas arrullaron burlándose de ella.

—Por el amor de Gea —soltó, volviéndose contra Emma, la joven oráculo de su equipo—. Emma, ¿ha cambiado la información?

—No, señora. Él vendrá hoy. Lo hemos visto.

Como muchas de las oráculos más jóvenes, Emma no intentaba ocultar su calva con una peluca y la lucía como una señal de orgullo. Todo eso estaba muy bien, pero ¿dónde andaba él?

—¿Por casualidad habéis visto alguna hora concreta? ¿Puedo salir un momento a por un cruasán?

—Señora —la interrumpió Sandhya—. Es posible que tengamos algo. En la calle alguien está utilizando un glamour.

Magia pedestre, pensó Helena. ¿Tanto se había rebajado él? Si se tomaba la molestia de disfrazarse, significaba que sabía que lo estaban vigilando.

—¿Pueden averiguar quién las sintientes?

Volvió a mirar por los prismáticos. En la calle de enfrente de la vieja fábrica de chocolate, era un día de lo más normal en Manchester. Helena vio a una mujer con un cochecito, un par de mujeres mayores con bolsas de la compra llenas, un hombre que llevaba la corbata rosa salmón y el traje brillante característicos de un agente inmobiliario, y unos estudiantes chinos que probablemente se dirigían a su primera clase del día. Se encontraban a pocas calles de la Universidad Metropolitana de Manchester.

—Están en ello —dijo Sandhya, tocándose la sien otra vez.

Helena preferiría que no hiciese eso, era muy molesto, y las sintientes no necesitaban tocarse la cara para transmitir mensajes. Su asistenta lo hacía para indicarle que estaba trabajando, pero solo conseguía que pareciese que le estaba dando migraña.

Helena miró otra vez a la calle. Uno de los estudiantes —un joven con el pelo decolorado— se quedó un poco por detrás de la pandilla jugando con el móvil. Parecía un miembro de un grupo de K-pop de los que le gustaban a su hija. ¿Iba con los demás? ¿O trataba de mezclarse con la multitud?

El chico se rezagó y miró directamente la casa que ellas estaban vigilando esa mañana. Un momento después, echó un vistazo por encima del hombro y luego, miró hacia atrás, al refugio. No iba con los demás.

—Es él —dijo Helena, lanzando los prismáticos a una de sus ayudantes. A veces no hace falta ser vidente, solo ser observadora—. El chico del pelo decolorado. Movilizaos y hechizad la calle entera.

Flexionando los dedos, Helena impulsó el aire de la habitación hacia delante y arrancó los trozos de cristal que quedaban en los marcos de las ventanas. Formó un colchón de aire bajo sus pies y dejó que la elevase y la sacase por la salida que había creado. No iba a dejar que Travis Smythe escapase otra vez. Había esperado mucho para poder ajustar cuentas.

El corazón le latía a toda velocidad, casi a ritmo de vértigo.

No. Tenía que dejar de lado las venganzas personales. Era poco profesional.

Mientras descendía hasta la calle con el abrigo ondeando, vio que su equipo bajaba de un salto de su falsa furgoneta de DPD y corría hacia la marca. Tenía razón. En cuanto Smythe vio lo que estaba pasando, dejó el glamour y recuperó su aspecto habitual: ágil y desgarbado, con rastas casi hasta la cintura.

Primero vio al equipo interceptor y, con un movimiento rápido de muñeca, lanzó un coche aparcado a tres de las brujas. El vehículo voló por los aires a toda velocidad hacia ellas. Sus poderes habían aumentado desde la guerra. Afortunadamente, Jen Yamato tenía unas capacidades telequinéticas superiores y atrapó el coche en el aire con la mente antes de que impactase contra ellas. Mantuvo en alto el coche, un Fiesta, de manera que Robyn y Clare pudiesen agacharse y pasar rodando por debajo. Smythe volvió a hacer uso de sus poderes y derribó a Clare, que se dio contra los escalones del refugio. La chica cayó con un grito de dolor.

Detrás de él, un poco más al fondo, Helena aterrizó grácilmente. Los peatones pasaban ajenos a lo que ocurría. Era evidente que el hechizo de ocultación estaba surtiendo efecto. Técnicamente, no eran invisibles, pero los mundanos tampoco las verían. Muy por encima de ellos, Sandhya inculcaba sin parar una orden en sus mentes: «Aquí no hay nada que ver».

—Ríndete, Smythe —gritó Helena—. Te tenemos rodeado. Estás acabado.

Al mismo tiempo, encauzó todo el viento que pudo. Pronto un gélido vendaval recorría Bombay Street a toda velocidad.

—¡Vete a la mierda, Vance! —chilló Smythe contra el viento, tambaleándose hacia atrás.

—¿Por qué has venido? ¿Por qué te plantas delante de nuestras narices?

Helena manipuló con destreza su campo de energía y cargó el aire de iones. En la punta de sus dedos se levantó una tormenta.

Smythe arrebató el coche a Jen y lo arrojó por lo alto describiendo un arco hacia Helena. Ella descargó el rayo que había creado, y cien millones de voltios le salieron de las manos y alcanzaron el pequeño y patético Fiesta. El vehículo explotó alrededor de ella, pero Helena no notó nada. Enfrió el aire en torno a ella hasta que estuvo helado y se creó un capullo seguro. Atravesó el fuego como si nada y vio que Smythe hacía una mueca. Los poderes de ella también habían aumentado desde la guerra.

Él se disponía a huir, pero Robyn intervino.

—Quédate donde estás —le ordenó con calma, y él se quedó inmóvil como si tuviese los pies pegados con cola de contacto al asfalto. Ella era una sintiente de nivel 4, y él no era más que un hombre.

—Sal de mi cabeza, puta —gruñó Smythe.

—No me gusta esa palabra —dijo Helena, situándose a su lado. Cargó de nuevo el aire a su alrededor por si acaso. Robyn no podría contener a otro sintiente mucho más, ni siquiera a uno varón—. ¿Por qué has vuelto, Travis? Podrías haberte escondido en Italia el resto de tu patética vida.

Boloña estaba adquiriendo cierta reputación como hervidero de disidencia, un epicentro del creciente malestar que aquejaba Europa.

Más o menos cada década, a una bruja o —lo más probable— a un hechicero se le ocurría la brillante idea de sublevarse contra sus opresores mundanos como si a nadie se le hubiese pasado antes por la cabeza. Helena se contuvo. ¿Todavía podía llamar a los mundanos HOLA? «Humanos que Ostentan Limitadas Aptitudes». Recordó que Snow le había dicho que esas siglas ahora eran políticamente incorrectas. Al fin y al cabo, los humanos tenían muchas aptitudes, aunque no muy interesantes.

Al aquelarre le constaba que había focos de descontento en Europa del Este y Rusia, pero nadie tenía prisa por repetir la guerra civil de Dabney Hale. Y ahora ella había capturado al cómplice más despiadado de Hale. Que sirviese de ejemplo a cualquiera con ganas de dar problemas. Smythe tenía las manos manchadas de abundante sangre de bruja. Se merecía ir a las Tuberías por lo que había hecho.

—Estoy esperando —dijo Helena entre dientes, con un azul eléctrico chasqueando entre los dedos.

—Ya sabes por qué he venido…

La suma sacerdotisa lanzó una mirada al refugio.

—¿Por ella?

—Por ella.

Helena rio. No pudo contenerse.

—Idiota. ¿Crees que ella habría hecho lo mismo?

Los ojos color ámbar de Smythe echaban chispas, ardientes de odio. Estaba a punto de contestar, pero Helena metió la mano en el bolsillo del abrigo y le sopló un poco de Sandman a la cara. Pensándolo mejor, no le interesaba escuchar nada de lo que él podía decir. Smythe aspiró el polvo rosa y, un segundo más tarde, puso los ojos en blanco. Robyn lo soltó, y se desplomó al suelo.

A Helena le impresionó bastante su control de sí misma. Sería justo prenderle fuego por lo que había hecho. Hale había dado las órdenes, pero Smythe —y otros como él— las habían cumplido voluntariamente.

En cambio, fue a ver cómo estaba la pobre Clare, que había recibido un buen golpe. Su colega se levantó de la cuneta, con la dignidad más herida que el cuerpo. Convencida de que se encontraba bien, Helena dio órdenes al equipo:

—Inmovilizadlo, solicitad la limpieza de todo y localizad al dueño del vehículo para que le sea reembolsado. —Señaló la casa con la cabeza—. Yo voy a ver a la Bella Durmiente. Luego, creo que tendré que hacer una visita a Hebden Bridge…

Moviendo los dedos, Jen elevó el cuerpo sin fuerzas de Smythe y lo hizo flotar hacia la furgoneta. Helena se tapó la cara para protegerse de las nubes de humo denso que venían de los restos del accidente. Puso las dos manos sobre el fuego y las llamas se apagaron en un abrir y cerrar de ojos.

Travis Smythe estaba encadenado antes de las diez de la mañana. Cualquier otra semana la noticia habría sido motivo de gran celebración; pero, lamentablemente, ese roedor era la menor de sus preocupaciones.

Como suma sacerdotisa, nunca se había enfrentado a un problema que no pudiese resolver. Si su trabajo consistía básicamente en hacer malabarismos, había tenido cientos de objetos dando vueltas en el aire durante años, pero eso era algo nuevo e inquietante, y aunque no lo soportaba, detestaba sinceramente reconocerlo, necesitaba ayuda. Necesitaba a Niamh.

3

El otro aquelarre

Leonie

«Arriba, cariño».

Las palabras de Chinara penetraron en las capas más profundas de su sopor. Además, Leonie estaba teniendo un sueño maravilloso: unas vacaciones solo para chicas en Jamaica con Rihanna. La satisfacción absoluta de ocho horas seguidas de sueño que, al despertar, se le escurrieron entre los dedos. Se desvanecieron, polvo barrido por un viento seco. Qué frustrante.

Leonie se despertó con un gemido mientras se estiraba en diagonal sobre la enorme cama y amaneció de mala gana. Una celestial luz blanca se colaba por las persianas venecianas; un prometedor día de primavera. Habían optado por un estilo minimalista de decoración: ropa de cama blanca, suelos blancos a rayas, orquídeas blancas, todo blanco. De momento, era dificilísimo tenerlo todo limpio y ordenado.

Chinara se arrodilló encima del edredón y se inclinó para darle un beso.

—Vamos, despierta, dormilona.

—¿Qué hora es?

—Tarde. Yo ya he ido al gimnasio.

—Cómo no. —Leonie se incorporó y se quitó el gorro de dormir, y el pelo le quedó suelto. La noche anterior no podía estar tan borracha si se había acordado de ponérselo. Miró el reloj; solo eran las nueve y media. «¿Tarde?». ¿No se supone que las brujas son nocturnas? Tenía la lengua como una alfombra.

—¿Qué tal anoche? —preguntó Chinara, quitándose sin ningún esfuerzo el top de deporte: una proeza de la que Leonie era incapaz.

Su novia tenía un cuerpo tonificado, duro como una piedra, con la piel reluciente de las gotas de sudor. A Leonie le gruñó la tripa y no supo a ciencia cierta si estaba cachonda, tenía hambre o sentía náuseas.

—Bingo con el show de *drag queens* y luego chupitos de tequila en Brixton.

Pensó que no hacían falta más explicaciones. Estaba claro que en cualquier momento iba a empezar a dolerle la cabeza. Chinara era seguidora de la escuela de pensamiento de los *smoothies* de col, la dieta paleo y el lema «Mi cuerpo es un templo», y casi nunca bebía, pero no le importaba (mucho) lo que hacía Leonie.

—¿Quieres café, nena?

—Sí. —Entonces se acordó de su cita—. Oh, no, espera. He quedado con mi hermano. Mierda. Dentro de una hora. Joder.

Chinara frunció el ceño.

—¿Radley está en Londres?

Leonie trató conscientemente de despejar la nube de su cerebro. El alcohol entorpecía mucho su facultad; tenía que controlarse un poco.

—Sí. Un rollo de hechiceros. ¿Podrías traerme la ducha, nena?

Lo decía en broma, pero no dudaba de que ella pudiese desviar el agua del cuarto de baño debidamente motivada.

Con un movimiento suave de mano, Chinara manipuló el aire a su alrededor y elevó a Leonie del colchón.

—Ya estás levantada. ¿Mejor?

Leonie rio sintiéndose totalmente a salvo bajo en sus manos.

—Eso es trampa.

Chinara la hizo flotar, ligera como una pluma, a través de la habitación hasta sus brazos. Se besaron con ternura, aunque Leonie temía que el aliento le oliese a arena para gatos algo por el estilo. Eso le recordó que el gato necesitaba las putas pastillas antiparasitarias. Tenía que contratar con urgencia una nueva asistenta. La última se había ido «de viaje», la muy egoísta.

—Mueve ese culito sexy hasta la ducha. —Chinara le dio un cachete en el trasero. Leonie había salido por la puerta de la habitación cuando su novia la llamó—. Ah, Lee, cuando puedas, mira el grupo de chat de Diáspora.

Ella miró hacia atrás.

—¿De qué se trata?

—Bri dice que en el ASM está pasando algo.

Las visiones de Bri eran infalibles. La resaca de Leonie, un puto duende de la parálisis del sueño que le ocupaba el cerebro, no necesitaba esa mierda.

—¿El qué?

Chinara negó con la cabeza.

—Algo gordo.

«ME CAGO EN EL ASM».

Chinara rio entre dientes al oírla alto y claro.

Sabrina —Bri— no estaba muy comunicativa. Leonie le mandó un mensaje desde el autobús de la línea 68 tapándose la nariz para no notar el rancio olor corporal de algún pasajero. O tal vez el autobús apestaba a cubo de basura. Con los autobuses de Londres, era difícil saberlo. Se lio un cigarrillo en el regazo deseando que el tráfico se apresurase.

Al parecer, Bri percibía que las oráculos del ASM, en Manchester, se estaban poniendo de los nervios. Menuda novedad. Por eso a Leonie le gustaba trabajar con una única oráculo en

Londres. Las chicas del ASM se desquiciaban unas a otras, como gallinas enjauladas que cacareaban por nada. Había una profecía cada dos semanas. Leonie se inclinaba a pensar que, sí, el mundo está claramente hecho una mierda; no hace falta que te lo digan veinte oráculos, bonita.

Radley estaba esperando delante del parque Brockwell cuando el autobús paró. Hacía poco que la piscina exterior había vuelto a abrir al inicio de la nueva temporada, y había unos cuantos nadadores con el valor necesario para darse un chapuzón.

—Perdón por el retraso —dijo Leonie, haciendo ver que corría los últimos metros para saludarlo.

—No pasa nada —declaró él, casi con una sonrisa—. Siempre te digo que llegues quince minutos antes de la hora a la que quiero que llegues.

—Enano —dijo Leonie, abrazando a su hermano pequeño, un apelativo que le dedicaba en broma puesto que él le sacaba bastantes centímetros—. Radley... ¿te están saliendo canas?

Le tocó varios pelos plateados de su pulcra barba.

Él le apartó la mano de una palmada.

—Gracias por avisarme. Yo también me alegro de verte.

Ella rio, con el cigarrillo sujeto entre los labios. Dioses, qué estirado y qué serio era, como si se hubiese puesto la camisa sin quitarle el cartón. En serio, ¿cómo era posible que perteneciesen al mismo grupo genético?

—Vamos, necesito un café o acabaré potando en una papelera.

Pasearon por el parque —estaban en plena temporada de los jacintos silvestres, lo que era una maravillosa casualidad— hasta el café Brockwell Hall, compraron dos cafés y siguieron hasta el estanque para dar de comer a los patos. Una bolsita de comida para pájaros por cincuenta peniques. Una ganga.

Se entretuvieron cotilleando sobre su familia mundana: su

tía Louisa se había recuperado totalmente de su enfermedad, cosa que estaba bien (aunque trataba a su madre como un felpudo), y su primo Nick iba a ir a la cárcel por defraudar a una compañía de seguros. Fascinante. Su madre pertenecía a una familia de cinco hermanos de las Barbados, de modo que siempre había temas de conversación. Por supuesto, todas las noticias llegaban a través de su madre, felizmente instalada en su piso de Leeds. Chapel Allerton —el «Notting Hill del norte»— estaba lleno de cafeterías cucas y tiendas de comida ecológica, nada que ver con el barrio de las afueras en el que ellos se habían criado.

Los dos hijos de los Jackman habían heredado la ética laboral de su madre. Para salir de ese barrio, ella había limpiado oficinas, cosido ropa y trabajado de niñera hasta que había caído de pie al conseguir un puesto administrativo de nueve a cinco en el banco de Yorkshire. Todavía trabajaba allí, a la espera de jubilarse o de que la cesasen; lo que llegara antes.

Esther Jackman no aparentaba entender el «estilo de vida» de sus hijos, como ella lo llamaba, pero siempre les preguntaba por sus respectivos aquelarres.

Mientras andaban, ninguno de los dos mencionó a su padre. ¿Por qué iban a hacerlo? Él apenas era ya un recuerdo. Con suerte tendría una nota de mierda a pie de página en las memorias de Leonie.

Vio que un ánade real se zambullía al fondo del estanque y su trasero blanco asomaba fugazmente. Le pareció graciosísimo. Dioses, debía de tener resaca. Un sol de tono vainilla se colaba entre las hojas y teñía el agua llena de algas del color del puré de guisantes. Rad y ella se sentaron uno al lado del otro en un banco y se quedaron en un agradable silencio mientras él consultaba sus correos electrónicos.

—Perdona —dijo—. Cosas del curro.

Ella decidió ceder.

—Adelante. ¿Qué tal el conciliábulo?

—Oficialmente, todos los asuntos del conciliábulo son confidenciales; pero, extraoficialmente, muy bien, gracias.

Leonie hizo una mueca.

—Caray, hablas como un *tory*, tío.

—Al contrario, el Conciliábulo de Hechiceros es totalmente bipartidista.

—¡Anda, relájate! —dijo ella riendo—. Que soy yo. Y no llevo micro, joder.

Por alguna razón, él se puso todavía más en guardia.

—¿Tienes potestad para hablarme de tu pequeño aquelarre?

¿Por qué no se portaba como un hermano normal? ¿Es que nunca se tomaba un día libre?

—¡Sí! ¡Te contaré lo que quieras saber! ¿Sabes qué? Por eso la gente está harta de vuestras gilipolleces, Rad. Tú y el ASM, siempre con misterio. ¿Por qué? ¿Para qué? Y otra cosa, hermanito, haz el favor de dejar de referirte a la labor de mi vida como «pequeño aquelarre». *Misogynoir*, búscalo.

Él sonrió maliciosamente.

—Vaya, te he ofendido.

Ella esperó a que se le pasase el mal humor. Un aquelarre debía ser una comunidad, no un altivo club de socios. No había necesidad de toda aquella parafernalia, de todo aquel misterio.

—Perdona. —Él dio marcha atrás—. Lo que has hecho con Diáspora es admirable. Todo el mundo lo piensa.

—Ya —contestó ella con una sonrisa pícara—. Podrías entrar, ¿sabes? A diferencia de algunas organizaciones que no quiero nombrar, nosotros incluimos tanto a brujas como a hechiceros de color.

—Leonie...

Ella se volvió, de manera que quedaron sentados con las rodillas tocándose. Leonie hablaba en serio. Antes de que los mandasen a distintos hogares para formarlos, eran uña y carne. Él se le pegaba como una lapa cuando eran niños. Tal vez se debía a la desaparición de su padre, o tal vez era porque en aquel entonces no había muchos niños mestizos en el barrio de Belle Isle, pero estaban más unidos que la mayoría. Leonie dejó caer una vez un adoquín sobre la cabeza de Gavin Lee porque había llamado a Radley «maricón». A Gavin le tuvieron que dar tres puntos en la cabeza, y Leonie fue la que resultó ser gay.

—¡No, escúchame! Estaría bien. Yo podría ser la cara de la revolución y tú podrías encargarte de todo el papeleo aburrido, las reuniones y esas cosas. ¡Haríamos un equipo increíble!

Él rio, esta vez con ganas.

—Bueno, a pesar de lo tentador de la propuesta, por fin he conseguido volver a poner el conciliábulo en condiciones. Ahora es algo de lo que podemos estar otra vez orgullosos.

Su voz traslucía una profunda vergüenza. Dabney Hale, bajo el disfraz de sumo sacerdote, había utilizado el conciliábulo como caballo de Troya para su alzamiento. Después de la guerra, Helena había querido disolver la organización entera.

«No fue culpa tuya, Rad».

—Lo sé.

Enseguida él le impidió acceder a sus pensamientos. Se llenó la cabeza de recuerdos de su padre. Una maniobra hostil, por no decir rastrera.

—Radley...

—Por favor, no te metas en mi cabeza, no es justo. —Técnicamente, su hermano era un sanador de nivel 2, pero su verdadero punto fuerte residía en su meticulosidad y su inagotable paciencia: cualidades de las que ella carecía por completo. Siguió consultando sus mensajes, sin hacer caso a las flores y los patos y las abejas—. Sinceramente, tengo una posición muy estable en el conciliábulo. Y agradecería un poco de apoyo, Leonie. Primer líder negro, líder más joven de la historia...

—Estoy muy orgullosa —dijo Leonie en voz baja.

Y no mentía. Orgullosa de los dos. Les había ido bien en la vida para ser un par de niños mulatos de un hogar desestructurado. Buscó la lata de tabaco en el bolso. Tenía los pulmones cargados de la noche anterior. Había caído y había comprado una cajetilla de Marlboro, y al día siguiente siempre lo notaba.

—Puedo conseguir más cambios desde dentro del concilábulo que desde... ¡Oh, venga ya! —estalló en plena frase, e hizo que una familia de patitos corriese a cobijarse.

—¡Has asustado a los patos, capullo! —le espetó Leonie—. ¿Qué ocurre? ¿Por qué no pruebas a poner ese trasto en modo avión? Vas a pillar cáncer en el dedo o algo parecido.

—¡Increíble! —Dejó de golpe el móvil sobre el banco—. Voy a tener que marcharme.

A ella le picó la curiosidad. Su hermano no se alteraba con facilidad. Ella lo intentaba bastante a menudo.

—¿Qué pasa?

Él apretó tan fuerte la mandíbula que le palpitó la vena del cuello. Debía de provocarse unas cefaleas terribles, pensó Leonie. Por un momento, creyó que iba a decirle que era información confidencial, pero su hermano estaba lo bastante molesto para desembuchar.

—Helena Vance, eso es lo que pasa.

—Oh, no. ¿De qué se trata esta vez?

—Acabamos de enterarnos. Han detenido a Travis Smythe.

Leonie se sorprendió. Los últimos restos de su resaca se despejaron. ¿Era ese el problema que había percibido Bri? Se trataba de algo importante, sobre todo para Helena. Leonie había estado en las inundaciones de Somerset y había visto los cuerpos exangües flotando en el agua. Se encontraba al lado de Helena cuando ella se percató de que uno de los cadáveres era Stefan. No olvidaría jamás su grito de dolor; su rostro crispado; la forma en que se había derrumbado.

—Qué fuerte… Vale. Pero eso es algo bueno, ¿no?

A Radley se le ensancharon los orificios de la nariz.

—Él traicionó el juramento que hizo al Conciliábulo de Hechiceros. Era competencia nuestra. —Se acercó el móvil al oído y le dijo a su hermana—: Tengo que irme a Manchester. Debo encargarme de esto.

Leonie también se levantó.

—Espera, Radley. No importa. Piénsalo. Él es el último traidor que había que atrapar… Se acabó.

Radley habló por teléfono.

—Soy Jackman. Necesito teletransportarme urgentemente a la oficina, por favor. Gracias.

Leonie le tiró de la manga.

—Rad. La guerra ha terminado.

Él la miró, serio.

—Pero la lucha continúa.

Antes de que pudiese pronunciar otra palabra, su hermano se deshizo en motas de polvo que se esparcieron con la brisa. Leonie se quedó sola con los patos.

4

Visitas inesperadas

Niamh

Elle parecía nerviosa: tenía las mejillas sonrosadas y se abanicaba con la carta. Niamh, que llegaba con sus diez minutos habituales de retraso, entró corriendo en el Tea Cosy y se disculpó sentándose a la mesa.

—No pasa nada —dijo Elle—. Hoy está siendo un día de locos, y ni siquiera son las once.

Esa mañana no lucía su acostumbrado aspecto inmaculado, con el pelo enroscado en un moño inusitadamente despeinado.

Niamh tampoco estaba de humor. Al final no había vuelto de la granja Barker hasta casi las tres de la madrugada. Ese día hacía una de esas mañanas borrosas y espesas en las que uno no estaba del todo seguro de haberse despertado.

—Voy a pedir un desayuno inglés completo, y no quiero que nadie me juzgue —dijo Elle.

—Me parece justo —asintió Niamh, echando un vistazo a la carta, aunque siempre pedía lo mismo: tostadas de pan de masa madre con aguacate.

Un plato muy poco elaborado, sí, pero ella se convencía de que era bueno para la salud porque era verde.

Hebden Bridge había adoptado con entusiasmo la cultura *foodie*. A Niamh no le hacía gracia la etiqueta, pero le gustaba picar de todo. En St George's Square había un concurrido mercado dos veces a la semana, y merecía la pena acercarse solo por los churros. Cuando no era día de mercado, la plaza contaba con suficientes establecimientos para visitar uno distinto cada día de la semana: restaurantes baratos, panaderías hípster con bombillas de Edison y salones de té cursis con banderitas de tela a cuadros. Justo al otro lado del puente, en Market Street, el Tea Cosy era el favorito de Niamh: decorado con tapices descoloridos, estanterías de libros en rústica manoseados y una colección de vinilos con muchos álbumes de Kate Bush, Fleetwood Mac y Blondie. La comida era intencionadamente «rústica», con el punto justo de pretenciosidad.

—Bueno, ¿qué pasa? Me has dejado con el suspense, cariño.

Elle le había mandado un mensaje la tarde anterior para preguntarle si podía quedar ese día para almorzar. Intentaban verse cada quince días cuando la vida no se interponía en su camino, pero esta vez Niamh percibía con intensidad la angustia de su vieja amiga. La había detectado ya en la calle, irradiando de ella en ondas oscuras.

Elle suspiró hondo y bebió un sorbo de agua.

—No quiero bombardearte —dijo mansamente—. Pide primero un café. Puede que lo necesites.

Niamh estiró la mano sobre la mesa y tomó la de Elle.

—¿De qué se trata, tesoro?

—¿Qué es lo peor que podría pasar?

A Niamh se le cayó el alma a los pies.

—¿Demonios? —preguntó con voz entrecortada.

Elle abrió mucho sus ojos azules.

—¡Oh, no! ¡Eso no! Es Holly…

Niamh reajustó su catastrofómetro.

—Ah, entiendo… —La camarera se acercó a la mesa, e interrumpieron la conversación un momento para darle la comanda—. Continúa…

Elle movió la cabeza con desaliento, y Niamh comprendió. Ese era el momento que Elle había temido durante casi quince años.

—Ha empezado.

No hizo falta que Niamh le preguntase qué. Se inclinó más y bajó la voz. Era demasiado pronto para la temporada turística, y el café estaba casi lleno de mamás jóvenes y atractivas recién salidas de clase de pilates…, y por lo que Niamh averiguó echando una rápida ojeada, todas eran mundanas.

—Bueno, siempre supimos que existía la posibilidad…

De un cincuenta por ciento, para ser exactos, si una bruja tiene un hijo con un mundano.

—Lo sé —dijo Elle, suspirando—. Pero como con Milo no pasó nada, me imaginé que Holly tendría la misma suerte. Pensaba que me había librado de una buena.

Niamh optó por no criticar ese punto de vista. Brujafobia interiorizada se mirase por donde se mirase. Ella no consideraba su herencia algo malo de lo que había que librarse. Sí, la vida a veces era complicada…, pero ella no renunciaría a sus poderes si existiese una cura mágica.

—¿Cómo lo sabes? ¿Qué puede hacer?

Los cafés llegaron, y se hizo otra vez un silencio artificial. A saber de qué pensaba la camarera que estaban hablando.

—Creo que podría ser una sintiente —confesó Elle—. A veces sabe lo que uno de nosotros está pensando, aunque no hayamos dicho nada y…

Su voz se fue apagando.

—¿Y qué?

—Oh, Niamh, qué vergüenza. ¿Me prometes que no me juzgarás?

Niamh sonrió.

—Ni por las salchichas que has pedido ni por ninguna otra cosa.

—Puede… —Elle hizo una pausa— ver a través de mi glamour.

Niamh la miró fijamente con expresión de perplejidad.

—¿Y de qué glamour estamos hablando?

Elle no podía mirarla a los ojos.

—Lo normal…, un pequeño encantamiento para que Jez me vea un poco más delgada…, un poco más joven…, un poco más rubia…

Niamh se quedó con la boca abierta.

—¡Elle Pearson!

—¡Has dicho que no me juzgarías!

—¡He mentido, considérate juzgada! Es un uso indebido de tus aptitudes, como bien sabes.

—Venga ya, todo el mundo lo hace.

—Yo no.

—Tú pareces una supermodelo.

Niamh chasqueó la lengua sonoramente.

—¡Ya me gustaría!

Habían subido poco a poco el volumen, y se controlaron.

—No puedo creerme que estés embrujando a tu marido —susurró.

En realidad, Niamh no era la mayor admiradora de Jez Pearson. Eso era quedarse corto. Pero él era un mundano, y que Elle utilizase sus poderes con él estaba muy mal.

—No te desvíes del tema, por favor —dijo Elle—. A mi hija no le engaña el hechizo.

Niamh se mordió la lengua. Podía contarle a Elle muchas cosas de su marido, pero no era el momento. Niamh notaba perfectamente lo tensa que estaba su amiga.

—Está bien, empieza por el principio. ¿Cómo lo sabes?

—El otro día dije de pasada que uso una talla treinta y ocho. Ella me miró de arriba abajo y me soltó: «Mamá, tú no usas una treinta y ocho». Qué descarada. Ella tenía razón, y yo no, pero no debería poder verlo.

A Niamh le dieron ganas de agarrar a Elle por los hombros y zarandearla hasta que entrase en razón. Elle Pearson era preciosa, tanto que podía ser una chica del tiempo o una auxiliar de vuelo. Cómo se atrevía a tener tan mala opinión de sí misma.

—Si no estuviéramos en un café, te daría un guantazo para hacerte recapacitar, Pearson. Eres espectacular con cualquier talla, tontorrona. —Elle no quedó convencida—. ¿Sabe Holly lo que es?

—No —respondió Elle, abrumada por una enorme carga—. Tengo que hacerlo, tengo que decirle la verdad.

—Elle, debes decirle quién es. Y rápido. No saberlo da mucho miedo.

En las chicas, los poderes normalmente empiezan a manifestarse en torno a la primera menstruación, aunque ella había comenzado mucho antes. Hacía bastante que Niamh no veía a Holly, pero la última vez que habían coincidido le había parecido apreciar en la niña ese sutil cambio hacia la feminidad.

—Lo sé, lo sé. Por eso quería verte: si se lo cuento a alguien, no podré echarme atrás. Necesitaba una patada en el trasero. Lo haré esta noche —dijo—. Vaya, se me han quitado las ganas de comerme toda la fritanga.

Niamh quería a Elle Pearson, de soltera Device, con toda su alma. De su viejo grupo de amigas, ella era la más fácil de entender: una mujer sencilla que deseaba cosas sencillas. Y las había conseguido casi todas: un marido guapo, unos hijos adorables, un trabajo de enfermera de media jornada. Curiosamente, nunca había trabajado en el ASM; solo había echado una mano allí durante poco tiempo durante la guerra. A todos los efectos, era una bruja solo de nombre. Y qué nombre. Las mujeres de la familia Device habían sido ejecutadas en los juicios de brujas. Y ahora ese legado perviviría en Holly.

Tal vez debido al prestigio de su familia, a Niamh no le acababan de convencer las decisiones de Elle —el secretismo, la vergüenza de ser quien era—, y por eso la juzgaba un poco. Y se juzgaba a sí misma por juzgarla.

Decidió hacerle una pregunta delicada.

—¿Se lo contarás también a Jez y a Milo?

Elle la miró como si estuviese loca.

—¿Qué? No. ¿Por qué?

Niamh ladeó la cabeza, sin necesidad de decir nada.

—¿Qué? ¿Que le diga al hombre con el que llevo dieciocho años casada: «¿Sabes qué? Soy una bruja y te he estado mintiendo todo este tiempo?».

—Bueno, ahora le vas a pedir a Holly que mienta ella también.

—No me vengas con esas, Niamh. Ya me siento bastante mal.

—¿Prefieres que te diga solo lo que quieres oír?

Elle sonrió un poco, pero hizo un mohín.

—Si quisiera que me dieran caña, habría invitado a Helena.

Niamh rio de buena gana.

—Cierto. Deberías confiar un poco más en Jez. Conrad lo entendió.

Al pronunciar su nombre, el corazón se le desinfló como un globo hinchado hacía una semana. Ella tenía veinte años, estaba estudiando en el University College Dublin, y se habían conocido en un bar de Grafton Street. Después de un mes de intenso noviazgo estudiantil, ella «salió del armario». Él se lo tomó sorprendentemente bien, aunque más adelante Niamh se enteró de que él pensó que con «bruja» se refería a que le gustaban las velas y los cristales. Cosa que, en honor a la verdad, era cierta.

Entonces, Elle le tomó la mano. Enseguida, Niamh sintió que parte de su tristeza penetraba en su amiga sanadora.

—No tienes por qué hacerlo —dijo Niamh.

—Quiero hacerlo —afirmó simplemente Elle, absorbiendo la melancolía como una esponja—. Conrad era un hombre muy especial. Yo quiero a Jez con locura, pero, seamos sinceras, es un mecánico de Yorkshire. Si supiera las cosas que nosotros sabemos, creo que le explotaría la cabeza.

Niamh volvió a reír. Enamorarse de un mundano era realmente una maldición, y sin embargo era preferible a enamorarse de un hechicero. Las noches de invierno más lúgubres se había planteado hechizarse a sí misma para desear a las mujeres, pero le parecía demasiado esfuerzo para evitar a los hombres.

—Creo que debes ser tú quien se lo diga a Holly —declaró—. Pero yo estoy dispuesta a hacer manualidades con ella después de las clases.

—¿De verdad?

Elle se animó.

—¡Claro! ¡Será un placer!

Durante lo que ella consideraba su «servicio» en el ASM después de la universidad, ese había sido su cometido: trabajar con brujas en ciernes y algún que otro hechicero. Una bruja sin formación es una granada a punto de estallar. Las oráculos las localizaban y las mandaban con brujas más mayores para que las formasen.

Si fuesen más, lo lógico sería que hubiese algún tipo de escuela o de academia, pero —durante los últimos cien años más o menos— el número no había hecho más que disminuir. Muchas brujas no querían tener hijos; otras se enamoraban de mundanos; y nadie, aparte de algunas «brujas tradicionales» histéricas y de derechas, sobre todo de Estados Unidos, quería que se controlase con quiénes podían tener hijos las brujas y con quiénes no. Había brujas como Leonie en las que el don reaparece después de generaciones de inactividad, pero las chicas como ella eran contadísimas.

—Eres mi salvación. Gracias —dijo Elle cuando llegó el almuerzo. Le hincaron el diente, y la conversación se desvió a temas más convencionales—. ¿Qué planes tienes para tu día libre?

—Básicamente, no hacer nada. Limpiar un poco, recibir la compra a la una…

—Ah, ¿sí? —dijo Elle, con un brillo pícaro en los ojos—. ¿Y te la llevará Luke?

—Puede —contestó Niamh—. ¿Qué pasa?

—Nada. Pero ¿cuánta fruta y verdura fresca necesita una mujer?

Niamh notó que se ruborizaba.

—Fibra. Es buena para la salud.

Elle rio tan fuerte que la mesa se tambaleó.

Como era el único día de la semana que libraba en la consulta, después del almuerzo, Niamh volvió a casa e hizo su meditación diaria (bueno, el objetivo era que fuese diaria) en el jardín de su casita. Como siempre, lo hizo desnuda. No le gustaba que nada se interpusiese entre su piel y la tierra y el aire; quería notar su esencia.

Un muro de piedra seca y una serie de árboles y arbustos la protegían de la mirada de cualquier excursionista que pudiese acercarse a la casa, aunque, naturalmente, siempre podía hechizar el jardín en caso necesario. La casita de tejedora del siglo XVIII, herencia de su abuela, estaba medio escondida por la hiedra y se hallaba en lo alto del pueblo de Heptonstall, en la frontera con Midgehole.

La gente de fuera de Yorkshire se refiere a esa parte del mundo como la «tierra de Brontë», aunque en realidad quieren decir «ventosa, montañosa y desprotegida». En la cima del valle, la casita había logrado aguantar los siglos y seguía haciendo frente a los embates de los páramos. Aunque no era para nada donde ella se imaginaba que acabaría cuando tenía veinticuatro años, con treinta y cuatro disfrutaba enormemente de la intimidad y la tranquilidad que le ofrecía, por no hablar de las espectaculares vistas. Heptonstall parecía inclinarse vertiginosamente sobre el valle.

Era feliz allí, observando la vida debajo, como imaginaba que hacía Gea. Hallar el punto óptimo entre el aislamiento y la soledad es una cualidad importante en la vida.

Notó la brisa en su piel desnuda y se conectó con la fuente. Todo es un gran circuito: su sangre tomaba su energía prestada de las raíces, que la tomaban prestada de la tierra, que la tomaba prestada de la lluvia, que la tomaba prestada del aire. Lo único que hace una bruja es someter ese flujo a su voluntad. En ese preciso instante notaba que los iones pululaban a su alrededor, palpitaban a través de sus huesos y volvían a la tierra sin causar ningún daño. Se sentía renovada, recargada.

No oyó el timbre, pero escuchó que Tiger ladraba en el interior. «Ama. Ven. Urgencia. Ya». Perros, qué cruz. Se lo toman todo muy en serio.

—Joder —dijo en voz alta, agarrando la camiseta de manga corta y poniéndosela apresuradamente por la cabeza.

Corrió hacia la puerta trasera enfundándose unas mallas elásticas. Como temía, Luke ya venía por un lado de la casa.

—¿Niamh? —tronó su voz grave—. ¿Estás ahí? Llego un poco pronto.

Ella se subió las mallas y comprobó si se le marcaba la raja.

—¡No pasa nada! ¡Estoy en el jardín, Luke!

El cuerpo ancho de Luke apareció por encima de la verja, con los brazos llenos de productos del campo. Niamh abrió la verja para dejarlo entrar.

—¿En la cocina? —preguntó él, y ella lo hizo pasar.

Dejó la caja de madera sobre la encimera y se limpió el polvo de las manos de oso en el delantal.

—Hoy te traigo unas verduras frescas riquísimas: cogollos de achicoria, rábanos, acelgas…, ah, y también el primer ruibarbo del año.

—Estupendo. Gracias, Luke. —Niamh no tenía valor para decirle que no se le daba muy bien cocinar, y nunca sabía qué hacer con la mitad de las cosas que él le llevaba. Dependía totalmente de las recetas de Elle—. ¿Cómo te va?

—Como siempre, no me quejo… Parece que el sol quiere salir.

Tenía un acento de Yorkshire tan fuerte como su torso. A Niamh le gustaban los dos. Luke se metió las manos en los bolsillos, incómodo. Niamh se sintió mal: su desasosiego era, al menos en parte, culpa de ella. La conversación entre ellos, que en el pasado era natural, resultaba torpe de repente.

—¿Una semana muy ajetreada? —preguntó ella, tratando de retenerlo en la cocina unos instantes más.

—Sí, de locos. —Tenía los ojos azules, de un azul como el del mar de los catálogos de viajes. Era imposible no fijarse—. Estoy muy liado, pero, por otra parte…, no debería quejarme, ¿no? A mucha gente no le va tan bien.

Según contaba Luke, había abierto Green & Good hacía casi tres años, después de perder un trabajo decente en el aeropuerto de Manchester durante la crisis. Había empezado poco a poco: había comprado una furgoneta y visitaba las distintas tiendas de productos agrícolas y carnicerías llevando alimentos ecológicos directamente a casa de la gente. En un sitio como Hebden Bridge en el que todo el mundo quería aportar su granito de arena, el negocio prosperaba.

Ella había intentado explicarle una vez los encantos de Hebden Bridge a un miembro de la parte irlandesa de su familia porque, sinceramente, costaba mucho entenderlo. En otro tiempo una ciudad textil de Yorkshire sin pretensiones como cualquier otra, casi todas sus viviendas eran casas adosadas de obreros apretujadas unas con otras: estructuras con dos habitaciones arriba y dos abajo construidas con lúgubre arenisca. Estaba claro que no era un lugar al que los mundanos aspiraban, aunque las brujas habían vivido en los Dales y en sus inmediaciones, rebosantes de poder, durante siglos.

En los setenta, la ciudad se transformó, con un poco de ayuda de Ted Hughes, en un paraíso liberal para artistas, músicos, lesbianas y más brujas. La antigua casa de Hughes, a escasos metros de la casita de Niamh, era ahora un refugio para escritores, mientras que la última morada de Sylvia Plath se hallaba a cinco minutos en la otra dirección, en el cementerio de St Thomas à Becket. Personas de todo el mundo iban a dejar bolígrafos y lápices en su tumba.

Como suele ocurrir con esas cosas, la zona se gentrificó poco a poco y atrajo a londinenses hastiados que deseaban un trozo del pastel bohemio. Hoy día, ningún obrero podía permitirse una de esas casas adosadas, y los turistas acudían en manada a las calles adoquinadas con ganas de conocer una época del pasado que prácticamente había desaparecido. Sin embargo, su situación era ideal, emparedado entre los Dales de Yorkshire al norte y el distrito de Peak al sur.

Luke daba actualmente trabajo a un equipo de conductores y tenía una flota de furgonetas, pero siempre parecía encontrar tiempo para entregarle a Niamh su caja de verduras.

Se quedó en la puerta en una postura desgarbada; una suerte de signo de interrogación masculino.

—¿Te… apetece una taza de té o algo de beber? ¿O…?

—No te molestes —contestó él, mirando al suelo—. Más vale que me vaya, todavía tengo que hacer unos cuantos viajes.

Ella percibió su deseo imperioso de escapar, como una quemadura del sol bajo la piel, y eso la entristeció.

Él se encaminó hacia la puerta, pero Niamh lo detuvo y le puso tímidamente la mano en un bíceps carnoso.

—Espera, Luke —dijo—. Todo está bien entre nosotros, ¿verdad?

Él suspiró.

—Sí. Claro que sí —suspiró, y a continuación, reconoció sonrojándose—: Es solo que me siento ridículo…

Ella le sonrió.

—Qué tontería. No tienes por qué sentirte así. ¡Me pediste salir! ¿Y qué? ¿Dónde está el drama?

Ella no era una adolescente, de modo que no iba a engañarse a sí misma. Claro que él la atraía. Era muy guapo, no podía ser más distinto de Conrad Chen, y tal vez ahí residía parte de su atractivo. Conrad era esbelto y atlético, con unos ojos oscuros de una intensidad poética que delataban lo bobo que era, mientras que Luke era un hombre fuerte y macizo como un San Bernardo. Él la miró expectante, con una expresión franca.

—Lo lamento, pero me siento violento. Malinterpreté algunas señales...

Niamh nunca malinterpretaba señales. Ese era precisamente su fuerte.

—No las malinterpretaste, Luke. —Ella se dedicó a meter la fruta y la verdura en el frigorífico, tratando de devolver algo de normalidad al ambiente, pero confesó—: Hubo señales.

Él no dijo nada por un instante.

—No sé si eso es peor...

Luke fingió una sonrisa irónica.

Niamh meneó la cabeza.

—Me encantas, de verdad, pero...

—Pero ¿se trata de Conrad?

Ella cerró la nevera y se apoyó en ella. A lo largo de los años, había leído muchas mentes que pensaban: «Pero si no estaban casados», aunque a Niamh eso le daba igual.

—Todavía llevo su anillo. —Una suerte de reflejo del pasado, su mano izquierda se levantó de golpe como una bandera exhibiendo su alianza. Enseguida la bajó, pues no quería restregársela a Luke por la cara—. ¿Sabes qué? Voy a poner agua a calentar porque necesito un té aunque a ti no te apetezca. Tengo todas las infusiones conocidas por el hombre, así que elige la que quieras.

Levantó el hervidor de la cocina y lo llenó de agua fresca.

Luke sacó una silla y se sentó a la mesa de la cocina. Vaciló.

—No debería decir lo que voy a decir. Probablemente este sea el comentario menos adecuado, pero han pasado ocho años y...

Ah, el aria «Es hora de pasar página». Ella lo conocía. Había oído todos los remixes.

—Lo sé, pero...

—No por mí, sino por ti —dijo él sinceramente. La intensidad de su afecto envolvió a Niamh como agua tibia. ¿Cómo iba a cerrar los ojos, y no digamos resistirse, a algo así? El deseo es embriagador, sobre todo cuando viene de alguien tan apetecible como Luke Watts—. No lo digo por mí (bueno, sí), pero deberías tener a alguien, Niamh. Estás tan..., y te... te mereces que te quieran. ¿No lo merece todo el mundo? Si estoy diciendo algo fuera de lugar, te pido perdón, pero no creo que Conrad quisiera que estuvieras sola.

Era difícil saber lo que Conrad querría, y ese era el problema. Sería muy fácil dejar que Luke la estrechase entre sus fuertes brazos y crear nuevos recuerdos con los que sustituir los dolorosos, pero no podía. Olvidar no estaba bien.

—No estoy sola —dijo Niamh francamente—. Tengo a mis amigos, y tengo a Tiger, claro. —El *border terrier* estaba sentado a su lado rascándose la oreja con una pata trasera—. Y te tengo a ti.

Eso entristeció más a Luke. Ella deseó no haberlo dicho en el acto. Hacía tiempo que se había dado cuenta de que él estaba a la espera, deseando que ella le diese permiso para aterrizar.

—Sí, me tienes a mí —asintió, fingiendo alegría por ella—. Si solo vamos a ser amigos, me encargaré de que salga bien. De verdad. Desearía no haber dicho nada.

—Yo no —dijo Niamh, que conocía los sentimientos de Luke desde algunos meses antes de que se hubiese armado de valor para invitarla a salir. A veces, la telepatía tiene ciertos inconvenientes.

—He complicado las cosas.

—No lo has hecho, te lo aseguro.

Él se frotó la áspera mejilla.

—Pero ahora, si te propongo que vayamos al cine o algo así, pensarás que no solo te invito a ver una película de terror.

Así es como había empezado todo. Elle detestaba las películas de terror, y como Niamh quería ver *La semilla del diablo* en el Picture House, le había pedido a Luke que la acompañase.

—Bueno, ¿y si te lo pido yo a ti? —dijo ella—. La semana que viene proyectan *El exorcista*. ¿Por qué no vamos? Como dos amigos adultos aficionados a las películas de miedo.

La decepción de él fue clara, pero la ocultó bien desde el punto de vista físico.

—Me encanta esa película. Cuenta conmigo.

—¡Estupendo!

La luz del sol amarillo caléndula entraba por las ventanas de la cocina y caldeaba un lado de la cara de Luke. ¿Y si la vida de Niamh fuese así? No pintaba mal, con él inclinado sobre la mesa de la cocina.

Al principio ella pensó que eran imaginaciones suyas, pero olió el aire y detectó un claro dejo de azufre en el ambiente. Se le erizó el vello de los brazos. La cocina estaba cargada de estática, y esta vez no tenía nada que ver con los brazos de Luke. Alguien estaba a punto de teletransportarse.

—Bueno —dijo de repente—. Será mejor que…, ejem…, tengo cosas que hacer. ¿Podemos dejar el té para otro momento? Ya te avisaré para ir al cine.

Luke frunció el entrecejo. No era propio de ella echarlo con prisa.

—Sí, claro. ¿Estás bien?

En la cocina, el hervidor empezó a silbar, y Niamh lo levantó.

—No me había dado cuenta de lo tarde que es. Perdona por echarte de mala manera.

—Tranquila —dijo él, aunque parecía un poco desconcertado, si no dolido—. Nos vemos, Niamh.

Se despidieron bajo la viga de madera, y Lucke le dio un beso breve en la mejilla. Un beso muy casto para unos amigos muy castos.

Ella lo siguió al jardín y se preparó. Contuvo el aliento hasta que él estuvo en la furgoneta y se retiró por el camino de acceso. Le dijo adiós alegremente con la mano y deseó que desapareciese. ¿Cómo coño le explicaría la repentina aparición de alguien? Tendría que borrarle la memoria, y no le parecía bien. Cuando la furgoneta se esfumó en el horizonte, dejó escapar un suspiro de alivio.

La casita estaba protegida con suficientes hechizos y encantamientos para impedir que un intruso se teletransportase directamente a su hogar, cosa que le hacía pensar que el visitante era un conocido suyo…, pero aun así era mejor estar protegida. Si lo deseaba, podía separar las moléculas de la persona en cuestión antes de que se materializase por completo.

Niamh percibió iones y energías que se desplazaban y palpitaban. El aire resultaba sofocante, cargado como después de una tormenta. Un viento súbito azotó el césped y sacudió las hojas de los manzanos y los pétalos de los narcisos. Las gallinas cacarearon y se alborotaron, y regresaron apresuradas al gallinero. Un tornado de partículas plateadas y doradas se arremolinó en el centro del jardín y rápidamente adoptó forma humana. En menos de un par de segundos, Helena apareció del éter. Pronto adquirió solidez, y el viento amainó. Niamh se relajó.

—¡Pelirroja!

Helena (vestida con un traje de chaqueta y pantalón muy chic) avanzó con paso resuelto y abrazó fuerte a Niamh. Su aspecto hacía pensar en dinero: la manicura hecha, maquillaje sutil, ni un centímetro de raíces visibles. Helena se había cortado el pelo desde la última vez que la había visto, y el cabello color chocolate ahora le rozaba el cuello.

—Esto no puede ser bueno. ¿Qué trae a la Pija a Hebden Bridge?

Helena entró en la cocina pasando por delante de ella e hizo un mohín.

—¿No puedo visitar a una de mis mejores amigas porque sí? ¿Tengo que concertar cita con meses de antelación? ¿Me pones un café, cielo? Estoy agotada.

Niamh la siguió adentro, estupefacta.

—¡Helena!

—¿Qué?

—No se haga la loca, señora. —Niamh colocó otra vez el hervidor en la cocina. Helena se puso cómoda, colgó el abrigo del respaldo de la silla y se descalzó—. No me digas que te has teletransportado un lunes por la tarde para tomar un café.

La teletransportación supone un esfuerzo increíble. Hace falta un pequeño ejército de elementales, sanadores y sintientes para no acabar convertido en ensalada molecular desparramada por el suelo. Descomponer a alguien y recomponerlo en otro sitio es una operación compleja. Si fuese pan comido, Niamh no necesitaría el coche. Por eso detestaba la teletransportación. Era menos natural aun que volar en avión, y ella tampoco era muy aficionada a esos trastos.

—No se puede engañar a una telépata, ¿verdad? Sí, he venido por un asunto del ASM. —Niamh sacó dos tazas del armario y buscó la cafetera debajo del fregadero—. Pero también podemos hacer una pausa para el café, ¿no? Hacía meses que no te veía. Echo de menos tu cara.

Niamh puso café en la cafetera.

—Helena…, antes de que empieces, ya no trabajo para el ASM.

—Lo sé perfectamente, amiga. Solo quiero consultarte una cosa.

Niamh removió rápido el café y lo llevó a la mesa para que reposase.

—Tengo mis dudas, pero continúa.

Se sentó enfrente de Helena y aguardó sus órdenes. Así eran las cosas: Helena era la mayor, y, por lo tanto, mandaba. Lo hacía cuando eran crías, y seguía haciéndolo. La única diferencia era que ahora Helena era la bruja más poderosa del país, no solo de la casa del árbol.

Helena espiró antes de empezar.

—Primero, la buena noticia. Esta mañana hemos detenido a Travis Smythe en Manchester —dijo en un tono moderadamente triunfal.

Niamh asimiló la información un instante.

—¿Iba…?

—¿A por tu hermana? Sí. Confieso que la hemos utilizado como cebo. Filtramos el paradero de ella a Boloña para que Smythe saliese de su escondite. Funcionó de maravilla. —Una pausa—. ¿Niamh?

—Bien. Está bien —dijo finalmente—. Me alegro de que por fin lo hayáis pillado.

Helena se puso tensa.

—No ha sido por no intentarlo…

—Lo sé, Helena. Lo sé. No me refería a eso.

Puede que Travis Smythe no hubiese matado al marido de Helena con sus propias manos, pero era él quien había dado la orden.

—Pensé que debías saberlo. Ciara está sana y salva.

Cada vez que oía el nombre de su hermana era como si le diesen un golpe más con una vara. Los años que habían pasado no lo hacían menos duro ni doloroso.

—¿Algún cambio?

—Ninguno.

Niamh asintió con la cabeza y sirvió el café.

—Hace tiempo que no la visitas —dijo Helena.

Niamh miró a su vieja amiga a los ojos.

—Lo sé. Yo… Después de todos los años que han pasado, ya no sé qué decirle.

Helena bebió un trago de su taza.

—Sigue allí dentro, Niamh. Sabe cuándo la visitas, estoy convencida. Podrías traerla de vuelta…

Niamh se levantó bruscamente para ir a buscar la lata de las galletas porque sabía, al igual que Helena, que el mundo entero estaba más seguro si Ciara seguía en aquella cama de hospital. Cambió de tema.

—No me digas que te has teletransportado solo para ponerme al corriente del estado de mi hermana. Podrías habérmelo dicho por correo electrónico.

—En el nombre de Gea, qué suspicaz eres.

—También soy vidente, tesoro.

Como bruja con experiencia, Helena tenía la madurez de ocultar sus pensamientos, pero Niamh podía percibir que tenía algo en la punta de la lengua. Con el tiempo, una bruja podía volverse una experta en ocultar sus intenciones a una sintiente: en el AMS las entrenaban para ello por si se veían envueltas en situaciones con rehenes.

Helena se quedó mirando la taza.

—Tienes razón. No he venido solo a hablarte de Smythe.

Niamh lo intuía. Algo no iba bien. Algo obsesionaba a Helena. Era duro, pesado y vaciaba el aire de la estancia.

—Hels…, ¿de qué se trata? Me estás asustando.

—Ha habido una profecía…

—Ya estamos…

Niamh gimió. Las oráculos siempre lo veían todo negro. Por eso nunca las invitaban a las fiestas.

Helena negó con la cabeza.

—Nunca ha habido una como esta, Niamh. No lo entiendes. Ni siquiera antes de la guerra.

La mirada fija de Helena estaba llena de una resolución que Niamh no veía desde hacía casi una década. Como si de un bosque quemado se tratase, había hecho falta tiempo, años incluso, para que el disparate, el absurdo y la alegría ligera volviesen al aquelarre, y también a la vida. Conrad, Stef y muchas personas más habían muerto, y ni Helena ni Niamh se curarían jamás. Algunas tenían cicatrices en la piel, y otras —como ellas— por dentro. Niamh no tenía que esforzarse mucho para ver las de Helena, por mucho que ella intentase taparlas.

Con el tiempo, Niamh había aprendido a guardar la pena en la caja de zapatos que tenía debajo de la cama con todas las fotos, las cintas de canciones variadas y las viejas cartas de amor. Siempre estaba presente, pero podía evitarla sabiendo que se encontraba allí.

Sin embargo, Helena volvía a lucir ahora la cara de la guerra. Niamh parpadeó para reprimir el escozor de las lágrimas. No podía, no quería, vivir otra vez aquellos días. Todavía estaba hecha pedazos de la última vez, recompuesta con celo y grapas.

—Joder —dijo con voz ronca—. Dime que es broma, por favor.

—Ojalá.

—¿En serio?

Helena asintió con la cabeza.

—¿Peor que la guerra?

Su amiga volvió a asentir con la cabeza.

Ninguna de las dos pronunció palabra alguna por un instante. En la cocina solo se oía el zumbido del frigorífico. Niamh se preguntó si esos eran los últimos segundos de paz antes de que los malos tiempos regresasen.

«Te necesito, Niamh».

Helena Vance no era el tipo de mujer que pedía ayuda.

«¿En qué puedo ayudar?».

Un gran alivio se reflejó en la cara de su amiga, y por un segundo fue solo Hels, no la suma sacerdotisa. Apretó los labios y se puso seria de nuevo. Simplemente dijo:

—Necesito que vuelvas al aquelarre.

5

El Niño Impuro

Niamh

Se materializaron en el vestíbulo y, como hacía Niamh en cada ocasión, comprobó que la habían recompuesto correctamente. No provocaba tanto dolor como una sensación de cosquilleo hasta el tuétano. Una lavativa celular. Perturbadora, cuando menos.

El recibidor de las oficinas del ASM no había perdido un ápice de su esplendor victoriano a lo largo de las décadas. Las imponentes columnas de mármol hicieron sentir empequeñecida a Niamh. Los intrincados mosaicos en espiral del suelo resultaban hipnóticos si uno los miraba mucho tiempo, y unas inmensas palmeras plantadas en tiestos se alzaban en las esquinas hasta el techo de cristal de colores.

Niamh no podía precisar con exactitud cuándo había sido la última vez que había pisado ese edificio, hacía mucho ya de eso, pero recordaba vívidamente haber sentido lo mismo que Nicole Kidman al divorciarse de Tom Cruise. La libertad.

Para los mundanos de Manchester, ese lugar era una oficina tributaria, de modo que, lógicamente, lo evitaban como la peste. Incluso ahora, Niamh se sentía incómoda yendo allí. Su sitio nunca había estado en ese lugar; ella no era ni de lejos lo bastante refinada para encajar en un edificio como ese. Antes de teletransportarse, se había puesto unos vaqueros y una camiseta de manga corta, que era la única ropa que tenía en ese momento, pero también se trataba de una declaración de intenciones. Ella no era del ASM.

Dejando de lado su desagrado personal, se enorgullecía de que Helena se hubiese opuesto a los numerosos intentos del gobierno de que se trasladasen a Londres. Los aquelarres más grandes y más antiguos siempre habían estado en el norte y en Escocia, porque, sencillamente, el norte es más mágico. Lo lógico era que permaneciesen en su hogar espiritual y, en cualquier caso, ninguna suma sacerdotisa necesitaba tener a las autoridades mundanas vigilándola en todo momento.

Acostumbrada a esas repentinas llegadas, la fría recepcionista apenas se inmutó detrás del imponente mostrador de caoba, pero Sandhya Kaur se acercó corriendo a recibirlas. La última vez que Niamh la había visto, Sandhya era una alumna aplicada que estudiaba para bruja antes de la guerra, y allí estaba ahora: una mujer adulta que empuñaba un iPad con resolución. Niamh la miró boquiabierta.

—¡Sandhya! ¡Cuánto has crecido!

Sandhya sonrió y las dos se abrazaron. Sus energías se combinaron por un momento y Niamh experimentó la familiar bruma verde jade de un reencuentro. Helena, en cambio, no tenía tiempo para ponerse al día.

—¿Están listas las oráculos?

—Sí, señora. En la cúpula.

Sandhya le dio a Niamh un pase de visitas con un cordón. Muy bien. Antes de teletransportarse, le había dejado muy claro a Helena que estaba allí solo en calidad de asesora. Ella era una «vete», una veterinaria, pero también una veterana. Esa ya no era su vida.

Helena tomó la delantera. Subieron en ascensor a la quinta planta, sede del departamento más grande del ASM: Seguridad Paranormal. Recorrieron la oficina de planta abierta en la que unas diligentes brujas continuaron como si nada. Cuando Helena llegó, la zona de la cocina se vació rápido. Niamh prefería el tipo de profesiones que aparecían en los libros ilustrados infantiles: maestros, panaderos y oficios por el estilo. Nunca supo realmente la mitad de lo que hacía la gente en el ASM. Para empezar, ¿qué es una directora de proyecto? Escondida en el discreto Equipo RED (Reclutamiento, Educación y Desarrollo), Niamh siempre se había sentido como una diminuta pieza de una enorme máquina. Y no le gustaba.

Sandhya siguió pasando notas a su jefa.

—El Ministerio de Interior quiere tratar la implicación del aquelarre de Rusia en un envenenamiento reciente...

—No es nuestra jurisdicción.

—Moira Roberts quiere hablar de las finanzas de Escocia...

—¡Ja! Seguro que sí. Puede esperar.

A continuación, Sandhya añadió:

—Y cuando tenga un minuto, a Radley Jackman le gustaría debatir sobre el asalto de esta mañana.

Helena hizo una mueca.

—No irá a quejarse de la captura de uno de los hombres más buscados del mundo, ¿verdad?

—Quiere saber por qué no se le informó —contestó Sandhya tímidamente.

Helena rio a carcajadas y no dijo nada más. A Niamh casi la tranquilizó que el Movimiento por los Derechos de los Hechiceros no hubiese desaparecido. Era reconfortante saber que algunas cosas no cambiaban.

En lo alto del edificio se hallaba el bonito oratorio abovedado instalado cuando el ASM abrió sus puertas, oficialmente, en 1870. El diseño había sido perfeccionado unos cien años antes por una bruja de gran talento: lady Elizabeth Wilbraham. Las cúpulas, diseñadas para amplificar el tiempo, permitían a las oráculos ver mejor el pasado y el futuro. Desde entonces, la estructura había sido copiada en todo el mundo. Había oratorios

Wilbraham en todas las capitales importantes del mundo vinculadas a la brujería: Salem, Puerto Príncipe, Moscú, Kinsasa, Jaipur, Nueva Orleans u Osaka.

Helena pulsó un timbre delante de la puerta de dos hojas y esperó. No convenía molestar a las oráculos cuando estaban abstraídas en las líneas temporales. Sacarlas de un trance profundo podía causarles la muerte. Hubo un clic casi inmediato, y las puertas se abrieron por dentro. Una ráfaga de aire glacial salió al pasillo, y una joven oráculo se hizo a un lado para dejarlas pasar.

La cavernosa sala estaba tenuemente iluminada para emular la luz de la luna, con frías luces gris plateado debajo de las gradas. De la cúpula central colgaban cristales de cuarzo sujetos con delicadas cadenas, graduados al milímetro para filtrar las interferencias del aire. Eran como las estrellas de noche. Unos veinte cráneos rasurados aparecieron como lunas cuando Helena y Niamh bajaron por la escalera. Las oráculos se hallaban repartidas por las gradas en silencio, meditando.

Niamh no quería ver a las oráculos como seres inquietantes, pero así era; siempre las había visto de esa forma. Para ella, ser bruja era como pertenecer a una gran hermandad universitaria, y había algo en el desapego monástico de las oráculos que siempre le había dado repelús. Parecía que existiesen en una dimensión propia, donde vivían y socializaban juntos, como en un convento. Bueno, menos Annie, la abuela de Elle, claro. Ella era una oráculo guay.

En el centro de la sala, cruzada de piernas, se hallaba Irina Konvalinka, la oráculo jefe desde que Annie se retiró después de la guerra. Irina era una mujer pálida, severa y de mirada dura. Un informe vestido negro colgaba de sus esqueléticos omóplatos. Niamh se estremeció. Sí, la cúpula estaba refrigerada para disminuir el ritmo cardiaco de las oráculos y favorecer el trance, pero se trataba de algo más. Había algo concreto en la actitud de Irina que perturbaba a Niamh.

Por otra parte, su equipo no había conseguido anticipar la muerte de su prometido, de modo que también estaba ese detalle.

—Niamh Maryanne, hija de Miranda y Brendan —dijo Irina, con la mirada fija en dirección a ella pero sin ver nada de este mundo.

Como muchas oráculos, se había quedado ciega de mirar demasiado el tiempo.

—¿Sabías que vendría? —preguntó Niamh a Helena tanto como a la oráculo.

Helena no dijo nada, pero Irina continuó:

—Siempre supimos que tu paso por el aquelarre no había terminado. Te lo dijimos cuando te fuiste.

—Pensaba que solo os estabais haciendo las misteriosas.

—Suelen hacerlo —dijo Helena irónicamente—. Pero no ha sido así en esta ocasión. Hemos visto algo muy preocupante. Siéntate.

Niamh acercó un cojín y se sentó enfrente de Irina, imitando su postura. Niamh conocía la rutina.

—Adelante.

La quietud se apoderó del oratorio. La sala estaba totalmente insonorizada. Allí el silencio era sepulcral. Irina se acomodó.

—Ve lo que yo veo —dijo la anciana, estirando un dedo huesudo hacia el tercer ojo de Niamh: el poderoso chakra situado entre sus ojos físicos. Ella cerró los ojos y conectó con la mente de la oráculo.

Una sensación que solo podía definir como «tener el cerebro congelado» reverberó de su cráneo a su columna, y de repente se vio teletransportada de la cúpula a una calle nevada.

Eso era lo que las oráculos predecían.

Un viento lúgubre aullaba entre las ruinas que quedaban, y tardó un instante en darse cuenta de que no estaba en una lejana zona de guerra, sino en el Northern Quarter del centro de Manchester o, mejor dicho, en lo que restaba de él. Solo quedaban en pie los huesos ajados de los edificios y la calle estaba cubierta de escombros.

Todo parecía muy real, y Niamh tuvo que recordarse a sí misma que no lo era. Al menos aún. El aire tenía un olor acre, con un dejo de humo, polvo arenoso y carne quemada. Niamh se tapó la boca cuando se percató horrorizada de que aquello no era nieve, sino ceniza.

«Oh, dioses, no».

No pudo contener las ganas de huir lejos de allí. Casi tropezó al echar a correr. Entre los restos había cadáveres semienterrados con la piel carbonizada descomponiéndose donde yacían. Por los desagües corría sangre. Lo primero que pensó fue que era consecuencia de una bomba o un arma nuclear. ¿Solo esa calle estaba así? Dobló la esquina y vio que el horror no acababa ahí. Un cochecito de bebé se hallaba volcado de lado en medio de la calle. Una ambulancia ardía estrellada contra el escaparate de una pastelería. Por mucho que corría, y adondequiera que miraba, Manchester estaba devastado.

Y entonces vio por qué.

A través del humo y la niebla, una silueta formidable apareció en el cielo, más alta que las azoteas. Cerró los ojos apretándolos porque no quería ver su cara. Niamh percibió su malignidad en la boca del estómago y no osó proyectar la mente porque, instintivamente, ya sabía su nombre.

«Leviatán».

Y con eso le bastó. Abandonó la mente de Irina como quien puede salir conscientemente de una pesadilla.

Abrió los ojos de golpe, presa de una furia irracional.

—¿Leviatán? Venga ya...

Una no va por ahí soltando ese nombre para escandalizar. No era un ciberanzuelo.

Una oráculo joven y rolliza se levantó y bajó corriendo de la segunda grada.

—Es verdad, doctora Kelly. La visión más clara que he tenido en mi vida. Yo fui la primera que la vio cuando él llegó.

Niamh miró a Helena, confundida.

—¿Quién? ¿Travis Smythe?

—El Niño Impuro —espetó Irina antes de que Helena pudiese contestar.

—¡Eso es un cuento para asustar a brujitas!

La oráculo continuó:

—A lo largo de generaciones hemos visto a un niño en nuestras visiones. El símbolo se ha presentado cientos de veces con cientos de formas distintas. Un niño que sembraría la destrucción a una escala que no se ha visto jamás. No sabíamos de dónde vendría, ni cuándo, pero sabíamos que anunciaría el principio. El principio del fin del mundo. Un punto sin retorno. El final de las brujas y de los hombres.

Niamh puso los ojos en blanco y miró a Helena. Las oráculos eran agotadoras. Como sus visiones solían ser… difusas, en el mejor de los casos, tenían tendencia a exagerar su importancia. Los fondos eran limitados, y el gobierno siempre quería recortar por alguna parte. Niamh no era una oráculo, ni por asomo, pero Annie le había contado una vez que era como ver tráilers de películas. Algunos augurios revelaban toda la trama, mientras que otros eran muy engañosos. Por eso necesitaban tantas oráculos: juntas formaban una suerte de tapiz unitario, pero como todas las brujas, estaban en decadencia.

En ese momento, Helena estaba tan seria como Irina.

—¿Helena?

—Creemos que hemos encontrado al niño. —Se volvió hacia Sandhya, que le dio el iPad—. Mira.

Niamh agarró la tableta y vio una serie de fotografías; la estructura de lo que había sido, en apariencia, un colegio. Ahora era una cáscara calcinada.

—¿Qué es esto?

—Eso era antes un centro para alumnos con necesidades educativas especiales cerca de Edimburgo.

—Y ese chaval… ¿lo quemó?

Helena respiró hondo.

—No exactamente. Lo destruyó con rayos.

—Ah. ¿Es un elemental?

—Un adepto.

A Helena le sonó la voz como si tuviese la garganta cerrada.

—¿Qué?

Las adeptas, brujas que poseían más de un don, eran escasísimas, y ella lo sabía bien porque pertenecía a ese selecto grupo. De niñas, a Ciara y a ella las trataban como a orquídeas raras y preciosas, una reacción halagadora y asfixiante a partes iguales. Los adeptos varones eran todavía más escasos. Ella solo había conocido a uno: Dabney Hale, y solo había que ver cómo habían salido las cosas. Durante los años previos a la guerra, algunas se habían preguntado si Hale era el legendario Niño Impuro. No, al final no era más que un megalómano del montón.

A la escasa luz de la sala, Helena tenía el rostro demacrado, lleno de preocupación. Era inquietante; Helena era la persona indicada para lidiar con una crisis. Siempre firme.

—Eso ocurrió el mes pasado y nos mandaron a Escocia a por él. Es poderoso, Niamh. Más poderoso que cualquier hechicero que haya visto en mi vida. Más poderoso que la mayoría de las brujas de su edad.

«¿De verdad?».

«Sí, de verdad».

Imposible. Los hechiceros no estaban tan dotados como ellas. «Gea favorece a sus hijas». Era un hecho. Todo el mundo lo sabía, se trataba de un principio básico. Los cerebritos de Psciencia Reino Unido habían especulado durante años sobre la existencia de un componente genético del cromosoma X que hacía a las mujeres más receptivas a Gea; más capacitadas para canalizar y aprovechar su poder. Niamh suspiró.

—¿Qué dice Annie de todo eso?

Annie Device era la mejor oráculo que Niamh había conocido en su vida, y siempre había conseguido que las visiones más espeluznantes, el monstruo más terrible escondido bajo la cama, pareciesen más soportables.

—No se lo he contado. Es una anciana, Niamh. No quiero preocuparla.

—Pero…

—Nada de peros. Ya has visto lo que nosotras hemos visto.

—Muy bien, de acuerdo, pero ¿qué tiene que ver un chaval escocés que resulta ser un pirómano con que la Bestia destruya Manchester? Es bastante exagerado.

—Leviatán se alzará —soltó de repente una de las oráculos de la última fila. Niamh se sobresaltó tanto que resbaló del cojín.

—No es solo Manchester —dijo Irina con sangre fría, haciendo caso omiso del arrebato—. Es aquí y allá, el mundo entero.

—Es la primera ficha del dominó en caer —añadió Helena—. Las oráculos creen que, con el tiempo, el Niño Impuro invocará a la Bestia y le permitirá entrar en nuestra realidad.

—¡Leviatán se alzará! —chilló una oráculo mayor. A Niamh se le erizó el vello.

Helena puso la mano sobre la de Niamh.

—¿Vendrás a verlo? Él… él no habla.

—¿Nada?

—No. No ha dicho una palabra desde que lo encontramos. Ninguna de mis sintientes consigue sondearlo, Niamh. En mi vida he visto algo así.

Y acto seguido añadió, solo para ella: «Tengo miedo». Nunca pensó que oiría a Helena reconocer algo así.

Otra oráculo de la primera fila se retorció como si hubiese recibido una descarga.

—¡Leviatán se alzará!

«¿Dónde está?».

«En Grierlings».

«Me cago en todo. De acuerdo, pero no te prometo…».

—¡Leviatán se alzará!

Otra oráculo se convulsionó como si la electricidad recorriese su anciano cuerpo.

—¡Leviatán se alzará!

Pronto todas las oráculos de la sala entonaban el grito. Niamh tenía la cabeza a punto de estallar. Era mareante: el miedo colectivo, el pánico…

«Pija, sácame de aquí de una puta vez».

Leviatán se alzará.

6

Grierlings

Niamh

Por razones más que obvias, nadie entraba ni salía de la cárcel de máxima seguridad del aquelarre mediante la teletransportación, de modo que viajaron como los mundanos: en monovolumen. Sandhya iba sentada delante, tecleando con ahínco en su móvil, mientras que Niamh y Helena viajaban en la parte de atrás. El conductor era un joven hechicero. Niamh percibía en él cierta sintiencia latente, pero no mucha. Un S1 como mucho.

Estaban en un atasco. Debido a las obras que se estaban llevando a cabo en los muelles de Salford, costaba salir del centro de la ciudad, incluso fuera de las horas punta.

—Bueno —dijo Helena con un asomo de sonrisa en la comisura de los labios—. ¿Cómo te va con el agricultor?

—¿El agricultor?

Bebió un sorbo de su café con leche de tamaño extragrande.

—¿Cómo se llama? Luke, ¿no?

Niamh hizo un leve mohín. Helena no podía estar tan preocupada por ese niño si tenía tiempo para buscarle las cosquillas.

—¡No es un agricultor! Dirige una *start-up* muy próspera, gracias.

Helena sonrió.

—Bah, no hay nada que contar. Solo somos amigos, nada más.

Entonces, Stefan ocupó la mente de Helena. Los recuerdos eran tan potentes que no podía pretender ocultárselos a Niamh. Incluso detectó el olor ilusorio de su colonia. Su Stef era un hombre muy apuesto: alto, rubio y ancho de espaldas. Descendiente de orgullosos hechiceros noruegos. Niamh sabía lo que significaba ese súbito recuerdo porque ella también lo experimentaba. Cualquier perspectiva de pasar página, de estar con otro hombre, topaba con una bola de demolición de culpabilidad.

Cuando la pareja de uno muere, el tiempo se detiene. En ocho años podrían haber corrido toda clase de suertes si hubiesen vivido, pero tal como estaban las cosas, Conrad y Stefan mantenían una juventud y una reputación perfectas, conservados en ámbar para siempre. El simple hecho de pensarlo era una gran traición.

—Todavía no estoy lista —dijo Niamh en voz queda.

Helena bajó la vista.

—Yo tampoco. Perdona, no debería haberte preguntado. Ya llegará el día.

—Claro.

Helena hizo crujir los asientos de cuero.

—Yo me he acostumbrado a que Snow y yo estemos solas. Nos compenetramos muy bien. No sé cómo encajaría un hombre.

Niamh aprovechó la oportunidad para cambiar de tema cuando el hechicero tocó el claxon a un taxi que se les cruzó en una rotonda.

—¿Cómo está Snow?

Niamh no veía a la hija de Helena desde el último Samhain, y en esa ocasión la había visto de pasada.

—Bien, muy bien. No la reconocerías; está muy madura.

—¿Se presenta a los exámenes este año?

—¡El que viene! ¡No digas nada! Me siento como si tuviese cien años. Seguramente debo de aparentarlos.

—Venga ya. De todas formas, siempre puedes hacer como Elle y empezar a utilizar un glamour.

—¡Qué me estás contando! —dijo Helena, horrorizada con razón.

—Ya. Se lo dije, pero no quiso hacerme caso. —Niamh meneó la cabeza—. ¿Snow entrará en el ASM?

Estaba claro que cualquier hija de Helena Vance entraría en el ASM, pero a Niamh le pareció de buena educación preguntarle.

—No quiero presionarla, pero espero que sí. Hará el juramento en el solsticio.

Hacer el juramento era como sacarse el carnet de conducir. Era una medida controvertida, pero cualquier bruja joven tenía que inscribirse en el ASM, aunque no acabase trabajando allí.

El coche por fin escapó de las obras y salieron de la ciudad a toda velocidad. Grierlings se encontraba a unos ocho kilómetros por la autopista, en medio de los páramos industriales.

En cierto modo, resultaba halagador que Helena le hubiese propuesto ese enigma. Una forma de recordarle que, al menos sobre el papel, era una de las brujas más poderosas del país, aunque ya casi no utilizaba sus poderes. Mentiría si dijese que no le despertaba cierto orgullo poseer la categoría de nivel 5, aunque ya no sentía la necesidad de competir. Siendo sincera, lo que la impulsaba en el pasado era querer ser un poquito más poderosa que su hermana gemela. Ahora eso ya no importaba. Ella había ganado, y Ciara no utilizaría sus poderes nunca más.

Niamh sabía que no debía tirar de ese hilo, pero era como una costra que le picase especialmente incitándola a arrancarla.

—¿Por qué has acudido a mí, Helena? —preguntó en voz baja para que Sandhya no la escuchase—. Leonie podría haber…

Helena la dejó con la palabra en la boca lanzándole su característica mirada fulminante.

—Eres la adepta más poderosa que conozco. —Inspiró—. De todas formas, Leonie y yo no nos llevamos precisamente bien. No estoy en posición de pedirle favores.

Niamh se anduvo con pies de plomo.

—No habrás vuelto a llamarla Spice Salvaje, ¿verdad? Sabes que no le gusta.

Helena rio entre dientes al oír el comentario.

—No. No es eso.

—Sigue siendo tu amiga, Helena.

—¿De verdad?

—Sí. —Niamh lo decía en serio—. Los negocios son los negocios, y la amistad es la amistad. Yo dejé el aquelarre y seguimos siendo amigas.

Helena hizo un esfuerzo por mantener un tono neutro. Aun así, la amargura se abría paso en su voz, afilada como una lima.

—Creó un aquelarre rival, Niamh, y me robó a algunas de las brujas más poderosas que tenía.

—Helena —dijo Niamh de modo terminante—. Eran mujeres, no muñecas Barbie. No eran tuyas para que te las robasen. —Helena se disponía a protestar, pero Niamh la interrumpió—. Y no es un aquelarre rival, solo es otro aquelarre. Tenéis objetivos distintos.

Por lo que Niamh sabía, Diáspora era una comunidad para una minoría entre minorías, mientras que el ASM siempre tendría su misión.

—Dejémoslo, no vale la pena discutir —concluyó Helena con brusquedad, zanjando la conversación.

Niamh echaba de menos cuando las cosas eran sencillas. Cuando el conflicto más importante del mundo era quién aceptaría de mala gana el papel de Spice Deportista. Como las pelirrojas del grupo, Ciara y ella peleaban con uñas y dientes por ser Geri, pero al final una de las dos —normalmente Ciara, para ser justas— tenía que recogerse el pelo en una cola de caballo y ponerse un chándal. Solían jugar a los disfraces en la habitación de Helena —que era el doble de grande que la de los padres de Niamh en Galway y tenía una cama de matrimonio— y se aprendían las coreografías. Si se esforzaba, todavía podía recordar el sabor fuerte a fresa del brillo de labios Juicy Tube de Helena que hacía que se le pegase el pelo a la cara.

Resultaba difícil precisar con exactitud cuándo empezaron a complicarse las cosas, cuándo la vida adulta sobrevino como el sarro. Desde luego, la guerra no contribuyó a mejorar la situación. Las obligó a todas a madurar muy rápido, a endurecer prematuramente la piel. A veces se preguntaba cómo lo consiguieron —un hatajo de veinteañeras advenedizas teniendo que enfrentarse al mundo— y si ahora tendría la energía para ello. Esperaba no tener que averiguarlo.

El coche salió de la autopista y enfiló la carretera anónima sin señales a Grierlings. Para los mundanos, la cárcel era una fundición abandonada en ruinas. Un potente glamour que se renovaba continuamente obraba sobre todo el edificio. Un guardia de seguridad vio que se acercaban y la verja se abrió. Incluso sin el glamour, era una estructura anodina. Se trataba de un sitio de aspecto inclemente, con tres cubos de ladrillos y ni una línea curva a la vista. Hacía años que Niamh no lo visitaba, pero lo recordó todo de golpe. Había tres bloques: uno de baja seguridad, otro de máxima seguridad y el tercero con las chimeneas de las Tuberías.

Todo aquel periodo, los días y las semanas tristes que tuvieron lugar después de que sofocasen la insurgencia, era muy siniestro. Cuántas conversaciones le habría gustado que no hubiesen tenido que mantener ni que contemplar. «Qué hacer con los supervivientes». Si una traiciona a su aquelarre y rompe ese simple juramento, la pena es la hoguera. Pero no estaban en el siglo XVII, ¿y qué serían ellas si sus leyes no fuesen a la par que las de los mundanos? La respuesta, al parecer, era ese vertedero.

Lo sentía en las entrañas. Grierlings era un lugar terrible desprovisto de esperanza. Había jurado que no volvería nunca y, sin embargo, allí estaba de nuevo. Ya notaba la sensación de pesadez y las náuseas de estar en el campo de contención.

El cemento de los cimientos de Grierlings estaba mezclado con mercurio para anular los poderes de cualquier bruja o hechicero encerrados encima. Los marcos de las ventanas y los pasamanos estaban entreverados de muérdago, un sedante mágico. Por los aparatos de aire acondicionado se bombeaba aire contaminado con Mal de Hermana. Niamh tembló cuando empezó a notar la sensación griposa y se preguntó si disminuía al residir allí permanentemente.

Sue Porter, la alcaide, acudió a recibirlas al coche. Llevaba el mismo corte de pelo a lo *garçon* de muñeco de Lego desde que a Niamh le alcanzaba la memoria. Parecía un topo y siempre olía al caramelo de menta con el que había intentado camuflar el cigarrillo que se había fumado.

—Buenas tardes, señora Vance —dijo.

Helena se irguió y salió de la parte de atrás del coche con aire elegante.

—¿Algún cambio?

—No, señora. Lo hemos intentado todo para tranquilizarlo, pero…

La mujer se arrastraba como un perro que ve venir una patada.

—No importa. Vamos a echar un vistazo. ¿Puede mandarles que apaguen el aire acondicionado?

Sue abrió mucho los ojos.

—¿Seguro que es buena idea?

—Necesito que Niamh pueda sondearlo.

La alcaide no parecía nada convencida, pero transmitió la petición por radio. Niamh siguió a Sue y Helena al ala de máxima seguridad. Olía fuerte a lejía. Instintivamente, Niamh proyectó la mente, pero solo detectó señales apagadas. Apagadas pero tristes. Pensamientos de rencor y de venganza, de la jerarquía entre presos. Allí no había nadie feliz.

Sinceramente, pensó, ¿para qué servía ese sitio?

Sonó un claxon y las primeras puertas se abrieron y dejaron ver una antecámara. Sus cuerpos —y sus mentes— fueron registrados en busca de armas. Les hicieron quitarse las joyas y guardarlas en una caja de seguridad para evitar la introducción de artículos encantados; la piedra adecuada podía tener un inmenso poder. Cuando los carceleros quedaron satisfechos, pasaron al cuerpo principal de la cárcel.

—¿Puedo preguntar por Dale? —inquirió Niamh en voz baja; el nombre le dejó un mal sabor en la lengua.

—¿Qué pasa con él? —replicó Helena.

Buena pregunta.

—¿Ha muerto ya?

—Todavía no. ¿Te apetece hacerle una visita? Está en el ala este.

Niamh apretó los dientes.

—No me importaría.

Creía que se llamaba disonancia cognitiva: oponerse a la pena capital desde el punto de vista filosófico y moral, pero desear que Dabney Hale muriese por todo el sufrimiento que había causado. No le parecía bien que Hale estuviese recibiendo un trato especial en ese lugar, por desolador que fuese, mientras Conrad se encontraba a dos metros bajo tierra.

Los zapatos de Helena taconeaban sobre el suelo embaldosado al recorrer el vestíbulo. A través de una valla metálica, Niamh vio el comedor central. Esa ala albergaba a los hechiceros. Prácticamente todos habían formado parte de la rebelión.

Antes de la guerra, no había una gran necesidad de una cárcel; ahora estaba casi al completo.

Un joven musculoso con los brazos como jamones las vio pasar camino del ascensor. Debía de ser muy pequeño cuando estalló la guerra; mucho más fácil de manipular para Hale. Él se llevaba bien con los hechiceros jóvenes a los que a veces les costaba aceptar que las mujeres podían ser el sexo más fuerte si habían crecido en el mundo de los mundanos, donde la situación era la contraria. Mantener a Hale lejos de los demás reclusos era el motivo oficial por el que se encontraba en una suite sin compañía. El motivo no oficial era que lady Hale era una destacada donante del ASM.

—¡Mirad quién ha venido, chicos! —gritó el recluso musculoso—. ¡Es la suma sacerdotisa! ¿Qué tal, cariño?

—¿Por fin ha venido a cortarnos la polla? —chilló un preso más mayor, comentario que provocó una gran carcajada.

Helena se limitó a seguir andando con la cabeza en alto.

—Mientras me la chupe antes de cortármela, me da igual.

—Putas lesbianas.

—No les hagas caso —le dijo Niamh.

Helena lanzó una mirada despreocupada por encima del hombro a Niamh.

—¿Crees que hay algo que un hombre pueda decir para alterarme?

No, a Niamh no se le ocurría ni una sola cosa.

El viejo ascensor de servicio descendió al sótano chirriando y resollando. Lo manejaba un hechicero fornido con un pendiente y un tatuaje de un bate en el cuello. Llegaron abajo y el hombre descorrió la puerta de ballesta.

—¿Tenéis a ese crío en el sótano? —preguntó Niamh.

Sue contestó antes de que Helena pudiese hacerlo.

—Era la única forma de mitigar sus poderes: ponerlo más cerca de los cimientos.

Su voz tenía un inequívoco tono defensivo.

Niamh lanzó una mirada penetrante a Helena.

—¿Y cuántos años dices que tiene?

—Esperábamos que tú pudieras decírnoslo. —Helena avanzó por el pasillo del sótano con paso resuelto. Allí hacía más frío, había humedad, y a Niamh le dieron todavía más náuseas. Se tragó la bilis—. No encontramos ningún certificado de nacimiento en los servicios sociales mundanos, y no fue inscrito en el ASM ni en el conciliábulo, cosa que plantea muchísimas preguntas.

Deslizó su pase de seguridad por una imponente puerta de dos hojas rojas.

—¿Es peligroso? —preguntó Helena.

Sue no parecía nada segura.

—Usted tenga cuidado.

Niamh estaba decidida a poner cara de póquer, pero el motivo por el que alguien advertiría a Helena, una elemental de nivel 5, que tuviese cuidado resultaba preocupante. Sue les abrió la puerta.

El sótano estaba señalizado como un almacén; pero, dentro de la oscura cripta, Niamh distinguió algo que parecía un recinto de un zoológico. Tenía forma de hexágono —una figura poderosa en la brujería—, con los seis lados y la parte de arriba recubiertos de una rejilla metálica. Los tubos fluorescentes zumbaban y no ofrecían más que una luz anémica en la estancia sin ventanas.

—Diosa mía —murmuró Niamh.

No podía ser real.

Era como si la jaula estuviese bajo el agua, un acuario. Dentro de la estructura flotaban un somier, un colchón fino, ropa de cama, una bandeja de comida y un vaso de plástico dando vueltas y rebotando en los lados como si estuviesen atrapados dentro de un pequeño tornado. Instintivamente, Niamh supo que ella no podría hacer levitar unos objetos tan grandes en virtud de las medidas de contención, de modo que cómo…

—¿Dónde está el niño? —preguntó.

Aparte de los muebles que giraban en espiral, no parecía que hubiese nadie en la jaula.

Helena cambió el peso de una pierna a la otra.

—Esquina superior derecha…

Niamh se quedó con la boca abierta. En el rincón más oscuro había un adolescente flaco pegado al techo, como una araña escondida en su tela. Su piel era pálida, casi húmeda, y tenía unos cercos oscuros como moratones debajo de los ojos. Sobre la cara le caía un pelo negro azabache graso. Niamh no quería ponerle una edad exacta; la pubertad era jodida. Podía tener entre trece y dieciséis años. El chico se encogió más en su escondite como un animal acorralado.

—¿Qué cojones…? —exclamó Niamh más fuerte de lo que pretendía.

—Lo siento mucho, señora Vance —dijo Sue—. Hemos intentado sedarlo lo máximo posible, pero…

—No pasa nada —terció Helena antes de volverse hacia su amiga de la infancia—. ¿Niamh? ¿Puedes oírle?

Niamh estaba furiosa. No la habían preparado para eso y se sentía secuestrada. Si Helena buscaba impactarla, lo había conseguido.

Aun así, proyectó la mente a través de los barrotes hacia el chico. No lo hizo por Helena, sino porque la situación le parecía muy injusta. Él abrió mucho los ojos y se replegó más ocultando la cara. Un horrible ruido discordante resonó en la cabeza de ella, un grito a pleno pulmón, en realidad. Niamh se retiró de inmediato. Sintió la mirada de Helena posada en ella y volvió a intentarlo, esta vez con más cuidado.

Se parecía a sondear animales en la consulta. No captaba palabras, pensamientos ni recuerdos, solo pura emoción: ira y rabia, sin duda, pero sobre todo miedo. Más que miedo, un terror absoluto. Niamh notó que se le aceleraba el ritmo cardiaco y que le sudaban las palmas de las manos. Sus facultades de sanación intervinieron absorbiendo parte de la angustia del chico.

—Está asustado —dijo bruscamente a las demás—. Aterrorizado. Pero no creo que me necesitaseis para saberlo. Miradlo.

—Díselo al resto de los niños de su colegio —replicó Helena—. Es un milagro que no haya muerto ninguno. ¿Puedes entrar en su cabeza? ¿Tiene nombre?

Niamh lo intentó otra vez, pero solo oyó el mismo grito ensordecedor. Era peor que unas uñas arañando una pizarra.

—¡No! —chilló, tambaleándose—. ¡No puedo! Está furioso… y aquí abajo hay un millón de cosas que interfieren con mis poderes. No puedo hacerlo en este sitio y, sinceramente, me gustaría que no me hubieras metido en esto.

Helena parpadeó despacio.

—Sé razonable, Niamh. No podemos soltarlo porque podría destruir medio Manchester…

—¡Es un crío! ¡Míralo!

—Es salvaje.

—¿Te has parado a pensar que a lo mejor está portándose mal porque lo tenéis en una jaula como un perro? De hecho, yo tengo un perro y no lo metería en una jaula, Helena.

Sue carraspeó y retrocedió un poco. Helena lanzó una clara mirada de advertencia a Niamh, pero a ella no la asustó. Es difícil que a alguien le asuste una mujer a la que ha visto mearse encima estando hasta el culo de Jäggerbombs. Aparte de eso, Niamh no quería poner en evidencia a Helena mientras estaba trabajando.

—¿Qué propones? —preguntó Helena lacónicamente.

Niamh miró la figura encogida pegada al techo de la jaula.

—¿Me dejáis un momento a solas con él?

—Oh, no creo que sea prudente... —protestó otra vez Sue.

—Él está en una jaula y yo soy una adepta de nivel cinco. Creo que me las arreglaré.

Helena resopló.

—De acuerdo. Pero no toques la jaula. Ayer consiguió electrificarla. —A Niamh le hubiera gustado que alguien lo hubiese mencionado antes de que ella la tocase un momento antes—. Estaré fuera.

Helena, Sue y el guardia hechicero se retiraron y dejaron a Niamh y al chico solos en el sótano. Ella dio un paso adelante y estiró el cuello para ver mejor. Respiró hondo varias veces. Si iba a abrir la mente al muchacho, quería que estuviese lo más sereno y que entrañase el menor peligro posible. Adoptó la misma actitud mental plácida y relajante que utilizaba en la consulta con los gatos y los perros asustados.

«Hola. Sé que puedes oírme».

Nada.

«Me han dicho que eres un adepto. Yo también lo soy. ¿Sabes lo que eso significa? ¿Sabes dónde estás?».

El chico, por fin, se asomó por debajo de la manga de la sudadera para mirarla.

«Me llamo Niamh Kelly. ¿Cómo te llamo?».

Ella volvió a proyectarse. Afortunadamente, el grito de la cabeza del chico se había convertido en una suerte de gemido. Estaba escuchando. Pero no soltaba prenda. Donde ella debería haber podido ver un reflejo de lo que el muchacho pensaba, había una oscuridad densa y oleaginosa.

«Empecemos por el principio. Soy una bruja. Tú también lo eres. Un cero coma cinco por ciento de la población tiene algún tipo de capacidad mágica, aunque no lo sabe. A los brujos varones los llamamos hechiceros, por si no lo sabes ya. Por eso puedes hacer todas estas virguerías. ¿Siempre has podido hacer cosas así?».

El somier cayó al suelo con gran estruendo y Niamh reculó un poco. Estaba dando resultado. Uno tras otro, los artículos que daban vueltas en la jaula se desplomaron al suelo haciendo un ruido metálico. Al centrarse en ella, el chico no podía dedicar ondas de pensamiento a la telequinesis.

«Lamento mucho que te hayan encerrado aquí abajo. Sé que tienes miedo, lo percibo muy intensamente en tu mente. Ellos también tienen miedo de ti. Tienes que entenderlo. Eres muy joven para ser tan poderoso».

Él la miró, sus grandes ojos castaños inescrutables.

«Eres increíblemente poderoso, ¿sabes? Cuando yo tenía tu edad, apenas podía hacer flotar el mando a distancia hasta el sofá. Pero no debes tener miedo. No eres el primer chico que pasa por esto, y tampoco serás el último. Al final a todos nos va bien».

Era mentira, y se preguntó si él podría calarla.

El chico no dijo nada.

«Has ido al colegio, así que ya sabes cómo funciona esto. Quiero ayudarte a salir de aquí, pero voy a necesitar que colabores conmigo. Si puedes estar tranquilo y… bajar del techo, te sacaré de este sótano de mierda. ¿Qué te parece?».

Por un instante, no hubo respuesta.

Entonces, apenas un susurro: «No sé cómo bajar».

Tenía una voz tan débil, tan asustadiza, que a Niamh casi le dio la risa. Casi.

«Oh, pobrecillo».

«¿Me oyes?».

«Sí, te oigo, y puedo bajarte poco a poco. Relaja la mente. Imagínate que bajas. Déjate llevar».

El chico cayó del techo y Niamh levantó la mano para atraparlo. Era muy ligero. Ella temía que le costase con los bloqueadores del lugar, pero él no suponía ningún esfuerzo. Lo hizo descender poco a poco hasta el suelo, donde el muchacho se posó de pie antes de encogerse contra el rincón y flexionar las rodillas contra el pecho.

«¡Ya está! No ha sido tan difícil, ¿verdad?».

Él no dijo nada más.

«Espera aquí. Tengo que decirle a la pija que quiero sacarte. Tú… no te muevas».

Niamh salió del sótano retrocediendo poco a poco; no quería que él volviera a ponerse furioso. En el exterior, Helena ninguneaba educadamente a Sue en el húmedo pasillo haciendo ver que contestaba correos electrónicos con el móvil, pero era imposible que tuviese cobertura allí abajo.

—Bueno —dijo Niamh en voz baja—. Creo que he hecho progresos.

—¿Has conseguido algún nombre?

—No, pero ha bajado del techo y también han bajado los muebles. Así que considerémoslo un pequeño triunfo.

—Y ahora, ¿qué?

—¿Por qué no lo dejas salir?

Helena negó con la cabeza.

—Sabes que no puedo…

—¡Sí que puedes! Está cooperando. Por lo que más quieras, tienes a Dabney Hale en un ala para él solo, y mató a la mitad de las brujas del ASM.

Niamh se detuvo. Había ido demasiado lejos. A Helena se le ensancharon los orificios nasales y apretó los labios.

—Perdona —dijo Niamh—. Mira, tengo una idea. ¿Por qué no lo dejas venir a Hebden Bridge conmigo?

No estaba del todo segura de por qué se había ofrecido, pero ya lo había dicho y no había forma de retirarlo.

—¿Qué?

Iba a arrepentirse de eso.

—Bueno…, piénsalo. Estoy en el quinto pino. No hay peligro. Es a lo que me dedicaba antes. Creo que él confía en mí. No detecto ni una pizca de malicia; si destruyó ese colegio es porque no puede controlar sus poderes, y eso no es ningún delito. Puedo sondearlo mientras duerme y, lo más importante, no creo que debamos tener a chicos en jaulas, Helena. No queda muy bien.

Helena lo consideró mordiéndose pensativamente el labio.

—Muy bien. Llévalo a Hebden Bridge. Pero mandaré un pequeño equipo de seguridad con vosotros. ¿Conoces a Robyn Jones? Es una sintiente muy poderosa. Le mandaré que forme un escuadrón.

Niamh miró hacia atrás por la ventana circular de la puerta y vio que el chico seguía en cuclillas en las sombras.

—Me parece exagerado, pero si te hace feliz…

—Niamh —dijo Helena muy seria—. Basta, por favor. Has visto lo que han visto las oráculos.

Efectivamente, lo había visto, y la visión de aquella figura sobresaliendo por encima de la ciudad le daba miedo. Hacía muchos años que algo no le daba tanto miedo. Pero los demonios son tramposos. Se manifiestan de la forma que más le afecta a uno. Leviatán era el rey demonio del miedo, y ella estaba asustada como correspondía.

—Las oráculos ven muchas cosas —dijo, aunque sin demasiada convicción—. Y no todas ocurren.

Helena bajó la voz y apartó a Niamh de Sue arrastrándola del brazo, como a una niña a la que echan una reprimenda en un supermercado.

—Si ese niño sigue… —No terminó la frase—. Esto es una catástrofe. Se trata de Leviatán. No sé por qué no te lo tomas más en serio. «Un demonio hecho carne». El objetivo del ASM es proteger el país del peligro demoníaco. Si tengo que…, en fin, puede que haya que tomar decisiones difíciles en el futuro.

Niamh frunció el entrecejo. La Helena Vance con la que se había criado no insinuaría lo que creía que estaba insinuando.

—¿Qué? ¿Estás diciendo que matarías a ese chico?

Helena se quedó desconcertada.

—¿Para impedir que la Bestia se alce? Por supuesto —dijo demasiado rápido—. ¿Tú no?

7

Pájaros y abejas

Elle

Elle terminó de llenar el lavavajillas. Lo cerró de un portazo y esperó a que sonase el ruido del agua. Su ración de lasaña estaba en el cubo de basura. Se le había cerrado la garganta y no podía tragar, de modo que se dedicó a darle vueltas en el plato antes de admitir la derrota. Habían comido pronto para que Jez pudiese llevar a Milo a un partido de fútbol sala en Mytholmroyd a las siete. Normalmente, Jez se quedaba a ver el encuentro con un par de orgullosos padres como él, aunque hacía poco les habían llamado la atención por sus comentarios demasiado entusiastas.

Era ahora o nunca.

Se lavó las manos en el fregadero y se puso crema de manos Jo Malone. Cara y superflua, sí, pero a Elle le gustaba dejarse sorpresas repartidas por casa: recompensas por mantenerla en tan buen estado. Cuando Jez hiciese una parte equivalente de las tareas del hogar, también le compraría potingues finos.

Después de asegurarse de que el salón y el comedor estaban limpios y ordenados, Elle siguió el sonido melancólico de la música de Holly al piso de arriba. Sus hijos compartían la primera planta y el cuarto de baño familiar desde que ella y Jez se habían trasladado finalmente a la buhardilla, reformada después de muchos retrasos. Al final habían tenido que amenazar con demandar a los chapuceros que habían hecho la obra. Una pesadilla.

Por fin había empezado a adaptarse a la vida sin ese estrés… y ahora esto. Siempre tenía que haber algo, ¿no?

—¿Holls? —dijo, dando unos golpecitos en la puerta de la habitación de su hija.

En casa de Elle no había cerrojos, pues tenían suficiente confianza unos con otros para llamar. Era una de las normas de la casa enmarcadas encima del váter de abajo.

—¡Adelante!

Elle entró preparándose para los gustos de su hija. Eran una desagradable mezcolanza de Pokémon, manga, grupos de rock gótico alemanes y muñecas modificadas que parecían zombis. Básicamente…, basura de plástico por todas partes. De todas formas, Elle había leído muchos libros sobre el peligro de agobiar a los niños, y prefería que Holly tuviese su guarida.

Antes de que empezasen las obras de la buhardilla lo habían limpiado todo, y Elle se había encontrado con su diario *Siempre amigas* de 1997. Como hacía mucho que la llave había desaparecido, había arrancado el endeble candado (¿cómo había podido fiarse de algo así para guardar sus secretos?) y había releído sus pensamientos de adolescencia. No, pensamientos no era la palabra: inquietudes. No podía fingir que recordaba la intensidad que había sentido en esas páginas: el dilema muy real de desear matar violentamente a muchas personas y, al mismo tiempo, tener la necesidad desesperada de ser amada. Páginas y páginas de bolígrafo color magenta temiendo haber disgustado a Helena sin ningún motivo.

Por eso trató de ser menos dura con Holly de lo que lo había sido con Milo. Si lo que contaban sus diarios era cierto, ser una adolescente era un campo minado de normas y trampas. Al parecer, en 1997, un par de centímetros de tela en la dirección equivocada era cuanto la separaba de ser una guarra o una monja.

Su hija estaba sentada de piernas cruzadas en el suelo dibujando en su bloc de bocetos, al lado de la costosa mesa de dibujo que le habían regalado por Navidad.

—¿Le pasa algo a la mesa? —preguntó Elle.

La sacaba de quicio que no se quitasen los uniformes. No era de extrañar que siempre estuviesen hechos unos andrajos.

—No, es que me gusta el suelo. —Holly levantó el bloc—. ¿Qué te parece?

Su depresivo dibujo representaba el cuerpo de una mujer desnuda cubierto de sangre con una cabeza de toro. Elle arqueó una ceja.

—Oh, sí, qué bonito. ¿Puedo ponerlo en la nevera?

—No, es para un trabajo.

—Más vale que no lo sea —dijo Elle—. Tu profesor de Arte pensará que te maltratamos.

—Censura —murmuró Holly, volviendo a su creación. De repente se detuvo—. ¿Qué pasa?

«Eso» era lo que pasaba.

—¿A qué te refieres? —la incitó Elle.

—Estás muy rara. Solo vienes aquí el día de la colada, y no es hasta el jueves.

Holly la miró y parpadeó. Su hija se parecía más a Jez que a ella. Podría ser guapa, pero parecía rebelarse contra la idea; hacía poco se había cortado el pelo castaño claro y lucía un anodino peinado a lo *garçon* hasta la barbilla. Elle no lo entendía. Claro que a ella la colmaban de piropos por su belleza ya de niña. Su madre la había presentado al concurso al bebé más guapo del *Manchester Evening News* cuando solo tenía dos años. Y además lo ganó. Los grandes ojos azules, el pelo rubio platino y los hoyuelos. ¿Cómo iba a perder? La Spice Dulce.

Más adelante, fue la primera chica de su clase a la que le creció el pecho, y los chicos empezaron a ofrecerle regalos y a invitarla a salir al parque. En aquel entonces ella ni siquiera se dio cuenta de la relación entre una cosa y otra. Holly, tal vez por suerte, nunca se había desviado de esa extraña aserción. Era más triste aún, pensaba Elle, cuando se perdía.

—Quiero hablar contigo ahora que tu padre no está.

Elle se sentó en el borde de la cama sin hacer. De verdad, ¿tanto costaba echar un edredón sobre un colchón?

—Mamá, ya hemos tenido la charla sobre la regla y la charla sobre sexo, ¿recuerdas? —Holly siguió sombreando con un lápiz de color—. Muy instructivas las dos. De diez.

Elle empezó a encontrarse mal. Se acordó de cuando su abuela la había llevado a un lado a los seis años y le había dicho que era especial. ¿Por qué no había hecho eso ella hacía años?

—¿Qué pasa con la abuela? —preguntó Holly de repente, dándose la vuelta para mirarla.

—No he dicho nada —dijo Elle en voz baja.

Holly hizo un mohín.

—Sí que lo has dicho, algo sobre una vez que la abuela Device habló contigo…

—No, Holly, no he dicho nada. Eso es precisamente de lo que tengo que hablar contigo. Me… me, ejem, acabas de leer la mente.

Su hija frunció el ceño y acto seguido rio.

—¡Sí, muy buena! ¿Estás borracha? Normalmente dejas que papá sea el gracioso.

Elle sintió que todo bullía dentro de ella como una botella de refresco agitada.

—Holly, soy una bruja, y tú también lo eres.

Todo salió a borbotones y chorreó por las paredes.

Holly se quedó muy quieta. Su cara decía que estaba tratando de procesar la broma, pero que no la entendía.

Se había descubierto el pastel, y ahora lo único que Elle podía hacer era seguir adelante.

—La abuela Device también es una bruja muy poderosa,

pero tu yaya (mi madre) no lo era, ¿sabes? Así que no estaba segura de si tú lo serías o no.

—¿Mamá...?

A Elle le picaban los ojos; sin embargo, quería soltarlo todo sin llorar.

—Perdona, debería habértelo dicho cuando eras mucho más pequeña. Eso no significa que seas mala ni perversa ni diabólica. Simplemente es lo que es, pero yo quería protegerte. Cuando eras pequeña, estuve metida en algunos líos... y quería evitarte todo eso.

Todas las personas que había salvado, todas las personas que no había salvado. ¿Quién quería que una niña de cinco años cargase con eso? Holly todavía parecía estar esperando el remate de un chiste, pero ya no sonreía.

—Mamá..., ¿llamo a papá?

—¡No! —susurró Elle—. No, no podemos contárselo a tu padre. Él no lo sabe, y no creo que lo entendiera.

Holly se levantó y se sentó con rigidez en la silla de la mesa de dibujo.

—Me estás asustando, mamá. No eres una bruja. Compras en Next.

No era la primera vez que Elle se preguntaba por qué el ASM no ofrecía asesoramiento oficial sobre el asunto. Un folleto o algo por el estilo.

—¿En qué estoy pensando? —preguntó cansada.

Visualizó la lasaña que había preparado antes.

—No sé. Esto es absurdo —dijo Holly.

—Venga, adivínalo.

Se imaginó con toda nitidez espolvoreando el queso por encima antes de meterla en el horno.

—¡No sé!

—Adivínalo.

—Podría ser cualquier cosa, mamá. A ver..., ¿lasaña?

Elle no supo si se sentía aliviada o decepcionada. Esa no era la vida que deseaba para su hija.

—A la primera.

—¿Qué? Como si fuera tan difícil. Acabamos de comerla…

—Es lo que estaba pensando, Holls. Eres lo que llamamos una sintiente, que significa…

La chica se levantó de golpe.

—Mamá, esto me está dando mucha vergüencita, ¿podemos dejarlo? Ojalá fuese una bruja, sería flipante, pero está claro que somos las personas más aburridas del mundo, y esta conversación es una pu…

—Eh, ni se te ocurra, señorita…

—Perdón, pero venga ya.

Elle suspiró y echó un vistazo a la habitación. Probablemente la Charla era más fácil con niños más pequeños: menos cinismo y menos insolencia. Todos los niños creen de forma natural en la magia, hasta que la vida mundana les arrebata la fe. Bajó las piernas del borde de la cama y sacó unas tijeras de un bote de artículos de escritorio.

—Vale, observa esto.

Elle levantó la mano izquierda y, apretando la mandíbula, se hizo un corte en la palma abierta con las tijeras. Un tajo rojo se abrió en la piel.

—¡Mamá! —gritó Holly, estirando la mano para quitarle las tijeras.

—¡Espera! —le soltó Elle—. Observa.

A los pocos segundos, dio la impresión de que le brillaba la mano como si tuviese una vela bajo la piel. En cuanto su cuerpo percibió traumatismo, reconfiguró las células y las proteínas de la mano para cerrar la herida. A esas alturas, era como conducir un coche. Podía hacerlo casi sin pensar. Sacó un pañuelo de papel y se secó la poca sangre que había derramado.

—Ya está. Como nueva.

Holly se quedó mirándola boquiabierta.

—Soy lo que llamamos una sanadora. Yo... sano cosas.

Su hija siguió mirándola.

—Bueno, ¿vas a decir algo?

Finalmente, Holly reaccionó.

—Mamá, ¿tienes idea de lo molona que te has vuelto?

Lo más difícil había sido conseguir que su hija no dijese una palabra del asunto. Ella esperaba lágrimas. En cambio, Elle tuvo que obligar a Holly a jurar por su vida que no se lo contaría a su grupo de chat. Había exagerado un poco el peligro de morir quemadas en la hoguera a manos de cazadores de brujas, una circunstancia que, para ser sinceras, era muy real hasta hacía relativamente poco.

A las diez, la casa estaba por fin tranquila, aunque ella todavía tenía náuseas. Lo hecho hecho estaba. Había conseguido poner en orden sus ideas lo suficiente para preparar los almuerzos de los chicos y lavar rápido el uniforme de Milo con el fin de que lo tuviese listo para el partido del día siguiente.

La rutina era reconfortante.

Agotada, y en pleno bajón de adrenalina, Elle miraba las paredes, concretamente la pintura que habían elegido para el dormitorio. Había probado cinco tonos de azul turquesa distintos, y ese, a la luz de la lámpara, le recordaba por algún motivo la ropa de hospital. Puede que hubiese que repintarla.

—¿Qué pasó? —preguntó Jez, metiéndose en la cama.

—¿A qué te refieres?

Elle evitó cruzar la mirada con él en el reflejo del espejo del tocador y se centró en ponerse crema de noche en la cara con pequeños movimientos circulares. Había leído en alguna parte que el drenaje linfático reducía la hinchazón y las líneas de expresión.

—¿Qué pasó en el último episodio?

—Ah, pues... ¿encontraron el cadáver del conserje en el bosque?

Cada noche veían una serie en una tele fijada a la pared al pie de la cama. Elle terminó su tratamiento cutáneo nocturno y se metió el colgante por dentro del camisón de satén. El pequeño trozo de peridotita sujeto a la cadena contenía el hechizo de glamour. Mientras lo llevase, Jez la vería como ella deseaba que la viese. Mucho menos difícil que regenerar su cuerpo de verdad, aunque ella lo había hecho en ocasiones especiales, como una boda o un retrato de familia. Si quisiese frenar continuamente el proceso de envejecimiento, acabaría desmayada de agotamiento en cuestión de horas.

Todavía le dolía el comentario de Niamh. ¿En qué se diferenciaba el hechizo del bótox o de un lifting? Por lo menos eso era gratis. Se deslizó bajo el edredón y se acurrucó junto a su marido. Ahora él se dejaba puestos los calzoncillos para dormir. Ya no estaba tan tonificado como en el pasado, y cada vez tenía más entradas, pero a ella seguía gustándole Jeremy Pearson. Musculoso, bajo para un hombre, con el pelo rubio cobrizo. Estupenda dentadura.

Él había dejado los estudios con solo dos asignaturas aprobadas en el primer curso de secundaria, pero grandes dosis de encanto —un indudable brillo en los ojos— lo habían llevado más lejos de lo que habría llegado con cualquier examen. En su día, todas las chicas hetero de Hebden Bridge iban detrás de Jez, pero ella era la que se lo había metido en el bolsillo, pese a los calumniosos rumores sobre la familia Device. Y hacía diecisiete años no había necesitado un collar encantado para conquistar su corazón. No eran novios de la infancia, pero casi.

Jez pulsó el play en el mando a distancia, y el resumen del episodio anterior empezó a reproducirse.

—¿Qué le pasaba a Holls? —dijo él, rodeándola con el brazo para que Elle pudiese acurrucarse en su hueco.

—¿Qué quieres decir? —preguntó ella en un tono que rayaba el teatro aficionado.

—Estaba como una moto cuando llegamos. ¿Ha comido aditivos o algo así?

Niégalo todo.

—No que yo sepa.

—Estaba como si fuera Nochebuena. Alteradísima.

—Ni idea —mintió Elle—. Ah, Niamh va a empezar a darle clases.

—Ah.

—Sí. Va atrasada en Matemáticas y Ciencias. Niamh se ha ofrecido a echarle una mano.

—Vale. ¿Milo también va a ir?

—No —contestó ella, demasiado rápido—. Creo, ejem, que sería difícil encajar las clases con el fútbol. Y él saca buenas notas.

Hacía tanto tiempo que mentía a Jez que lo hacía con soltura.

—De acuerdo.

Jez se puso cómodo para ver la serie.

Elle se arrimó a él y echó un vistazo a su bonito nuevo dormitorio, con sus ventanas Velux, suelo radiante, cuarto de baño privado y vestidor. Nadie en este mundo se arriesgaría a perder todo lo que ella tenía por algo tan ridículo como la verdad.

8

A la cama

Niamh

Hacía mucho que había anochecido cuando llegaron a Hebden Bridge. Tiger salió disparado entre las piernas de Niamh en cuanto ella abrió la puerta de la cocina sin hacer caso al chico. Había ardillas que perseguir y mierda de zorro en la que revolcarse.

Ella solo utilizaba la puerta principal cuando la reina o el papa venían de visita, una curiosa costumbre que había heredado con la casa.

—Bueno —le dijo a su silencioso compañero—. ¡Ya hemos llegado! ¡Aquí es! Siento que no sea una mansión o algo por el estilo.

Él se detuvo en el umbral con indecisión.

—Entra y refúgiate de la lluvia —lo instó ella, haciéndolo pasar—. Ven a sentarte junto al fuego. Iré a buscarte una toalla.

Si ella fuese una elemental, no necesitaría pastillas de encendido para hacer fuego, pero llenó rápido la estufa de leña del salón y la encendió. Mientras tanto, el chico —a quien los servicios sociales se referían como John Smith— se sentó empapado en el sofá. Niamh no quería llamarlo por un nombre que le había sido impuesto. Un obstinado nubarrón parecía seguirlos desde Manchester, y no pudo evitar preguntarse si él era el responsable.

Como no quería estropearlo todo, habían tomado el tren.

La teletransportación era bastante estresante hasta para la bruja más estable. Helena —que tal vez no se fiaba del todo de su decisión— los acompañó. Él seguía sin pronunciar una sola palabra, y se dedicó a contemplar las gotas de lluvia en la ventanilla del tren, con la frente pegada al cristal, mientras Niamh y Helena charlaban de libros, películas y chismes del aquelarre.

En ese momento ella apareció con toallas para los dos. Él miró la mullida toalla como si no hubiese visto una en su vida. Se secó la cara y el pelo con cautela.

—¿Te preparo una infusión o algo para beber? La manzanilla viene de fábula antes de acostarse, ¿o prefieres miel de lavanda?

Intentó proyectar otra vez la mente, en esta ocasión sin las trabas de las contramedidas de Grierlings, pero en la cabeza del muchacho solo había aquel muro de ónice.

—Bueno, yo me voy a tomar una, así que haré otra para ti.

Mientras preparaba la infusión, se dio cuenta de lo que había hecho. Según las oráculos y la taxonomía de los demonios, ese chico estaba aliado con un tercio de la trinidad impía. Y ella le había ofrecido un sitio en el que quedarse. Echó un vistazo por encima del hombro a través de la puerta y vio que él se había levantado del sofá para calentarse las manos junto al fuego. Dioses, había dejado a un elemental a solas con unas llamas. Puede que no fuese la decisión más inteligente que había tomado en su vida.

No se entretuvo con la infusión.

Cuando ella apareció, él todavía estaba calentándose las manos blanquecinas.

—¿Puedes controlar las llamas? —preguntó Niamh, procurando evitar que la vibración de los nervios asomase a su tono.

Él miraba el fuego con los ojos entornados, como si intentase descifrarlo. De repente, las llamas se avivaron con un tenue susurro, y el chico retrocedió de un brinco. Le asusta su propio poder, pensó Niamh, un rasgo impropio de un cerebro demoníaco.

«¿Puedes ayudarme?».

—Sí que puedo —contestó ella en voz alta. Esperaba que hablando en alto él también se animase—. Lamento mucho cómo te han tratado. No me imagino el miedo que has debido de pasar.

Su mísera bolsa de ropa estaba sobre la mesa de la cocina. En el tren, Helena había seguido informando a Niamh del pasado reciente del muchacho. Hasta el incendio del colegio, el chico había estado en un hospital psiquiátrico con el nombre provisional que le habían puesto. Después de hospedarlo durante aproximadamente un año, a sus últimos tutores de acogida les había parecido «preocupante» y habían renunciado a su custodia.

—Deberíamos haberte encontrado antes —reconoció Niamh—. En el ASM hay gente que se dedica a localizar a brujas y hechiceros jóvenes. Tú te escapaste de la red.

El chico bebió un trago de infusión. Hizo una mueca.

—No está muy rico, ¿verdad? —dijo Niamh riendo—. Pero te ayudará a dormir.

«¿Siempre has sido bruja?».

—Sí. Mi madre era bruja, y mi padre, hechicero. Mi madre nos dijo a mi hermana y a mí que éramos brujas… Era tan pequeña que no me acuerdo, sinceramente. Supongo que siempre lo he sabido.

«¿Dónde están tus padres?».

—Los dos están muertos —respondió ella, arrugando la nariz—. Nada que ver con la brujería o la magia. Murieron en un accidente de tráfico cuando yo era más pequeña que tú. Entonces vinimos a vivir aquí con nuestra abuela. —Había llegado el momento de intentarlo—. ¿Y tus padres?

Los muros de la mente de él se alzaron tan rápido que Niamh por poco se cayó del sofá. Mejor no seguir por ese camino.

—Perdona —dijo—. No es asunto mío.

«Y ahora, ¿qué?».

Muy buena pregunta, y el pobre chaval merecía saberlo.

—Mañana le pediré a mi colega que me sustituya en la consulta e iremos a ver a una amiga mía, Annie. Es totalmente de fiar. A lo mejor ella puede arrojar algo de luz sobre la situación. Es una señora encantadora, y seguro que nos da de comer bizcocho de limón. ¿Qué te parece?

Él asintió con la cabeza.

—Vamos, te acompaño a tu cuarto.

Lo llevó a la habitación que en su día había compartido con Ciara. Tenía unas camas gemelas pegadas a cada rincón. Ahora era un cuarto de huéspedes, aunque hacía años que ella no tenía invitados. La habitación olía un poco a humedad, a abandono, aunque de vez en cuando a Tiger le gustaba echarse una siesta en la cama. Encontró un cepillo de dientes de sobra y le enseñó dónde estaba el cuarto de baño.

—¿Tienes todo lo que necesitas?

Él volvió a asentir con la cabeza, pero parecía un poco empequeñecido, incluso en la diminuta habitación. Ella la utilizaba ahora sobre todo como vestidor, un sitio en el que guardar la ropa sobrante que no le cabía en el armario. En realidad, estaba hecha un desastre, con vestidos de verano tirados en el sillón o colgados del espejo.

—Es mejor que Grierlings, ¿no? —Ella sonrió y él se animó un poco—. Estoy en la habitación de al lado por si necesitas algo.

Se volvió para marcharse, pero entonces añadió:

—Oye, no te fugarás, ¿no? No irás a salir corriendo por la noche, ¿verdad?

Él negó con la cabeza.

—Me alegro. Que duermas bien. Aquí estás a salvo, te lo prometo.

«Theo».

—¿Perdón?

«Me llamo Theo».

Vaya, eso estaba bien. Era algo. Confirmación. Progreso. Helena la dejaría en paz.

—Mucho gusto, Theo. Que descanses. Nos vemos en el desayuno.

Conrad le leía en la cama. *Dune.*

—¿Qué clase de nombre es Paul? —dijo, apartando el tocho de novela a un lado.

Niamh ya se había adormilado. Él le leía para ayudarla a conciliar el sueño.

—¿A qué te refieres? Paul es un buen nombre.

—O sea, el escritor se toma la molestia de llamar a los planetas Caladan y Arrakis, ¡y luego le pone al protagonista un nombre de mierda como Paul! No suena muy de ciencia ficción, ¿no? Yo lo habría llamado Xilocarpo o algo por el estilo.

Niamh puso los ojos en blanco.

—Eso es un coco.

—¿Qué?

—Un xilocarpo. Es una fruta de cáscara dura.

—Ah.

Niamh se dio cuenta de que oía agua corriendo, como si no hubiese cerrado un grifo.

—Con, ¿has dejado el grifo abierto?

Como él no contestaba, abrió los ojos y vio que no estaba. La habitación se encontraba a oscuras y la cama estaba fría. Sin embargo, el ruido del agua seguía oyéndose.

Niamh salió de la cama y se dirigió al interruptor de la luz dando traspiés. Le dio una y otra vez, pero las luces no se encendían por mucho que lo intentaba. Había habido un apagón. La densidad de la oscuridad hacía pensar que faltaban horas para que amaneciese. Niamh buscó a tientas el pomo de la puerta.

Abrió la puerta de par en par y, en lugar de con el descansillo de arriba, la puerta del dormitorio comunicaba ahora con una habitación desconocida. Niamh contuvo el aliento. No podía ser. La luz escaseaba y tuvo que avanzar por un angosto pasillo palpando las paredes. El aire olía a moho. El papel pintado estaba roto, despegado y lucía un color sepia en las esquinas.

El torrente de agua seguía sonando.

Estaba en un piso lóbrego. Todo eran ángulos rectos y techos bajos, funcionalidad fría e impersonal. Por las estrechas ventanas situadas encima de las puertas solo entraba una luz desvaída.

Un bebé lloraba. Su llanto la atravesó.

Una mujer salió disparada de una habitación a la izquierda y Niamh se pegó contra la pared. Solo la vio una milésima de segundo, pero era menuda, delgada, con una melena morena despeinada.

De inmediato, Niamh percibió poder, como dinero en la lengua.

Con la fatigosa inevitabilidad de las pesadillas, la escena siguió avanzando como el tren de una montaña rusa que se dirige a la primera cumbre. Niamh no podía detenerlo aunque quisiese. Siguió a la figura femenina hasta la habitación.

Era una especie de enfermería. Una sábana raída se hallaba sujeta con grapas sobre las ventanas cuadradas, y había moho negro en las esquinas del techo. No obstante, la cuna era nueva y estaba llena de muñecos de peluche. Una canción de cuna sonaba en un móvil con una luna y unas estrellas que colgaba sobre la camita.

La mujer se encorvó por encima de la cuna con movimientos agitados y nerviosos. Metió la mano y sacó al niño. Parecía demasiado frágil para levantarlo, pero lo consiguió. El bebé, a ojos de Niamh, tenía entre uno y dos años; en cualquier caso, no era un recién nacido. En cuanto la tomó en brazos, la criatura dejó de llorar.

«Chis —dijo ella—. Así me gusta, niño bueno. Mamá está aquí».

La mujer meció al niño en brazos y pasó por el lado de Niamh como si no estuviese allí. «No estoy aquí», pensó, y sin embargo sí que estaba. Nunca había visto ese piso ni a esa mujer, pero cada detalle parecía consistente. El rostro de la mujer era macilento. Tenía la piel cetrina y picada. Tenía una desagradable llaga roja en el labio. Su largo cabello estaba grasoso.

Niamh supuso que era más joven de lo que aparentaba. Si acudiese a la consulta, Niamh le buscaría ayuda. Se trataba de una mujer que necesitaba ayuda.

Niamh, que seguía siendo una mirona pasiva de ese extraño diorama, los siguió por el sombrío pasillo. El agua venía del cuarto de baño. La habitación se hallaba en un estado igual de lamentable que el resto del piso. Los azulejos de las paredes estaban agrietados y mohosos, y una raja en la ventana de cristal esmerilado dejaba entrar una corriente gélida. Solo un débil chorro de agua caía en la bañera. Manteniendo al bebé en equilibrio sobre la rodilla, la mujer deslizó los pálidos dedos por el agua para comprobar la temperatura.

Satisfecha, quitó el pelele y el pañal a la criatura y la sumergió en el agua. El bebé se quejó y lloró de nuevo.

«Chis, es hora de bañarse, pequeño».

Solo entonces, empleando la mano libre, agarró la cara del niño y lo hundió por completo bajo el agua.

Niamh abrió la boca para gritar, pero no le salió ningún sonido. Trató de estirar los brazos y apartar a la mujer del niño, pero descubrió que no tenía manos. Solo podía observar como el agua se agitaba sobre la carita del bebé y...

Se despertó ardiendo, con el camisón pegado a la espalda. Le corrían lágrimas por la cara.

Y además se estaba produciendo un terremoto.

Un vaso de agua cayó de la mesilla de noche. La fotografía enmarcada de Conrad y ella se volcó. La casita entera tembló. Abajo, Tiger empezó a ladrar.

—¿Qué coño...?

Niamh saltó de la cama y se puso a cuatro patas tratando de mantenerse en equilibrio. Se levantó y se abrió camino hacia el cuarto de invitados, sabiendo de alguna forma que tenía algo que ver con el chico.

—¡Theo! —gritó.

En el descansillo, un cuadro del valle pintado por su abuela cayó al suelo y el cristal se rompió en el marco.

Estuvo a punto de caerse al entrar en el cuarto de huéspedes. Se quedó boquiabierta. El chico flotaba a un metro de la cama, girando y dando patadas en sueños. Le relucía la cara del sudor. Emitía sonidos quejumbrosos mientras sufría convulsiones.

—¡Theo! —gritó otra vez—. ¡Despierta!

La ventana se hizo añicos hacia dentro y poco después el espejo de pie del rincón, que los cubrió a los dos de cristales. Niamh chilló tapándose la cara.

—¡Theo!

Agarró al chico por los brazos y trató de bajarlo al suelo, pero era más fuerte de lo que parecía.

—¡THEO!

Provocó la explosión más potente que pudo en lo profundo del subconsciente de él. Dio resultado. El chico abrió los ojos y la casita dejó de sacudirse. Cayó pesadamente en el colchón, sin fuerzas. También a él le corrían lágrimas por las mejillas, y Niamh comprendió que los dos habían tenido el mismo sueño. Él se lo había transmitido mentalmente, sin querer, supuso, mientras dormía. ¿Cómo era posible hacer eso y no darse cuenta? ¿Cuánta fuerza tenía?

—Estás bien —dijo ella en tono vacilante, recobrando el aliento—. Solo era un sueño. —Era mentira, y ella lo sabía. Era un recuerdo. Niamh sabía distinguir uno de otro—. Ahora estás bien —repitió, tratando de convencerse a sí misma tanto como a Theo.

El muchacho se había hecho un corte en la mejilla con el espejo que había estallado, y ella, uno más pequeño en el antebrazo. Un simple arañazo. Incluso a oscuras, Niamh vio que le brillaba la piel y que el corte se cerraba. El chico le asió la mano y, un momento más tarde, notó que una sensación deliciosamente cálida emanaba de su piel a la de ella y le llegaba hasta el tuétano.

El rasguño del brazo se esfumó y el dolor desapareció. Él era un elemental, un sintiente y un sanador. Poseía una habilidad más que ella. Niamh se esforzó por mantener una expresión neutra. No acostumbraba a conocer a personas más capaces que ella, y no estaba del todo segura de que le gustase.

«¿Quién eres?».

Los ojos de él brillaron en la oscuridad. «No lo sé».

9

Vance Hall

Helena

Al mismo tiempo que Niamh y Theo llegaban a la casita, Helena también entraba en el hogar de su infancia. El reloj de su abuelo situado en el vestíbulo dio las once cuando cerró la sólida puerta de roble con cautela detrás de ella, aunque lo cierto era que no había forma de hacerlo silenciosamente. Se figuró que sus padres estarían en la cama, aunque los había avisado de que se quedaría a dormir. No era una opción ideal para trabajar por la mañana; pero, bajo ningún concepto, pensaba dejar a Niamh a solas con una variable tan imprevisible. Dudaba de que durmiese bien, preocupada por Niamh, pero Helena estaba preparada para aguantar con cinco horas de sueño.

Atravesó de puntillas la planta baja de la casa, una réplica gótica construida originalmente para el comerciante de seda Rudolph Garnett en 1864, que había pasado a formar parte de la familia desde que este se casara con la joven Edith Vance poco después. Por norma, las brujas no adoptan el apellido del marido.

Helena reconocía ahora su infancia «holgada», pero en aquel entonces no era consciente de ello. ¿Qué niña no crecía en una mansión con siete dormitorios? La rosaleda, el estanque con patos, la casa en el árbol y el huerto eran lo único que ella conocía. Algún día, suponía, heredaría esa casa, junto con su hermana. ¿La venderían o la remodelarían? La nostalgia y el sentimentalismo pueden ser embriagadores, sin duda, pero la casa era poco práctica, casi asfixiante. Las vigas eran demasiado bajas; las ventanas emplomadas, demasiado recargadas; las cortinas color burdeos, demasiado pomposas. Ella prefería la comodidad de su elegante casa en Chorlton.

En la cocina le llegó un persistente olor a pescado que le recordó que era lunes. Pastel de pescado; martes sin carne; lasaña (semana A) o pastel de carne y puré de patata (semana B); chuletas de cerdo; *fish and chips*; jamón y huevos (semana A) o empanada con puré de patata (semana B); asado de domingo. Puso agua a hervir antes de buscar en el frigorífico algo casero, lo que fuese. Ese día había tomado otro trío de comidas rápidas: cruasán, sándwich y la ensalada que se había comido en el tren. En el estante superior de la nevera había un plato de embutidos, envuelto en film transparente, con el que se podía preparar otro sándwich. Sacó también una bolsa de ensalada y lo llevó todo en brazos a la isla de la cocina.

Su madre cruzó la puerta levitando, y a Helena se le cayó todo sobre la superficie con gran estruendo.

—¡Madre! Se acabó, te vamos a comprar una campanita.

—Perdona, querida, no quería asustarte.

Lilian Vance entró en la cocina flotando en silencio, con los pies calzados en unas zapatillas a varios centímetros de las baldosas. Helena se preguntaba si lo hacía a propósito. El numerito del sigilo. Su madre se sentó en una de las varias sillas de ruedas que había repartido estratégicamente por la casa.

—Pensaba que estarías dormida —dijo Helena—. ¿Te apetece beber algo? El agua ha empezado a hervir.

—Manzanilla, gracias. ¿Nos honrará mi nieta con su presencia?

Helena sonrió con suficiencia mientras untaba con mantequilla un trozo de pan.

—Sí, el aquelarre va a teletransportarla en cualquier momento.

Llevó dos tazas humeantes a la mesa del desayuno y regresó para terminar el sándwich.

—¿Puedo preguntar qué te trae por aquí? —quiso saber Lilian, soplando su infusión.

—Mejor que no lo sepas. ¿Dónde está papá?

—Leyendo en la cama. —Lilian era una mujer hermosa, toda elegancia y pómulos, imponente incluso a una edad provecta. Si Helena envejecía la mitad de bien que su madre, se daría con un canto en los dientes—. La red de chismes ya está murmurando… ¿Hay tensión por algo?

—No me cabe duda —contestó Helena sin hacerle caso, dando un buen bocado al sándwich—. Y sin comentarios.

—No hables con la boca llena. ¿Se trata del nuevo primer ministro?

Helena clavó una mirada desafiante a su madre y se sentó a la mesa a su lado.

—Madre.

—¿Qué?

Ella suspiró.

—El nuevo primer ministro es otro alumno de Eton con sed de gloria que se cree que acaban de convertirlo en el nuevo jefe del cotarro. Como siempre, el ASM seguirá trabajando con sus asesores a una distancia prudencial.

Lilian sonrió maliciosamente.

—Nadie dijo que ser suma sacerdotisa fuese fácil, Helena.

¿Qué tenía esa casa? Nada más cruzar el umbral, se convertía otra vez en la Helena de diecisiete años. Se abstuvo de gritarle a la cara un hosco LO SÉ, MADRE.

A veces se preguntaba si con eso sería suficiente. Tal vez… tal vez si Lilian también hubiese ejercido de suma sacerdotisa, tendría más empatía. Ella siempre sería hija de una y madre de otra, pero nunca la Elegida. Un trance particularmente frustrante. Una copiloto de por vida. Helena se esforzó en especial por guardarse esas cavilaciones para sí misma. No soltó prenda. Era tarde, y no quería decir algo de lo que se arrepintiese por la mañana.

—Tienes cara de agotada.

—Gracias. Lo estoy. Llevo en pie desde las cuatro.

Costaba creer que la captura de Smythe hubiese tenido lugar el mismo día. Se preguntaba cómo le iría su primera noche en Grierlings.

—Tu abuela siempre decía que el secreto estaba en delegar, querida. No tienes por qué hacerlo tú todo, Helena.

«No entres al trapo, no le des lo que busca». Algunas personas disfrutaban discutiendo como otras disfrutaban de un enérgico partido de squash. Es más, muchas veces Helena comprobaba que si quería que algo se hiciese bien, tenía que hacerlo ella. La suma sacerdotisa más joven en la historia del ASM. Tenía mucho que demostrar.

Estaban viviendo una época caótica, pero se acordaba de cuando la gente empezó a murmurar su nombre en plena guerra. La última suma sacerdotisa, Julia Collins, había sido asesinada, y la opinión general era que necesitaban a alguien que estuviese en la brecha. Al principio había sido muy halagador, pero también una locura. Una estrella en ascenso, sí, y haciendo retroceder a Hale y sus compinches en primera línea, pero una líder no. La guerra se impuso a la pompa y la ceremonia del ASM.

Fue entonces cuando Annie Device predijo su coronación, luego las oráculos, y después Niamh y Leonie apostaron por ella, y su padre, y algunas ancianas pudientes también la recomendaron. La idea cobró fuerza. Helena Vance, nieta de una de las mejores sumas sacerdotisas que había tenido el aquelarre. La cara nueva y joven de la brujería moderna. Lo probó y descubrió que le pegaba. Al final, hasta Lilian le dio su aprobación tácita, a su manera.

Nadie era inmune a los halagos, aunque tuvo que luchar entonces y seguía teniendo que luchar ahora. Cuando ella hizo el juramento, hablaba totalmente en serio. El aquelarre lo era todo. Hale había puesto en peligro su misma existencia, y ahora la ponía aquel chico.

—Lo estás haciendo de maravilla, Helena —dijo Lilian finalmente—. Todo el mundo lo dice. —Helena sabía perfectamente que su madre tenía espías en el ASM. Después de todo, muchas nunca tendrían la oportunidad de ser suma sacerdotisa por culpa de ella—. Pero ¿cómo lo llamáis los jóvenes? ¿Autocuidado?

Helena esbozó una sonrisa forzada.

—Gracias, mamá. Me pasaré un día entero en un spa cuando evite el apocalipsis.

Lilian la escrutó tratando de averiguar si bromeaba. Por suerte, la salvó una teletransportación inminente. La electricidad estática crepitó en el aire. Lilian también pareció percibirla.

A Helena se le erizó el vello del brazo. Un ciclón resplandeciente irrumpió en medio de la cocina hasta que Snow apareció con el móvil en la mano. No parecía impresionada.

—¿Puedes dejar de hacer eso?

—Un besito, por favor —le pidió Lilian, y Snow se acercó para obedecer.

—Estaba ocupada, mamá. No puedes hacer que el aquelarre me secuestre.

—Puedo, y lo haré. —A Helena se le estaba agotando la paciencia—. Son casi las once, deberías estar en la cama.

—¡Estaba con mis amigas!

Problemas.

—¿Tenemos que borrarles la memoria?

Snow hizo un mohín. Todas las madres piensan que sus hijos son guapos, pero Snow lo era objetivamente. Tenía el pelo y la piel tan blancos como su nombre indica, con unos ojos redondos de muñeca y unos labios carnosos. Helena solo lamentaba que arruinase su rostro embadurnándoselo de maquillaje.

—No. Amigas brujas.

—Entonces, ¿qué hay de malo? —dijo Lilian—. No te enfurruñes, querida. No te favorece.

Al contrario, Helena había educado a Snow para que dijese lo que pensaba. A sus ojos, «mandona», «exigente» y «difícil» era léxico misógino para decir «empuje», «ambición» e «iniciativa»: rasgos que ella deseaba fomentar. Helena solo esperaba que su hija hiciese lo correcto fuera del hogar.

—Tengo casi dieciséis años —continuó Snow—. Puedo quedarme en casa sola. Si alguien intenta entrar, le prenderé fuego.

—Así me gusta —asintió Lilian riendo entre dientes mientras Snow se servía Coca-Cola Light de la nevera.

—No bebas eso antes de acostarte… —se quejó Helena mientras su hija bebía un trago enorme con actitud desafiante—. Y ten presente que nuestra casa no está hecha a prueba de incendios.

No quería alimentar demasiado el ego de Snow, pero, aunque no lo exteriorizaba, se enorgullecía de lo rápido que su hija le había tomado el gusto a las manualidades. Iba a ser una elemental formidable.

Si alguna vez dejaba el móvil.

—¿Qué hacemos aquí, por cierto? Perdona, abuela. Por supuesto que me alegro de verte.

—No me ofendo, querida.

Helena terminó el sándwich y se limpió la boca con una servilleta.

—No puedo decirlo, pero esta noche tenemos que estar en Hebden Bridge. Por si acaso.

Snow y Lilian se cruzaron una mirada.

—¿Por si acaso qué? —preguntó Snow—. No puedes decir eso y no contárnoslo.

—Puedo y voy a hacerlo. —Helena agarró tu taza de té y la funda del ordenador portátil. Todavía tenía papeleo pendiente antes de acostarse. Abrazó a Snow y le dio un beso en la frente—. Me preocupo por esas cosas para que no tengas que hacerlo tú. Venga, a la cama. Las dos.

Helena cargó con el peso del mundo y lo llevó escaleras arriba a la cama.

10

Terrores nocturnos

Leonie

De niñas lo llamaban el prado de las campanillas. No se llamaba así, pero era un prado y crecían campanillas. Leonie estaba allí. De los árboles caían flores rosa blancuzco a una extraña velocidad. Todo era demasiado lento, como si el tiempo se hubiese vuelto pegajoso.

Había una cama en el claro y en la cama había una mujer. Una mujer que se parecía a Niamh, pero que no lo era. Leonie siempre había sabido distinguirlas. Los ojos de ella recordaban más los de un zorro, y Niamh tenía una tenue cicatriz en el labio.

La bella durmiente tenía las muñecas atadas a la cama con unas cadenas plateadas.

Mientras Leonie se acercaba a la cama, el prado desapareció, sustituido por un papel pintado de flores blanqueado por el sol. La habitación olía a lavanda, a reconstituyente Virgo Vitalis. El refugio. Hacía mucho que Leonie no lo visitaba. Demasiado. En otro tiempo habían sido aliadas. No, más que eso. Habían sido amigas del alma.

Al pie de la cama, Leonie sintió que se abría un agujero dentro de ella y que toda esperanza desaparecía. Iba a ocurrir algo horrible. Leonie sintió el imperioso deseo de escapar. La parte más vieja de su cerebro estaba en alerta máxima: luchar o huir. «Lárgate. Vete muy lejos».

En la cama, la mujer parecía relajada. Leonie se dio cuenta de que le había cambiado la cara. Ahora había una ligera cicatriz en el labio.

—¿Dónde estás, Ciara?

Ahora había una pregunta.

Leonie la percibía. Estaba cerca. Todo aquello parecía demasiado real. Los sintientes tenían sueños muy vívidos. Casi no eran sueños.

Teniendo presente la última vez que había visto a Ciara Kelly consciente, y lo distinta que estaba, debería estar asustada. Leonie contuvo el aliento y se dio la vuelta muy despacio. Casi esperaba ver a la gemela de Niamh en el techo.

—¿Ciara?

Notó que una mano fuerte y helada le agarraba el tobillo por debajo de la cama y…

Leonie se despertó sobresaltada. El gato se asustó, salió disparado del pie de la cama y se escapó del cuarto. Los ojos de Leonie intentaron descifrar la penumbra. Estaba en la cama, estaba a salvo. Consultó el móvil y vio que solo era la una pasada.

—¿Qué ocurre? —murmuró Chinara, de espaldas a ella.

Chinara era con diferencia la que tenía el sueño más ligero.

El corazón le latía demasiado rápido. Joder, qué sueño más chungo.

—¿Lee?

—Una pesadilla, cariño.

No. Más que eso. Aquel miedo horrible persistía.

Todavía atontada, Leonie proyectó la mente a través de Camberwell, a través de Southwark, a través del sur de Londres. Algo peligroso en una ciudad tan poblada. Muchas mentes ruidosas crean mucho ruido. El verdadero Londres no duerme y ella, como sintiente, se había acostumbrado a cierto grado de barullo de fondo, del mismo modo que se había acostumbrado a que nunca oscureciese de verdad. El cielo siempre estaba enturbiado de niebla de neones, y la psique colectiva de Londres estaba igual de nebulosa. Mucha alegría, sí, pero también la soledad más desgarradora que había sentido en su vida.

Leonie frunció el entrecejo.

—Algo no va bien.

Chinara se dio la vuelta y se apoyó en un codo.

—¿El qué?

Como no quería parecer una oráculo nerviosa, Leonie no le dijo lo que sentía realmente. ¿De qué servía preocuparla? Chinara tenía una reunión importante por la mañana. No era justo. Lo que Leonie percibía era algo desastroso. Así era, la sensación asfixiante de que iba a pasar algo terrible. Una catástrofe.

—Bah, solo era un sueño —mintió.

—¿Con quién has soñado?

—Da igual.

Mejor dicho, con «qué». Algo la despertó. Ciara no, otra cosa. Algo malo.

11

El problema de las profecías

Niamh

Una gallina había puesto, así que Niamh preparó huevos para desayunar mientras pisaba las cáscaras. De momento, no había sucedido ningún otro incidente, pero, por segunda noche seguida, Niamh apenas pudo dormir. Es difícil hacerlo en estado de alerta.

Theo tenía mejor cara desde que había salido de Grierlings. Se había duchado y puesto ropa nueva y ahora parecía un adolescente normal y corriente como los que se reunían alrededor del mercado de Hebden Bridge. Seguía mostrándose muy tímido, pero aceptó el desayuno compuesto de huevos revueltos sobre un panecillo y se lo comió con avidez.

—¿Quieres hablar del sueño? —preguntó ella, observándolo por encima de su taza de café solo.

Él negó con la cabeza y ella no insistió.

—Tengo unas hierbas medicinales que te ayudarán a dormir esta noche. —Y añadió guiñando el ojo—: Y con las que no se te caerá el tejado encima si tienes otra pesadilla.

El chico se ruborizó y ella lo tranquilizó diciéndole que no pasaba nada. Era inevitable. Cosas que pasaban y todo eso. Ella ya había llamado a un cristalero para que fuese a arreglar la ventana por la tarde. El chico se ofreció a fregar los platos, tal vez como penitencia.

—Bueno, vamos —dijo Niamh cuando él terminó—. Annie nos estará esperando.

Después de todo, era una oráculo muy poderosa.

Niamh no estaba de humor para pasear, de modo que recorrieron en coche el breve trecho hasta Midgehole. La casita de Annie —el viejo molino de agua— estaba apartada en el bosque, enclavada en la orilla del arroyo Hebden, el río rumoroso que serpenteaba por el parque nacional de Hardcastle Crags hasta la ciudad. El molino entero parecía borracho, desplomado en el bosque, al que daba por la parte de atrás. Annie Device había nacido en esa casita, y la construcción parecía envejecer con ella. Las dos lucían los años que tenían, pero la noria seguía girando, aunque ya no molía el trigo como antaño.

Niamh y Elle solían preguntarle si le gustaría vivir con una de ellas, y le aseguraban que estarían encantadas de acogerla, pero la anciana siempre les repetía el mismo mantra: «Nací en esta casa y me sacarán de ella con los pies por delante».

Nadie, y menos Elle, sabía cuántos años tenía realmente. Muchos. Sin duda, muchos.

La casita estaba rodeada por casi todo el muro perimetral que antes cercaba el patio del molino de agua. Actualmente el muro desmoronado, junto con un leve encantamiento, impedía la entrada a excursionistas y turistas ruidosos y aislaba el jardín silvestre de Annie.

Theo se quedó frente a la cancela oxidada mientras Niamh se abría paso entre la selva de ortigas hasta la puerta principal.

—Vamos —dijo Niamh—. No tienes de qué preocuparte, te lo prometo.

Medio engullida por los juncos y las enredaderas, parecía realmente la casa de la bruja de un cuento de los hermanos Grimm, pero Niamh sospechaba que Annie cultivaba a propósito esa imagen para mantener a la gente alejada. Ella siempre se había sacrificado por el colectivo. Era la «bruja de Hebden Bridge» para que las demás pudiesen seguir con su actividad.

Cada ciudad tiene su bruja, su casa de pan de jengibre.

Annie los recibió en la puerta principal.

—¡Pasa, Niamh, guapa! Vamos, que no entre el frío.

Tenía el acento de Yorkshire más marcado que ha habido y habrá jamás.

A Niamh siempre le sorprendía lo menuda que era ahora Annie; estaba convencida de que la mujer encogía. Actualmente, iba encorvada y se apoyaba en un bastón. Llevaba una peluca que Niamh le había regalado hacía dos Navidades; un sencillo postizo escalonado de color plateado a lo *garçon*.

—¿Quién es ese? —preguntó Annie.

Por supuesto, no podía ver a Theo. Se había quedado ciega décadas antes de que Niamh acudiese a Inglaterra, pero estaba claro que lo veía, y Niamh supuso que ya sabía la respuesta. A Annie Device se le escapaban pocas cosas. Tenía el cuerpo debilitado, no cabía duda, pero su mente era como una trampa de acero para osos.

—Annie, este es Theo. —Miró hacia atrás por el descuidado sendero mientras él se acercaba con paso vacilante—. Voy a cuidar de él una temporada. No habla mucho... más bien nada, en realidad, pero necesitamos...

La anciana rio entre dientes.

—Yo sé lo que necesitáis, Niamh Kelly. Necesitáis una buena taza de té. Venga, entrad.

La casita estaba llena de dos cosas: diarios y gatos. Era el refugio felino no oficial de Heptonstall, y olía como tal. Niamh vio que a Theo le daban arcadas al entrar en la casa, pero le lanzó una mirada rápida.

«Ya. Nos quedaremos en el jardín. No temas».

Lo cierto era que Annie tenía un sentido de la presciencia bastante más agudo que el sentido del olfato.

Los diarios y almanaques, montones y montones de volúmenes encuadernados en piel, se hallaban apilados en la escalera, contra las paredes y sobre los alféizares de las ventanas. Todos contenían un intricado registro de la historia personal de Annie y todas las historias que ella había conocido; las de sus antepasados y sus descendientes. Era custodia del pasado y del futuro.

Gatos de todos los colores, formas y tamaños acudieron en manada a los tobillos de Niamh cuando cruzaron la entrada. Los familiares —aquellas especies dotadas de sintiencia momentánea: gatos, sapos, cuervos, zorros— solían buscar a Niamh, sabiendo que podían contar con ella. Niamh cerró la mente, incapaz de procesar tantas conciencias superpuestas. Los maullidos eran bastante sonoros.

Los gatos no son como los perros. Son veleidosos y se aburren con facilidad. Te adoran un minuto o dos y al siguiente es como si estuvieses muerto para ellos. Niamh acarició a un par de los más amistosos y esquivó al macho anaranjado con motas que le siseaba desde el pasamanos. Intentaba castrar a todos los gatos de Annie que podía, pero el ejército felino no paraba de crecer.

—¡Hemos vuelto a tener gatitos! —anunció Annie con orgullo, moviéndose a tientas por la cocina.

—Déjame ayudarte —dijo Niamh.

—No seas boba. Siéntate. ¿Estamos en el salón?

Niamh volvió a mirar a Theo.

—Salgamos al jardín. Se está bastante bien.

La puerta de madera partida de la cocina daba a un patio plagado de dientes de león situado a la orilla del río. El jardín estaba descuidado, además de lleno de mierda de gato, pero todavía tenía el pozo de los deseos, y el columpio, ya olvidado y abandonado, aún colgaba del gran sicomoro. Ciara, Elle y ella habían pasado muchos días ociosos de agosto empujándose en aquel columpio o —mejor aún— inclinadas sobre el asiento y retorciendo las cuerdas una y otra vez antes de soltarlas para hacer girar a quien estaba sentada en él.

«¿Puedo?». La tímida voz de Theo se coló en su cabeza.

—No veo por qué no. Pero ten cuidado, ese columpio es más viejo que yo.

Theo atravesó con cuidado los matorrales y probó a apoyar el peso en él. El columpio aguantó y el chico tomó impulso. Empezó a columpiarse y miró a Niamh con una sorpresa infantil reflejada en el rostro. Era como si ese fuese su primer día en la Tierra: huevos, columpios, gatos…, todo le parecía nuevo.

Niamh rememoró la pesadilla del muchacho con una sensación de amargura en el estómago. Si realmente él era el bebé de la bañera, había sobrevivido a la experiencia, al menos físicamente. Eso no explicaba cómo recordaba el episodio. Ni siquiera las oráculos más poderosas pueden recordar su primera infancia. De momento, Niamh partía del supuesto de que la mujer nerviosa del pelo moreno era su madre biológica, y que había intentado ahogarlo. Sin duda, eso era lo peor que le podía pasar a un niño. De modo que cuidaría de él con especial mimo hasta que llegase el momento de devolverlo al ASM.

Un gatito diminuto se tropezó con él y Theo dejó de columpiarse para recogerlo. De nuevo, miró a Niamh solicitando permiso, y ella asintió con la cabeza. Estiró los brazos con cuidado hacia el cachorro y lo levantó con una expresión de asombro en el rostro.

Annie salió de la cocina con una bandeja de té y Niamh se levantó de un brinco para ayudarla.

—Trae, déjame cogerla. —La llevó a la mesa y dejó la bandeja—. ¿Cómo te va, Annie? Perdona, ha pasado mucho tiempo.

—Ya me conoces, cielo, no me quejo. Estoy hecha polvo, claro, pero no puedo quejarme.

Niamh sonrió.

—La peluca te queda bien. Te favorece.

—Ah, ¿sí? ¿Crees que puedo conquistar a un pretendiente?

Niamh rio, pero Annie había tenido una vida bastante tumultuosa. Niamh no tenía dudas de que encontraría otro marido, o una esposa, si quisiese. En primer lugar, descendía directamente de las brujas de Pendle que habían sido perseguidas en 1612, un parentesco que exhibía como un honor, independientemente de que esas brujas hubiesen sido tan descuidadas de dejarse pillar. Lo ocurrido en Pendle y Salem servía de moraleja a todas las brujas. Eso es lo que puede ocurrir cuando un aquelarre cae en las luchas internas y las traiciones.

De joven, Annie había viajado por el mundo visitando todos los aquelarres del extranjero que había podido, e incluso había encontrado tiempo para dar a luz a cuatro hijos de cuatro padres distintos. «Yo también soy un 4×4», había dicho una vez con descaro, señalando con la cabeza el Land Rover de Niamh. Su hija más pequeña era la madre de Elle, Julie, nacida bajo las estrellas en una tienda en algún lugar del desierto de Nairobi.

—¿Damos un paseo mientras el té reposa? —propuso Annie—. A mi cadera le vendrá bien.

—Claro.

Niamh la tomó del brazo y enfilaron el sinuoso camino que serpenteaba por todo el molino. Hablaron brevemente de Holly Pearson. Annie se había enterado de la noticia por Elle y, por supuesto, se alegraba de que el linaje de las Device perdurase a través de ella. Niamh tenía la firme sospecha de que la información no había sorprendido a la antigua oráculo jefa.

El exterior era un festín para los sentidos: los colores, los aromas… Puede que el jardín pareciese un caos —una jungla de altas dedaleras y perifollos, puntiagudas cardenchas y aguileñas, campanillas y agrostemas—, pero la naturaleza no estaba hecha para la simetría. El jardín de Annie constituía un equilibrio desordenado, un sistema de soporte vital. Niamh percibía unas abejas, unos gusanos y unos pájaros muy contentos. A algunas de aquellas flores, advertía Niamh, no les correspondía florecer a finales de marzo, pero una bruja podía convencer a cualquier ser de que brotase si pronunciaba las palabras adecuadas.

A veces, Niamh se preguntaba si ese era también el futuro que le esperaba a ella. Una solterona, lo bastante chiflada para disuadir a los extraños curiosos, rodeada de animales y de un puñado de buenos amigos. Se le ocurrían destinos mucho peores.

—¿Hablamos del niño? —preguntó Annie, que sabía el objetivo de la visita desde el principio.

—¿Has visto la profecía?

—Oh, sí —contestó Annie—. Y también me llamó una de las secuaces de Helena.

¿Era eso cierto? ¿Por qué lo había negado Helena?

—¿Y bien? —Niamh bajó la voz—. ¿Es el Niño Impuro?

Annie alzó la cara hacia el cielo, disfrutando de la mansa luz del sol.

—El niño es un poderoso símbolo de adivinación —empezó a decir—. Vida, potencial ilimitado, nuevos comienzos. Como las oráculos, siempre he pensado que debemos tener mucho cuidado a la hora de dar valor (bueno o malo) a las profecías. Nada es del todo una cosa u otra. A veces el cambio, por doloroso que sea a corto plazo, es muy necesario. El niño fue vaticinado, es lo único que tengo que decir al respecto. Oooh, no sé si me quedan galletas en la lata. Si hay, seguro que se han ablandado.

—¡Annie! —A Niamh se le había hecho un nudo en el estómago—. Por lo visto, Helena cree que hay una relación entre él y lo… ¿Has visto lo que ellas me enseñaron?

—¿Leviatán? Oh, sí.

No parecía ni la mitad de inquieta de lo que debía de estar.

—¿Y…?

—La trinidad impía creó tres armas del hombre: la necesidad, el odio y el miedo. Los demonios quieren que estemos asustadas, Niamh, porque el miedo nos hace cometer tonterías. Ellos influyen en los sueños, que no te quepa duda.

Era verdad que los demonios hablan con los humanos por separado, adaptando su aspecto o sus promesas para provocar la respuesta deseada en sus víctimas. Por eso son tan efectivos. Un demonio particular, exclusivo para una persona, que influye directamente en sus esperanzas y miedos.

—Pero todas las oráculos han dicho…

—Si todas las puñeteras oráculos dijeran que te tiraras por un precipicio, ¿lo harías para demostrar que tienen razón?

—No. Pero desde luego tendría mucho cuidado con las cimas de los acantilados.

Annie rio. Cuanto más vieja se hacía, paradójicamente, más juvenil se volvía su risa. Parecía una diablilla traviesa.

—Si me hubieran dado un chelín cada vez que he explicado cómo funcionan las profecías, sería una mujer muy rica. Porque nosotras, incluso como brujas, interpretamos el tiempo en línea recta. Solo Gea lo ve todo al revés y de atrás adelante. Nosotras contamos historias y las transmitimos a las oráculos que vienen antes de nosotras y recibimos las que nos transmiten desde el mañana. Pero el caso es que las contamos modificadas. Ninguna de nosotras se resiste a añadirles un poco de sabor, un poco de picante. Y tienes que tener en cuenta dos cosas: quién las cuenta y quién es el público. Los dos factores son muy importantes. Tanto la historia como el futuro son ficciones. Solo el presente es real. No lo olvides.

Niamh reflexionó un rato sobre ello mientras una paloma torcaz arrullaba casi con coquetería en algún lugar cercano.

—Entonces, ¿crees que las oráculos del futuro… exageran? ¿O que es lo que las oráculos del presente quieren oír? ¿Por qué querrían oír que Leviatán va a alzarse?

Se le estaba empezando a sobrecargar la cabeza. Puede que esa tarde necesitase una siesta de veinte minutos.

—¿Quién sabe? Antes yo siempre añadía un poco de miedo. En la vida hay demasiadas cosas aburridas, Niamh; hay que echarse unas risas, ¿no? Lo que sí sé es que no hay nada definitivo. ¿Te acuerdas de cuando me pidieron que fuera suma sacerdotisa?

Niamh rio.

—¡No! ¡Fue unos veinte años antes de que yo naciera!

—Pues me lo pidieron. El ASM me lo pidió. Veían que yo sería la siguiente.

—¿Y tú no lo veías?

—¡Oh, no! ¡Sí que lo veía! Me veía claramente subiendo allí con esa elegante túnica escarlata y esa corona de hiedra en el coco, pero no era para mí. Así que les dije: «Gracias, pero paso».

Niamh no tenía ni idea. ¿Cómo es que no había oído nunca esa historia durante los años que había estado en el aquelarre?

—No sabía que se podía rechazar.

—¡A Gea le gustan las sorpresas! Por algo nos da el libre albedrío. Yo lo rechacé. Entonces se lo ofrecieron a Clara Vance y, como era de esperar, las profecías cambiaron. Como una piedra que cae en ese arroyo, el agua corrió en otra dirección. Yo fui la piedra.

—Entonces, ¿la profecía no es cierta?

Annie se detuvo cuando regresaron al punto de partida, en la parte trasera de la casa. Señaló a Theo, que estaba sentado en el borde del pozo, jugando tranquilamente con un par de gatitos a los que hacía cosquillas con el tallo de un diente de león.

—Lo único que sé con seguridad es que ese niño anuncia el cambio. Y no a todo el mundo le va a gustar ese cambio.

Niamh comprendió.

Annie se soltó del brazo de Niamh.

—Vamos, no dejemos que las bolsas de té reposen demasiado. —Se fue por el camino arrastrando los pies—. Theo, guapo, ten cuidado con el pozo.

Niamh sonrió.

—Si te caes dentro, acabarás en Blacko.

Él se quedó confundido, y con razón. Annie buscó una moneda de dos peniques en el bolsillo y la lanzó al profundo pozo. La moneda hizo un grato ruido.

—En los años cincuenta, tuve una amistad muy estrecha con una mujer casada que vivía en Blacko. Les pedimos a las elementales que nos hicieran un acueducto para que, cuando el marido volviera al parlamento, yo pudiera acercarme en un momento.

Blacko era un pueblo situado en las colinas de Pendle, a unos cuarenta minutos por carretera, pero solo segundos por el acueducto.

—¿Todavía funciona? —preguntó Niamh con incredulidad.

Lo había recorrido una vez cuando tenía unos doce años. Qué espanto. Por un segundo, había sido como si se ahogase, todo oscuro y sin aire, y luego había aparecido en el pozo de la hermana, sana y salva. Un subidón, desde luego, pero no uno que le apeteciese repetir.

—Sí. Mientras esas viejas piedras estén encantadas, cumplirán su función.

Theo parecía embargado de una enigmática fascinación. Buscó una piedra en el suelo. La agarró y la dejó caer en el agua negra de debajo. Se oyó otro chapoteo y luego silencio.

De repente, Niamh sintió un escalofrío. Miró a Theo. Él la pilló mirándolo y, por una milésima de segundo, pudo apreciar un claro pedernal en sus ojos. Y entonces cayó en la cuenta. No era un parecido físico, sino algo relacionado con sus gestos.

Le recordó a Ciara.

12

Brujería básica

Niamh

Niamh y Holly se abrazaron un buen rato.

—Cada vez que te veo pareces más adulta —dijo Niamh.

El uniforme del colegio St Augustus, observó, no había cambiado en lo más mínimo desde que ella era alumna del centro, pero Holly ya no parecía una niña.

—Haz el favor de parar. ¡Me recuerdas mi mortalidad! ¿Te apetece beber algo?

Holly entró en la cocina y dejó la mochila junto a la puerta.

—No, gracias. Bueno, un poco de agua. El señor Robson nos dijo en clase de Biología que tenemos que beber ocho vasos al día, pero yo procuro no utilizar los grifos del colegio porque fijo que la encargada del servicio es pedófila.

Niamh rio —pues esperaba que fuese una broma— y fue a buscarle un vaso. Theo estaba sentado tan silenciosamente en el salón que Holly dejó escapar un grito ahogado cuando se dio cuenta de que había alguien más.

—Ah, Holly, este es Theo. Theo, esta es Holly. Su madre es mi mejor amiga. También es una bruja. —Le dio a Holly el agua—. Theo todavía no habla, pero tiene poderes telepáticos, como nosotras.

Holly abrió mucho los ojos.

—Yo todavía no sé cómo hacerlo…

—Para eso estamos aquí. Vamos al jardín, con Gea.

Esa tarde había llovido un poco, pero Niamh les dijo que en la naturaleza no existía el buen o el mal tiempo. Los llevó a los dos al jardín para impartir su primera lección en años. Había buscado un par de ejemplares de *Introducción a la brujería*, de Patricia Kingsell, aunque el libro de texto no se revisaba desde que ella había sido iniciada y la edición más reciente era de 1992.

—¿Quién es Gea? —preguntó Holly—. ¿Es como Dios?

—Empezamos por las grandes preguntas, ¿por qué no? Para el carro —dijo Niamh mientras se sentaba de piernas cruzadas en la hierba—. Sentaos como yo. Conectad vuestro trasero a la tierra.

Theo sonrió tímidamente.

Niamh se metió el pelo detrás de las orejas.

—He pensado que en la primera lección no practiquemos nada de magia.

En realidad, después de la pesadilla que el chico había tenido la otra noche, Niamh no estaba segura de que la casita aguantase. Afortunadamente, los últimos días habían sido mucho más tranquilos. Antes de acostarse, y con el permiso de Theo, le había preparado una infusión con una gota de Mal de Hermana para mantener su poder bajo control. Un trocito de amatista debajo de su almohada también contribuía a que el muchacho durmiese plácidamente, además de proteger sus nuevas ventanas.

—Quiero enseñaros lo que significa ser una bruja o un hechicero. ¿Qué os parece?

Holly sonrió de oreja a oreja.

—Perdón, pero ¿puedo decir lo flipante que es todo esto? Todavía estoy intentando hacerme a la idea. ¡Soy una bruja, joder!

—No digas palabrotas, cariño, o tendré que decírselo a tu madre.

Las dos rieron por lo bajo. Era una buena señal.

—Pero es que hablamos de brujería. Increíble.

—Es increíble, no sabes cuánto. Bueno, cerrad los ojos. Podría decíroslo, pero he pensado que sería más divertido enseñároslo.

—¿Puedes hacer eso?

Holly la miró con la boca abierta.

—Sí, puedo. Y algún día tú también podrás. Relajaos, notad la hierba fresca. Vaciad la cabeza de todo lo que os pase por la mente: los deberes o lo que sea. Quedaos lo más en blanco que podáis.

—No me costará mucho. Milo siempre dice que tengo la cabeza hueca.

—Holly…

—Perdón.

—Centraos en vuestra respiración. Inspirad… y espirad.

Aguardó a que hubiese un silencio absoluto. El ASM estaba investigando mucho sobre cómo la distracción (redes sociales y servicios de *streaming* y demás) estaba afectando a las brujas jóvenes. Desde luego, ya no veían a tantas nivel 4 ni nivel 5 como antes, y una de las teorías que circulaban era que las brujas novatas carecían de las habilidades de meditación necesarias para pulir su poder natural. Simplemente, no podían estarse quietas ni vaciar la mente de preocupaciones.

Cuando sus respectivas respiraciones adquirieron una reposada sincronía, Niamh proyectó las imágenes que le habían mostrado a ella de niña. Su madre y su padre —los dos con poderes— les habían contado esas historias a Ciara y a ella desde la cuna. Eran los primeros cuentos que ella había conocido. Como Annie decía, toda la historia es relato. Si no estabas allí, es un cuento.

Niamh empezó…

Al principio, ninguno de nosotros estaba aquí. Nada, el vacío absoluto, aunque cuesta imaginarlo. Así que saltaremos a cuando todo cambió. Antes de que existieran la Tierra, la Luna y las estrellas, había unos seres poderosos que vivían en un reino que no podemos aspirar a entender. Era infinito, eterno. Podéis llamarlos dioses o demonios si queréis, aunque esos son los nombres que nosotros les hemos puesto. No se parecían a nada que conozcamos y no tenemos palabras para describirlos, así que ni siquiera lo intentaremos. Sencillamente, nos superan. Un día, uno de esos seres todopoderosos —el más poderoso de todos— se sintió solo. Había estado vagando por la eternidad y había llegado el momento de parar. Esa esencia se creó un hogar para ella a partir de sí misma; se transformó.

Todo lo que existe está hecho de ella: los átomos y las moléculas; los océanos y las montañas; los árboles y la tierra; el Sol, las estrellas… todo. Ella se forjó a sí misma. Provocó una gloriosa reacción en cadena. La vida que creó engendró nueva vida, nuevas especies. Fue inesperado, pero ella gozó de toda la vida que había creado.

Lo que no sabía era que, al crear el reino físico, otros dioses o monstruos también quedaron aquí atrapados, y esos grandes seres envidiaban la creación de ella y detestaban su cárcel terrenal. Si no podía ser de ellos, la destruirían en su afán por escapar de esa realidad. No eran lo bastante poderosos para combatirla; de hecho, eran bastante débiles comparados con ella, pero podían plantar semillas de descontento en las criaturas más poderosas que ella hizo: nosotros.

Todos nuestros peores rasgos —ira, odio, envidia y codicia— vienen de ese veneno. Nosotras, como brujas, los llamamos demonios. Son muchos; algunos poderosos, otros no tanto. Se esconden entre nosotros hablándonos al oído.

A medida que los demonios avivaban las llamas de la guerra, el asesinato y el hambre, Gea —la madre— contraatacó. Habló primero con sus hijas y más tarde con sus hijos. Nos enseñó muy bien y nos mostró cómo utilizar nuestros dones. Las herramientas habían estado a nuestro alcance todo el tiempo.

Los demonios también se dirigieron a nosotros ofreciéndonos recompensas terrenales y sensuales por cumplir sus órdenes, por ser sus manos y sus voces. Un hechicero o una bruja egoísta puede vivir de forma muy placentera utilizando sus poderes en beneficio propio, pero ¿a qué precio? Si uno saca más agua de la que deposita, un estanque no tarda en secarse. Conforme Gea envejecía, confió la protección del colosal caparazón que se había creado en sus hijas.

Su rival más poderoso era el rey demonio Satán. Él tentó a muchas brujas con los placeres de la carne. Surgió una gran división que se tragó a las primeras brujas. Los aquelarres se unieron y, aunque no consiguieron matar a ese señor, encontraron una forma de debilitarlo. Satán se dividió en una trinidad impía compuesta por el Amo, el Embustero y la Bestia. Tres demonios menores: Belial, Lucifer y Leviatán. El primero para el odio, el segundo para la necesidad y el último para el miedo. Los tres fueron llevados muy lejos y encerrados —perpetuamente— en cárceles de tierra, fuego, aire y agua.

Claro que eso no quiere decir que no busquen formas de escapar. La trinidad todavía susurra al oído tanto al hombre como a la bruja, pero solo las brujas pueden custodiar el umbral que separa el mundo de los demonios del mundo de los mundanos. Somos guardianas y protectoras.

Por eso, cada año en el solsticio, nuevas brujas de este país hacen una promesa a Gea. Acudimos a un lugar sagrado en la colina de Pendle y juramos lealtad a la madre. Sin ella, nada somos ni nada tenemos. Sacrificamos nuestra vida por la causa: custodias de Gea y su creación sin límites.

En algún momento había empezado a llover más. Niamh abrió los ojos y vio a Theo y a Holly embelesados y calados hasta los huesos. Ella tenía el pelo pegado a la cara. Mientras salía de su ensimismamiento, empezó a notar el frío en la piel.

Terminado el espectáculo, sus jóvenes alumnos también abrieron los ojos.

—Qué pasada —dijo Holly.

«¿Dónde están los demonios?», preguntó Theo.

Holly se quedó sorprendida por un momento al oír esa pregunta en su mente. Resultaba interesante que él hubiese preguntado eso.

—Están en todas partes —contestó Niamh—. Pueden vivir en el agua, el aire y las piedras. «Demonio» es una palabra muy engañosa, solo son… diferentes. Desde luego, no se parecen a lo que habéis visto por la tele. Los mundanos también los oyen, solo que no saben lo que oyen.

Los dos chicos la miraron asimilando la magnitud de lo que ella acababa de contarles.

—Vamos —dijo—. Refugiémonos de la lluvia. Voy a preparar chocolate.

No oyó la furgoneta haciendo crujir la grava por el camino a la casita, pero vio el cuerpo de Luke asomar por encima del muro. Percibió que Theo se erizaba de repente, sorprendido por la intrusión. En la punta de sus dedos chisporrotearon y crepitaron rayos. Niamh lo agarró por el hombro.

—No pasa nada, Theo. Es un amigo.

Luke corrió hacia ellos.

—¡Dios, menudo tiempo! —dijo, cruzando la verja de golpe—. ¿Estás bien?

Observó a Holly y a Theo con cierta confusión.

—Sí —respondió Niamh, conduciéndolos a la puerta. La desconfianza de Theo irradiaba de él en turbulentas ondas azul oscuro. Ella le apretó el hombro esperando tranquilizarlo—. Theo, este es Luke.

Luke lo saludó jovialmente con la mano.

—¿Qué tal, colega?

Como siempre, Theo no dijo nada mientras ella lo hacía entrar.

—¿Qué hacéis bajo la lluvia? —preguntó Luke.

—Pues… —A Niamh nunca se le había dado muy bien mentir—. Venimos de dar un paseo. Nos ha pillado la lluvia.

—Ah, vale. No puedo entretenerme. Tengo trabajo, pero pasaba por aquí…

Niamh se secó rápido la cara con un trapo de cocina.

—¿Qué pasa?

Luke se quedó confundido.

—¿Lo de esta noche?

—¿Lo de esta noche?

—¿*El exorcista*?

¿Cómo era posible que hubiesen pasado seis días desde la última vez que lo había visto?

—Madre mía… ¡Se me había olvidado por completo, Luke! —La expresión del rostro de él le partió el corazón—. Cuánto lo siento.

—No te preocupes. Debería haberte mandado un mensaje.

—No, todo es culpa mía. He estado muy liada. —Holly y Theo se quedaron atrás como si estuviesen de sobra, observando cómo se desarrollaba la incómoda escena—. Yo, ejem, Theo es mi primo.

—¿Primo?

«¿Primo?».

—Sí, de Galway. Ha venido a quedarse una temporada porque su madre está muy enferma.

La expresión de Luke cambió de inmediato. Se volvió hacia Theo.

—Vaya, colega. Lo siento.

Theo asintió con la cabeza; afortunadamente, le siguió la corriente.

—No es muy hablador —añadió Niamh por si acaso—. Llegó… sin avisar… y se me olvidó lo de la película.

Detectó con toda claridad la decepción de Luke, pero él lo entendió y se creyó su excusa.

—No pasa nada, en serio. Es totalmente comprensible. La proyectan también mañana por la noche, por si puedes hacer un hueco entonces.

Niamh no estaba segura de poder dejar a Theo solo. Si Helena se enteraba, la mandaría disparada al Sol.

—Claro que puedes dejarlo solo —anunció Holly de repente.

«¡Holly!».

—¿Y si vengo yo? Así no estaría solo.

«Me las apañaré», añadió Theo.

—Podríamos ver una peli —dijo Holly—. *The Witcher*, o *En tiempo de brujas*, o *Jóvenes y brujas*…

Niamh les lanzó a los dos una mirada muy seria. Se acordó de lo agotador que era enseñar a brujas jóvenes. Era preferible meter el brazo por el recto de una vaca.

«Theo, debo quedarme contigo».

«Ve con Luke».

«¿Estás seguro?».

«Sí».

—Está bien —dijo ella indecisa—, quedamos para mañana.

El semblante de Luke se iluminó enseguida.

—¡Estupendo! ¿Te recojo a las siete?

—Te veré en el cine —dijo ella rápido.

Si él la recogía, parecería una cita; le recordaría los escarceos que había tenido en asientos traseros de coches durante la secundaria.

—¡Vale! ¡Qué ganas! «¡El poder de Cristo te obliga!».

Luke sonrió.

—«¡Tu madre está lamiendo coños en el infierno!».

Enseguida Niamh deseó haber elegido otra cita. Holly dejó escapar un grito ahogado de forma audible.

Él soltó una carcajada.

—¡No metas a mi madre en esto! Me voy, tengo la furgoneta llena de comida.

—Hasta mañana. —Luke se marchó, y ella se volvió hacia sus jóvenes alumnos en cuanto él estuvo fuera del alcance del oído—. Bueno, hablemos de la parte del juramento que dice «El secreto guardaremos».

Los dos se quedaron avergonzados.

Sin embargo, le gustó que se hubiesen hecho amigos. Como ella había tenido a Ciara, nunca se había sentido sola, y la brujería siempre le había parecido de lo más normal. Ahora, Theo podía ver que había más como él. De hecho, ella notaba que estaban haciendo progresos en lo tocante a la telepatía, pero decidió no escuchar a escondidas lo que decían. Habría sido como leer el diario de él o algo por el estilo.

No obstante, esa podía ser la oportunidad que necesitaba. Mientras ellos conversaban, Niamh inspeccionó con delicadeza los recuerdos de Theo. Si Holly lo distraía, tal vez consiguiese entrar a escondidas en su mente sin que él se percatase. Les dio la espalda y llenó el hervidor para preparar el chocolate.

Concéntrate.

Ya está.

Solo veía fogonazos entrecortados: su colegio en llamas, las brujas de capas grises del ASM al llegar para llevárselo, el momento en que lo metieron a la fuerza en aquella jaula y luego… nada.

Theo se volvió hacia ella, y en sus ojos brilló la furia por un momento. La llama de la cocina se avivó brevemente y Niamh retrocedió. Ella lo miró fijamente y él bajó las orejas de inmediato.

«Perdón», dijo el chico.

«Tranquilo».

Niamh se centró en la tarea encomendada. Iba a necesitar un barco más grande.

Leonie.

13

Satélites

Elle

Milo llegó a casa primero. Como un gato, últimamente solo se dejaba ver cuando quería comer.

—Mamá, ¿me das veinte libras?

Ella dejó de remover el *risotto* un momento.

—No. ¿Qué? ¿Por qué?

Él puso los ojos en blanco. Su hijo mayor era la viva imagen de su padre, pero menos colorado y más refinado. Elle temía por los pobres corazones de las chicas de su curso.

—Es el cumpleaños de Cameron y vamos a ir al Laser Quest y luego a Nando's, en Manchester, pero su madre tiene que pagar un depósito.

—Milo, ya te hemos dado la paga.

Él se subió a la encimera de la cocina.

—Sí, pero me la he gastado en lo básico.

Elle molió una cantidad generosa de pimienta en la sartén.

—¿Como qué?

—Drogas y putas.

—¡No digas eso ni en broma! ¡Baja! —Le hizo descender de la encimera de un manotazo—. Ya sabes dónde tengo la cartera. Si no hay dinero, coge prestado del bote de la peña de lotería y déjame un recordatorio en Alexa.

—Gracias, mamá.

Y se marchó.

Jez fue el siguiente en llegar.

—¡Descálzate! —gritó Elle, capaz de saber sin mirar que no se había quitado los zapatos por sus pasos pesados en el jardín.

Él le dio un beso en el cuello.

—¿Qué bien huele? ¿Me guardas un plato?

Ella dejó de remover en actitud bastante agresiva.

—¿Qué? ¿Por qué? ¿Adónde vas?

—Me he retrasado con un coche, así que prometí que lo entregaría esta noche. Perdona. Solamente será una hora como mucho.

—Jez…

—Solo es una hora. Lo dejo, voy en autobús al garaje y vuelvo aquí en coche.

—El *risotto* se estropea en el microondas.

Se rebeló contra el gemido nasal de su voz. «No tendría que regañarte si tú no me dieras motivos». Había jurado que nunca sería esa vieja verdulera, pero tenía la sensación de que estaba aflorando como la humedad de las paredes. Nadie diría que él tenía un móvil totalmente operativo con el que podía mandarle mensajes.

—Estará riquísimo. Vuelvo dentro de nada.

Jez volvió a besarla fugazmente y regresó por donde había venido.

Holly fue la última, y Elle detectó que bullía de una ardiente energía amarilla desde media manzana. Estaba eufórica tras su lección con Niamh y entró casi bailando en la cocina.

—¡Ya estoy en casa!

—Bueno, no hace falta que te pregunte cómo ha ido —dijo Elle, retirando la sartén del fuego.

«Ha sido increíble», mamá.

—¡Para! —le espetó Elle. Una lección, ¿y ya podía hacer eso? Era muy perturbador. Asomó la cabeza en el salón para asegurarse de que Milo no escuchaba. No se le veía por ninguna parte; debía de estar ocupado con su siguiente correría—. Quiero que solo utilices la telepatía en emergencias extremas. ¿Entendido?

—¿Por qué? —Holly arrugó la cara—. Es más rápido que mandar un mensaje.

Elle se acordó de *Introducción a la respiración con Fearne* e inspiró hondo por los orificios nasales y espiró por la boca. Estaba enfadada con Jez por estropear la cena, no con Holly.

—No bromeo, Holly. Forma parte del juramento. Lo que somos tiene que ser un secreto.

Su hija se quedó un poco dolida.

—¿También entre nosotras?

—Sí. Bueno, no. Me refiero a que debemos tener mucho cuidado.

Elle no temía realmente a los cazadores de brujas. Hoy día prácticamente solo existían en internet. Le daba miedo que las otras madres lo descubriesen. A Jez y a ella por fin los habían invitado a una de las reuniones de Nutri-Juice que Rose Hamilton organizaba en su casa y no quería meter la pata ahora.

Algún día, dentro de muy poco, Milo y Holly volarían del nido, y Elle miraba hacia un futuro de clubes de lectura, arreglos florales, catas de vinos y clases de spinning. No tenía la menor intención de beber (ni de vender) aquella basura del Nutri-Juice, pero le convenía tener una amiga influyente como Rose. Merecía la pena suscribirse solo por eso. Elle había sido bruja toda la vida, y madre quince años. Ahora solo quería volver a ser mujer.

—Perdona —dijo Holly, extrayendo un guisante del *risotto* con el que se quemó los dedos—. ¡Ay! Es que me hace mucha ilusión. Esto es lo más emocionante que me ha pasado en la vida.

Se dirigió al frigorífico y sacó el zumo de piña.

—Sírvete en un vaso —le mandó Elle, consciente de lo que estaba a punto de pasar. No hace falta ser clarividente cuando se ha vivido catorce años con alguien.

Holly hizo lo que le mandó sin rechistar, señal de que debía de estar de buen humor.

—Jo, es que es una revelación. Siempre he sabido que era distinta. Las chicas del instituto siempre me vienen en plan: «Holly Pearson, ¿eres gótica?», «¿eres metalera?», «¿vas a lanzarnos un hechizo?». Pues ahora pienso decirles: «Sí, tía, te lo voy a lanzar».

No. Ni hablar. Elle se empezó a encontrar mal. Deseó, y era un deseo horrible, poder borrar la última semana de la mente de Holly y que las cosas volviesen a la normalidad.

—¡No, Holly, basta! —le espetó—. No utilizamos los poderes de esa forma… ¡jamás!

Una sanadora podía infligir un dolor insoportable, pero iba en contra de todo en lo que Elle creía.

—¡Mamá! Estoy de coña. Dios, a ver si te relajas.

Se llevó el zumo al salón y Elle se quedó sola en su cocina de revista. Ese era su espacio. Su cuartel general particular. Era el despacho, la sala de estrategias y el comedor. Desde luego, pasaba más tiempo en esa habitación que en cualquier otra, como un cuerpo planetario alrededor del que giraban sus satélites. Ellos entraban y salían de su órbita, mientras que ella no se movía de su eje.

«Me pregunto si así es como se siente Gea», pensó.

¿En esto consiste ser la Madre?

14

Misa Negra

Leonie

Había mejores restaurantes chinos fuera de Chinatown, pero The Jade Empress estaba bien situado y a Chinara le gustaba que sirviesen *sim sum* todo el día. Leonie, por su parte, optaba por el *chow mein* con tofu cada vez que iban. El nivel justo de grasa, pero sin un subidón exagerado de glutamato después. Era un restaurante diminuto, casi claustrofóbico, con todo rojo: paredes, alfombra, reservados de vinilo y farolillos de papel. En la ventana había patos desplumados colgados; un elemento que a Leonie le parecía repugnante.

—¿Quieres un calamar? —preguntó Leonie, ofreciéndoselo.

—Dame —contestó Chinara.

Leonie era prácticamente vegetariana, pero un poco de pescado no la hacía sentir demasiado culpable. Probablemente porque nunca había vivido al lado del mar.

Leonie se lo puso a Chinara en la boca mientras su móvil vibraba sobre la mesa. El aviso le indicó que se trataba de Niamh. Joder. Llevaba así un minuto. Sin embargo, era consciente de que desde su extraño ataque de pánico de la otra noche había estado esperando eso. Bueno, había estado esperando a Helena. Leonie se preguntó si Helena le había pedido a Niamh que contactase con ella.

—¿Es el aquelarre? —preguntó Chinara cuando el camarero le trajo un cesto humeante de bollos de cerdo.

Leonie agarró el móvil.

—No, es Niamh. —Leyó el mensaje. Ahí estaba—. Quiere que vaya a Hebden Bridge.

—¿A ver a la gente blanca?

Leonie rio.

—No. Bueno, sí. A una persona blanca en concreto. El chaval de las visiones.

Y de repente ya no le apetecía el *chow mein*. Ese chico cualquiera también despertaba nerviosismo en su aquelarre, y no quería relacionarlo con su repentino presentimiento. Era pura casualidad. Porque si no lo era…, bueno, no quería pensarlo.

Chinara zanjó el asunto agitando los palillos.

—Cosas del ASM.

—Pero Niamh no está en el ASM.

—Como si lo estuviera, nena.

—Nunca me ha pedido nada.

Niamh era la primera chica de la que Leonie se había enamorado. Chinara lo sabía porque se lo había contado una vez estando borracha. Pensándolo ahora, probablemente había sido un error. Y, aun así, a pesar de todas las canciones de amor no correspondido que Leonie había escrito en aquel entonces sobre ella en su cuaderno de *Las supernenas*, Niamh era una hetero convencida, de modo que no había nada que hacer. Lo más raro era que nunca le había gustado Ciara. Sí, las dos eran físicamente idénticas, pero Ciara era la única persona a la que mandaban al despacho del director adjunto más que a ella. Ellas eran compañeras de fechorías, mientras que Niamh era todo guirnaldas de margaritas y brillo de labios, y mucho más atractiva por eso.

Pensándolo bien, era una gilipollez patriarcal.

Leonie removió la comida por última vez antes de abandonarla.

—Esas visiones —dijo Chinara con la boca llena—. No tienen nada que ver con nosotras. Según Bri, nosotras no pintamos nada en ese asunto.

Leonie meneó la cabeza.

—Ya, la he oído. —Hizo una pausa—. Pero no sé si eso significa que no pintamos nada. ¿Me entiendes? Todo se ha ido a la mierda. No hay nada claro, nena.

Ella nunca había vivido una situación parecida. Era muy partidaria de los presentimientos. Las oráculos le decían lo que veían y sus posibles interpretaciones, pero Leonie siempre había confiado en su instinto, y siempre la había llevado por el camino correcto.

Normalmente, les restaba importancia diciendo que todo iría bien. Otras veces sabía que había motivo de preocupación. En 2019, oráculos de todo el mundo habían visto los mismos augurios de calamidad y malestar. Algunos gobiernos hicieron caso a sus brujas. Otros, obviamente, no.

Y ahora aparecía ese chaval. Un chico que provocaría muerte y destrucción. Una profecía catastrófica de manual como las de antaño. Su instinto le decía que... era raro. Solo eso, nada más. No era bueno, como si el planeta se estuviese inclinando y todos estuviesen a punto de resbalar.

—Tenemos que esperar —dijo—. Soy partidaria de la acción, pero a veces la acción necesaria es esperar.

Chinara asintió con la cabeza despacio.

—Tienes razón. Pero mantengo que se te da fatal elegir prioridades.

Leonie sonrió.

—Tienes razón. —Volvió a leer el mensaje y guardó el móvil—. Lo pensaré y contestaré después de la misa.

Una niña se les acercó. Leonie supuso que era la hija del dueño del restaurante porque había estado pintando en la mesa individual situada al lado de la puerta.

—Hola —dijo Chinara, sonriendo abiertamente.

La niña le tendió una rosa de papel que había coloreado con un rotulador azul.

—¿Es para mí?

La pequeña asintió con la cabeza y Chinara tomó la flor.

—¡Vaya! Muchas gracias. Es casi tan bonita como tú por hacerla.

La niña agachó tanto la cabeza que casi desapareció en su cuerpo; un gesto adorable. Se volvió y regresó corriendo a su mesa.

—Diosa mía, qué monada —dijo Leonie.

—Sí. —Chinara dobló la rosa con cuidado y la guardó en el bolso: un Louis Vuitton que Leonie le había regalado por su último cumpleaños—. ¿Ya es la hora?

—¿Para la misa?

—No…, para la charla. Dijiste que podíamos volver a hablar en verano.

Leonie sonrió, pero al mismo tiempo sintió que otro tipo de miedo se apoderaba de ella.

—Nena, si llevo abrigo, no estamos en verano.

—Ya, pero tenemos mucho de lo que hablar. Y si vamos a tener dos como dijimos, pues…

—Nena.

—Nenes.

A Chinara le brillaban los ojos.

Leonie rio, pero no estaba convencida. Claro que quería tener hijos… dentro de cincuenta años. Tanto Helena como Elle habían tenido bebés antes de los treinta, y lo echaron todo a perder.

El año anterior, Chinara y ella se habían largado a Jamaica y habían estado dos semanas borrachas en biquini. Se habían pasado cuatro días hasta el culo de pastillas en el festival de Leeds. Ella había ido a un retiro de yoga en Bali con solo veinticuatro horas de antelación. Un bebé llorón no encajaba en absoluto en su vida. Sinceramente, era un misterio por qué Chinara tenía tantas ganas de empezar.

—¡Cómo coño vamos a tener hijos cuando nosotras somos unas niñas!

—¡Habla por ti! Somos treintañeras adultas. Spoiler: ya no somos niñas.

Vale, Chinara era una adulta con todas las de la ley, pero Leonie no estaba tan segura. Se terminó la cerveza y se preguntó si podía tomarse otra antes de la misa y si era buena idea. ¿Lo ves? Esa no era la forma de pensar de los adultos. Los adultos sabrían automáticamente que dirigir un acto importante borracha era una idea terrible.

—Yo sigo esperando el día en que me despierte y me sienta como una adulta.

—Lee, soy una abogada especializada en derechos humanos y todavía estoy esperando ese día. De todas formas, mira todo lo que has hecho, tía. Pero te entiendo.

Fundar un aquelarre compuesto por cincuenta miembros imponía mucho menos que tener un bebé. No se trataba de su compromiso con Chinara; estaban implicadas a fondo. Era solo que, antes de estar con ella, Leonie no había pensado para nada en los niños. Era como esa profecía: confusa. Se conocía lo bastante bien a sí misma para saber cuál era el problema. Era el miedo, lisa y llanamente. Su padre se había largado cuando se había enterado de lo que era ella, y tenía miedo de hacer daño a un niño de la misma forma que él se lo había hecho a ella. Había ido al psicólogo una temporada, y te dan una galleta por identificar correctamente una emoción.

Hablando de galletas, debería pedir la cuenta. Hizo señales al camarero.

—¿Y bien? —preguntó Chinara—. ¿Empezamos ya a hacer planes?

—Sí —contestó Leonie con el corazón en la boca—. Claro que podemos empezar a hacer planes.

—Me doy cuenta de lo que estás haciendo —dijo Chinara—. No me refiero a planear tener un plan para el año que viene; me refiero a empezar a hablar de esperma, inseminación, úteros...

—Úteros. Qué bonita palabra.

Chinara le lanzó una servilleta estrujada a la cabeza.

—Lo digo en serio, Lee. Tirémonos a la piscina. Nunca habrá un momento ideal, así que por qué no ahora.

El camarero les llevó la cuenta en una bandeja plateada con las galletas de la suerte.

—Esto puede ser interesante —dijo Chinara, con un destello en los ojos, abriendo su galleta con la palma de la mano. Extrajo su fortuna—. «Acepta el cambio; no te resistas a él». Bueno, creo que está decidido. Vamos a tener un bebé. Buenos tiempos.

Leonie arrugó la cara.

—Sí, claro, planifiquemos nuestra vida a partir del mensaje de una galleta. A lo mejor la mía nos dice de quién va a poner el horno. ¿Tú qué dices? —Partió la galleta—. «Un amigo de verdad es el que ayuda en la necesidad». Oh, venga ya.

Chinara rio aún más fuerte.

—Tienes que ir a Hebden Bridge y tener un hijo. Una noche inolvidable para Leonie Jackman. Venga, vámonos o llegaremos tarde.

Como hacían todas las semanas, se fueron por la cocina mugrienta y llena de humo y por la salida de incendios. The Jade Empress tenía una comida muy rica y una ubicación ideal. Estaba a solo unos pasos del callejón donde se encontraba la entrada de artistas del viejo teatro Diablo. Chinara llamó a la puerta mientras se fumaba un cigarrillo rápido. «Esta vez vas a tener que dejar el vicio de verdad si vamos a tener un hijo, Leonie».

Al cabo de unos instantes, la puerta se abrió y la cara de Kane apareció por la rendija.

—¡Madre mía! ¡Pensaba que no venías! ¡Llegas tarde!

—¡La movida es a las ocho! —dijo Leonie mientras pasaba por su lado dándole un empujón. De día, Kane Sanchez era un aprendiz de enfermero especializado en salud mental; de noche era Kane Dior Sanchez, tremende *drag queen*. Sí, costaba acostumbrarse a los pronombres, pero, como todas las cosas, cuanto más practicaba Leonie, menos la cagaba.

—¿Hay gente?

—Sí, señora. La platea está casi llena.

—Qué pasada.

Recorrieron un laberinto de pasillos entre bambalinas, hoy en día una ciudad fantasma teatral. El teatro, en Shaftesbury Avenue en el Soho, no había vuelto a abrir después de la pandemia, pero no podían derribarlo por su condición de edificio protegido. Había estado acumulando polvo y telarañas hasta que Leonie acudió a una vieja bruja burguesa que estaba en la junta y le preguntó si podía utilizarlo para celebrar la Misa Negra sin cobrar.

El teatro olía a moho, algunos asientos habían sido arrancados por okupas y se oían patas de ratones correteando por las paredes, pero pese a estar cascada seguía siendo una gran dama. Su esplendor victoriano se había esfumado, pero el Diablo poseía cierta dignidad vodevilesca, y ella siempre había sido una admiradora de las *drag queens* veteranas, con las arrugas llenas de pinturas de guerra. Normalmente, Leonie era inmune a ese tipo de sensiblería, pero en cierto modo el teatro era tierra sagrada.

Algunas de las figuras más importantes del vodevil habían actuado allí —Rita Mae Brown, Josephine Baker— y ahora acogía, una vez a la semana, la Misa Negra. Leonie estaba orgullosa de la denominación que había elegido. Utilizada antiguamente por la Iglesia para desacreditar cualquier tipo de actividad relacionada con la brujería como satánica, Leonie la reclamaba ahora para describir las reuniones de su comunidad. Como suele ocurrir en esos casos, había habido un intenso debate sobre si el nombre era plenamente inclusivo con todas las personas de color, pero al final simplemente se quedó. La gente entendió que era un juego lingüístico más que una declaración de intenciones. Funcionaba. La marca lo es todo.

Se asomó a los bastidores, a la izquierda del escenario, y vio a aproximadamente ochenta congregantes esa noche. Nunca faltaba animación. Hacía cinco años, solo eran unas ocho personas y ella…, y mira ahora. No podía evitar sentirse embriagada de orgullo, mezclado con una pizca de pánico. A veces la responsabilidad era enorme. Todos la miraban buscando respuestas; respuestas que ella no siempre tenía. Solo era una mujer que había dado un paso al frente en un momento de bravuconería. Dioses, así era como los hombres debían de sentirse siempre.

No todos los que acudían a la Misa Negra ingresaban oficialmente en su aquelarre, pero no pasaba nada. Las brujas también tienen vida, y ella opinaba que nadie debía sentirse obligado a definirse plenamente por su herencia.

—¿Estás lista, nena? —preguntó Chinara.

—Sí, ve a pillar un asiento.

Chinara le dio un beso de buena suerte, salió a hurtadillas por los bastidores y bajó los escalones situados a un lado del escenario hacia la platea. Kane probó el micro. Uno, dos; uno, dos.

—Bueno, cuando tú digas.

—Lista.

Kane se llevó el micrófono a los labios.

—¡Damas, caballeros y brujes con la sabiduría de trascender

lo binario, un aplauso para la reina de Diáspora y fundadora de la Misa Negra, Leonie Jackman!

Hubo un fuerte aplauso y Leonie salió al escenario. Siempre se sentía como Oprah Winfrey o Tyra Banks o alguien por el estilo. Daba un poco de vergüenza, pero continuamente le decían lo mucho que ayudaba esa comunidad. Ella ayudaba, y cada afirmación era una moneda más en la ranura que la empujaba a seguir adelante.

—¡Gracias, gracias! —Esperó a que todos se sentasen en sus respectivos asientos—. ¡Vaya, gracias otra vez! No sabéis... la vida que me dais.

Más aplausos.

—¡Vale, vale, vale! Primero, el rollo aburrido...: las salidas de emergencia... —Imitó a una auxiliar de vuelo—. Y mis colegas Halima y Valentina están pasando el cepillo. Cada penique va a parar a Diáspora para que podamos mantener viva la comunidad. Por favor, colaborad con lo que podáis y, si no podéis donar nada, yo invito.

En su día, Chinara había tenido que obligar a Leonie a hacer las colectas. Ella detestaba pedir. Su madre la había educado en contra de cualquier forma de limosna. «Leonie Mary Jackman, ¿me estás escuchando? Si no lo tienes, no lo gastes». Ester Jackman ni siquiera había tenido tarjeta de crédito. Pero como Chinara intentaba señalarle por todos los medios, Diáspora no era el ASM, que recibía millones del gobierno a través de impuestos. Si los mundanos supiesen que la Seguridad Social pagaba las capas de Vivienne Westwood que llevaban las esbirras de Helena, habría revueltas.

Dirigir el aquelarre era una actividad a tiempo completo. Antes, Leonie había sido maquilladora, había trabajado en grabaciones de televisión o en alguna que otra boda, pero, simplemente, no podía hacer las dos cosas. Si quería comer, tenía que cobrar a los feligreses por mucho que lo aborreciese.

Mientras los cepillos circulaban, leyó los anuncios de la comunidad. La señora Brown estaba impartiendo un taller de tarot cada miércoles por la mañana. La señora Mandela vendía familiares reptiles en su nuevo piso de Peckham. La señora Ramachandran iba a dar un banquete ese domingo para celebrar la «floración» de su hija Sunita como bruja. Lo de siempre.

—Me llamo Leonie. Mi pronombre es «ella». Cuatro cosas sobre mí... Solo tenía ocho años cuando me llevaron de Leeds a Pendle para que me formase para el ASM. Sé que muchas de vosotras también pasasteis por eso. Brujas blancas me enseñaron sobre brujas blancas, como prácticamente a todas nosotras. Me dijeron que las cosas eran de una forma determinada y me lo creí, porque, en fin, ¡tenía ocho años!

Unas risas cordiales recorrieron el teatro. Algunas de aquellas brujas y hechiceros habían ido a Pendle, o a Manchester, o a Boscastle para recibir instrucción, y muchos no.

—Como el ASM está muy centrado en seguir el linaje (buscar brujas que ya han encontrado) y como hay un innegable sesgo racial con respecto a nuestra «cultura», a muchas brujas de color no las descubren en la infancia.

Hubo un tenue abucheo.

—Ya, es una mierda. Esas brujas blancas, esas maestras del ASM, ven a una niña china y piensan: «Bah, eso es lo que hacen todas las niñas chinas». ¡Pero si está levitando, tía! Por algún motivo (vale, por racismo sistémico), las brujas negras y asiáticas siempre hemos cuidado de nosotras. Incluso antes de Diáspora, solo un cuatro por ciento de las brujas del ASM pertenecían a minorías étnicas. Por eso me desvinculé después de la guerra. Sabía que había chicas y chicos... —Kane tosió en los bastidores— y personas de género fluido que necesitan atención. Era urgente, joder.

Esas palabras arrancaron el aplauso más sonoro hasta el

momento. Algunas brujas se pusieron de pie y levantaron el puño en solidaridad.

—Amigues, nos mintieron. Por eso nos reunimos en la Misa Negra…, para compartir y para recordar y para celebrar de dónde venimos. Las flores y las hojas son maravillosas; somos visibles y precioses, pero no debemos olvidar las raíces. Esta noche quiero que nos remontemos al principio, si es posible. Meditad conmigo. Compartamos nuestras historias.

Conectar telepáticamente con unas cien personas a la vez es tan difícil como parece, pero Leonie tenía un sistema. Se sentó en el escenario y empezó el ritual. Primero dibujó con un trozo de tiza unos círculos amplios en las tablas de madera al norte, el sur, el este y el oeste. En cada círculo hizo una cruz, un poderoso símbolo para aumentar su fuerza natural.

Quemó romero en un plato de bronce con un pedazo de cuarzo rosa que no tardó en ennegrecerse y en producir una densa niebla acre. Las nubes atravesaron el teatro e indujeron con rapidez un estado de sueño lúcido entre los asistentes. En la intimidad de su hogar, Chinara y ella se referían a esa mezcla como «lubricante mental». Las mentes de los fieles se abrieron a ella como mejillones en agua hirviendo, y pudo entrar en su psique sin resistencia. La niebla ejercía como una suerte de conductor de sus pensamientos.

Leonie también se sumió en el trance. No era un acto unidireccional, y cuando ella hablaba de compartir lo decía en serio. Invocaba las historias que le habían contado y recibía las de sus mayores. Echó la cabeza hacia atrás, y los ojos se le empañaron y luego se volvieron blancos como la leche.

Ella era un conducto.

No veía más que sus historias.

Estas son las historias de nuestra gente.

Hace mucho tiempo había tres niñas. Ya nadie recuerda

sus nombres, y el sitio en el que nacieron ya no aparece en ningún mapa. Caminaron mucho buscando lo que ahora llamamos el Nilo.

Un día, una tormenta de arena se levantó de repente y las niñas se perdieron por completo. Temían acabar engullidas por la barriga del desierto cuando salió un charco de la tierra entre las arenas áridas. Bebieron generosamente y, ante sus ojos, el agua bañó la tierra y brotaron árboles, palmeras y vides. El oasis se llenó de vida, pájaros, dragones e insectos.

Una serpiente del verde más intenso se deslizó del árbol del caucho más alto y reptó entre la maleza hasta el charco para beber. Para sorpresa de las niñas, la serpiente se transformó en una espléndida mujer. Salió del agua desnuda, más alta que ningún hombre, con las mismas escamas brillantes de la serpiente, unos fieros ojos negros y una lengua bífida, pero las niñas no huyeron ni gritaron.

«No tengáis miedo —dijo la mujer serpiente en un dialecto que las niñas entendían—. Llamadme Madre, pues he dado vida a todo».

Las niñas sabían que eso era cierto y que debían servir y honrar a su Madre. Ella las marcó como a sus hijas poniéndoles una gota de su sangre en la lengua, y ellas vieron las verdades universales del aire, la tierra, el agua y el fuego: las costumbres de los animales y los espíritus. Las niñas vieron que todo venía de ella, que ella era la primera y la última. Vieron cómo la humanidad encajaba en su complejo plan. «Si pensáis oponeros a la naturaleza —les dijo madre—, antes arrancaos la mano derecha».

Las tres niñas fueron las primeras brujas, y luego las primeras ancianas, y los primeros espíritus ancestrales que relataron su cuento. Las historias, como la sangre, recorren los siglos. Muchas lenguas pronunciaron el nombre de Madre en muchas tierras distintas: Abuk, Ningal, Pachamama, Asintmah, Isis, Laksmí, Goanna, Gea y miles de nombres más durante mil años. Brujas guerreras dominaron las llanuras y las montañas, los ríos y los mares.

Entonces, como una plaga de langosta, llegaron los colonizadores. Ellos lo devoraron todo y arrasaron lo que no pudieron consumir. Los numerosos antepasados de las tres niñas y sus clanes fueron asesinados, esclavizados u obligados a esconderse. Nuestra magia, nuestras costumbres, nuestra cultura se consideraron salvajismo. El fuego de nuestra gloria se apagó.

La llamamos Madre Patria con razón. Muchos de nuestros hermanos y hermanas, millones en total, fueron llevados lejos por tierra y por agua, y la Madre lloró por la desgracia de la humanidad. Pero los colonizadores, algunos también brujos, a quienes los demonios de la codicia susurraban al oído, ansiaban nuestros dones, nuestro poder, nuestra comunión natural con la tierra y el cielo. Algunos quisieron aprender, otros quisieron robar.

Enseñamos los secretos a nuestras hermanas blancas porque éramos conscientes de lo que teníamos en común. Éramos conscientes de que todas somos de nuestra Madre. La verdad reuniría a sus distanciadas hijas con el sagrado deber de la bruja.

La palabra de Madre perduró. El poder perduró. El poder es nuestro.

Leonie levantó la cabeza de golpe y sus ojos recuperaron su color avellana. Vio la sala una vez más, y no el tapiz del pasado.

—Entonces, ¿por qué coño —sentenció en voz alta— las brujas más influyentes de este puto mundo son mujeres blancas?

Sus palabras fueron un trueno, una llamada a la acción. El público despertó de la ensoñación y pronto estaba de pie aplaudiendo. Leonie se levantó y expulsó un profundo y purificador resuello por las fosas nasales y casi rompió a llorar. Pero no lo hizo.

El aplauso se prolongó. Chinara esbozó mudamente con los labios «Lo has bordado» en la primera fila, y Leonie supo que debía sentirse como una reina. Entonces, ¿por qué aun sabiendo las historias de sus antepasados, aun sabiendo de dónde venía, no tenía ni idea de adónde iba?

15

Cita nocturna

Niamh

No era una cita, pero Niamh se aseguró de que le quedaba tiempo para ducharse, cambiarse de ropa y maquillarse después del trabajo. Se dijo que no lo hacía por Luke tanto como por ella. Había estado viviendo en situación de crisis constante: comiendo porquería, durmiendo muy mal, siempre alerta. Desde que Theo había llegado, había dedicado todas sus energías a cuidar de él, pero empezaba a pensar que eso no era necesario.

El chico estaba bien, y su cometido estaba empezando a parecerle inútil. En primer lugar, él estaba muy tranquilo, aunque era un estupendo compañero de piso. Tenía muchas ganas de aprender el contenido de su huerto y de ayudarla a cocinar, no tardaba en recoger lo que ensuciaba y, lo más importante, preparaba un té estupendo.

Su pobre compañero de consulta, Mike, necesitaba urgentemente un día libre, y Niamh no podía tomarse más permisos para hacer de canguro. Como no sabía qué más hacer, se llevó a Theo al trabajo con ella ese día —la Jornada de Puertas Abiertas con el Niño Impuro—, y el chico se mostró de lo más calmado y servicial. Ella les decía a los clientes que estaba allí de prácticas, y era un ayudante perfecto: iba a buscar cosas a la nevera y sacaba a los animales a la recepción cuando los humanos llegaban para recoger a sus amigos peludos. Costaba imaginar que en algún momento fuese a provocar la destrucción total del mundo. Era absurdo, y pensaba decírselo así a Helena.

Delante de la casita, un taxi esperaba con el taxímetro en marcha. Bajó trotando la estrecha escalera y agarró su elegante bolso de fiesta —el espacio justo para un lápiz de labios, un tampón y una tarjeta— del pasamanos. Como siempre, llegaba tarde.

—¿Seguro que estaréis bien? —preguntó a Holly y a Theo.

La pareja, que ya eran uña y carne, estaba en el salón devorando una pizza que ella había pedido a la ciudad.

—¡No nos pasará nada! ¡Vete! ¡Pásatelo bien! —dijo Holly.

Niamh se fijó en que llevaba lápiz de ojos y rímel, un detalle impropio de ella. ¿Son los chicos de hoy día tan malos como los pintan las series de televisión? Se preguntó si debía dejar condones a la vista o algo parecido, pero decidió no hacerlo.

Tenía gracia. En su época, lo único que ella quería hacer era lanzar hechizos con sus amigas y escribir cartas de fans a las Spice Girls, y sin embargo allí estaba, preocupándose por la virtud de Holly. El patriarcado es terriblemente contagioso, hasta para las mujeres.

«Portaos bien», les dijo a los dos y salió rápido por la puerta de la cocina.

Como se imaginaba, Luke ya estaba esperando en los escalones del Picture House de Hebden Bridge cuando el taxi paró. El imponente cine, con sus columnas de piedra *art déco* a cada lado de la entrada, seguramente era su edificio favorito de Hebden Bridge. También había un coqueto bar de copas justo al lado: perfecto para las observaciones cinematográficas de antes y después de la proyección. Lanzó un billete de diez libras al taxista y saltó a la acera para saludarlo.

—¡Perdón!

—No pasa nada —dijo Luke—. Tenemos tiempo.

Él le dio un beso casto en la mejilla y la hizo pasar al vestíbulo. Al entrar, Niamh vio que una chica guapísima se quedaba mirando el físico de Luke. Si se le hubiese caído la baba, no habría llamado más la atención. Con Conrad vivió lo mismo, ese juicio sobre su persona, como si se preguntasen «¿Qué hace ese Adonis con un adefesio como ESA?».

Si no hubiese sabido que era imposible, habría creído que él le estaba leyendo el pensamiento cuando dijo:

—Estás muy guapa esta noche.

Las adolescentes pelirrojas y altísimas con poco pecho casi nunca se convertían en mujeres seguras de sí mismas, de modo que los cumplidos nunca las halagaban. Ella siempre oiría antes a las chicas del colegio.

—Gracias. Me he puesto rímel y todo.

Él sonrió.

—¡Eso veo! Ya tengo las entradas, por cierto… —Ella se disponía a protestar, pero él la interrumpió rápido—. Claro que como esto no es una cita, tú vas a pagar lo más caro: las bebidas y el picoteo.

—¡Trato hecho! ¿Qué tomamos?

Él se decidió por una Coca-Cola Light y unas palomitas saladas, que Niamh consideró un golpe bajo, de modo que ella pidió su propio cubo de palomitas dulces. Así no tendrían que compartir ni habría peligro de que sus dedos se rozasen, cosa que no suponía ningún problema porque tampoco era una cita.

A ella le hicieron el descuento de socia. Realmente le gustaba el Picture House. Era un cine independiente de una sola sala que compensaba sus carencias en materia de comodidades modernas con unos empleados frikis que sabían de cine.

Llevaban unos diez minutos en sus duras butacas de auditorio esperando a que empezasen los tráileres cuando se dieron cuenta de que eran los únicos asistentes a la proyección.

—Esto es un sueño —dijo Luke—. Siempre he querido tener mi propio cine. Me siento como un rey.

Niamh se echó a reír, aunque casi deseó, por una vez, que el cine estuviese lleno de adolescentes gritones que estuviesen toda la película jugando con los móviles. Así no parecería tanto una cita. Claro que iban a ver *El exorcista*, una película que debería cortarles el rollo. Si eso no pasaba, empezaría a preocuparse.

Luke le dio conversación atacando sus reservas de palomitas antes de que empezase la película. A Niamh le habían enseñado que había que esperar; un ejercicio de autocontrol.

—¿Cuánto tiempo va a quedarse…, ejem…, cómo se llama?

—Theo.

—¿Cuánto tiempo va a quedarse? —preguntó Luke.

—No sé —contestó ella sinceramente.

—¿Me dijiste que es tu…?

¿Qué mentira le había contado? Se le había olvidado.

—Primo. Es el hijo del hermano pequeño de mi madre.

Efectivamente, tenía un tío Damian en Galway, el hermano de su padre en realidad, pero hacía décadas que no lo veía. Ni siquiera sabía si tenía hijos. Si los tenía, no eran brujos, o ella se habría enterado. La brujería no estaba presente en ese lado de la familia. Nunca lo había estado. Su padre había sido la oveja negra.

—Nunca hablas de tu familia —dijo Luke.

—¡Vaya quién fue a hablar!

Niamh le dio hábilmente la vuelta a la tortilla. Una imagen entró fugazmente en la mente de Luke: una estatua triste de un hombre y, en el fondo de su corazón, la dolorosa sospecha de que había decepcionado a su padre. Como muchos mundanos varones, Luke desvió el pensamiento cual volante de bádminton. Ella quería tranquilizarlo —quién no estaría orgulloso de un hombre guapo, bueno y emprendedor como Luke Watts—, pero sabía que no podía decir nada.

—No hay mucho que contar. —Luke se metió una palomita

en la boca—. Mi padre está muerto y mi madre está tomando el sol en el Algarve.

Esta vez ella vio claramente a una mujer de piel curtida bebiendo un Aperol en una playa soleada.

—Tú tienes una hermana, ¿verdad? —dijo Luke.

—Sí, señor —respondió Niamh con más tristeza de lo que pretendía.

—¿Y está en el hospital?

—Sí.

—¿Quieres… hablar del tema? —preguntó Luke con delicadeza.

—¿Podemos dejarlo? No quiero que mi tragedia personal estropee la bonita película familiar que estamos a punto de ver.

Él rio.

—Está bien. Las familias son un marrón. Eso de que puedes elegir a tus amigos, pero no a tu familia es una gran verdad, ¿a que sí?

El rostro serio del padre de Luke volvió a entrar en su cabeza. Los recuerdos eran vaporosos, y Niamh se preguntó si se trataba de viejos recuerdos de muchos años antes.

—¿Problemas con tu padre? —se aventuró a preguntar.

—Algo así. —Las cortinas rojas se abrieron con un resuello mecánico y empezaron los anuncios. Él se hundió un poco más en el asiento—. Si tienes miedo, no te arrimes a mí, ¿eh? No soy tu novio.

—¡Venga ya! Y tú no te escondas detrás de mí. Puedo defenderme yo solita.

Ella omitió que había acabado con demonios mucho más terribles que Linda Blair en su día.

Miró el perfil de Luke, su nariz perfectamente aguileña. Él la pilló mirando.

—¿Qué? ¿Me estás echando el ojo?

—¿No cree que debería estar aquí con una chica bonita que

no cargue con un novio muerto y una hermana comatosa, señor Watts?

Él se carcajeó; claro que no había nadie para hacerlos callar.

—¡Dios, menuda pregunta!

—Lo digo en serio, Luke. Ninguno de los dos somos unos niños...

Él volvió a reír, y lo hizo tan alto que su risa resonó en las paredes.

—¿Mi reloj biológico no se detiene?

Ella le dio un codazo.

—Pues no.

—Creo que nunca me han preguntado eso. ¿Es lo que se siente siendo mujer?

Niamh rompió a reír.

—¿Piensas tener hijos? ¡Si piensas tenerlos, tienes que echarte novia!

Él encogió sus anchos hombros. Estaban apretujados codo con codo en el estrecho pasillo.

—¿Sabes qué? Siempre pensé que en algún momento sería padre, pero, al no conocer a la mujer adecuada, me parecía que darle demasiadas vueltas era adelantarme a los acontecimientos. Y, de todas formas —añadió—, soy un tío. Puedo soltar semen decrépito hasta que tenga... ¿cuánto... noventa años?

Sonrió, y Niamh se partió de risa.

—¡Eres un pervertido! —A continuación añadió en voz baja—: La mitad de las chicas de Hebden Bridge, y bastantes chicos, no te harían ascos.

—No —dijo él—. Al resto de Hebden Bridge no le gustan las pelis de terror.

La pantalla del título —UNA PELÍCULA DE WILLIAM FRIEDKIN— apareció gradualmente y Niamh se puso cómoda mientras comenzaba la abertura de unas chirriantes cuerdas de violín.

Se sentía a salvo y, con la seguridad de que no había otra sintiente en kilómetros a la redonda, reconoció algo para sus adentros.

«Quiero que sea mío».

Y hasta eso la hizo sentir que había cometido un enorme y terrible pecado.

16

Luna menguante

Leonie

Leonie andaba desnuda por el bosque. A esas horas no había nadie que la viese. Lo único que percibía en la ciudad vecina eran las vibraciones soporíferas de los mundanos que dormían. ¿Y las criaturas nocturnas? Ellas emitían perfectamente.

La hierba húmeda asomaba entre los dedos de sus pies al hurgar entre la maleza. Conocía esos senderos forestales como si fueran viejos amigos, y ellos no la hacían avergonzarse por estar ausente mucho tiempo. Tragando grandes bocanadas del vivificante aire nocturno, limpiaba su cuerpo de la porquería de Londres: una especie de diálisis rural.

Por supuesto, había aceptado ir a ayudar a Niamh. Como había dicho Chinara, podía darle vueltas y volverse loca durante una semana o reservar un billete para el próximo tren a Hebden Bridge. El Airbnb en el que se alojaba, propiedad del tío con el que Niamh compartía la consulta, era bonito, pero no pensaba desaprovechar todo ese espacio abierto.

Yorkshire tenía mucho más cielo que Londres. Sin la niebla y la contaminación lumínica, el cielo era de un negro purísimo y las estrellas eran verdaderos diamantes.

Un búho ululó y su corazón cantó con él. Al llegar al claro que habían bautizado informalmente como el prado de las campanillas cuando eran niñas, Leonie cayó de rodillas. No sabía por qué, pero lloró. Fue como si su cuerpo entero se deshiciese en la tierra. Estaba totalmente fuera de su control y apenas podía respirar entre sollozo y sollozo. Ese no era su hogar, pero lo echaba de menos y deseaba volver cada día que pasaba lejos.

A menudo uno desea cosas que no le convienen especialmente, y eso es lo que ella sentía por ese lugar. Un lugar que en realidad la había repudiado. La pequeña Leonie Twist, la única niña negra de su clase, acogida en Vance Hall, luego, por poco tiempo, en la casa de la abuela Device y después en la vivienda adosada de su tutora, Edna Heseltine. Annie, la pobre, lo había intentado, pero allí nadie la había hecho sentirse como en casa salvo Gea.

Quizá por eso lloraba. Hay algo muy especial en volver al propio hogar para visitar a la madre.

Hundió los dedos en la tierra de turba húmeda. En lo alto, tenía una panorámica del cosmos. Se tumbó boca arriba y le dio la impresión de que flotaba en un inmenso océano negro. Unas aguas muy plácidas. La luna creciente, casi demasiado próxima para estar a gusto, se cernía sobre ella. Había algo conscientemente sensual en sus curvas, y Leonie se tocó con los dedos llenos de barro; las dos manos, una por dentro y la otra por fuera.

La tierra reaccionó a su energía sexual, una de las energías más poderosas que existen. Leonie percibió las lombrices que se retorcían a metros bajo tierra. Un escarabajo pasó correteando por encima de su cara. Cerró los ojos y dejó que las raíces y las plantas trepadoras y las enredaderas la abrazasen suavemente, arrastrándola más y más a los detritos. No tenía miedo mientras se hundía. Se sentía totalmente a salvo en su capullo oscuro. Esa noche dormiría en el regazo de la Madre.

17

Pluma, cráneo y piedra

Niamh

Niamh aparcó enfrente de la casa de Mike y Grant en el pueblo de Heptonstall y tocó el claxon. Cada vez que alguien iba de visita, le recomendaba el piso de Airbnb de su compañero veterinario, un estudio independiente situado debajo de la residencia principal. Al cabo de unos instantes, la puerta del anexo se abrió y salió Leonie.

Niamh apagó el motor y bajó del Land Rover de un salto.

—¡Pero mírate!

Como siempre, Leonie estaba espectacular. ¿Cuánto tiempo había pasado? ¿Casi un año? ¿Más? Entonces llevaba el pelo con trenzas plateadas; ahora lucía su cabello rizado natural. ¿Cómo era posible que Leonie se volviese más guapa con la edad, mientras que ella estaba más ajada?

—¿Qué tal has dormido?

—¡Como una bruja!

Leonie corrió por el camino de entrada y abrazó a Niamh. Esta aspiró una bocanada de su aroma y se sintió más centrada teniendo a otra bruja del agua cerca. Una bruja siempre reconoce a las de su condición. Todas las brujas sintonizan con algunos elementos más que con otros.

—Te he echado de menos —le susurró Leonie al oído.

—Gracias por venir.

—De nada. —Con los amigos de verdad, no importa el tiempo que se ha estado lejos; uno retoma la amistad donde la había dejado—. ¿Cómo estás?

—Tremenda.

—¿Tremenda en sentido positivo o negativo?

Niamh rio.

—¡A partes iguales! ¿Estás lista?

Leonie dijo que sí y las dos subieron al coche. Theo esperaba en el asiento trasero mirando nervioso por la ventanilla el colérico cielo gris.

—¿Theo? —dijo Niamh—. Esta es mi amiga Leonie, la que te dije. Ella también es sintiente.

«Encantada, Theo». La voz de Leonie sonó clara como agua de manantial.

«Hola».

Niamh percibió reticencia en él, incluso suspicacia. Se sentía inseguro con los desconocidos. Niamh lanzó una mirada breve a Leonie: «Ve despacio, no nos conviene asustarlo».

«Entraré en su mente».

Si Leonie Jackman, una sintiente de nivel 6, no conseguía llegar hasta él, tenían un problema. Solo había siete niveles, y la última bruja de nivel 7 había muerto en 1982.

Se dirigieron al norte por las afueras de la ciudad, cruzando los páramos en dirección a Pendle, y se pusieron al día, mientras Leonie no paraba de saltar de emisora de radio buscando la mejor música.

—Te lo juro, tienes TDAH —bromeó Niamh mientras conducía.

—Es probable.

—¿Qué tal Londres? ¿Qué tal Diáspora? ¿Qué tal Chinara?

Niamh disparaba las preguntas como si fuesen balas.

Leonie bajó la ventanilla para poder fumar, con el pelo ondeando al viento.

—Londres es caro de cojones. Perdona, Theo, lenguaje

ofensivo y contenido adulto. Diáspora absorbe todo mi tiempo, pero me encanta, y con Chinara de maravilla…

«Quiere tener un bebé…».

«¡NO!».

«Ya, ¿verdad?».

«¿Y tú también lo quieres?».

«Algún día sí. Ahora no estoy tan segura. Diáspora es mi bebé».

—Cuánto me alegro por vosotras —dijo Niamh en voz alta—. ¿Habrá boda? ¡Sabes que me pirran las bodas!

—¿Boda? ¿Qué? ¿Te has vuelto católica? Podríamos recibir la bendición en algún momento. ¡Pero una boda! ¡Saca esa palabra de tu boca!

—Ya sabes a lo que me refiero.

Las Spice Girls —«Who Do You Think You Are»— sonaron por la radio y Leonie subió el volumen.

—El destino…

Cantaron juntas a pleno pulmón el resto del viaje mientras Theo parecía cada vez más preocupado. Cuando llegaron al pueblo de Malham vieron el Fiat 500 de Elle aparcado en el parking del Patrimonio Nacional y pararon al lado. Elle, Holly y Annie esperaban junto a la oficina de turismo al manso sol. Niamh confiaba en que la cueva no estuviese plagada de turistas o tendría que gastar todas sus energías en ocultarlas mientras Leonie sondeaba a Theo.

Leonie se apeó del Land Rover primero y saludó a Elle con un abrazo de oso. Si hubiesen sido mundanas, Elle y Leonie nunca habrían sido amigas. Eran la noche y el día —bueno, la tierra y el agua en todo caso—, pero eran más que amigas; eran hermanas. Como tales, soportaban muchas de las gilipolleces de la otra. Sin embargo, para que hubiese paz era importante que nunca hablasen de política.

—¡Cuánto he echado de menos esta cara!

Leonie sostuvo el rostro de Elle entre las palmas de las manos.

—Estoy hecha un vejestorio.

—Anda por ahí, sigues siendo la Spice Dulce. ¡Mira qué carrillos!

Pellizcó la cara angelical de Elle.

—¡Quita!

—¡Hostia, no me fastidies que esta mujerona hecha y derecha es Holly Molly Polly!

Agarró a Holly y le dio otro abrazo.

—¡Leonie la Poni!

Elle suspiró.

—No digas tacos delante de mi hija, por favor...

Por último se acercó a Annie, que se había quedado sentada en un muro bajo, y le tomó las manos.

—Querida Leonie, cómo te he echado de menos.

El semblante de Leonie se relajó. Niamh habría jurado que vio brillar una lágrima en los ojos de Leonie.

—Yo también te echo de menos, Annie. A todas horas.

Annie sonrió.

—Nuestro cordón umbilical siempre llegará hasta donde tú lo necesites, amiga. Recuérdalo.

Una forma interesante de decirlo. Niamh se preguntó si Annie veía a un niño en el futuro de Leonie. Ella no se lo iba a preguntar. El futuro de otra bruja solo le correspondía saberlo a ella.

—¡Bueno! —anunció Annie—. Agarrad la comida y pongámonos en marcha. Vamos a ir a mi ritmo, así que con suerte llegaremos para Navidad.

Enfilaron el sendero transitado hacia la cueva. Leonie iba la primera, con el brazo entrelazado en el de Annie. Elle y Niamh las seguían de cerca, mientras que Theo y Holly iban detrás, comunicándose sin hablar.

Niamh se alegraba de que no pudiesen correr. Gracias a ello, tenía ocasión de recrearse un rato. Cuando hay que llegar a un sitio uno puede olvidarse del viaje, y la cueva de Malham era demasiado bonita para limitarse a llegar a ella. Los numerosos verdes del entorno eran exuberantes, apaciguadores, y el aire con olor a mantillo y un matiz de ajo resultaba balsámico, salpicado aún de rocío del alba. Claro que estar en compañía de otras brujas ya era, de por sí, reconstituyente. Por algo se reunían en aquelarres.

Siguieron sin prisa el camino que avanzaba junto al arroyo hasta la enorme cuenca de piedra que apareció ante ellos.

Allí, encerrado en la antigua piedra caliza, había un poder inconmensurable. Hacía doce mil años, la Edad de Hielo tocó a su fin y los icebergs derretidos formaron el imponente anfiteatro de piedra que ahora conocían como la cueva de Malham. «Donde hay años, hay magia», decía siempre Annie. El poder de la mismísima Gea se hallaba contenido en aquellas rocas.

El lugar perfecto, en otras palabras, para ver qué podía hacer el joven Theo.

Era un día laborable de marzo, y el tiempo variable había mantenido alejados a la mayoría de los turistas. Niamh vio a un par de excursionistas que miraban hacia abajo desde lo alto de la cascada, pero sería bastante fácil evitar que los ocasionales mundanos viesen algo.

Acamparon al pie de las rocas, cerca de donde el rumoroso arroyo desaparecía en el interior de los acantilados. El agua era cristalina, tan pura que se podían contar los guijarros del fondo. Extendieron las mantas en una orilla cubierta de hierba, resguardada en su mayor parte por espinos blancos.

Annie se sentó en una silla plegable —«Como me ponga en el suelo, no volveré a levantarme»—, mientras que las demás se sentaban de piernas cruzadas en las mantas formando un corro alrededor de Theo y Holly.

—Somos un círculo sagrado —explicó Niamh, echando sal alrededor del perímetro antes de ocupar su sitio—. Formamos un muro a vuestro alrededor. Así que todo lo que hagáis, quedará dentro. Nada puede haceros daño y vosotros tampoco podéis hacer daño a nadie.

—Lo que está diciendo… —añadió Leonie con chispa— ¡es que hagáis lo que os dé la gana!

Holly rio, pero Theo tenía cara de preocupación.

«Tranquilo», le dijo Niamh solo a él.

—Este es un lugar de poder —dijo Annie—. ¿Lo notáis?

—Sí —contestó Elle. Deslizó los dedos por la hierba—. Está lleno de vida.

Niamh y Leonie también pusieron las palmas de las manos en la tierra. Elle tenía razón. Gea, siempre un susurro lírico, rugía allí.

—Observad… —dijo Elle.

Niamh sintió que la energía palpitaba y se encauzaba a través de la tierra mientras Elle enviaba invocaciones por las redes de raíces. A Elle le empezó a brillar la piel; una luz color miel procedente de dentro.

—¿Mamá? —preguntó Holly nerviosa.

—Quédate quieta, pequeña —le advirtió Annie—. No te muevas.

Holly hizo lo que le mandó.

Elle espiró, y las primeras margaritas y ranúnculos brotaron del suelo y florecieron ante sus ojos. También aparecieron algunas flores silvestres más grandes: pensamientos, hierbas lecheras y geranios. Las flores salieron desplegando sus pétalos como si hiciesen una reverencia. Pronto todo el círculo estaba lleno de colores y fragancias. La primavera estaba en el aire.

—Oh, qué bonito —susurró Holly, pasmada—. ¿Lo has hecho tú?

Elle abrió los ojos para apreciar su obra.

—En realidad es bastante fácil. Todo está ahí abajo, esperando en la oscuridad. Yo solo las he animado.

—Me toca —dijo Niamh.

Se puso cómoda y dejó que su mente se adentrase en la cueva. Las brujas sonaban en su mente, pero en aquel sitio había una gran abundancia de vida. Toda clase de voces. Algunas fuertes, otras débiles. Cuanto más pequeña era la criatura, más influenciable era.

Guio a una mariposa blanquita de la col que descendió de los árboles, y luego a otra, y después a una vanesa roja y a un ícaro y a una vanesa de los cardos. Los insectos bajaron aleteando como hojas de otoño y volaron alegremente alrededor del círculo sagrado. Docenas de mariposas se abatieron y lanzaron en picado, posándose en el pelo y en la ropa de ellos. Niamh vio que Theo sonreía cuando una limonera amarilla se le puso en la mano. Ella también sonrió.

—Mirad —terció Leonie. Se concentró e hizo salir a una tímida cierva de las sombras—. Ven —le indicó, y el animal la obedeció sin rechistar.

La cierva, sin rastro de miedo en los ojos, se acercó al círculo, fue directa hacia Holly y dejó que la acariciase.

—Tía Leonie —dijo—. Es preciosa.

—Estoy segura de que no sabías que tu tía era Blancanieves, ¿verdad?

—Esto no son trucos —aclaró Annie seriamente—. Son muestras de nuestra unidad con Gea. Es un privilegio, no un juego.

—Ya lo saben, abuela —dijo Elle un poco a la defensiva.

—Utilizamos nuestros poderes solo cuando es necesario. Estamos aquí para cuidar de la tierra, no para saquearla ni para someterla. Sí, es tentador quedarse tumbado en la cama y descorrer las cortinas con la mente, pero recordad que eso absorbe la energía de otra cosa que la necesita desesperadamente. El poder que hay en el mundo es limitado, y la fuente nunca debe agotarse. Para defender a la madre, o el aquelarre, sí, debemos dominar nuestra relación con la tierra.

Niamh liberó a las mariposas y se fueron volando. Leonie, por su parte, soltó a la cierva para que volviese a los árboles. Holly le dijo adiós con la mano.

—Ahora os toca a vosotros —anunció Leonie.

—¿A nosotros? —dijo Holly—. Yo no puedo hacer eso.

—Claro que puedes —le aseguró Niamh—. Pero empezaremos poco a poco.

Sacó del bolso varios instrumentos de trabajo: una pluma, una calavera de pájaro y una piedra gris lisa. Las colocó entre Theo y Holly.

—Es bastante fácil: una prueba de atención.

—Los objetos inanimados son fáciles —añadió Leonie—. Intentad alcanzarlos con la mente y levantadlos como haríais con la mano.

—Primero probad con la pluma; luego, con el cráneo, y después, con la piedra —les indicó Niamh—. Es como un músculo. Cuanto más lo usas, mejor funciona.

Ella ya había visto en Grierlings lo que Theo podía hacer levitar, pero lo que deseaba averiguar ese día era si el muchacho tenía algún control sobre su poder.

—Holls, tú primero.

A la chica le llevó algo de tiempo y empezó a frustrarse. «No es lo mismo», dijo, con la cara colorada.

«No esperes oír una respuesta —le dijo Niamh—. Oye su sonido. En la naturaleza todo tiene un sonido. Sabes el tacto que tiene una pluma, pero ¿cómo suena?».

—Puedes hacerlo, Holly —la animó Elle—. Tómate el tiempo que necesites.

Parecía que Holly apreciase ese voto de confianza de su madre y volvió a intentarlo. Al cabo de unos instantes, la pluma se movió.

—¿He sido yo? —exclamó Holly.

—¡Ya lo creo!

Leonie la aplaudió.

La chica volvió a intentarlo. Esta vez la pluma levitó —o se bamboleó— varios centímetros de la manta. Holly adquirió más control y la levantó a la altura de los ojos.

—¡Muy bien! —dijo Niamh—. Ahora prueba con el cráneo.

De nuevo, le llevó un par de minutos dar con el cráneo, pero lo elevó del suelo con seguridad. Niamh no sabía si Elle, que observaba inexpresivamente, estaba impresionada o no. Holly se atascó con la piedra. Logró hallar su núcleo, pero solo consiguió moverla un par de centímetros por la manta, no levantarla.

Cuando quedó claro que no iba a hacer más que agotarse, Niamh puso fin a la prueba.

—Está bien. Practicaremos en nuestras sesiones. No intentes hacerlo en casa…

—Sí —convino Elle—, mejor que no.

—Cállate, Elle —intervino riendo Annie—. Tú mataste a la mitad de las flores de Hebden cuando estabas entrenándote.

—¡Seguro que sí, pero no necesito piedras volando por casa!

A pesar de todo, abrazó con cariño a Holly y le dijo que había superado con nota su primera prueba.

—Bueno, Theo, te toca —dijo Niamh jovialmente mientras Holly volvía a su sitio en el centro del círculo—. Las mismas normas. Pluma, cráneo y piedra.

Él asintió con la cabeza. Entornó los ojos centrándose en la pluma. Por un instante, no pasó nada, y luego salió disparada por los aires como si la hubiese lanzado con un cañón. Leonie estiró la mano para detenerla. La bajó y la devolvió mentalmente adonde estaba antes.

—Control —dijo simplemente, con cariño.

Niamh recordaba perfectamente cuando había ido allí con la señora Heseltine hacía veinticinco años. Se acordaba de que su mentora le había dado a Leonie un tirón de orejas. «¡El poder sin control no es nada, Leonie Jackman!». Menuda arpía. En su velatorio hubo un momento de satisfacción cuando todo el mundo, aproximadamente en el mismo instante, se dio cuenta de que podían hablar con libertad de lo que la sargenta había sido en vida.

—Contrólalo —repitió Leonie.

Theo se encargó de la pluma. De repente, esta empezó a sacudirse delante de su cara como una avispa.

—No luches contra ella —le aconsejó Niamh con delicadeza—. Es una pluma, no una cobra. Sujétala como tal.

Él escuchó y finalmente la pluma levitó, inmóvil.

—Muy bien —dijo Annie—. Ahora el cráneo.

Theo se centró en el cráneo. No pareció que pasase nada.

—¿Lo has encontrado? —preguntó Holly.

Estaban tan concentrados en el cráneo que a nadie se le ocurrió mirar arriba. Un cuervo se lanzó en picado de lo alto de la cascada. El pájaro atacó con el pico a Theo en la frente. El chico gritó y se revolcó por el suelo tapándose la cara.

Otro cuervo se abatió sobre Niamh por detrás. Lo primero que ella notó fueron sus garras en el pelo. Se levantó de un brinco y vio una nube de figuras negras que daban vueltas en lo alto. Las aves graznaban airadas. Se dio cuenta de lo que había pasado.

«Para, Theo. Has llamado a los pájaros. Déjalos marchar».

La bandada tapó el débil sol y fue como si hubiese anochecido. Los pájaros descendieron. Holly llamó a Elle a gritos, pero los cuervos arañaron a la chica y lo único que ella pudo hacer fue encogerse.

—¡Holly! —chilló Elle.

—¡Joder! —gritó Leonie, abrazando a Annie para protegerla.

Se encogieron una junto a la otra.

Niamh cayó de rodillas tratando de protegerse los ojos. Estiró los brazos hacia los pájaros con la intención de detenerlos, pero estaban furiosos, llenos de ira. Era como si Theo los hubiese cabreado y lo viesen como una amenaza con la que había que acabar. Siguieron atacando. Niamh tenía la mente al rojo vivo; el pánico sonaba por doquier, ensordecedor.

«Theo», gritó otra vez. La mente del chico volvía a ser aquel muro negro como la pez.

«¿Leonie?».

«Sí».

«Yo no puedo entrar en su cabeza, ¿y tú?».

«Tampoco».

«¿Puedes protegerme?».

«Sí».

Las aves seguían abalanzándose sobre ellos. Docenas de alas se agitaban en el aire mientras caían plumas y nubes de polvillo. Picos y lenguas duras y ojos negros.

Niamh logró ponerse en pie con cuidado. Los pájaros volaron entonces a su alrededor. El escudo de Leonie estaba dando resultado. Niamh avanzó abriéndose paso entre el tornado, apartando alas y garras a golpes. Vio que Theo y Holly estaban encogidos uno al lado del otro, con las manos y la cara llenas de sangre.

«Ya voy».

Fue tambaleándose hasta el lugar a orillas del arroyo en el que se encontraban, teniendo que abrirse paso a la fuerza. Se arrodilló y separó a Theo y a Holly.

«Para ya, Theo».

«No puedo, no sé cómo».

«Entonces, DÉJAME ENTRAR».

Agarró la cabeza del muchacho con las dos manos y, empleando todas sus fuerzas, se introdujo en su mente. Allí dentro había una actividad ingente. Mucho ruido. Hogares de acogida; el padre adoptivo que observaba cómo se cambiaba de ropa; los profesores que se reían en su cara; aquel baño; las brujas de Helena al meterlo a rastras en la furgoneta y la jaula y...

Los pájaros.

«MARCHAOS».

Y los pájaros se marcharon. Tan pronto como habían llegado, se fueron. Volvieron dando vueltas a los árboles o a la cascada como si nada. Las últimas plumas negras cayeron a la hierba.

El riachuelo volvió a emitir su murmullo mientras se recuperaban del susto. Leonie fue a ver cómo estaba Annie. Theo parecía conmocionado.

—¿Está todo el mundo bien? —preguntó Elle, con un corte en la frente que ya se estaba curando. Adoptando su rol de enfermera, se dirigió a Holly dando grandes zancadas—. Déjame ver. Agárrame la mano.

Un instante más tarde, los cortes de Holly (en realidad, poco más que arañazos) habían desaparecido. Elle se concentró en Theo, pero los rasguños del chico ya se estaban cerrando.

Elle abrió mucho los ojos cuando vio lo que estaba pasando y miró a Niamh.

—Es un adepto —explicó sin aliento.

Leonie tenía una mirada dura.

—¿Qué coño ha sido eso?

Theo había vuelto a convertirse en la criatura salvaje acorralada que ella se había encontrado en la cárcel, con los brazos alrededor de las piernas y la mirada perdida.

—¡No lo sé! —soltó Niamh mientras Elle le tomaba la mano para curarle las heridas—. No lo sé —repitió, dominando su genio.

Tenía la sensación de que la culpa de lo que había pasado era suya. Ella era la responsable de Theo, y el muchacho no había pasado la prueba más elemental de brujería. Él no era el necio, sino ella por pensar que después de pasar una semana en su casa se había reformado milagrosamente. Ciara siempre decía que era una ingenua: una Pollyanna sin remedio.

Niamh miró tristemente a Annie mientras Leonie la ayudaba a ponerse de pie. Aunque racionalmente sabía que Annie no podía ver, daba la impresión de que tuviese la mirada clavada en Theo. Y parecía más afectada de lo que Niamh la había visto nunca.

—Escúchame bien —dijo en tono flemático—. No sé qué eres, niño, pero eres algo nuevo.

Si Theo la oyó, no reaccionó.

—Levántate —ordenó Annie, pero él siguió agarrándose las piernas—. He dicho que te LEVANTES.

Él se espabiló, avergonzado, y se puso de pie. Annie se le acercó, guiada por Leonie hasta donde se encontraba el chico. Le sostuvo la barbilla con una mano y le secó las lágrimas con la otra.

—Qué vamos a hacer contigo, ¿eh? —Hizo una pausa y Niamh se preguntó si estaba viendo el futuro con su tercer ojo—. Eres una *rara avis*, ¿verdad? Nunca mejor dicho.

«No quiero hacer daño a nadie».

—Bien. Es un principio. El potencial no vale gran cosa. Una piedra puede ser una pala o una lanza, ¿me entiendes? —Él no dijo nada—. ¿Estás dispuesto a trabajar? ¿A trabajar de verdad? ¿A dejar que Niamh te forme?

«Sí».

—De acuerdo, pues. —Annie le soltó la cara, aparentemente satisfecha con sus respuestas.

Niamh percibió que los tonos escarlata abandonaban a Theo, sustituidos por azules reconfortantes. Un viento frío sopló a través del arroyo, y se abrazó fuerte.

Annie agarró el bastón que le dio Leonie y apuntó a Theo al pecho.

—Un principio —dijo— muchas veces señala un final. Es lo que ocurre con el amanecer: primero hay que pasar la noche.

Annie se dirigió cojeando al sendero que salía de la cueva. Niamh miró desconsoladamente a Elle y luego a Leonie, que no pudo hacer más que encogerse de hombros. Parecía que la excursión había terminado.

18

Cicatrices

Helena

Antes, una bruja podía comunicarse con su aquelarre mediante un cristal encantado. La aguamarina o la turquesa eran las más eficaces. La piedra hacía de conducto de su sintiencia, de ahí la clásica «bola de cristal». Actualmente, Helena prefería la tranquilidad de hablar por videoconferencia desde la comodidad del estudio de su casa.

Era una uno de esos días atípicos en los que llegaba a casa antes de que anocheciese. Disfrutó de una cena casera con Snow, pero todavía le quedaba mucho trabajo pendiente antes de poder ver *Real Housewives* en la cama. El wifi de Niamh era terrible. La imagen de su amiga no paraba de congelarse.

—¿Qué tal por ahí? —preguntó Helena.

—Todo bien —respondió animadamente Niamh, que según parecía estaba utilizando el portátil en la cocina de su casa.

—¿De verdad?

Helena bebió un sorbo de agua caliente con limón. Era una semana détox, circunstancia que probablemente no contribuía a mejorar su humor.

—Sí. —Sin duda, Niamh se estaba esforzando por mostrarse despreocupada—. Estoy haciendo las pruebas básicas para determinar su nivel de poder.

—¿Y cuál es tu valoración?

Niamh se encogió de hombros.

—Es demasiado pronto para saberlo. Creo que la clave está en controlar su poder. Puedo decir con seguridad que es un adepto. He visto sintiencia, sanación y elementalismo en él.

Helena notó que apretaba la mandíbula.

—¿Algo más?

—¿Como qué? —Niamh rio un poco—. ¿No te parece lo bastante impresionante?

—¿Sabemos algo más de él? ¿Puedes sondearlo?

—He visto fragmentos. —Niamh bajó la voz—. Ha tenido una vida muy difícil, Helena. Muy dura. Suficiente para explicar lo que pasó en el colegio.

¿Estaba insinuando su amiga que ella no empatizaba con el chaval?

—Eso está muy bien —dijo con brusquedad—. Pero un chico no debería dominar más de una disciplina. Apenas debería poder dominar una sola.

—No estoy segura de que en este momento domine algo. Tiene un lío que no se aclara y, en parte, es culpa nuestra. Debería haber estado formándose desde que llevaba pañales.

—Hablo en serio, Niamh.

Ella sonrió.

—¡Tú siempre hablas en serio! Helena, tranquila, no pasa nada. Está todo controlado. ¡Relájate!

Terminaron y se desearon buenas noches. Helena esperó a que la pantalla se oscureciese para mirar a Robyn Jones, que estaba sentada en silencio al fondo de su despacho. Había permanecido callada toda la llamada, sentada en la butaca de lectura situada debajo de la ventana, aunque nadie leía en ella. A decir verdad, las estanterías y las hileras de volúmenes esotéricos encuadernados en piel del despacho eran más que nada de decoración.

—¿Y bien? —preguntó Helena.

—Miente —dijo Robyn, brusca como siempre.

Era una galesa alta, robusta y ancha de espaldas. Helena

creía que antes participaba en competiciones nacionales de lanzamiento de peso, o de martillo, o de jabalina —algo que se lanzaba— antes de dedicarse al ASM a tiempo completo.

Helena se recostó en su lujosa silla nueva. Se suponía que tenía que evitar que se convirtiese en una Quasimodo del teclado, pero la silla era feísima. ¿Por qué nadie lograba el equilibrio perfecto entre estilo y funcionalidad? Bebió otro sorbo de agua y meditó dando golpecitos con las uñas en un lado de la taza.

—A lo mejor debería haberle preguntado directamente qué hace allí Leonie.

—Algo salió muy mal en la cueva de Malham. Estaban bien protegidas, pero vi que todas se asustaron. No sé qué querían hacer, pero una bandada de pájaros las atacó. Y ya te mandé los informes de actividad sísmica de la noche que él llegó a Hebden Bridge.

—¡Es él! —espetó Helena, dejando de golpe la taza. Mierda. Secó el agua derramada con la palma de la mano antes de que manchase la madera—. ¿Por qué coño lo defiende? ¿Tiene que morir alguien para que despierte?

Robyn estaba quieta como una estatua.

—Sigue con la vigilancia y cuéntamelo todo. —Helena llamó al personal nocturno de guardia en las oficinas—. Teletransportad a Robyn al refugio de Hebden Bridge, por favor.

Robyn aguardó estoicamente a que el aquelarre la mandase de vuelta. Transcurrió un instante, y desapareció. Por lo menos podía tener la tranquilidad de que algunas hacían lo que les mandaban.

Helena estaba demasiado furiosa para consultar la bandeja de entrada del correo electrónico. Tenía ganas de romper algo. En cambio, se dirigió al globo terráqueo en el que guardaba el alcohol de emergencia y abrió un bourbon con veinte años. Se sirvió un buen chorro en un vaso y heló el vaso con la punta del dedo.

No surtió efecto.

Seguía teniendo ganas de romper algo.

En un estante vacío echó un vistazo a las fotografías que apreciaba lo bastante para haber enmarcado. Estaban cubiertas de polvo. Se aseguraría de mencionárselo a la asistenta. La primera correspondía al día de su boda con Steph. Aunque sabía que era un tema conflictivo, nunca había estado tan guapa ni tan delgada como en vísperas de ese día. Resultaba curioso que lo único que veía ahora cuando miraba esa foto era su clavícula marcada. El día de la boda en sí lo tenía borroso; apenas se acordaba.

Ciertamente, madre había puesto en duda sus motivos para casarse a los veintitrés años siendo una bruja joven que prometía tanto. Pero nadie conocía a Stefan Morrill como ella. En primer lugar, era diez años mayor que ella, pero además tenía una personalidad arrolladora. Eso era una bendición y también una maldición. Ser querida por Stef era como tener un Sol propio que te alumbraba. Cuando se conocieron, casi se sintió bombardeada de amor. Nunca había sentido algo parecido. De modo que cuando le propuso matrimonio una noche en Manchester —con *flash mob* incluido—, ¿cómo iba a decir que no?

Al lado de esa foto estaba Snow de bebé, durmiendo plácidamente sobre el ancho torso de Stef. Esa foto la conmovía profundamente. Dolía, pero no quería que dejase de dolerle nunca. La siguiente foto significaba mucho para ella: una de las pocas instantáneas que existían de Betty Kettlewell, la primera suma sacerdotisa del ASM cuando se fundó, en 1869. Era una mujer severa, con un vestido negro vaporoso abotonado hasta el cuello. Tenía aspecto de líder.

La última foto también era del día de su boda. Sus damas de honor. Era escalofriante lo rápido que habían pasado de moda los vestidos ceñidos a juego. En su día, Helena había pensado que hacerlas llevar las ajustadas prendas hasta la rodilla era sexy sin caer en lo retrógrado, pero ahora le parecían muy chabacanos.

Sin embargo, sí que le dolía verlas ahora. Niamh, Leonie, Elle.

Se suponía que Niamh era su amiga. Entonces, ¿por qué se ponía de parte de él?

Le ardía la sangre. Parecía que se le estuviesen hinchando los huesos, como si quisiesen estallar bajo su piel. Fuera, oyó el retumbo lejano de un trueno. Cerró los ojos. Ella no era así. Lo tenía todo bajo control. Otro gruñido de los cielos.

Niamh, Leonie, Elle y la abuela Device de salida campestre. Qué alegría.

Era como revivir la anécdota de la tienda Tammy Girl.

Relampagueó, y la luz de las lámparas del despacho se atenuó cuando falló la electricidad. Esta vez el trueno sonó como si el cielo se partiese en dos.

«Contrólate, idiota».

Era ridículo y vergonzoso que todavía estuviese tan ofendida por lo que había pasado aquel día. Hacía… ¿cuánto? ¿Veintiuno, veintidós años? La madre de Elle había llevado a esta, a las gemelas y a Leonie al centro comercial de Trafford poco después de que lo inaugurasen para disfrutar de un día de compras, hamburguesas y batidos. Helena, de forma nada casual, no había sido invitada porque a Julie Device «no le gusta cómo Helena mangonea siempre a nuestra Elle». Helena se enteró de la salida porque a Ciara se le escapó dónde se había comprado sus nuevos vaqueros acampanados.

Le dolió. Le dolió más que cuando Mark Braithwaite hizo un comentario sobre sus «muslos de luchadora» un día que celebraron competiciones deportivas. La noche que Ciara se lo contó, lloró y lloró, pero su madre no entendía a qué venía tanto drama. Podían ir al centro comercial de Trafford cuando quisiesen.

Al final, Lilian llamó a Julie, y eso no hizo más que empeorar las cosas, aunque Julie se retractó y dijo que no había sitio en el coche. Desde entonces, a Helena siempre le dio la impresión de que tenía que hacer de princesita adorable cada vez que iba a casa de los Device a tomar el té o a una fiesta de cumpleaños. Arrastrarse y lloriquear, siempre «por favor» y «gracias». Era humillante.

Incluso ahora, en su bonito despacho y su bonita casa adosada, se avergonzaba profundamente, mortificada por aquel asunto. ¿Por qué seguía doliéndole? ¿Por qué después de tener a una hija, ganar una guerra y perder a un marido todavía se acordaba de una puta visita a una tienda de ropa de adolescentes?

¿Sabes qué? No importaba.

Que se fuesen de excursión en secreto. Ella tenía su trabajo. Su trabajo era por lo que sería recordada. La suma sacerdotisa más joven de la historia estaba a punto de salvar la Tierra del peligro demoníaco más grave en siglos. Un demonio con forma humana, pero un demonio al fin y al cabo. El trabajo era lo importante.

—¡Snow! —gritó.

—¿Qué? —chilló su hija desde la sala de estar.

—Ven, por favor.

—¿Por qué?

Helena apretó los dientes. Mejor no gritar cuando se disponía a pedir un favor.

—Porque yo lo digo.

Snow cruzó desgarbadamente el pasillo vestida con un pijama de franela y con el pelo recogido en unas trenzas para tenerlo ondulado por la mañana.

—¿Qué? Estoy viendo *Chapuzas estéticas*.

Helena volvió a sentarse a la mesa.

—Tengo que pedirte un favor. —El bourbon estaba perfecto: añejo, con un matiz a roble.

A Snow no pareció sorprenderla.

—¿Qué favor?

—Es un gran favor y puede que no te entusiasme, pero harías un gran servicio a tu madre y a tu aquelarre.

Eso bastó para intrigar a Snow. Se sentó en el escabel.

—Vale…

—Necesito que pases una temporada en casa de tus abuelos…

—¿Cuánto tiempo? —preguntó ella con mucha cautela.

—No mucho, puede que hasta el solsticio.

—¡Uf! ¡Ni hablar! Eso son semanas, y la abuela solo compra una marca de cereales.

Helena suspiró. Sabía que pasaría exactamente eso.

—¿Y si le digo que compre los cereales que te gustan?

—¡No, mamá! ¡Vaya mierda! ¿Y mis amigas? ¡No lo entiendo! ¿Por qué quieres que vaya allí?

—Si te tranquilizas, te lo explicaré. —Esperó a que Snow se calmase—. Voy a pedirle a la tía Niamh que te prepare para el juramento, pero en realidad lo que necesito que hagas es que vigiles al chico del que te he hablado. Irás a las clases que le da a él y a Holly Pearson, y me informarás de todo.

Snow hizo un mohín.

—¿Por qué?

—Porque creo que es la encarnación humana de Leviatán.

Su hija rompió a reír.

—¿Qué? ¡Ni de coña! Cómo te pasas, mamá.

—Espero que tengas razón, pero temo que haya hechizado a tu tía Niamh, a tu tía Elle y puede que también a tu tía Leonie. Snow, cuento contigo para descubrir la verdad, porque parece que mis amigas me están mintiendo. Bueno, ¿lo harás por mí?

19

Sororia

Niamh

Mirando a través de la ventana de la cocina y por encima del fregadero, Niamh vio que Holly hacía flotar tres lápices sobre la mesa del jardín y los tenía dando vueltas en un tiovivo. Theo observaba. Las largas pestañas negras le cubrían tanto los ojos que costaba escrutarlo, incluso a la manera mundana. Los dos estaban en un profundo silencio, sin duda hablando telepáticamente. ¿De qué hablan los adolescentes ahora? Le daba miedo pensarlo. Todos los días, Niamh daba gracias al universo por haber llegado a la mayoría de edad antes de las redes sociales y los móviles con cámara.

Leyó el correo electrónico una vez más y puso el móvil a cargar en la encimera antes de salir para reunirse con sus discípulos.

—Solo puedo con tres —dijo Holly tristemente, sin apartar la vista de los lápices—. Se me da fatal.

—Para nada —le aseguró Niamh.

El hecho de que tuviese alguna capacidad telequinética indicaba que iba a ser una sintiente de nivel 3. En algún momento tendría que someterlos a la prueba Eriksdotter: la medición estándar de capacidad sobrenatural. Era tediosa, una serie de retos controlados para determinar el nivel exacto de los chicos. Niamh nunca había entendido por qué el ASM consideraba necesario clasificar algo tan voluble.

—Estoy condenada a hacer flotar material de oficina. Estupendo. La Bruja Malvada de Bic.

A ver, ¿cómo se lo decía? Se sentó a la mesa del jardín.

—En la próxima sesión tendremos a una nueva alumna —anunció Niamh, tratando de mantener un tono jovial.

Helena debía de pensar que era boba. Le mandaba a Snow para que la espiase, así de simple.

—Snow Vance-Morrill necesita prepararse para la ceremonia de juramento en junio.

—¿Snow? —dijo Holly, haciendo una mueca.

—¿No te cae bien?

Holly le transmitió algo a Theo, quien, a su vez, sonrió.

—No —respondió Holly con brusquedad.

Niamh frunció los labios.

—No cotilleéis a mis espaldas, por favor. Hacedlo a mi cara. Me gustan los cotilleos.

—No sabía que era bruja —dijo Holly, con una decepción que hacía pensar que ser bruja era ahora menos especial.

—Va a ser una elemental muy poderosa. Me he comprometido a ayudarla. Parece que vuelvo a enseñar a brujas novatas.

Se preguntó si debía plantearle a Mike reducir su asistencia a la consulta a dos días a la semana. Trabajar durante el día, estar de guardia y formar a los alumnos eran demasiadas actividades. La única ventaja era que estaba demasiado ocupada para ver a Luke. Él le había preguntado si le apetecía ir a ver otra película —*Los ojos sin rostro*—, pero había declinado la oferta. Realmente estaba hasta el cuello, pero también le brindaba una oportuna excusa.

Y es que sí que quería verlo. A última hora de la noche, cuando la casita estaba en silencio y Theo dormía, los pensamientos sobre Luke se deslizaban bajo el edredón con ella. De repente, tenía ganas de estar con él de una forma muy física. Tal vez era el cambio de estación. Conforme florece la primavera, también lo hace la libido. Quería notar su peso encima de ella. Quería besar su mejilla áspera. Quería que sus grandes manos le acariciasen el cuerpo.

«¿Así es como supero la muerte de Conrad? —pensó—. ¿Con sexo?». Ella lo comparaba con estar enferma. Durante mucho tiempo después, no se tiene apetito. Tanto que cuando el hambre vuelve, casi le pilla a uno por sorpresa. De repente estaba famélica, y seguramente era más prudente que Luke no estuviese cerca para… comer. No se acostaría con Luke por el mismo motivo por el que ya no se emborrachaba a base de chupitos de sambuca cada sábado. No compensaba la resaca del día siguiente.

—¿Tiene que venir? —siguió quejándose Holly—. Prefiero las cosas como están ahora.

Niamh se preguntó si lo que realmente temía era la competición, tanto por los elogios de las brujas como por la atención de Theo. Sin duda, Holly adoraba a Theo. Niamh no necesitaba sondearla para saberlo. Ella podía verle cierto encanto de adolescente torturado a lo Heathcliff y entendía por qué a una chica aficionada a lo gótico podía gustarle.

A pesar de todo, había intentado disuadir a Helena. Snow había estado perfeccionando sus aptitudes desde la cuna, de modo que, en realidad, no necesitaba que le diesen clases. Sin embargo, parecía que Helena estaba decidida.

Aun así, había ciertos deberes con los que una bruja debía cumplir, aunque no formase parte oficialmente del equipo de Helena.

—Un aquelarre es una hermandad, Holly. En cualquier aquelarre puede haber mujeres a las que no elegirías como amigas, pero nuestros lazos llegan más profundo. En el juramento, prometemos que nuestro vínculo es eterno y que va más allá de nuestras relaciones humanas. El aquelarre es soberano.

Holly consideró esas palabras.

—Entonces, ¿no tienen por qué caerte bien todas las brujas?

Niamh negó con la cabeza.

—¡No! ¡Dioses, no! Aunque no te caiga bien una hermana, la quieres como tal. Nosotras lo llamamos sororia, el amor más especial que existe. Hay brujas que me caen antipáticas, brujas con las que básicamente no estoy de acuerdo en nada, pero lucharía por ellas, las protegería, las defendería... porque los objetivos del aquelarre (proteger a Gea, a sus hijas y sus creaciones) son más importantes que nuestras insignificantes tonterías personales.

«¿Y yo?», dijo Theo de repente, y a Holly se le cayeron los lápices a la mesa haciendo ruido.

—¿Qué pasa contigo? —preguntó Niamh.

«¿Estoy en el aquelarre?».

Esa semana mismo, desde la excursión, había empezado a preocuparse por la cuestión del futuro de Theo. Aunque todavía pasaba las noches sedado, durante el día —si se abstenía de utilizar sus poderes— no había problemas graves. Él no necesitaba estar allí. En realidad no. Los hechiceros podían ponerlo perfectamente con un mentor.

—Bueno, en la próxima lección podemos hablar de su historia, pero los hechiceros tienen su propio aquelarre. Lo llaman conciliábulo. Algún día, cuando estés listo, entrarás en el conciliábulo, pero no hay prisa. Estoy encantada de ayudarte a controlar tu poder.

Él se quedó muy decepcionado. No hizo falta que lo sondease. Otra madre adoptiva que se lo quitaría de en medio cuando terminase la música.

—Todo irá bien. Ya veremos qué hacemos.

Esa noche, por primera vez esa primavera, el tiempo les permitió cenar fuera. Niamh observó como Theo preparaba *fusilli* con una salsa elaborada con tomates del invernadero y albahaca del huerto. Como la mayoría de los sintientes, Niamh seguía una dieta vegana, a excepción de los huevos que ponían sus gallinas. Como veterinaria, había pasado tiempo en granjas, y huelga decir que esos animales saben lo que es el matadero y les da mucho miedo.

Comer animales dejó de tener gracia después de eso. Y las vacas lecheras se pasan la vida preguntándose desesperadamente adónde han ido sus terneros. De modo que la leche tampoco la entusiasmaba.

La pasta estaba deliciosa y rebañó hasta la última gota de salsa con pan crujiente. Al día siguiente tenía que dar clase, pero se permitió un chorrito de vino tinto. Se imaginó cómo sería el verano y se preguntó si Theo todavía estaría en su casa. Se estaba acostumbrando a su compañía. Gracias a él, las noches en las que cenaba una bolsa de patatas fritas mojadas en kétchup eran cosa del pasado.

—¿Estás lleno? —preguntó a Theo—. ¿Reservamos el helado para más tarde?

Él asintió con la cabeza, absorto en sus pensamientos.

—¿Qué pasa?

«¿Tienes una hermana de verdad?».

«Sí».

«Piensas mucho en ella. Se parece a ti…».

—Gemelas idénticas —dijo ella, y señaló con la cabeza el gallinero—. Éramos un solo óvulo. Me alucina cada vez que lo pienso.

«¿Dónde está ahora?».

Incómoda, Niamh recogió los platos sucios.

«Perdona. Qué maleducado».

—No —dijo ella, y volvió a sentarse—. Tranquilo. Está… está en una especie de hospital privado… barra cárcel.

«La echas de menos».

Niamh podía regañarlo por husmear en su cabeza, pero ella había estado husmeando bastante en la suya, y dudaba de que sus sentimientos relacionados con Ciara estuviesen especialmente reprimidos.

«Sororia».

—Exacto.

«Deberías ir a verla. Piensas en ella continuamente».

Niamh resopló por los agujeros de la nariz; una risa irónica.

—Cuanto más tiempo lo deje, peor será, pero también sé que ir sería… jodido.

Ahora fue Theo quien rio. «Aun así, deberías ir. Yo podría acompañarte».

Era una oferta amable, pero entonces un pensamiento sombrío entró en su mente. La desgraciada de Helena la estaba volviendo paranoica. Claro que sería una táctica impresionante, ¿no? Llegar hasta Ciara a través de ella. Su hermana se había asociado con toda clase de demonios en sus buenos tiempos.

—Creo que es una de esas cosas heroicas que tengo que hacer sola —dijo, guardándose sus sospechas para sí.

Esta vez sí que recogió la vajilla y se encaminó hacia la puerta trasera.

«Ella también quiere verte».

A Niamh se le cayeron los platos. Se hicieron añicos en el patio. Se volvió para mirarlo. «¿Qué has dicho?».

Él tenía una mirada oscura, inexpresiva. «Oigo una voz como la tuya, pero distinta. Al principio no la entendía. Suena muy débil y lejana, casi como un eco. Dice tu nombre».

Niamh contuvo las ganas de acercarse y darle un bofetón porque era imposible que estuviese diciendo la verdad.

«Te está llamando. La oigo».

20

El hotel Carnoustie

Niamh

Ocho años antes

Se materializaron de una en una en el césped descuidado, en su día un campo de golf, situado delante del hotel. Un viento fuerte soplaba a través de las dunas de hierba, y el cielo era gris como las capas del ASM que todas llevaban.

—¿Seguro que quieres hacerlo? —preguntó Helena.

—Sí —contestó Niamh, pese a no estar nada segura.

—Toma, bebe un sorbo de esto. —Leonie le dio un frasquito con un tapón de corcho—. Excelsior.

Normalmente no lo probaría —estaba elaborado con hoja de coca y ginseng, y era muy adictivo—, pero en esa ocasión se echó un par de gotas en la lengua. La tintura amarga, casi terrosa, la pondría alerta, aguzaría sus sentidos y potenciaría sus aptitudes. Toda ayuda era buena.

—¿Helena?

—¡Ni hablar!

Helena negó despectivamente con la cabeza y se dirigió con paso resuelto al hotel abandonado.

—¿Qué? ¿Crees que van a jugar limpio?

Leonie la siguió mientras guardaba el frasco bajo la capa. Niamh pensó en Elle, que en ese momento se encontraba en Dorset, curando a las brujas que Hale había herido durante su captura.

—No quiero enturbiar la mente —replicó Helena.

Desde que Stef se había ahogado, tenían la clara sensación de que Helena estaba sacando fuerzas de flaqueza, reservando las lágrimas para cuando la guerra terminase. Niamh se sentía igual. Ese día sacaría fuerzas de flaqueza como había hecho el día anterior y el otro, porque ya les faltaba muy poco.

Niamh notó un intenso dolor en el estómago mientras trataba de seguirles el ritmo. Ella no quería estar allí, aunque en el fondo siempre había sabido que tarde o temprano llegaría ese momento. Tarde, con suerte.

Era una de las últimas cosas que recordaba de su madre antes de que muriese. Niamh se había sentado en su rodilla mientras ella se cepillaba el pelo.

—¿Cómo usa Ciara sus poderes?

—¿Qué quieres decir?

—¿Alguna vez los usa para… hacer daño a la gente?

En aquel entonces, Niamh no había entendido la pregunta ni por qué se la hacía su madre. Ahora la entendía. Ciara hacía daño a la gente.

Helena se detuvo y esperó a que la alcanzasen.

—En serio, Niamh. Sería comprensible que no quisieras entrar. Podemos esperar a que lleguen los refuerzos.

—No —dijo Niamh con firmeza—. Cuando se enteren de que Hale ha sido capturado, huirán. Tiene que ser ahora. Es nuestra oportunidad.

Helena asintió con la cabeza mientras el viento agitado le azotaba la cara. La lógica de Niamh era inapelable. Decidió proponer una alternativa.

—¿Puedo volarlo? Podría arrasar el edificio entero.

—No puedes, Helena —repuso Leonie.

Niamh no dudaba de que pudiese hacerlo, pero no estaba bien.

—Ya sé que suena muy melodramático, pero creo que tengo que hacerlo. Necesito verla con mis propios ojos. Necesito oírselo decir.

Las demás permanecieron en silencio un instante.

—Eres increíble —le dijo Helena.

—Vosotras también.

Allí estaban. El final de la guerra. Un día que Niamh había deseado mucho que llegase, pero que nunca había podido imaginar. Tal vez simplemente le daba miedo tener esperanza. Dos viudas. Estaban andrajosas, agotadas y débiles, pero lo habían conseguido. Hale estaba camino de Grierlings. Una última misión para asegurarse de que los seguidores de su enemigo no podían continuar con su obra. Entonces podría empezar a ahondar en el dolor de haber perdido a Conrad. Lo había almacenado todo, listo para sacarlo cuando hubiesen atrapado a Ciara.

—Acabemos con esto —dijo Helena en tono serio, y tomó la delantera.

El hotel estaba en ruinas. Los muros exteriores se hallaban cubiertos de una maraña multicolor de grafitis y las ventanas estaban entabladas para impedir la entrada a los intrusos. Estaba claro que no habían cumplido su cometido. Costaba creer que ese antro fuese la fortaleza de unos cerebros criminales. En su día debía de haber sido un edificio imponente, con vistas al páramo salvaje del mar del Norte, pero el complejo golfístico había vivido su ocaso hacía una década.

Era una ciudad fantasma, llena de fantasmas. Hasta la última célula del cuerpo de Niamh quería retroceder, instándola a que se retirase. Allí se estaban llevando a cabo actos contra natura. Podía percibirlo. Sus poderes naturales reaccionaban a los abusos cometidos en el hotel.

El trío llegó a lo que había sido la recepción principal. Un gran letrero con las palabras EN RUINAS. PROHIBIDA LA ENTRADA estaba pegado a la puerta de dos hojas.

—Si podéis, atrapadlas con vida —dijo Helena—. Podemos utilizarlas para averiguar dónde se esconde el resto. Usad Sandman, Medusa o eliminadlas telepáticamente. Si no os queda más remedio, amputadlas.

Niamh y Leonie asintieron con la cabeza. En otro tiempo, amputar a una bruja o a un hechicero —cercenadles la conciencia— habría condenado a cualquier sintiente a las Tuberías, pero las dos habían recurrido a ello más de una vez desde que habían empezado los problemas. Inconcebible entonces, aunque resulta curioso cómo las cosas más espantosas se pueden volver concebibles. Y en un periodo tan breve. Era vergonzoso, pensaba Niamh, y llegaría el momento —pronto— en que tuviesen que hacer frente a las consecuencias.

La guerra no era excusa. Jamás.

—Leonie —dijo Helena—. Necesito un campo alrededor del hotel. Que nadie entre ni salga teletransportándose.

—Entendido.

—Quédate aquí. Si alguien intenta huir…

—Entendido también —asintió ella con seriedad.

Helena les hizo un gesto para que retrocediesen e invocó un rayo deslumbrante de las nubes. Levantó las manos para recibirlo y lo dirigió a la entrada. La puerta reventó hacia dentro y se hizo astillas.

—Bueno, si no sabían que estamos aquí, ya lo saben. Vamos. Poneos en guardia.

Niamh y Helena ascendieron un tramo de la sucia escalera de mármol.

—¡Esperad! —dijo Leonie. Ellas se detuvieron—. Recordad… que es Ciara.

Niamh suspiró. Eso podía significar muchas cosas: «Es nuestra amiga, nuestra hermana» u «Os mataría en un suspiro».

—Vamos.

Helena agarró a Niamh de la mano.

El interior de estilo *art déco* del hotel estaba algo mejor conservado que el exterior, pero solo un poco. Sobre la recepción había un tragaluz, en otro tiempo ornamentado, que ahora se hallaba roto, y el vestíbulo se había inundado muchas veces. A través de los cristales que faltaban serpenteaban enredaderas, que descendían a tientas por las paredes como tentáculos. Olía a estancado, como una charca. Estaba oscuro, iluminado únicamente por la luz tenue que entraba por las rendijas que había entre las tablas que tapaban las ventanas.

—Es enorme —dijo Niamh—. Podrían estar en cualquier parte.

—¿No la percibes?

Niamh cerró los ojos y dejó que su mente vagase por los pasillos y subiese por la escalera y los huecos del ascensor.

—Hay tres —anunció—. Las tres poderosas..., y ella está aquí.

Reconocería la energía caótica de su hermana en cualquier parte: granate, con remolinos de tonos negros y dorados oscuros.

—¿Puedes localizarla?

—Arriba.

Helena asintió con la cabeza y Niamh fue delante. Si ella podía percibir a Ciara, Ciara también podía percibirla a ella. La primera escalera de caracol subía a una suerte de entresuelo donde, en otro tiempo, uno se habría servido el desayuno en el bufet, habría tomado el té de la tarde o un whisky después de un partido rápido de golf.

El bar estaba cerrado permanentemente, y las mesas y las sillas se hallaban cubiertas de una gruesa capa de moho negro. En un edificio tan grande como ese, podían estar escondidas como ratas en cualquier resquicio oscuro. A Niamh se le cayó el alma a los pies. Puede que después de todo ese no fuese el fin.

—¿Oyes eso? —susurró Helena.

—¿Qué?

—He oído algo.

Niamh volvió a cerrar los ojos. Antes de que pudiese empezar, detectó —un sexto sentido al alcance de cualquiera— algo arriba. Cuando abrió los ojos y alzó la vista, vio una figura femenina de pelo rubio que correteaba por el techo como una araña.

—¡Helena!

Al darse cuenta de que la habían pillado, la bruja saltó directamente hacia ella. Tal vez en ese momento el Excelsior empezó a hacer efecto en Niamh. El caso es que levantó la mano y, empleando la telequinesis, la apartó de un manotazo como quien aplasta un mosquito. La rubia se estampó contra un reservado de terciopelo haciendo un ruido horrible y aulló de dolor. Aun así, la bruja se levantó al instante con una agilidad felina y se dirigió cojeando a la escalera.

—¡Alto! —ordenó Niamh, clavándole las uñas en la mente.

La bruja se quedó inmóvil, pero gritó de impotencia.

—Cassidy Kane —dijo Helena, mirando a Niamh—. Vaya, qué interesante.

Habían circulado rumores sobre la asociación de una elemental estadounidense con Hale, pero no se había demostrado nada. Hasta ahora. Niamh se complació al ver su aspecto desaliñado. Siempre había sido conocida como la cara bonita y alegre de la ultraderecha, una partidaria del credo de dominación brujesca sobre los mundanos que Hale defendía.

—Suéltame, imbécil —gruñó, resistiéndose al control de Niamh.

—Muy buena —dijo Helena.

Fue derecha a ella y, sin andarse con contemplaciones, le sopló un puñado de Sandman a la cara. Cassidy puso los ojos en blanco y Niamh la soltó. La bruja se desplomó al suelo.

Helena le escupió. A las brujas que traicionan a un aquelarre les espera un tormento especial. Tal vez no en este mundo, sino en el próximo. El cuerpo de una bruja vuelve a la Tierra, con Gea, pero su alma… ¿quién sabe? La de Cassidy Kane no iba a ir a ningún sitio bueno.

«Leonie, una bruja durmiente en el entresuelo».

«Me encargaré de que se mueva de ahí».

—Leonie se ocupa de ella —le dijo Niamh a Helena.

—Una menos —asintió Helena.

Había dos plantas de habitaciones y salas de conferencias conectadas por metros y metros de interminables alfombras de cuadros escoceses. A Niamh se le nublaba la vista. Cada pasillo daba a uno nuevo idéntico al anterior. Allí arriba también estaba más oscuro.

—¿Puedes hacer que funcionen las luces? —preguntó Niamh.

Helena recondujo electricidad a la estructura del hotel, pero los plafones parpadearon y zumbaron emitiendo una luz muy tenue.

El laberinto de pasillos seguía y seguía. Niamh perdió la cuenta de las habitaciones por las que habían pasado. No percibía vida en ninguna. Era como ese viejo concurso en el que había que elegir una puerta con la esperanza de que detrás hubiese un premio.

—A lo mejor deberíamos separarnos —propuso Helena.

—No. Estarías ciega, Helena…

De repente, alguien las empujó. Chocaron una contra la otra y cayeron hechas un amasijo de piernas, puños y pies.

Ciara se les acercó flotando.

—Os pillé. La lleváis.

Con un movimiento desdeñoso de muñeca, las lanzó a toda velocidad por el suelo hasta la otra punta del pasillo. El dolor de la fricción en la espalda fue horroroso. Al final, Niamh se dio fuerte con la cabeza contra la puerta de la escalera de incendios. Notó que el cerebro se le movía en el cráneo. Se incorporó viendo las estrellas y alargó la mano.

—¡Basta!

—No —repuso Ciara despreocupadamente, impidiendo a Niamh entrar en su mente.

Su gemela siguió deslizándose por el largo pasillo, arañando la alfombra con las uñas de los pies descalzos. Las luces creaban un efecto estroboscópico, y era como verla moverse dentro de un zoótropo.

Niamh retrocedió y se levantó. Apenas eran gemelas ya. Su hermana estaba más delgada de lo que la había visto nunca, enjuta y demacrada, con los ojos negro azabache hundidos en el cráneo. Había cierta flojera en su persona, con la cabeza colgando a un lado y al otro de su cuello como un palillo. Tenía las uñas largas y amarillentas de la nicotina.

—Basta ya, Ciara —volvió a intentarlo Niamh, poniéndose de pie.

—No te levantes —dijo Ciara, derribándola con un dedo.

Tenía una voz extrañamente grave que canalizaba la entidad demoníaca que había invocado. Niamh detectó una presencia oscura agazapada detrás de la de su hermana; su poder era mayor de lo que había visto jamás.

Ciara las estaba alcanzando. Helena soltó un rayo directo a ella y, lanzando un grito, Ciara fue repelida por donde había venido. La sacudida bastó para liberarlas de su control y Niamh ayudó a Helena a levantarse.

—¡Rápido!

—¿La he matado? —dijo Helena en tono entrecortado.

La risa cruel de Ciara resonó por el pasillo a modo de respuesta.

—Vaya, qué maleducada.

Avanzó pesadamente por el pasillo hacia ellas.

Helena apretó los dientes e invocó la ráfaga de viento más fuerte que pudo para frenar a Ciara. Ella se mantuvo firme, con cara de profundo aburrimiento.

—¿Puedes entrar en su cabeza? —chilló Helena por encima de la tormenta.

Niamh se proyectó tratando de penetrar en la mente de su hermana.

—¿Puedes hacer el favor de parar, por favor? —dijo Ciara—. Ah, Helena, tienes una cosita en la cara…

Niamh se volvió y vio que una abeja andaba por la mejilla de Helena.

Helena intentó apartarla de un golpe.

—¿Qué es?

Vio la abeja y abrió mucho los ojos. Tenía una alergia mortal a esos insectos. Un enjambre se coló por una grieta de la pared y empezó a zumbar airadamente alrededor de Helena. Ella trató de aplastarlas, presa del pánico. Cuando las abejas contraatacaron, el viento amainó y Ciara quedó libre.

—¡Helena! —gritó Niamh, intentando agarrar su capa—. ¡Solo es un hechizo! ¡No es real!

Demasiado tarde. Ciara era libre. La bruja soltó una risita y destruyó el suelo bajo los pies de Helena. Demasiado preocupada por las abejas para emplear sus poderes, Helena cayó de golpe. Niamh miró a través de la sima que su hermana había abierto y vio que Helena yacía mucho más abajo en una piscina vacía.

Su cuerpo estaba inmóvil.

Sin vacilar, Niamh saltó por el agujero y descendió levitando hasta situarse al lado de Helena. Había sangre en las baldosas.

—¿Helena?

Su esencia seguía allí. Estaba viva, pero herida de gravedad. Niamh puso las manos en la frente de Helena y trató de curarla.

«Leonie, necesito ayuda».

—No podías dejarme en paz, ¿verdad? —dijo Ciara, sentada en la punta del trampolín, columpiando alegremente las piernas—. Tenías que encontrarme para soltarme la charla de hermana. A ver si lo adivino: «Todavía no es tarde, Ciara. Seguimos queriéndote. Puedes elegir bien».

Desde el fondo de la piscina, Niamh miró a su hermana… y más allá de ella. Una idea estaba cobrando forma en su cerebro, y esperaba que Ciara no la oyese por encima de la ira carmesí que resonaba en su cabeza.

—Esto no es una puta intervención, Ciara.

—¿Ni siquiera merezco eso?

Niamh tenía la mandíbula muy prieta.

—Tú no tienes salvación…

Junto a la piscina, detrás de Ciara, una manguera roja empezó a desenrollarse sin prisa pero sin pausa.

Ciara rio ásperamente.

—¡Esas no son palabras de hermana! ¿Qué diría Julia Collins de eso? Espera…, está mu…

Niamh asió la manguera con la mente y, como una víbora, atacó. La enroscó alrededor del cuello de Ciara y arrastró a su hermana del extremo del trampolín. La bruja cayó.

Ciara se habría partido su flaco cuello, pero, en cuanto se dio cuenta de lo que pasaba, intentó flotar hasta un lado de la piscina. Sin embargo, la gravedad favoreció a Niamh y tiró de Ciara por los pies hasta que el lazo de goma le quedó prieto alrededor del cuello. Su hermana emitió un ruido espantoso con la lengua. Pendía a un metro del fondo de la parte honda agitando las piernas. Se llevó las manos al cuello intentando desesperadamente aflojar la manguera.

—Niamh… —dijo con la voz ronca. Ya no sonaba tan jovial.

Niamh no se apresuró. Anduvo despacio por las baldosas agrietadas de la piscina. A cada paso que daba, el poder de Ciara disminuía. Era la primera vez en dos años que se encontraban cara a cara, y ahora estaban a escasos centímetros de distancia. Solo quedaba una pregunta por hacer:

—¿Por qué lo hiciste, Ciara?

Le temblaba la voz.

Su hermana forcejeó menos, cediendo. «¿Que por qué hice qué?». Su cara se estaba tiñendo de color escarlata.

Un sollozo brotó de los labios de Niamh.

—¿Por qué mataste a Conrad?

Por un instante, los ojos negros de Ciara se llenaron del odio más puro que Niamh había contemplado en su vida. A continuación, un sonido estrangulado, que podría haber sido una risa, y la cara de su hermana se salpicó de saliva.

—Lo hice… por diversión.

«Hija de puta». Niamh levitó del suelo, agarró la cabeza de Ciara por los lados y la estrujó con todas sus fuerzas. Atravesó todas sus barricadas y empezó a borrar todo lo que veía o sentía. A Ciara se le quedó la boca abierta en un grito silencioso.

Los globos de helio de su décimo cumpleaños. Eliminados.

El concierto de las Spice Girls en el estadio Don Valley de Sheffield. Eliminado.

La primera prueba de las capas antes del juramento. Eliminada.

Su primer beso en los columpios del parque con Joe Gulliver. Eliminado.

Sus padres. Eliminados.

Niamh arrasó la mente de su hermana arrebatándole cada recuerdo que encontraba. Todos se oscurecían.

Una bruja está hecha de sus historias y de las historias de los que la precedieron. Eso era amputar a alguien.

De repente, Niamh quedó inmovilizada con los brazos contra las caderas. Una fuerza mayor que ella la arrastró al suelo con un ruido sordo. Ciara también se desplomó, con la manguera floja.

Niamh intentó gritar, pero no podía mover la boca. En lugar de eso, sus pies retrocedieron un paso y luego otro. No tenía control sobre su cuerpo; un maleficio.

—¡Alto! —gritó Leonie, corriendo por el borde de la piscina con las dos manos estiradas.

Llámalo control mental, lavado de cerebro, dominio, titiriterismo; distintas palabras para el mismo concepto: un maleficio. Leonie controlaba el cuerpo de Niamh y, como sintiente más poderosa de las dos, no cedía. Niamh notó que le corrían lágrimas por la cara, saladas en los labios.

Ciara se hallaba desplomada en el suelo. Una apestosa nube negra escapó poco a poco de su boca, sus ojos y sus orificios nasales; las entidades demoníacas que había invocado huían antes de poder ser exorcizadas. Se escurrieron por las grietas de las baldosas, buscando una piedra o una raíz en la que refugiarse.

Leonie se alzó sobre ellas junto a la piscina.

—Por lo que más quieras, Niamh. No puedes hacer daño a tu hermana —dijo con delicadeza.

Pero lo había hecho. Y de qué manera.

21

Sangre

Leonie

Las situaciones desesperadas exigen medidas desesperadas. Al menos ese era el mantra que Leonie recitaba mientras recorría la pasarela del tercer piso de St Leonard House hacia el piso de madame Celestine. Esa era una «parte fea de la ciudad», pero en realidad a Leonie le gustaban bastante los rascacielos de protección oficial con enlucido rugoso que dominaban gran parte del sur de Londres. Desde luego, eran preferibles a las monstruosidades de cristal curvo con las que los ayuntamientos los estaban sustituyendo.

Pasó por delante de docenas de pisos idénticos, como bocados de vida londinense —niños que gritaban en el parque público, perros que ladraban, televisiones a todo volumen—, hasta que llegó a uno especialmente llamativo. En la puerta había una corona de hojas de palma secas y una cesta para las ofrendas. Estaba medio llena de flores recién cortadas, pimientos, cocos y un mango. Leonie respiró hondo y llamó tres veces.

No estaría allí si no fuese absolutamente necesario. Ni siquiera le había dicho a Chinara que iba a ir porque, a pesar de tener una mentalidad muy abierta, a ella no le interesaba mezclarse con eso. La idea de evitar herir sensibilidades ha sido muy criticada —«los progres de piel fina, bla, bla, bla» y todo eso—, pero Chinara de niña había visto mucha mierda. Era mejor dejarla al margen.

Había una mirilla en el centro de la corona.

—¿Quién despierta a los espíritus?

Una voz amortiguada habló a través de la puerta.

—Leonie Jackman, de Diáspora. Vengo a ver a madame Celestine.

Hubo una pausa y la puerta se abrió. El olor a savia y eucalipto era agobiante. Leonie entró en el salón-sala de espera, donde los clientes de Celestine aguardaban a que les concediese audiencia. Una chica menuda, que no debía de tener más de trece o catorce años, le hizo señas para que entrase.

—Espere aquí —dijo—. Voy a ver si la señora recibe visitas.

Leonie no se sentó porque estaba incómoda y prefería pasearse. Docenas de pequeñas velas parpadeaban en vasos rojos e inundaban la estancia de luz carmesí. Rojo de peligro. Entre las velas, hileras de cuencas oculares vacías la miraban en un santuario hecho con calaveras humanas. Las paredes estaban llenas de máscaras que representaban a varios dioses y diosas.

Ella no era quien para juzgar. Que nadie se confundiese, esa no era su forma de entender la brujería, pero precisamente esa era la razón de ser de Diáspora: expandirse e incluir. Había tantas formas de ser bruja como brujas. Madame Celestine —cuyo nombre de verdad era Dolores Umba— había sido puesta en la lista negra del ASM hacía treinta años porque no practicaba la versión amable de la brujería.

—¿Qué trae por aquí a la reina de Diáspora?

Su resonante voz anunció su llegada cuando entró majestuosamente en la sala apartando una cortina de cuentas. Era una mujer formidable, con la cintura ceñida por un corsé de ballenas para acentuar su turgente figura. Ya era alta de por sí, pero su turbante le hacía parecer amazónica.

La palabra «reina» le dejaba mal sabor de boca. La aparición de Diáspora había hundido el tinglado de Celestine ofreciendo una alternativa más convencional de sus métodos. Huelga decir que no admiraba mucho a Leonie.

—No he venido a hablar de Diáspora…

—Bien. Porque no tengo nada que decir sobre eso. Creo recordar que alguien llegó a Londres diciendo que no necesitaba ninguna ayuda de madame Celestine…

Leonie se encogió de hombros.

—Solo he venido como clienta. Quiero una sesión.

Celestine echó la cabeza hacia atrás y soltó una risa gutural.

—¿Crees que te voy a hacer favores, niña? ¿Después de la falta de respeto con que me has tratado?

—Mi dinero es tan bueno como el que más…

Ese era el idioma que Celestine hablaba. Una bruja de alquiler. De nuevo, Leonie no estaba allí para juzgar. Antes de que hubiese doctoras había doctoras brujas, y antes de eso, simplemente brujas. Todo el mundo tiene que comer.

—A ti, niña, te cobraré el doble. En concepto de indemnización.

—Trato hecho.

Por lo menos sabía que la estaba timando, no como muchos de sus clientes. Dolores —por lo que Leonie había averiguado después de investigar un poco— había emigrado a Londres como refugiada huyendo de la guerra del Congo en los noventa. El ASM la puso bajo vigilancia cuando anunció sus dotes como exorcista. En realidad, Leonie sabía que el ASM temía lo que no entendía. El ASM representaba la brujería amable típicamente inglesa. Nada de sangre menstrual. Nada de sacrificios. Nada de sexo, por favor. Somos británicos.

—Esto me va a gustar. —Celestine sonrió—. Pasa.

Le sujetó la cortina y Leonie la siguió a una habitación que, en justicia, era un comedor. Las paredes estaban embadurnadas de pintura negra grasienta con símbolos pintados en rojo intenso. Las ventanas estaban tapadas toscamente con tablas de madera colocadas al azar, y había todavía más calaveras, canopes y partes de animales petrificadas en estantes.

Todo estaba pensado para asustar a los mundanos; un tren de la bruja.

El motivo por el que Leonie no estaba de acuerdo con el modelo de negocio de Celestine era que implicaba decirles a los mundanos que estaban malditos o poseídos y luego cobrarles para extraerles los espíritus o exorcizarlos. Sin embargo, sus clientes acudían a Celestine angustiados y se iban... menos angustiados, al margen de todo el teatro. Se trataba, suponía Leonie, de una especie de terapia alternativa, y todos los psicólogos de Londres cobraban mucho más que Celestine.

Además, ella era una médium muy buena. Acertaba allí donde las oráculos no atinaban. Leonie se había hartado de esperar a ver qué le deparaba el futuro y de sentirse bajo la influencia de una fatalidad indescriptible. Quería que le destripasen la trama de la película.

Leonie se sentó a la mesita redonda situada en el centro de la habitación alumbrada con velas. Celestine se sentó enfrente de ella en un trono con rosas y lirios entrelazados y agarró un grueso puro.

—¿Qué te trae a casa de madame Celestine? ¿Qué inquieta tu bonita cabeza?

Dio una calada al puro y espiró una columna de humo en dirección a Leonie.

Leonie metió de mala gana la mano en su bolsa de tela y sacó su ofrenda. Celestine desenvolvió el paquete.

—¿Qué es esto?

Leonie parpadeó.

—Es una paloma.

—Está muerta.

—Ya. Soy una sintiente. No pienso quedarme aquí sentada viendo cómo matas animales vivos.

Celestine sonrió.

—Serás tonta... Sin una ofrenda de sangre, ¿cómo esperas contentar a los espíritus?

Además de sintientes, elementales, sanadoras y oráculos, había un tipo de bruja sobre el que el ASM nunca enseñaría a las niñas y cuya existencia no estaba dispuesto a reconocer. Las nigromantes. Las brujas de la muerte.

—Ese pájaro tiene mucha sangre —dijo Leonie.

Cuando las hijas de Gea partieron de su patria, viajaron lejos absorbiendo y asimilando infinidad de culturas y costumbres. Leonie había jurado una vez lealtad a un aquelarre, pero Diáspora reconocía —en teoría— la existencia de miles de aquelarres en todo el mundo y de incontables brujas más. Y no le correspondía a ella, ni a Helena, ni a nadie, decir cuál era la forma correcta o incorrecta de ser bruja.

Y sin embargo sí que lo hacía. Era una mentirosa y una hipócrita. ¿Sabes una cosa? Sí que juzgaba. Leonie tenía una desagradable metralla en el vientre, y se llamaba vergüenza. Cuando la gente la veía, una bruja de piel morena, pensaba que lo suyo eran los rituales de sangre, los espíritus y los demonios. «¿Vas a hacerme vudú, Leonie?». Estereotipos contra los que había luchado toda la vida. Y allí estaba, juzgando a Celestine por vivir su vida. Se juzgó a sí misma por juzgar a Celestine.

—¡Severine! —gritó Celestine, y la chica, su ayudante, entró a toda prisa—. *Va m'en chercher un vivant, et mets cette merde morte à la poubelle.*

La chica recogió la paloma, y Leonie comprendió que Celestine iba a hacérselo pagar con creces. Un momento más tarde, la ayudante volvió con una gallina de Guinea que forcejeaba entre sus manos. Se la dio a Celestine, quien la sujetó firmemente.

La bruja echó la cabeza hacia atrás y soltó una risa ronca y gutural.

—La chica desaprueba los métodos de madame Celestine.

—No es verdad —dijo Leonie.

—En mi casa, guárdate tu lengua mentirosa.

Leonie se sintió avergonzada.

—Perdona. Tienes razón, sí que los desapruebo. Pero también respeto tu talento y te necesito. Es la verdad. Lo juro por la diosa.

Celestine rio entre dientes.

—Muy bien. ¿Qué deseas saber, *bébé reine*?

—¿Conoces la profecía del Niño Impuro? —Celestine asintió con la cabeza—. Lo conocí la semana pasada. Es poderoso. Demasiado poderoso. Reconozco que me asusté.

—¿Asustarte tú, reina?

—Sí, yo. El ASM cree que se ha aliado con Leviatán. Quiero saber qué ve el mundo de los espíritus.

La bruja de la muerte volvió a reír.

—¡Oh, ya veo! ¡A la chica no le gusta no ser la primera de la lista!

Leonie negó con la cabeza.

—No es eso. Necesito saber… si el peligro es real y si tengo que proteger a mi aquelarre. Si dependiera de mí, no me metería en sus dramas de brujas blancas.

Entonces sonó la risa más estentórea hasta el momento.

—¡Lo entiendo, niña! Como desees. Pero prepárate para oír cosas que puede que no te gusten.

—Estoy lista.

Colocó la gallina sobre la mesa y agarró despreocupadamente un cuchillo de carnicero. Leonie se centró en cualquier cosa menos en el pánico cada vez mayor de la pequeña ave. La criatura sabía lo que le esperaba.

Sin embargo, acabó rápido. El ave fue decapitado de un golpe, y un chorro de sangre salió del agujero del pescuezo. Celestine se puso manos a la obra, grabando símbolos en la sangre de la mesa, antes de frotarse los ojos con los pulgares rojos.

Leonie había oído cómo era la invocación, pero no la había visto en persona. La invocación era la historia de fantasmas que las brujas se contaban en las fiestas de pijama. Al dejar que algo se introdujese en el propio cuerpo, uno podía entender por qué las chicas en concreto le veían un atractivo tan aterrador. Estaba decidida a mirar sin pestañear. Era la jefa de un aquelarre, no una chica que veía su primera película para mayores de dieciocho años. No se pondría blanca delante de Celestine.

Como oráculo, Celestine era a lo sumo un nivel 2, pero sus rituales de la muerte llevaban su poder a un ámbito nuevo y desconocido: las almas. Cuando una persona muere, su cuerpo se recicla, pero ni siquiera una bruja sabe bien lo que le aguarda al espíritu. Bueno, la mayoría de las brujas. Como el ASM en el Reino Unido e Inteligencia Aquelarre Estados Unidos al otro lado del charco no reconocían oficialmente la existencia de los nigromantes, era imposible saber cuántos operaban en el mundo. Los académicos de la brujería hablaban de la nigromancia como si fuese algo que los salvajes practicaban en el pasado, en chozas de barro, en una África monolítica.

Celestine empezó a girar la cabeza en su trono murmurando en francés, invocando a los espíritus. Leonie estaba lista. Cuando uno abre una puerta, puede aparecer cualquier cosa. Se acordó de aquel puto día en el hotel Carnoustie: la mierda negra que le caía a Ciara de la cara. Si uno deja que un demonio le entre en el cuerpo, este no siempre querrá marcharse.

Leonie juntó las manos sobre el regazo. Los cantos de Celestine aumentaron de volumen y su balanceo se volvió más agresivo. Empezó a tener espasmos en el cuello y los hombros, y Leonie se preguntó si estaba contemplando el número para turistas hasta que por el rabillo del ojo vio algo que se movía.

¿Una brisa que agitaba la luz de las velas? No. Una sombra

alta se desplazó por la pared y una corriente suave agitó el pelo de Leonie. Miró detrás de ella, pero no había nadie más en la habitación.

—*Je convoque les esprits! Je convoque les esprits! Entendez moi! Entrez moi!*

Unas sombras incorpóreas comenzaron a dar vueltas alrededor de la mesa, algunas increíblemente altas y otras del tamaño de niños. Parecía que se congregasen en torno a Celestine.

De repente, la médium se quedó rígida e inmóvil. Puso los ojos en blanco y se quedó con la boca abierta, con la lengua asomando flácida. Un gemido gutural le subió del pecho, al principio grave y luego agudo y estrangulado. Leonie se obligó a mirar cómo le goteaba saliva por la barbilla y le caía en el escote.

Celestine ladeó el cuello de golpe. Una voz le brotó de la boca, pero no era la suya y los labios no se le movían.

—¿Leonie? ¿Leonie? ¿La gente morena puede quemarse con el sol?

Era la voz de una niña. Una niña le había preguntado eso una vez en un camping.

Leonie se quedó sin habla.

La voz cambió. Ahora parecía que una mujer muy mayor hablase a través de Celestine en un tono seco y afectado.

—No hacéis las preguntas correctas. Ese es vuestro problema.

La voz cambió otra vez y sonó más ronca, áspera.

—Mira con más cuidado.

La vieja snob regresó.

—Claro que en mi época no teníamos una palabra para eso.

La niña volvió.

—¿Por qué no tienes papá?

—Mi querida Leonie —dijo una voz que se parecía mucho a la de su abuela—. Un niño lo cambiará todo. También te cambiará a ti.

—Mira de nuevo.

—Escúchala —dijo la anciana.

Sonó una voz de hombre con un fuerte acento criollo.

—Pensaba que tú precisamente ya lo habrías descubierto.

—¡Sorda! —gritó la vieja—. ¡Sorda y ciega!

Celestine gimió, con los ojos fuera de las órbitas. Se desplomó en el trono y una voz nueva surgió. Una que ella reconoció.

—¿Leonie? ¿Me oyes?

Muy familiar pero muy lejana. Muy remota. Tardó un instante en identificarla.

—¿Stef? —susurró.

Stefan, el marido de Helena. No podía ser. Se acordó de su cadáver flotando, pálido e hinchado, atrapado en un seto vivo durante las inundaciones. Empezó a marearse como si se estuviese quedando sin sangre en la cabeza.

La voz de él salió en ese momento por la boca de Celestine como si sonase hacia atrás.

—Leonie. Tienes que detenerla. Tienes que detener a Helena antes de…

Entonces Celestine se levantó de golpe del trono golpeando la mesa con los puños. Tenía los ojos negro azabache.

—NO PUEDES DETENERLO.

Un eructo cálido y hediondo de gas sulfúrico recorrió la sombría estancia y apagó las velas. Leonie se impulsó hacia atrás y resbaló de la silla al suelo.

—¡Celestine!

—ÉL SE ALZARÁ Y HASTA LA ÚLTIMA BRUJA DE MIERDA ARDERÁ.

—¡Celestine! ¡Basta! —gritó Leonie.

A la médium le sangraban los ojos y la sangre le corría por las mejillas.

—LEVIATÁN SE ALZARÁ. ¡SATANÁS PARA SIEMPRE!

Leonie levantó la mano para protegerse del huracán y concentró todas sus energías en repeler a Celestine. Lo que se hallaba dentro de ella era poderoso, pero consiguió rechazarlo. La mujer salió volando hacia atrás y se estrelló contra las tablas que tapaban la ventana. Gritó y se desplomó al suelo.

Las corrientes de aire y el hedor se disiparon, y Leonie corrió a su lado.

—¿Celestine? ¿Estás bien?

Celestine se incorporó y se puso derecho el turbante. Miró a Leonie sin comprender por un momento, como si tratase de recordar quién era.

—Estoy bien —dijo, aunque parecía lejos de estarlo. Leonie la ayudó a levantarse y la mujer se alisó el vestido—. Ya puedes irte.

—Pero… todavía no te he pagado…

Celestine parecía aturdida, con la cara pálida.

—No quiero tu dinero ni tus problemas, chica. No tienes derecho a traerme tu mierda. Si tienes algo de sentido común en esa cabeza, dejarás este asunto como está. Esa cosa malvada que acabo de sentir dentro de mí no ha venido a jugar. Es antigua, está hambrienta y tiene una boca llena de dientes. ¿Me oyes, *bébé*?

Leonie asintió con la cabeza.

—Alto y claro.

22

La guerra

Niamh

La ya abarrotada cocina estaba empezando a parecer un aula. Snow desentonaba sentada entre Holly y Theo, preparada para la acción con un flamante cuaderno nuevo y unos bolígrafos.

—Tengo una pregunta —dijo Holly.

—Adelante —concedió Niamh mientras llevaba una taza de infusión de jengibre con limón a la mesa.

—Ya sabes que mi madre es sanadora. ¿Cómo es que la abuela de Snow necesita una silla de ruedas?

Snow torció la cara como si se hubiese tragado algo amargo.

—¿Eres idiota?

—Basta, Snow. —Niamh la hizo callar; ya lamentaba la pérdida del agradable trío que Holly, Theo y ella habían formado tan rápido—. Holly y Theo no han recibido la misma formación que tú. Tenemos que ir a su ritmo, ¿vale?

—Perdón —dijo Snow—. Para ser justos, yo hice la misma pregunta cuando tenía ocho años. Mi abuela se hizo una cosa que se llama hernia de disco cuando tuvo a mi madre. Qué cruel, ¿verdad? Las sanadoras la han ayudado durante años, pero, sin su magia, empeora enseguida.

Niamh asintió con la cabeza. Era una información válida.

—Tenéis que entender lo siguiente: las brujas trabajan con la naturaleza, no contra ella. Seguro que una bruja muy poderosa podría mantenerse joven y sana para siempre, pero eso sería un escandaloso abuso del poder de Gea. Está en nuestra naturaleza envejecer y morir, como todas las cosas. No somos dioses.

—Pues esa es mi próxima pregunta —dijo Holly—. Si sois tan poderosas y todo eso…

—Sí.

—¿Por qué no os ponéis, no sé, unos trajes y hacéis de super-heroínas a lo Marvel?

Snow volvió a chasquear la lengua en señal de desaproba-ción, pero a Niamh también le pareció una pregunta de lo más válida.

—En primer lugar, a los mundanos no les hace gracia la idea de que haya personas (especialmente mujeres) más fuertes que ellos, así que durante mucho tiempo nos persiguieron y… era más seguro mantenerlo en secreto. Muy pocas personas del gobierno saben que existimos, y han firmado la Ley de Secretos del Ocultismo. Nuestra tregua con los mundanos se remonta a la fundación del ASM…

Theo se quedó pensativo. Niamh sondeó al chico con caute-la y detectó una amargura, una sensación de… decepción. Desen-canto. No insistió.

—¿Estás bien, Theo? —preguntó.

Él asintió con la cabeza.

—Muy bien —continuó Niamh—. Hoy quiero que tratemos la historia del ASM porque os ayudará a entender cómo funcio-namos. Creo que es importante que sepáis quiénes somos…, quiénes son.

Por un momento, se olvidó de que ella ya no era del ASM. Últimamente le pasaba muy a menudo.

Puso las palmas de las manos sobre la mesa, con un pedazo de pirita en medio de los cuatro.

—Juntad las manos —les dijo—. Concentraos en la piedra. Os contaré el pasado como yo lo entiendo. ¿Estáis listos?

Sus jóvenes discípulos asintieron con la cabeza. Hasta Snow estaba ahora absorta. Tardaron cinco minutos en sincronizar las respiraciones y Niamh habló en el tono más tranquilizador posible.

—Abrid vuestra mente. Ved como yo veo…

Nunca sabremos exactamente cuándo emigraron las primeras brujas a estas costas. Ya en la Edad de Piedra hay pruebas de que aquí hubo brujas y hechiceros que aprovecharon la energía de Gea. Está claro que ha habido brujas desde que existe historia documentada. Sanadoras, curanderas, chamanas, videntes… Hemos tenido muchísimos nombres, y en la antigüedad nos veneraban, incluso llegaron a glorificarnos.

Se puede hacer un seguimiento del declive de las brujas en paralelo al auge de las religiones monoteístas. Una a una, esas religiones incorporaron la magia en la espiritualidad. Los «hechizos» se convirtieron en «milagros». Solo determinados tipos de milagros se volvieron aceptables. Aunque, como veréis, muchas creencias judeocristianas coinciden con las nuestras.

¿Fue Jesús un hechicero? Nadie lo sabe, pero se cree que estaba en contacto con la naturaleza, curaba a los enfermos y resucitó de entre los muertos, así que…

¿Por dónde iba? Cuando las religiones de todo el mundo empezaron a perseguir a las brujas, nos vimos obligadas a escondernos. Desarrollamos idiomas y símbolos secretos, formamos aquelarres y conciliábulos y operamos en las sombras.

Ahora remontaos a 1522. Un año que, con la perspectiva del tiempo, cambió el curso de las brujas británicas para siempre. Una bruja joven y poderosa llamada Ana Bolena descubrió su considerable sintiencia y se formó en un aquelarre en Francia. Ana se diferenciaba de las demás brujas porque nació noble. Era una bruja poderosa cuando se suponía que las chicas no tenían poder, y no se conformaba con casarse con su primo. Ella aspiraba al trono.

¿Quién sabe si hechizó a Enrique o si simplemente era buena en la cama (de lejos, la forma más fácil de embrujar a un hombre)? Pero como no le dio un heredero varón, el rey pasó a la siguiente. Algunas personas acusaron a Ana de brujería; otras, de adulterio e incesto. En cualquier caso, para cuando le cortaron la cabeza, Ana tenía un aquelarre secreto bien consolidado dentro de la corte de Enrique VIII.

También tenía una hija, Isabel, que acabaría convirtiéndose en la reina de Inglaterra en 1558. Todo indica que no era tan poderosa como su madre, pero entendía el valor del aquelarre, aunque se distanció públicamente de la pobre Ana. No encontraréis esto en ningún libro de historia, pero fue Isabel quien fundó el primer Aquelarre Real oficial en 1560. Se dice que desconfiaba de las brujas, pero sabía que nadie podía protegerla mejor cuando se vio rodeada de víboras por todas partes en la corte.

Todo iba a las mil maravillas hasta que Isabel decidió no tener hijos (decisión que, evidentemente, respeto). Sin embargo, si los hubiera tenido, creo que ahora estaríamos dando esta lección en un colegio y no en mi cocina. Así las cosas, Jacobo, el hijo de su prima lejana, subió al trono. Él no era hechicero y le daba miedo el aquelarre. Temía que lo matasen y pusiesen a una bruja en el trono. En 1604 aprobó la Ley de Brujería.

Sabiendo que serían ejecutadas, las brujas de la corte de Isabel huyeron, obligadas a esconderse otra vez, mientras el rey Jacobo supervisaba juicios de brujas por todo el país. Esa fue la peor época. Más de quinientas brujas fueron ahorcadas, quemadas o ahogadas entre entonces y 1717, cuando por fin se abolió la ley.

Por supuesto, durante esos años, tanto el trono como el Parlamento estuvieron al tanto de la existencia de las brujas y de lo que éramos capaces. A algunas brujas les ofrecieron tratos con la fiscalía, por así decirlo: su vida a cambio de su servicio. Fuimos esclavizadas, obligadas a ayudar bajo amenaza de ser quemadas en la hoguera. La situación duró cien años hasta el largo reinado de Victoria.

En esa época, el espiritismo se puso muy de moda entre las clases medias. Como sabéis, cuando la gente blanca rica empieza a hacer algo, no tarda en legalizarlo. El caso de Victoria no fue distinto y, cuando su querido Alberto murió, recurrió a un aquelarre para comunicarse con su espíritu. Su «aquelarre privado» también predijo los cuatro últimos atentados contra la vida de la reina, una información que le salvó la vida, y poco a poco se rodeó de oráculos para que la asesorasen.

Evidentemente, las brujas y la Iglesia forman una extraña pareja. Victoria decretó que la Corona fuese protegida por brujas, pero en secreto. La Iglesia y el aquelarre existirían independientemente del Estado, pero trabajarían uno con otro. En 1869 se formó oficialmente el Aquelarre de Su Majestad. Desde ese año, siempre ha habido un aquelarre verificado trabajando con el gobierno. Eso no quiere decir que no haya otros —por ejemplo, Diáspora—, pero el ASM es el más fuerte y el más grande. Cuando hacemos el juramento, nos comprometemos a servir al ASM.

Si os fijáis bien en las fotografías antiguas, se nos puede ver al fondo: curanderas en las trincheras; sufragistas; oráculos en Bletchley Park; miembros del ejército femenino de tierra y combatientes de la resistencia. ¿Por qué ayudamos en épocas de crisis? Porque tenemos un don. Somos más fuertes que los mundanos, así de simple.

Podríamos esclavizar y dominar a nuestros hermanos sin poderes, y algunas brujas creen que deberíamos hacerlo. Pero hace mucho que en el ASM decidimos ayudar y proteger a los mundanos. Al margen del trato que hayamos recibido en el pasado, ellos son iguales a los ojos de Gea. La diosa no prefiere una bruja a una pulga. No creemos que nuestros poderes nos hagan superiores. Nos hacen responsables. Somos guardianas, custodias, no armas. Por eso mantenemos celosamente la independencia de los políticos. Ellos nos harían volar países a diestro y siniestro. Nos harían echar maleficios a líderes mundiales, como hizo Rusia con…

—¿Y la guerra que dijo mamá? —preguntó Holly.

Niamh parpadeó y se incorporó a la clase. Theo y Snow también salieron del estado de trance.

—Estaba llegando a esa parte —dijo Niamh—. Es importante que lo sepáis porque demuestra lo cerca que estuvimos de que el aquelarre se destruyese para siempre.

—¿Qué pasó? —quiso saber Snow—. A mamá no le gusta hablar del tema.

Niamh vaciló. Puede que Helena no le agradeciese esa parte.

—¿Seguro que quieres saberlo, Snow?

—Sí. —Snow asintió con la cabeza, decidida—. Quiero saber cómo murió mi padre. Ni siquiera me acuerdo de él. Solo es un montón de recuerdos que me han enseñado las oráculos, pero no son míos.

—Mereces saberlo —dijo Niamh—. Hace diez años estábamos de celebración en la fiesta de después del juramento. Una vez que las nuevas brujas prestaron juramento, encendieron la hoguera como siempre. Nos quitamos las capas y bailamos. Es la tradición: celebramos nuestra libertad con el fuego y el aire.

»En esa época teníamos una suma sacerdotisa llamada Julia Collins. Era una mujer buena y justa. Ella supervisó mi juramento en aquel entonces, y también el de tu madre. Yo estaba bailando alrededor del fuego y lo intuí, ¿sabes? Supe que algo no iba bien y lo dije. Dejé de bailar y me volví para ver a Julia. Ella estaba de pie a un lado, observando la hoguera, aplaudiendo y cantando. De repente su sonrisa desapareció, agarró el cuchillo de plata del altar y se cortó la garganta.

Holly y Snow reaccionaron con sorpresa. Theo escuchaba, esperando a que ella continuase.

—Vi como le cambió la cara. Le habían echado un maleficio. Es cuando un sintiente se apodera del cuerpo de otra persona. Hoy en día, seguimos sin saber exactamente quién la hechizó, pero que una bruja asesine a otra se considera la más alta traición. No traicionas a tu aquelarre. Es el peor pecado que existe.

»Antes de eso había habido tensión. Dabney Hale, un hechicero de buena familia, estaba consiguiendo mucho apoyo entre hechiceros y brujas. Él consideraba que el ASM había llegado a su fin. Era viejo; se había quedado anticuado; estaba a las órdenes de políticos mundanos idiotas. Formó su propio aquelarre basado en una filosofía de supremacía de los brujos. Hale creía, como he dicho antes, que las brujas y los hechiceros son más fuertes que los mundanos. Que no deberíamos escondernos, sino ser quienes gobernasen el mundo.

»Y no era el único. Resulta que cuando alguien como Hale, alguien atractivo y refinado y rico, tiene el atrevimiento de dar un paso al frente y decir lo que piensa, aparecen muchos más que opinan lo mismo. Incluida mi hermana, Ciara.

—Vaya mierda —dijo Snow.

—Sí, Snow, y que lo digas. Sin Collins, el ASM se sumió en el caos, y Hale y su conciliábulo se aprovecharon. Lanzaron ataques contra los mundanos: provocaron inundaciones e incendios, invocaron demonios para desencadenar violencia y asesinatos; originaron brotes de infección que generaron malestar, paranoia y miedo a lo desconocido. Utilizaron a sintientes para poner a la gente contra las vacunas y luego hicieron aparecer viejas enfermedades, como el sarampión y la sífilis. Avivaron las discrepancias ideológicas y destrozaron a familias. Llevaban años planeándolo. El último objetivo de Hale era llegar al poder. Crearía infinidad de catástrofes «naturales» y luego se presentaría como el salvador. La humanidad se arrodillaría ante nosotros.

»Las que quedábamos en el ASM no tuvimos alternativa. Tuvimos que ir a la guerra contra otras brujas. Una guerra civil. Ninguna de nosotras quería matar a brujas (somos muy pocas), pero ¿qué otra opción teníamos? Dominar a los mundanos, a pesar de todo lo que nos han hecho, estaba, está mal. Tenemos que saber distinguir el bien del mal.

»De modo que vuestras madres, Leonie y yo hicimos lo que teníamos que hacer. Luchamos por aquello que creíamos que estaba bien. Siempre que era posible deteníamos a los terroristas (la mayoría están ahora en Grierlings), pero también tuvimos, tuve, que matar a algunos. Como brujas más jóvenes del aquelarre, nos tocó encabezar la lucha. Creo que solo tenía veinticuatro años cuando Collins murió. Demasiado joven.

—¿Y mi padre?

—Murió en las inundaciones de Somerset —confesó Niamh—. Intentando salvar a mundanos y detener a brujas rebeldes. A mi novio, Conrad, lo mató… una sintiente. Por supuesto, algunos vinieron a por nosotros cuando se enteraron de lo que estábamos haciendo. Conrad ni siquiera era un hechicero. Simplemente estaba allí. Y así fue la guerra —dijo tristemente.

—Un momento —intervino Holly—. Si hubo una gran guerra, ¿no debería haberse enterado la gente?

Niamh negó con la cabeza.

—Oh, Holly, no te imaginas. Ya en la guerra, algunos mundanos empezaron a quejarse de brujería. Incluso apareció en la prensa amarilla. Y ya sabes lo que pasa cuando la brujería llega a oídos de la gente…

—Caza de brujas —dijo Snow.

—Exacto. En el aquelarre, tomamos la difícil decisión de borrar los recuerdos de la población general. El primer ministro dio un discurso por televisión y radio para todo el país en el que permitía que todas las sintientes que teníamos...

Habría seguido, pero detrás de ella sonó un ruido sordo en la puerta trasera. Se volvió justo a tiempo para ver la cara de Luke a través de la ventana, pero no se percató de que Theo retrocedía sorprendido.

Lo único que vio fue un relámpago en su periferia.

—¡Theo! ¡No!

Demasiado tarde. Un rayo salió disparado de las manos de Theo, destruyó la puerta trasera y lanzó a Luke despedido por el jardín. La caja de verduras que llevaba salió dando vueltas por los aires y llovieron naranjas y cebollas. Niamh se levantó de golpe y su silla se volcó ruidosamente sobre las baldosas. Corrió al jardín hasta el lugar donde Luke yacía inmóvil en el césped.

Estaba totalmente quieto, con los ojos cerrados. Tenía la cara cubierta de sangre fresca, de los cristales rotos de la puerta, dedujo ella. Niamh le puso la mano en el pecho buscándole los latidos del corazón.

—Holly, por favor —dijo con seriedad—, llama a tu madre ahora mismo.

23

El secreto

Elle

Hasta una madre mundana sabe cuándo sus hijos no están bromeando. De modo que cuando Holly la llamó, enseguida oyó esa sirena de alarma en la voz de su hija. Había pasado algo grave. Elle abandonó el carrito en medio del pasillo del supermercado Sainsbury's y volvió corriendo al coche.

Había terminado las visitas de la tarde, pero todavía no había vuelto a casa para quitarse el sobrio uniforme de enfermera comunitaria. Paró el coche al lado de la furgoneta de Luke enfrente de la casa de Niamh y sacó el botiquín del maletero. Hacía mucho que no trabajaba de enfermera de urgencias —desde la guerra, para ser exactos—, y volvió a invadirle el pánico como si ejercitase unos músculos viejos, esa horrible sensación de no saber bien qué horrores le esperaban, pero que le esperaban horrores.

Vio el cuerpo de Luke en el césped; a Theo llorando en el escalón; a Holly consolándolo, con un brazo sobre su hombro; a Niamh inclinada sobre Luke haciendo lo que podía para curarlo. Con razón había dejado todo eso por una vida dedicada a cambiar vendajes y quitar puntos en la comodidad de las casas de sus pacientes.

Elle pasó por encima de la fruta y la verdura desparramada y corrió adonde estaban en el césped.

—¿Qué ha pasado? —preguntó sucintamente; el tiempo era primordial.

—Theo tiene síndrome de Tourette mágico o algo por el estilo.

—Bienvenida, Snow.

Elle pasó por alto educadamente ese comentario.

Niamh se sacó un pelo suelto de la boca.

—Un rayo. Pero creo que la puerta ha recibido casi todo el impacto. He hecho lo que he podido, pero…

Elle examinó a Luke. Tenía un desagradable fragmento de madera que le sobresalía de la ingle y cortes profundos en la cara.

—Atrás. —Se arrodilló junto a él y le puso las manos sobre el pecho—. Le late el corazón y respira. Se pondrá bien.

De todos los seres vivos emana vida. Cuanto más vibrante es, más vivos están. Luke se acercaba más de lo que a ella le gustaría a la fina línea en la que no podría rescatarlo.

Oyó que Niamh espiraba hondo.

—¿Puedes curarlo?

—Sí.

No sería agradable para ella; tendría que traspasar mucha energía a Luke, pero por lo que podía percibir todos sus órganos vitales estaban intactos. Le abarcó la mejilla con la mano izquierda y tocó la tierra con los dedos de la derecha. También podía tomar energía prestada del suelo. Elle cerró los ojos y dejó que su mente detectase dónde estaba más herido.

La naturaleza cura por naturaleza. Lo único que Elle hacía era acelerar el proceso. A menudo pensaba en sus poderes como un botón de avance rápido biológico. Dirigía glóbulos blancos y plasma adonde hacían falta. Infundía energía a la materia celular para que se regenerase más rápido que por sí sola.

Sin embargo, la astilla de la ingle era un estorbo. Buscó unos guantes de látex en el botiquín. Se los puso de manera eficiente.

—Esto no va a ser agradable —les advirtió antes de extraer rápido el trozo de madera con un ruido de succión.

Luke gimió y se despertó. Ella acercó la mano izquierda a su frente y le hizo dormir enviando un torrente de melatonina por su organismo.

Todavía quedaban unas pequeñas astillas de madera en su pierna, pero el proceso de curación las expulsaría. Se preparó y ofreció a Luke toda la energía curativa que pudo. Las heridas de su rostro se cerraron primero, seguidas de la fea incisión que tenía sobre el pliegue de la cadera.

Elle se desplomó, agotada. Parecía que el suelo se hubiese inclinado, mullido como un colchón deficiente. Estaba desentrenada. Necesitaba un momento para recuperarse. Admiraba a las brujas que se vaciaban en salas de urgencias. Eran valientes y desinteresadas, pero a ella —que lo había intentado un par de meses después de obtener el título— le resultaba demasiado triste. Muchos de los pacientes que llegaban a urgencias estaban más allá de sus posibilidades.

—¿Mamá? ¿Estás bien?

Notó unos pasos que trotaban hacia ella.

Elle se tumbó boca arriba y absorbió toda la energía que pudo de la hierba y de la tierra. Notó el aire fresco en la cara. Contempló las nubes —galeones blancos sobre un profundo mar azul— y notó que su ritmo cardiaco volvía a ser normal.

—Estoy bien. Solo necesito un momento.

—Eres increíble —dijo Niamh en voz baja, besándole la frente y pasándole a la vez parte de su energía—. Gracias.

—Gajes del oficio.

—¿Vas a borrarle la memoria? —preguntó Snow, aparentemente decepcionada con sus esfuerzos.

Holly ayudó a Elle a incorporarse y miró a Niamh.

—¿Crees que se acordará?

Niamh parecía indecisa.

—¿Qué se supone que tengo que decirle? ¿Que ha explotado una bomba en mi cocina?

Elle miró hacia atrás a la casita. Theo seguía sentado en el escalón, rodeado de los destrozos que había provocado. Observaba atentamente, con los ojos irritados e hinchados. El pobre chaval era un peligro en potencia. Era como cuando su madre adoptó a un perro mestizo callejero en Chipre que destrozó su casa.

—Bueno, no puedes decirle que eres una bruja. '

—Ya lo sé.

Niamh se concentró y tocó la sien de Luke con un dedo para acelerar el proceso. Un segundo más tarde había terminado. Él no recordaría nada.

Elle sacó una toallita desinfectante del botiquín y empezó a limpiar toda mancha de sangre sospechosa.

—¿Cómo le explicarás el agujero de la ingle? Puedes decirle que intentaste arrancarle los pantalones.

—No empieces —le advirtió Niamh.

—¿Qué? —dijo Elle, pestañeando.

—Vamos, chicos —dijo Niamh, tratando de animar a las tropas—. Llevémoslo con cuidado al camino. Diremos que se desmayó.

Era una tapadera poco convincente, pero a Elle no se le ocurrió nada mejor a bote pronto.

El cuerpo de Luke levitó del suelo y siguió obedientemente a Niamh. A Elle se le antojó que tenía cara de cansada. La guardería que tenía montada en casa le consumía todas las energías.

Niamh tendió la mano a Theo.

—Venga, ha sido un accidente. Pero mira cómo han quedado la ventana y la puerta. Como no tengas cuidado, voy a empezar a cobrarte. —Le guiñó el ojo al tiempo que lo levantaba—. Recoged la comida, chicos. Tenemos que hacer que parezca que se le ha caído.

Snow recogió la caja, pero Elle vio que Theo y Holly estaban enfrascados en una conversación telepática. Theo le tomó la mano. Holly, no demasiado sutilmente, negó con la cabeza. Lo que ella daría por poder ver lo que pasaba entre los dos. El chico daba más problemas que otra cosa. Luke se pondría bien por esta vez, pero a ella no le hacía gracia que Holly recibiese un rayo, aunque fuese por accidente.

Elle se preguntaba si su hija alargaría el coqueteo mucho tiempo.

Esperó a que Jez llevara a Milo a entrenar para atacar. Algunas noches, Elle insistía en que toda la familia cenase a la mesa, recordándoles que no regentaba un restaurante de comida para llevar. La costumbre no provocaba más que discusiones —porque en esas veladas prohibía terminantemente los móviles—, pero a pesar de todo perseveraba en ello.

Holly removía su porción de *crumble* de moras y manzana mucho después de que su padre y su hermano se hubiesen marchado.

—¿Qué pasa? —preguntó Elle—. Es tu favorito.

Lo había preparado, básicamente, como soborno.

—No tengo hambre —dijo Holly.

En otra época, Elle había temido que Holly padeciese anorexia. Como muchas chicas, había pasado por una fase en la que se medía la separación de las piernas y se pellizcaba la carne del cuerpo. Y lo que era peor, Elle sabía que era una conducta que Holly había aprendido de ella de manera indirecta. Ojalá hubiese podido volver atrás en el tiempo y dejar de quejarse de la talla 40, los regímenes para lucir biquini o el recuento de calorías delante de su hija cuando era pequeña. Afortunadamente, cada obsesión por la dieta duraba solo unos días hasta que su hija aceptaba ávidamente la comida que Elle preparaba. De todas formas, tenía el metabolismo de un galgo.

No estaba del todo segura de cuánto debía preocuparse por las autolesiones —como mínimo, una de sus amigas góticas era aficionada a los cortes— y había tenido dudas con respecto a posibles tendencias lésbicas hasta que Theo apareció. Por supuesto, Elle se había fijado en que había empezado a ponerse lápiz de ojos y rímel, y en que a menudo le pedía prestada la plancha del pelo. ¿Qué otra cosa podía significar? Se figuraba que Theo había cautivado a Holly y que era el responsable de su mal humor, al menos esa semana.

—¿Holls?

—¿Qué?

—¿Hay algo que quieras contarme?

Trató de mantener un tono ligero, cosa difícil después de la intensa tarde que habían tenido. Había despertado a Luke en el camino al lado de su furgoneta, confundido después del borrado de memoria, pero por lo demás en buen estado. Le daba vergüenza que hubiesen llamado a una enfermera más que otra cosa. Lo habían dejado en la cocina de la casa, mientras Niamh intentaba explicarle que unos bomberos habían hecho pedazos la puerta trasera debido a una posible fuga de gas.

—No —respondió Holly. No podía parecer más sospechosa aunque quisiese.

—Holly. Me gusta pensar que puedes contarme cualquier cosa. No soy una de esas madres que dan miedo, ¿verdad?

Holly rio.

—¡No! Está claro que no eres una de esas.

Elle se preguntó si las dos estaban pensando en Lilian Vance.

—Entonces, ¿de qué se trata? Desde que Theo apareció, los dos sois uña y carne, mandándoos mensajitos telepáticos todo el día. Sí, me he dado cuenta. Pasa algo. Las madres se enteran de esas cosas, incluso las que no son brujas.

Holly parecía abrumada por el peso con el que cargaba. Si

ese Theo era el mismo Leviatán, no iba a arrastrar a su hija bajo ningún concepto.

—¿Holly...?

—No te lo puedo decir, mamá. Se lo prometí a Theo.

—¿Qué le prometiste?

Hubo una larga pausa.

—Esa es la cuestión... No puedo, mamá. Una promesa es una promesa.

La chica se levantó para irse de la mesa, pero Elle la detuvo.

—Siéntate, Holly. Ya sé que una promesa es una promesa, pero esto es serio. Theo no ha venido de invitado, sino porque el ASM cree que es peligroso. Si sabes algo que podría perjudicar al aquelarre, tienes que...

Parecía que Holly fuese a llorar. Elle sabía que la charla se estaba convirtiendo en un interrogatorio, pero había llegado demasiado lejos para parar.

—¡Dios, mamá! ¡No has entendido nada!

—Pues, ¿qué es? —Y entonces jugó su mejor carta—. Mira, Niamh no puede sondear a Theo por el motivo que sea, pero me apuesto lo que quieras a que sí que puede sondearte a ti. Así que o me lo cuentas ya o le pido a ella que lo haga.

Holly había perdido, y lo sabía. Una lágrima le corrió por la cara. Elle recordaba lo trascendentales que son las amistades cuando se tienen catorce años. La aprobación de una amiga era más importante que cualquier otra cosa. Es una idea falsa que las adolescentes están locas por los chicos. Al contrario, ella recordaba que siempre consultaban a los chicos qué opinaban de otros, investigándolos antes de aceptar ir con ellos.

Se levantó y fue a por un papel de cocina para que Holly se secase la cara.

—Bueno —dijo con delicadeza—. ¿Qué narices le pasa a ese chico?

Holly medio sollozó, medio rio.

—¡Ese es el problema!

—Por el amor de Gea, Holly, ¿qué?

Sin querer, agarró la mano de Holly y su angustia la invadió. Resistió las ganas de llorar ella también.

—Mamá, me gustaba mucho Theo, pero… pero él… ella no es un chico. Theo cree que es trans.

—Ah.

A Elle le salió el ruido de la boca sin querer y soltó las manos de Holly.

—No puedo creerme que te lo haya contado. Juro por Gea que no quería decir nada. Ella no se lo ha contado nunca a nadie. Mamá, tienes que prometerme que no se lo dirás a nadie.

Elle le dio otro trozo de papel de cocina.

—Te lo prometo, tesoro.

24

Hijas de Gea

Niamh

—Holly me hizo prometerle que no te contaría esto —dijo Elle en cuanto la camarera del Tea Cosy se fue con su comanda.

Niamh parpadeó.

—¿Esa es la emergencia? ¿Tienes un cotilleo? —Niamh todavía llevaba puesto el uniforme de veterinaria, pues había salido corriendo de la clínica para responder a la urgencia de Elle—. ¡Elle! ¡Tengo citas!

Elle le lanzó una mirada severa.

—No es un cotilleo. Es importante.

—Adelante, pues… tienes cinco minutos.

Niamh supuso que era algo relacionado con lo que había pasado el día anterior por la tarde. En ese momento, Theo estaba en casa esperando a que la carpintera arreglase la puerta. Confiaba en que no la electrocutase a ella también. Esa era una de las muchas cosas buenas de Hebden Bridge: un conjunto de artesanas lesbianas superprofesionales. El tablón de anuncios maravillosamente analógico que había delante de la librería era un auténtico centro social. Las tarjetas de visita y los folletos revelaban bastante de su secreto: yoga, herbolarias, jardineras y coros para mujeres. Los indicios de brujería estaban presentes si uno sabía dónde buscarlos. Niamh nunca había vivido en un sitio en el que tantos mundanos, cuando menos, sospechasen estar en presencia de brujas de verdad y no pareciese importarles.

La camarera les llevó los cafés con leche y Elle esperó a que se marchase.

—Bueno, es algo gordo…

—Elle…, tengo gatos cachondos por esterilizar.

—Theo es transgénero.

Se le escapó la lengua.

Niamh esperó a que siguiese.

—¿Cómo?

—Es cierto. Él… o, según parece, ella… se lo dijo a Holly.

Ella echó cuentas. ¿Había dicho él… ella… algo? ¿Lo había insinuado siquiera?

—Vale… —dijo pensativa, dándole vueltas en la cabeza como si estuviese en una cata de vinos.

—Eso explica muchas cosas, ¿no?

—Ah, ¿sí? —dijo Niamh.

El salón de té parecía un tiovivo. Se sentía mareada.

—Bueno, explica su poder, para empezar.

Elle bajó la voz y echó un vistazo al salón de té. Solo había un par de clientes más en ese momento: un hombre con un *bulldog* francés muy mono y una chica que tecleaba en su móvil en el rincón.

Niamh se masajeó las sienes. ¿Estaría una bruja trans al mismo nivel que una bruja cisgénero? Si lo buscaba en Google, ¿serviría de algo? Lo dudaba.

—Tienes razón. Me cuadra. Dios, no le había dado importancia.

—¿A qué?

—Él… ella… me preguntó hace tiempo si le dejarían entrar en el ASM, y cuando le dije que tendría que ir al conciliábulo, se quedó hecha polvo.

—Ahí lo tienes. —Elle bebió triunfalmente un sorbo de café—. Anoche me quedé impactada un rato, pero ahora no es nada del otro mundo, ¿verdad? En clase de Holly hay un chico trans.

Niamh esperó a que el local dejase de dar vueltas. De todos los augurios apocalípticos sobre ese chico, que fuese transgénero era lo de menos. De hecho, dejó escapar un suspiro de alivio. Relajó los hombros por primera vez en semanas.

—Theo es trans. Vale. Es casi una cosa de mundanos. ¿Te acuerdas de aquella señora del colegio? ¿La que trabajaba en la tesorería?

Elle se quedó confundida un instante y, acto seguido, en sus ojos se vio que reconocía a la persona.

—¡Ah, sí! ¿Cómo se llamaba? ¡Daphne!

—Eso.

—Pobrecilla. No pensaba en ella desde hace años. ¿Qué habrá sido de ella? Los chicos la trataban fatal, ¿te acuerdas?

Niamh hizo una pausa.

—Todos la tratábamos fatal. Éramos unos auténticos cabrones. Nosotras también nos burlábamos de ella, Elle. Sabes que sí.

Elle arrugó la cara, pero no lo negó.

—Ahora las cosas son distintas.

—¿De verdad? Por el bien de Theo, espero que tengas razón. Los críos pueden ser muy crueles. A veces oigo cómo hablan.

—Yo a veces escucho a Milo y sus amigos. Creo que compiten por ver quién dice la burrada más grande.

Niamh tenía la sensación de que su perspectiva se ajustaba para hacer sitio a esa nueva realidad. Estaba encajando. Todo en Theo era inestable, turbulento. Niamh pensaba que el caos residía en su vida familiar (tenía que superarla), pero parecía que dentro de ella también anidaba una tormenta. ¿Qué es más importante que tu género? La forma en que la gente te describe, te trata, te saluda a diario. No era de extrañar que no pudiese controlar sus poderes. Imagínate descubrir que no solo eres una chica, sino que también eres una bruja.

Y por si eso fuera poco, su madre había intentado ahogarla y Helena la había hecho secuestrar. Niamh sintió un repentino arrebato de ira. Notó que el pecho le ardía y le picaba. Theo necesitaba que la protegiesen, no que la persiguiesen. Eso lo cambiaba todo.

—¿Estás bien? —preguntó Elle.

—Sí, perdona. Estaba pensando. Esto es gordo, Elle.

—¡Te he dicho que era una emergencia!

Niamh sonrió, pero ahora se enfrentaba a la nada envidiable labor de terminar el resto de la jornada sabiendo esa gran noticia.

—Gracias por contármelo.

—No le digas a Theo que Holly se ha ido de la lengua. Creo que lo... la idolatra.

—No se lo diré. Joder, ¿qué hago? ¿Se lo pregunto a Theo directamente?

Elle se encogió de hombros.

—¿Contárselo a Helena?

Por algún motivo, esa solución no le cuadraba. Mejor que Theo fuese una chica que que estuviese aliada con Leviatán, ¿no? Aun así, le parecía demasiado fácil. Resolver ese caso no podía ser tan sencillo... ¿o sí?

—¿Podemos esperar un poco?

—¿Por qué?

Era un reflejo, una corazonada, más que nada.

—Creo... que puedo conectar con ella, que puedo hacer que se abra. Si es una chica, podría ser una bruja fenomenal. No quiero contárselo a Helena y que se entrometa y arruine el trabajo que estamos haciendo.

Elle asintió con la cabeza.

—Claro. Tú mandas.

—Elle, yo no mando un carajo.

Elle soltó una risita y se bebió el resto del café. Estaba amargo, con demasiada espuma. Tenía la cabeza hecha un lío. Si ella estaba confundida, ¿cómo debía de sentirse la pobre Theo? No sabía lo que pasaría. No sabía si podría hacer algo para ayudar, pero Niamh decidió en ese momento, esa mañana en el Tea Cosy, que estaría ahí para cuando Theo la necesitase. Ocurriera lo que ocurriese.

Al fin y al cabo, era una hermana.

Al salir del Tea Cosy, Niamh vio una furgoneta de Green & Good aparcada al otro lado de Market Street, enfrente del restaurante turco. Podría ser cualquiera de sus conductores, pero la ley de Murphy dicta que... En efecto, Luke salió de la entrada del establecimiento balanceando una caja vacía.

Vio a Niamh y la saludó levantando el brazo.

—Buena suerte —dijo Elle, y le dio un beso de despedida.

Niamh le dio las gracias y cruzó la calle para enfrentarse a él. El verano debía de estar a la vuelta de la esquina porque reparó en la afluencia de turistas, los chubasqueros North Face y Berghaus y las botas de montaña sospechosamente nuevas. Era una buena noticia para los comerciantes del pueblo, los cafés y las tiendas de regalos, pero a Niamh siempre le ofendía un poco tener que compartir su perla oculta con forasteros.

—¡Buenos días! —dijo alegremente—. ¿Qué tal?

Luke guardó la caja en la parte trasera de la furgoneta y se volvió hacia ella. Hacía un tiempo lo bastante primaveral para que por primera vez en ese año hubiese sacado las bermudas, que dejaban a la vista sus musculosas pantorrillas.

—Bien. Pero todavía estoy un poco extrañado por lo de ayer.

—¿Cómo te encuentras? —preguntó Niamh.

Metió las manos en los bolsillos del uniforme, tratando de ocultar su culpabilidad.

—¡Perfectamente! —contestó él—. Es rarísimo. En mi vida me había desmayado.

—¿Sabes lo que yo creo que pasó? El 5G.

Él soltó una risotada.

—No lo dirás en serio.

—¡No! No sé, ¿una bajada de azúcar?

—Acababa de comer.

—¿Una subida de azúcar?

Él frunció el entrecejo.

—¿Estás bien? Pareces tensa.

Ella señaló hacia atrás al café.

—Mi veneno es la cafeína, no el azúcar.

—Oye, perdona por desmayarme delante de tu casa.

—Cuando gustes —dijo ella sin pensarlo realmente—. O sea…

—Ya lo pillo. ¿Sabes qué, Niamh? Un día de estos voy a descubrir qué pasa por esa cabecita tuya.

Niamh sonrió.

—¿Crees que estás listo para los secretos que escondo?

En el fondo ella sabía que no lo estaba. Con Conrad había sido distinto, en Dublín. Entonces ella había tenido la sensación de que sus pétalos se abrían al principio de la relación de la forma más natural. Se habían contado mutuamente sus secretos mientras exploraban el cuerpo y la vida del otro. Esto era distinto.

—Puedo con lo que sea.

Luke sonrió y ella notó algo entre las piernas.

—¿En serio? Vale, ven aquí… —Él se inclinó—. Soy Spider-Man…

Él rio más fuerte.

—¡Ya veo! ¿No deberías ser Spider-Woman?

—¿Hay una Spider-Woman?

—Sí. También es un pibón.

La situación se estaba complicando. Tenía ganas de rodearle el cuello con las manos y acercarlo para darle un beso.

—Tengo que volver a la clínica...

—Sí. Me alegro de verte.

—No le cuentes a nadie mi identidad secreta, ¿vale?

—Lo juro.

Niamh se alejó de la calle principal sintiéndose como en el preludio al sexo, llena de expectación, como limonada rosa por todo el cuerpo. «Por mi vida».

25

Escuchas

Helena

Era lógico que Helena tuviese el mejor despacho con vistas del ASM. Orientación doble con ventanas en dos lados que dominaban la expansión de ladrillo rojo y acero de Manchester. La torre Beetham —el edificio más alto en kilómetros a la redonda— relucía al brumoso sol naranja de media tarde.

Aún tenía muchas cosas que despejar de su mesa antes de que pudiese terminar la jornada: aprobar las reparaciones de los daños causados en la operación encubierta para atrapar a Smythe; ponerse en contacto con Sandhya para hablar de los preparativos para el solsticio; mantener una rápida reunión por Zoom con Sanne Visser, la jefa con fama de fría —tal vez irónica— del Aquelarre Internacional Acción contra el Calentamiento Global.

Pero antes, y lo más importante, el Niño Impuro.

El intercomunicador zumbó.

—¿Sí?

—Teletransportación inminente —anunció su secretaria.

—Gracias, Karen.

Se le erizó el vello del brazo y notó un olor familiar a noche de hogueras mientras las partículas de su hija empezaban a dar vueltas alrededor del centro del despacho. Tenía una expresión avinagrada.

—Odio teletransportarme —se quejó antes de formarse del

234

todo—. Te juro que me empeora el colon irritable. ¿No puedo hablar contigo por FaceTime como todo el mundo?

Helena se levantó para darle un abrazo.

—¿No puedo ver a mi hija?

Snow apoyó la cabeza en su pecho.

—Tú eres la que me desterraste.

Helena sonrió y volvió a su asiento.

—¿Qué tal tu abuela?

Snow agarró un caramelo de limón del cuenco situado en la mesa de Helena antes de dejarse caer pesadamente en la silla de las visitas.

—No me deja hablar cuando aparece el hombre del tiempo. Yo le digo: «Hola, nosotras podemos controlar el tiempo», pero acabo pensando: «Lo que tú digas, abuela».

Helena no pudo evitar reír. Era un consuelo saber que su madre era inmutable, un monolito.

—¿Has dicho que tenías noticias?

—¡Sí! —dijo Snow entusiasmada—. ¡Estarás orgullosa de mí! ¡He hecho de espía!

Helena sonrió.

—¿Espía? ¿Como James Bond?

—Solo que más mona. ¡Mira!

Snow se concentró y, poco a poco, su piel y su pelo se oscurecieron. Sus ojos pasaron del azul al marrón, y su delicada nariz se ensanchó. Su hija parecía ahora mediterránea: española o italiana.

Helena se quedó impresionada, pero un poco afectada.

—¿Dónde has aprendido a hacer eso?

—Solo es un glamour. —La voz de Snow seguía siendo la de siempre—. La hermana mayor de Jess nos lo enseñó.

Jess y su hermana, hijas de una antigua familia de brujas de Manchester, eran un incordio.

—Por favor, Snow, no utilices glamoures. A veces a los mundanos no los engañan, no siempre son convincentes y… y, en fin, son vulgares.

No utilizó la expresión «magia de palurdos», pero se sobreentendía.

La chica que no parecía su hija puso los ojos en blanco; un gesto muy característico de Snow.

—Pero tenía que acercarme a ellas.

—¿A quiénes?

—A la tía Niamh y la tía Elle.

—¿Has empleado un glamour para espiar a Niamh? —Snow asintió con la cabeza—. Entonces has tenido mucha pero que mucha suerte de que no te reconociera. Ha sido una falta de consideración, Snow…, y no deberías espiar a tus tías.

La cara extraña sonrió.

—¿No quieres saber de qué me he enterado?

Helena suspiró.

—¿Puedes dejar ya el hechizo, por favor?

Snow sacudió la cabeza, y la ilusión se desvaneció hasta que volvió a adoptar su aspecto normal.

—Adelante. Si alguien pregunta, nunca hemos tenido esta conversación.

Snow esbozó una sonrisa de satisfacción.

—Bueno, esta mañana he ido a la casita. Theo estaba allí mientras Niamh trabajaba en la clínica…

—¿Lo ha dejado solo?

Helena apretó los dientes.

—Había una mujer arreglando la puerta que él reventó.

Parecía que a Helena se le fuesen a salir los ojos del cráneo. Los giros inesperados no tenían fin.

—¿Cómo? ¿Él reventó una puerta?

—¡Mamá! —Snow levantó las manos—. ¿Me dejas terminar? —Helena le hizo un gesto para que continuase—. El caso es que cuando he ido a la clínica veterinaria, Niamh se marchaba a un café de la ciudad. La he seguido y he pedido un café y un bollo de canela. Estaba sentada lo bastante cerca para oír lo que decían y… ¿a que no adivinas de qué han hablado?

—¿De verdad iba a hacérselo adivinar?

—Cuéntamelo, por favor, Snow.

—Te va a dar un patatús… ¡Theo es transgénero!

Parecía un niño con zapatos nuevos con ese bombazo.

—¿Perdón? ¿Qué? —dijo Helena. Un asomo de migraña se instaló en la parte delantera de su cráneo.

—Ya sabes… trans. Quiere ser una chica. Bueno, es una chica por dentro, solo necesita que el exterior sea igual o lo que sea. ¿Te acuerdas de aquella chica del colegio, Laurel? Era trans y…

—Gracias, Snow. No soy tan negada. Sé lo que significa transgénero.

Se levantó y se dirigió a la ventana. Notó que le bullía la sangre y, justo en ese momento, empezaron a formarse unos feos nubarrones sobre el perfil de los edificios de Manchester recortados contra el horizonte. Las nubes se extendieron como un morado. Las piezas del rompecabezas empezaban a formar una imagen, pero no le gustaba. Rápidamente vio lo hondo que llegaban las raíces de aquella mala hierba…, las repercusiones de una bruja transgénero. Podía ser algo tremendo. Podía cambiarlo todo.

¿O no?

Se volvió otra vez hacia Snow.

—¿Él ha empezado ya la transición?

—A lo mejor deberíamos usar el pronombre «ella»… —propuso Snow. Helena echaba fuego por los ojos—. ¿Cómo quieres que lo sepa? Si todavía no lo ha hecho público, probablemente no. Niamh lo sabe porque a Holly se le escapó. La muy falsa.

Helena reflexionó sobre esa información unos cinco segundos y tomó una decisión. A veces ser un buen líder consiste en asesorarse, escuchar a quienes lo rodean, y otras veces exige dar un paso al frente y actuar con resolución. Equilibrar las dos vertientes siempre le había resultado de gran utilidad. Su instinto todavía no le había fallado.

—¿Sabes qué, Snow?

—¿Qué?

—Me parece que he dedicado mucho tiempo a este asunto, y no hacía falta. Me voy a desentender de ese chico.

—Esa chica.

Helena miró fijamente a su hija.

—Ya veremos.

Pulsó el botón del intercomunicador.

—Karen, ¿puedes concertar una reunión urgente con Radley Jackman, por favor?

26

Valentina

Leonie

Leonie quedó con Niamh en la estación de Euston porque, aunque su amiga era una de las brujas más poderosas de su generación, la veterinaria estaba deseando ir a Londres y perderse. Se abrazaron en el vestíbulo y Leonie se preguntó si la gente pensaría que eran pareja.

Niamh le dijo que el viaje había consistido en tres horas maravillosas de lectura atrasada —el último libro de Atwood— y un infecto café de tren acompañado de gominolas Haribo.

—¿Chinara está trabajando? —preguntó Niamh.

—Sí, hoy está en el juzgado, pero a veces acaban pronto, así que a lo mejor puede quedar con nosotras para tomar algo antes de que te marches.

—¡Bien! ¡Tengo muchas ganas de verla!

Una avalancha humana se dirigía al tren de las 11.36 a la estación de New Street de Birmingham, de modo que Leonie agarró a Niamh de la mano y la sacó del gentío. Euston era, sin duda, lo peor. Tomaron la línea del norte a Leicester Square; entretanto, Niamh, un ratoncito de campo, miraba confundida su entorno.

Londres es un estado de ánimo. Un estado de ánimo avinagrado. El viaje de Leonie a Hebden Bridge de hacía un par de semanas le había recordado lo mucho que echaba de menos el talante afable de fuera de la capital. Allí, si alguien no se ponía en el lado correcto de la escalera mecánica, le gruñía y le instaba telepáticamente a que se pusiese las pilas o se largase de la ciudad para siempre. Y qué ritmo, dioses... ¿Por qué todo el mundo iba siempre cagando leches? Niamh tenía que trotar para seguirle el paso por el metro.

Cuando salieron a lo que pasaba por aire fresco y luz del día, callejearon por el Soho, pues todavía era pronto para la comida con Valentina.

—¿Así que este es el barrio gay? —preguntó Niamh.

—Hace mucho tiempo —dijo Leonie tristemente, señalando múltiples restaurantes de comida rápida Pret A Manger—. Y no tanto de las lesbianas. Aunque si te apetece comprar un mono de látex para Luke, Clone Zone todavía está por ahí...

Niamh rio.

—No sé si es lo que le va a Luke.

—¿Sabes lo que le va?

—¡No! —contestó Niamh con rotundidad.

La noticia sobre Theo había contribuido a tranquilizarla después de la traumática velada en casa de madame Celestine. Todavía no se había atrevido a contarle a Chinara que había ido allí. Algunos de los mensajes canalizados a través de Celestine cobraban ahora un poco de sentido: «En mi época no teníamos una palabra para eso» o «Pensaba que tú precisamente ya lo habrías descubierto». Algunos mensajes —el de Stef y... el otro— todavía la obsesionaban enormemente. Aquella voz era lo último que oía antes de dormirse por las noches.

Theo era trans. Y los mensajeros de los espíritus tenían razón; debería haber sido lo primero que ella le hubiese preguntado a Niamh al ver cuánto poder tenía Theo. «¿Estás segura de que es un chico?». Leonie debería haber sabido que no debía dar por sentado nada sobre la identidad de una persona. Cada vez que un recepcionista de hotel o un camarero se refería a Chinara como «su amiga», le daban ganas de darle un puñetazo.

—¿Le has dicho ya algo a Theo? —preguntó, dándole conversación.

—No. —Niamh se mordió el labio—. ¿Crees que no debería andarme con rodeos? No quiero buscarle problemas a Holly, pero podría decirle que lo vi en él... en ella. Joder, tengo que corregir eso.

—Más te vale. En Diáspora hay une sintiente que usa el pronombre elle. Al principio fue una movida, pero solo es cuestión de tiempo. Chinara y yo tenemos un tarro en casa en el que echamos una moneda cada vez que nos equivocamos.

Leonie condujo a Niamh al Mildred's, uno de los mejores restaurantes vegetarianos de Londres.

—Por cierto, muchas gracias, Leonie. Te debo una. ¿Le has dicho a ella por qué venimos?

—Sí, se lo he dicho —respondió Leonie—. La he preparado.

—Gracias. Es lamentable que no me haya parado a pensar nunca en las brujas trans.

«Pues sí», pensó Leonie, aunque no lo dijo en voz alta; no era más que un reflejo de su privilegio. Se preguntó si Niamh había pasado mucho tiempo pensando en el papel de las brujas negras. Ella era irlandesa, reflexionó. Habían tenido que aguantar mierda durante años, aunque las brujas célticas siempre habían sido bastante veneradas en el ASM, de modo que era un asunto delicado.

—Está justo allí. —Leonie señaló al otro lado de Lexington Street y esperó a que pasase un taxi negro—. No te sientas demasiado mal; tú estás al margen. Pero si en el ASM no están teniendo conversaciones sobre interseccionalidad, deberían tenerlas de una puta vez.

Entraron en el estrecho restaurante, donde las recibió el olor al curri de boniato que a Leonie tanto le apetecía. Las acompañaron a una mesa al fondo del restaurante, y solo tuvieron que esperar un par de minutos hasta que Valentina apareció y se reunió con ellas.

El problema cuando una mujer trans tiene el aspecto de Val —que parecía una condenada modelo— es que no supone ningún esfuerzo considerarla una mujer, pensaba Leonie. Ahora bien, ella creía que no había que presionar a ninguna mujer para que se ajustase a «normas» de género. A lo largo de los años, demasiadas mujeres negras habían sido objeto de burla por parecer «hombrunas» para que ella valorase cualquier concepto nominal de «feminidad».

Valentina pasó por delante de los comensales contoneándose —y atrayendo miradas— con una falda de tubo de piel sintética y una blusa con lazo. Llevaba la melena suelta teñida de un intenso rubio caramelo. En resumen, Leonie le habría tirado los tejos en otras circunstancias. ¿Quién no?

—¡Hola, chicas! Perdón por el retraso.

Trabajaba a la vuelta de la esquina en la clínica de salud sexual, algo relacionado con la prevención del VIH.

—No te preocupes —dijo Leonie, inclinándose por encima de la mesa para darle un beso—. Valentina, esta es mi mejor amiga, Niamh, del colegio.

Val dejó escapar un grito ahogado y acarició un mechón del pelo de Niamh.

—Madre mía. ¿Es tu color natural?

Niamh rio y contestó que sí. Se lanzaron un beso y se sentaron para comer. La voz de Valentina llegaba lejos, de modo que Leonie creó sutilmente un escudo alrededor de la mesa para que pudiesen hablar con libertad.

—Sé que me estoy metiendo donde no me llaman —explicó Niamh, ruborizándose—. Muchas gracias por venir.

—De nada, cariño. No es ninguna molestia.

—No sé si Leonie te lo ha contado, pero estoy viviendo con una persona joven que cree que podría ser transgénero… y, bueno, no sé por dónde empezar.

Leonie percibió una turgente frustración verde musgo saliendo de Niamh en forma de ondas. Siempre se olvidaba de que Niamh ya no era del ASM. Ella se había ofrecido a sobrellevar esa… «carga» no era la palabra adecuada, porque ninguna vida humana era una carga, pero sin duda era una responsabilidad. Si podía echar una mano a Niamh con ese asunto, se la echaría. Organizar una comida era lo mínimo que podía hacer.

—Tranquila, cariño. Encantada de ayudar. ¡Soy un libro abierto! ¿Qué quieres saber?

—Supongo —dijo Niamh pensativa— que si supiste primero que eras bruja o que eras chica.

Valentina les relató su infancia en Manaos.

—Cariño, supe que era chica en cuanto supe que había diferencias entre los chicos y las chicas. Miraba a los chicos y pensaba: «Hum…, qué va». Mi madre me decía: «Cielo, eres un chico», pero yo pensaba: «¡Ni de coña! Lo siento, pero no estoy de acuerdo». Mi *avó*, mi abuela, era una bruja, una sintiente, y me lo vio cuando tenía cuatro o cinco años. Dijo que brillaba en mí como el sol. Tuvo que pasar un tiempo, hasta que tuve diez u once años, para que empezara a darme cuenta de que yo también podía hacer cosas.

—Sondéala —le dijo Leonie a Niamh.

—¿No te importa?

—¡Un libro abierto!

Leonie observó cómo Niamh se concentraba.

—Caray.

Todo el mundo tiene una energía única del mismo modo que tiene una huella digital única, pero había indiscutibles energías masculinas y femeninas. Eso no significaba automáticamente que todos los hombres y las mujeres tuviesen la misma aura: algunas mujeres cis tenían una energía inequívocamente masculina, y viceversa. Sin embargo, el aura de Valentina estaba presente como su perfume. A Leonie le sorprendió sinceramente que los mundanos del restaurante no la percibiesen también.

—Ya. —Val rio—. ¿Te imaginas a alguien intentando convertirme en chico? ¡Buena suerte, cari, no puedes contener la marea! Esperadme un momento, voy a hacer pis.

Valentina se excusó y Niamh se volvió hacia Leonie.

—Entonces, ¿ella...., ejem...?

—¿Si tiene vagina? —estalló Leonie—. ¡Niamh! ¿Acaso importa? ¿Es asunto nuestro?

Niamh parpadeó con sus ojos verdes, incrédula.

—Gracias, señorita Jackman. Iba a preguntar cómo se compara su poder con el de una bruja cisgénero.

—Ah, vale. —Leonie paró al camarero para que pudiesen pedir cuando Val volvió. Ella solo disponía de cuarenta y cinco minutos—. Pues es interesante. Ella es una E Cuatro.

—¿Nivel Cuatro, en serio?

—Ajá. —Los brujos muy pocas veces alcanzan una categoría superior al nivel 3, de modo que el nivel de Val se correspondía más al de una mujer cis que al de un hombre cis—. Es un huracán. Te lo dije.

Ella regresó taconeando a la mesa.

—Eso tal vez explique por qué Theo es tan poderosa. Todo encaja.

—Entiendo lo que quieres decir —asintió Leonie mientras Val volvía a sentarse en el banco—. Pero no lo explica todo. No sabemos de dónde viene, por qué es tan poderosa sin haberse entrenado...

Leonie omitió lo que había descubierto sobre Leviatán en casa de Celestine. Que Theo fuese trans no explicaba lo que veían las oráculos.

—No —razonó Niamh—, pero significa que puedo mandar a Helena a hablar contigo si intenta llevarme la contraria...

Leonie rio a carcajadas.

—¡Serás arpía! ¡Ni se te ocurra!

El camarero se acercó a tomarles la comanda. La comida fue

una agradable distracción, pero nada más. La intuición era una putada, y Leonie no conseguía relajarse. Seguía tamborileando nerviosamente con los dedos contra la rodilla. Se avecinaba algo malo. Algo relacionado con Theo, Helena y el rey de los demonios. Tal vez debía contarle a Niamh lo que había descubierto en Peckham.

Niamh y Valentina siguieron charlando mientras el camarero recogía sus cartas. La veterinaria preguntó a Valentina si tenía conocimiento de que hubiese más brujas trans, y ella le contestó que sabía con certeza que había algunas en la CIA: Estados Unidos había aceptado sin tantos reparos a las brujas trans. Leonie solo tenía una duda, que seguía pendiente desde la noche en casa de Celestine: ¿tenemos que huir cagando leches de todo esto? En serio, Chinara no se tomaba vacaciones desde hacía meses. ¿Era el momento de reservar dos billetes de avión, preparar las mochilas y llamar a una canguro de gatos? Seguía faltando algo —una pieza del rompecabezas—, y nada tenía sentido.

Como si sin querer hubiese llevado a cabo algún tipo de invocación, primero su móvil y luego el de Niamh vibraron en la mesa. El chat del grupo. Era Helena.

—¿Qué quiere? —preguntó Leonie, guardando el teléfono por educación.

Niamh consultó el mensaje.

—Ella… va a ir a pasar unos días en casa de su madre la semana que viene, y quiere que quedemos todas en el Lamb and Lion. Espera…, está escribiendo. Ah, dice que se encargará de que el ASM te teletransporte.

Joder. Esa era su mejor excusa para mandarlo todo a la mierda.

—Yo…, no sé.

Niamh parecía ofendida.

—Venga. ¿Por qué no? Creo que se siente excluida por que fuimos a Malham sin ella. Las cuatro no hemos coincidido desde… ni me acuerdo de la última vez. ¿El último Samhain?

—Puede. Lo consultaré con Chinara.

Que ella cargase con la responsabilidad. Resultaba violento. Niamh, Elle y Helena idealizaban su infancia, y contemplaban su grupo como una mezcla exclusiva de la pandilla de amigas de Taylor Swift, *Sexo en Nueva York* y una cuadrilla de Instagram, pero Leonie no lo veía de la misma forma. Ella había crecido con esas chicas por casualidad, no por nacimiento, y se había visto obligada a asimilarlo. Sus problemas de la adolescencia venían de hacer todo lo posible por adaptarse a la gente blanca y la clase media. Ellas le habían dado la bienvenida, pero la habían tenido guardada en una caja. ¿Le habían preguntado alguna vez qué puta Spice Girl quería ser? Por una vez le habría gustado ser la Dulce. Lo que las había unido entonces ya no existía, y, al igual que los continentes, se habían ido a la deriva. Aparte de las cosas del aquelarre, ¿de qué hablarían?

«Recordaremos los buenos momentos del pasado», resonó la voz de Niamh en su cabeza; su amiga podía percibir su reticencia.

Leonie sonrió, pero no dijo nada porque el pasado tampoco era tan bonito. Sus instintos más primitivos, muy por debajo de la lógica o la amistad, le decían que agarrase a Chinara y escapase. Luchar o huir, y esa no era su lucha.

27

Salida nocturna

Niamh

Tenía gracia, pensaba Niamh, que siempre se esforzase mucho más cuando salía con sus amigas. Un halago de una mujer significa el doble que el de un hombre. Ella se pintaba cada vez menos, pero todavía le gustaba el idioma del maquillaje. Como la brujería, era una lengua hablada predominantemente por mujeres: un esperanto secreto que la mayoría de los hombres no podían seguir.

Se lamió el lápiz de labios de los dientes y hurgó en el cajón de la cómoda en busca de la pareja del arete de plata, preguntándose si le quedarían bien dos pendientes desiguales. Al final se rindió y optó por unos aros de oro.

Se miró al espejo: vestido con estampado de flores, chaqueta de sport de terciopelo y botas camperas viejas. Stevie Nicks estaría orgullosa. Una pizca de perfume —albahaca y bergamota— y estaba lista. Le sorprendía lo emocionada que estaba. Era el tenue sabor de su vida antes de la guerra; citas nocturnas con Conrad, salidas nocturnas con las chicas. Antes de que llegasen los niños, solía ver a Elle o a Hells continuamente, las visitaba solo para desconectar y ver *The Apprentice* o episodios antiguos de *Embrujadas*. Resultaba curioso lo mucho que la vida había aflojado el ritmo, cómo se había adaptado a su propia compañía. Ahora, si salía dos noches seguidas…, dioses, qué semana más movida.

Oyó que Holly hacía su entrada abajo hablando en voz alta con Theo. Jez debía de haberse quedado en el coche con Elle. Bajó al salón a toda prisa.

—¡Hola, tía Niamh!

—Hola, cariño. Theo, ¿tenéis todo lo que necesitáis?

Ella asintió con la cabeza. Niamh había estado practicando, pero no pensaba decir nada hasta que Theo —o como se llamase— estuviese lista. No quería presionarla. Habían descubierto que Leonie era gay años antes de que ella se lo dijese, pero no se puede meter prisa a una flor para que salga de la tierra; hay que dejar que florezca a su ritmo. Bueno, a menos que una sea bruja, pero eso era otro asunto.

—Tenéis dinero para pizza en la encimera. No bebáis ni fuméis, aunque si tenéis que fumar, aseguraos de que sea verde, ¿vale?

Los dos rieron. Apartó un mechón de pelo rebelde de la cara de Holly. «Gracias por ser tan buena amiga de Theo», le dijo.

Holly se ruborizó y restó importancia al halago. «De nada».

Niamh no dijo más y salió corriendo para dirigirse al coche que aguardaba delante de su casa. En el lado del pasajero, Elle estiró el brazo por encima de su marido y tocó el claxon.

—¡Sube ese culo flacucho al coche! —gritó—. ¡Las chiquis esperan!

Oh, dioses. «Las chiquis». Oh, Elle. Niamh se sentó en el asiento trasero de un salto.

—¡Hola, Jez! —dijo, forzando un saludo alegre por Elle.

—¿Qué tal, guapa?

El coche de Jez olía a aceite de motor, pero no resultaba desagradable.

—¡Bien! ¿Y tú?

Ellos dos solo habían hablado de cosas sin importancia. Eso

es lo que una consigue cuando únicamente comparte la mitad de su vida con el marido, Elle.

Costaba encariñarse con el marido de Elle, no porque fuese aburrido y no cuidase nunca de los niños ni hiciese su parte de las tareas domésticas, sino porque Niamh podía ver el interior de su cabeza como si fuese un invernadero, visible por todos lados. Una o dos veces a la semana, Jez iba al hotel Harmsworth House y practicaba sexo anal con Jessica Summers, una de las recepcionistas.

Leonie y ella habían discutido —largo y tendido— sobre si contárselo o no a Elle. Es el mayor dilema de una amistad: «Si supieras que la pareja de tu amiga le está poniendo los cuernos, ¿se lo dirías?». Para Niamh, era como derribar con el pie un castillo de arena. También sondeaba a Elle, y la mayor parte del tiempo estaba feliz y contenta. Niamh temía que saber la verdad le provocase tristeza. Leonie prefería acojonar a Jez para que no volviese a ser infiel. Si Niamh quisiese, podía despertarle unas pesadillas muy perturbadoras.

Observó a la pareja. Jez se mostraba cariñoso con Elle. Una vez había leído que se trataba de un fenómeno habitual. La infidelidad crea un bucle de retroalimentación de culpa; cada indiscreción empuja al infiel a esforzarse más en casa. Niamh dejó de lado el asunto. A veces detestaba ser clarividente. Daría cualquier cosa por no saber. No era asunto suyo.

Niamh sabía que estaba mintiéndose. Elle era su hermana. Claro que era asunto suyo.

Jez las llevó a la ciudad, al Lamb and Lion. Estaba un poco anticuado, pero era el único pub de Hebden Bridge regentado por una bruja. Pamela Briggs había servido a las órdenes de Julia Collins en el ASM hasta que se retiró. Después de despedir sin contemplaciones a Jez, a quien le esperaba una noche con el mando a distancia, Niamh y Elle entraron en la taberna de estilo Tudor, la primera agachándose por debajo de las gruesas vigas negras. Pamela las saludó desde detrás de la barra, toda rímel azul y tinte de pelo rojo oscuro, y les hizo señas para que fuesen a «El saloncito», una habitación privada con chimenea propia en la parte de atrás. Helena debía de haberla reservado con antelación.

Era viernes por la noche, el lapso tranquilo entre el turno de los clientes que tomaban la rápida después del trabajo y los parroquianos de jarana. Más tarde estaría abarrotado, de modo que Niamh se alegró de que contasen con un espacio apartado. Helena y Leonie ya estaban allí, con la primera copa de vino medio vacía. Al final, no había hecho falta insistir tanto a Leonie.

—¡Hola, chiquis!

Elle entró corriendo para repartir besos y abrazos. Al parecer, todas habían recibido el mensaje de aviso de que tenían que ir vestidas de punta en blanco. Elle parecía una mujer explosiva de los cincuenta, Helena iba muy pija con su mono y sus tacones altos, y Leonie llevaba un abrigo de piel que parecía que hubiese hecho desollando al Monstruo de las Galletas.

Una agradable nostalgia la embargó como en la mañana de Navidad. Se entristeció al desear que Ciara estuviese también allí, que la historia no hubiese seguido el curso que había seguido.

—Ojalá ella también estuviese —dijo Leonie, y Niamh se dio cuenta de que había vuelto a pensar demasiado alto.

Niamh meneó la cabeza sentándose a la gran mesa redonda. Era tan antigua como la taberna, tallada en roble de Pendle.

—Bebamos por las amigas ausentes —dijo Helena, sirviéndoles vino a Elle y a ella.

—Creo que sería un poco hipócrita brindar por la salud de mi hermana —terció Niamh, alzando su copa—. Pero brindo por la paz.

Helena agachó la cabeza.

—Por la paz duradera.

Niamh bebió un buen trago de vino tinto.

Pronto tenían los labios y los dientes azulados. Cenaron tapas, y Elle entró corriendo con unos chupitos de tequila, sal y limón de postre.

—¡Chupitos! —gritó, pero todas protestaron—. ¡No! ¡No hay peros que valgan! Solo salgo una noche cada década, o al menos esa es la sensación que tengo, así que esta noche, chicas, nos vamos a EMBORRACHAR. ¿Entendido?

Leonie se bebió de un trago el chupito e hizo una mueca. Niamh la imitó.

—¿Holly está con Theo? —preguntó Leonie.

—Están haciendo de canguro una de la otra —contestó Elle.

—Theo está bien —dijo Niamh a la defensiva—. Desde lo de Luke, no ha pasado nada.

Todas miraron a Helena.

—Esta noche, nada de hablar del aquelarre, os lo suplico. Dioses, me he ganado un fin de semana libre. Aunque ahora que me acuerdo, te he traído esto, Elle.

Metió la mano en el bolso y sacó un folleto blanco satinado del ASM: «Cómo explicar la vida de bruja a tus hijos».

Elle se abanicó con él.

—Un poco tarde, bonita, pero gracias de todas formas...

La pareja rio hojeando el folleto y burlándose de las imágenes escenificadas.

«¿Puedes sondear a Helena?», inquirió Leonie, entrando de repente en su cabeza.

«¿Qué? No. ¿Por qué?». Niamh ni siquiera lo había intentado.

«Tiene la cabeza rara».

«A lo mejor porque sabe que intentas leerle el pensamiento».

Leonie puso los ojos en blanco y se sirvió otra copa de vino.

Niamh ya estaba achispada, y era muchísimo más difícil utilizar los poderes cuando estaba borracha, más aún si la persona a la que trataba de sondear también estaba mamada. Era una película extranjera sin subtítulos. A pesar de todo, sondeó a Helena. Su mente estaba serena, de un tono lila con un frío matiz metálico. Cauta, sí, pero relajada. Lo normal en la señora Vance.

—¿Os acordáis de cómo nos vestíamos para que nos sirviesen alcohol aquí? —Elle miró por encima de su copa—. Éramos menores, ¿verdad? Si Holls saliera así, me daría un síncope.

—¿Qué nos creíamos? —dijo Niamh—. Pamela sabía perfectamente que éramos menores de edad. ¿A quién queríamos engañar?

—Y plantadas delante del súper intentando convencer a los hombres que pasaban de que nos comprasen tabaco como si fuéramos sirenas. Sinceramente, es un milagro que no nos asesinasen —añadió Helena.

Leonie rio.

—¡Éramos cinco brujas! Pobre del que nos tocara las narices.

—¡Pero nos portábamos muy bien! —Niamh se metió la última aceituna verde en la boca—. Éramos unos angelitos.

—¡Para nada! —repuso Helena riendo.

En honor a la verdad, Ciara ya era traviesa mucho antes de meterse en asuntos demoníacos.

—¡Siempre pienso eso! ¡Desperdiciamos la juventud! —estalló Leonie—. Si volviera a nacer, echaría maleficios a todos los profesores del colegio. Menuda panda de hijos de puta.

—Imaginaos lo que diría Edna Heseltine de eso… —dijo Helena.

—«Prohibidos los hechizos fuera del aquelarre…».

La imitación de Elle era asombrosa, incluido el gesto del dedo índice que agitaba en la cara de Niamh.

—«Una bruja inmoral es una perra de Satán...» —terció Leonie riendo.

Elle levantó la mano para pedir turno.

—¿Te acuerdas de cuando te picó una abeja en el bosque, Hels, y me echó una bronca porque utilicé los poderes para curarte? No me lo podía creer.

—¡Joder, menuda pieza era!

Helena meneó la cabeza.

—El único funeral en el que he estado donde noté alegría en el ambiente —dijo Niamh.

Tres botellas de merlot dieron paso a una cuarta y una quinta. Sus circunstancias habían cambiado con el tiempo, de modo que el pasado era terreno fértil para acampar. Los primeros novios (o novias); los amigos del instituto; los profesores que se tiraban a alumnas de bachillerato; quién era gay ahora, y un tío gay que acabó casándose con una mujer. Sorpresa.

Todo volvía a encajar. Niamh echó un vistazo a Leonie y vio que se lo estaba pasando en grande, vencidas todas sus reservas, y que subía cada vez más el volumen con cada dosis de alcohol que tomaba. Pamela entró y les llevó unos postres de la casa: pudin de tofe con helado. Se notaba que adoraba a esas mujeres. Sororia.

—Cuánto me alegro de que hayamos quedado —dijo Helena—. Gracias por venir, Lee.

—Yo me alegro de haber venido. Intentaré volver para el solsticio.

—Holly quiere hacer el juramento en junio —confesó Elle. Helena dijo que se alegraba—. Se ha hecho a la idea muy rápido. Me da vértigo.

—Yo estaba cagada de miedo —reconoció Leonie.

—Me acuerdo perfectamente de esa noche. En la casa del árbol —añadió Niamh.

—¡Mirad!

Helena metió la mano en su bolso (Chanel, nada menos) y sacó una billetera igual de bonita. Pasó el compartimento de las tarjetas de crédito y extrajo tres fotos: una del día de su boda, una de las primeras fotos escolares de Snow y una imagen sobada y desvaída de ellas.

Era de aquella noche. En Vance Hall, en el patio trasero. Les habían dejado probarse las túnicas antes de la gran noche. Cuando Niamh vio la sonrisa mellada de Ciara, fue como si le clavasen un cuchillo de carnicero entre las costillas.

—Mirad qué monadas.

Leonie tomó la foto de la mano de Helena y se la pasó a Elle. Elle dejó escapar un grito ahogado.

—¡Oh, Lee, eras adorable!

—¿A que sí?

Niamh la recibió de Elle.

—«Podríamos haber sido lo que hubiésemos querido». ¿De dónde es la frase? De aquel musical…

—*Bugsy* —le dijo Helena.

—Estábamos en la inopia, ¿verdad? —comprendió Niamh—. No intuíamos todo lo que se nos venía encima. La madurez es un tren, y no sabíamos que estábamos en medio de la vía.

—¿Thomas la Locomotora Pajillera? —propuso Leonie.

—¿Habríais preferido saberlo antes? —consultó Helena—. ¿O vivir las cosas como las vivimos?

—Bendita ignorancia —dijo Elle—. Los chavales de hoy tienen internet, que les arruina la vida cuando son bien pequeños, así que no es necesario que lo hagamos nosotras.

Helena empujó las botellas y copas al centro de la mesa.

—¿Qué haces? —preguntó Niamh.

Helena subió el trasero a la mesa y levantó las piernas hasta flexionarlas como un Buda.

—Hagamos un círculo. Como entonces.

—¡Estoy hasta las trancas! —dijo Leonie.

—¿Cómo me voy a subir ahí con esta falda? —señaló Elle.

—¡Venga! ¡Hace años que no lo hacemos!

Haciendo crujir los huesos después de semanas sin hacer yoga, Niamh se subió a la mesa grande y vieja y cruzó las piernas.

—¿Y si entra alguien?

—¡No entrará nadie!

Leonie ayudó a Elle a ponerse sobre la mesa; la falda de tubo solo le permitía arrodillarse.

—Espero que sepáis que os voy a pasar la resaca —comentó Elle sonriendo.

—Vale. —Helena tomó tácitamente la iniciativa, como siempre había hecho—. Juntad las manos.

Niamh estiró las manos; la palma derecha hacia arriba y la izquierda hacia abajo. Elle le tocó los dedos a un lado y Helena al otro, mientras que Leonie se hallaba enfrente. Cerró los ojos y se concentró en la respiración. Su mente involucró los pulmones, inspirando de forma más larga y profunda.

Ella, todas, empezaron por el primer elemento: el aire. Se imaginó que era un pájaro que volaba en lo alto, zigzagueando, atravesando el celaje. Más que imaginárselo, lo sintió. El aire es libertad.

El aire engendra agua.

El aire hiela y derrite soltando agua. A Niamh se le puso la carne de gallina a pesar de la lumbre. Vio el agua que caía a las colinas, goteaba sobre piedras y se desplazaba por la montaña antes de juntarse con ríos y desembocar en el mar. El agua es serenidad.

El agua nutre la tierra.

Las raíces la absorben; vivas, abundantes y verde intenso. La tierra es vida, pero las plantas, como todas las cosas, se marchitan y mueren, luego fertilizan la tierra y traspasan su fuerza vital a otras plantas, árboles y hierbas, que a su vez nos alimentan a nosotros.

La tierra se vuelve combustible.

Una chispa, y la tierra se convierte en fuego. Niamh sintió el ansia y el dominio del fuego. El fuego es fuerza, destructivo y brillante al mismo tiempo.

Unidas, las brujas formaban una sola corriente. A su derecha, Niamh percibió a la pura Helena. Una bruja del fuego; llamativos escarlatas, segura, independiente pero arrogante, egoísta, temerosa de fracasar.

Como un tiovivo, la energía de Leonie llegó a continuación. Una bruja del agua como ella, pero totalmente distinta, Leonie era caótica como una cascada, desbordante y efervescente. Hasta a Leonie le daba miedo su propia resaca.

Y su querida Elle. Una bruja de la tierra: todos los verdes, todo el tiempo. Tranquila y firme, formal, sin duda, pero inflexible, obstinada. Todo enterrado lo más hondo posible. Con Elle, Niamh solo había visto la capa superficial del suelo.

Por último, su propio flujo volvió a ella. Estar tan expuesta a una misma era como estar desnuda, pero una desnudez buena: sin juicios y libre del ansia del deseo. No expuesta, sino abierta. Niamh era un azul muy oscuro. Un lago, un embalse, inmenso y quieto. Profundidades indecibles, intimidantes para los demás. Nadie podía ver el fondo.

Niamh se dio cuenta de que la dura mesa ya no estaba debajo de su trasero. La energía cinética que circulaba entre ellas las había elevado un metro por encima de la madera. Pero las mantenía estables, un reflejo del equilibrio y el control de todas ellas. Se sentía a salvo. Habían creado una célula desde que tenían nueve o diez años. Se conocían como una conoce sus vaqueros favoritos. Sentaban de maravilla.

—*I'M GIVING YOU EVERYTHING!* —Cantaban a pleno pulmón dando tumbos por la calle principal, con las piernas flojas—. *ALL THAT JOY CAN BRING!*

—¡Callaos, coño! ¡No son horas! —chilló alguien en uno de los pisos situados encima de las tiendas.

Se vinieron abajo riendo. Niamh tuvo que sujetar a Elle con una mano y llevar los tacones con la otra.

—¡Cállate tú, coño! —replicó Leonie—. ¿Le echo un mal de ojo?

—¡NO! —contestaron las demás al instante.

Helena consultó el móvil.

—Bueno, Lee, tu Uber ha llegado.

Leonie se quedó en el centro de Marquet Square junto a la horrible escultura metálica.

—Os quiero un montón, chicas. Hasta pronto…

Antes de que les diese tiempo a despedirse, Leonie fue teletransportada a Londres por las empleadas del turno de noche del ASM.

—¿Seguro que no quieres venir con nosotras? —masculló Elle a Helena—. Hay sitio…

—Voy en la dirección contraria —dijo Helena. Ella no parecía tan perjudicada como el resto—. Tranquila. Hay un taxi esperando.

Niamh y Elle se aseguraron de que Helena partía sin problemas en dirección a Vance Hall. La pareja se dirigió luego haciendo eses al sitio en el que Jez había prometido esperarlas.

—Joder —exclamó Jez, bajando del coche para recibirlas—. ¿Ha ido bien la noche?

—¡Mejor que bien! —dijo Elle—. Te quiero. ¿Me has echado de menos?

—Sí, no sé cómo hemos aguantado, cariño. —Él guiñó el ojo a Niamh y plantificó a su mujer en el lado del pasajero. Niamh apenas se había abrochado el cinturón de seguridad cuando

Elle se quedó con la cabeza colgando a un lado, profundamente dormida—. Se emborracha con nada —comentó Jez.

—Por la mañana lo notará —dijo Niamh con seguridad mientras el coche serpenteaba cuesta arriba hacia su casita.

Jez le dio conversación, pero Niamh estaba ocupada diciéndose a sí misma que no iba a quitarse el maquillaje antes de acostarse. Según sus normas, podía hacerlo dos veces al año. Té, tostada, pinta de agua salvadora para evitar la resaca y directa a la cama. Mano de santo.

Hasta el momento en que vio a Holly corriendo por el camino hacia el coche.

—¿Es esa nuestra Holls? —dijo Jez, frenando.

Elle se despertó.

—¿Qué pasa?

Saltaba a la vista que la chica estaba alterada. Los faros iluminaron las lágrimas que le mojaban las mejillas. Holly se puso delante del vehículo haciendo señales para que parase.

De repente, Niamh estaba completamente sobria. Echó un vistazo a la casa buscando a Theo.

Nada. No estaba.

—¡Para, Jez! —gritó, aunque él ya estaba deteniéndose en el arcén—. Y duerme.

Jez se quedó frito y el coche se detuvo.

—¿Niamh? —murmuró Elle, pero Niamh ya había salido y corría hacia Holly.

—¿Holly? ¿Qué demonios…?

—¡Se han llevado a Theo! —gimió.

A Niamh se le revolvió el estómago y agarró a Holly por los brazos.

—¿Qué? ¿Quién ha sido?

—¡Los hechiceros! ¡Radley y los hechiceros! ¡Vinieron y me soplaron algo a la cara! ¡No podía moverme! ¡Lo siento mucho, Niamh, lo siento mucho! ¡No podía hacer nada!

Niamh abrazó a Holly mientras Elle se juntaba con ellas aún descalza y también súbitamente despejada.

—¿Qué coño pasa? Ven aquí, nena.

Niamh pasó a la chica sollozante a su madre.

—Se la han llevado —dijo, las palabras como cristales rotos en su garganta—. La han raptado.

Y entonces, pese al fuego que ardía en sus venas, una extraña claridad.

«Puta Helena».

28

Rescate

Niamh

—¡Niamh! ¿Qué haces?

Ella hizo caso omiso de los gritos de Elle y se arrodilló en las baldosas de la cocina. Abrió de golpe el armario de debajo del fregadero y rebuscó entre un montón de botellas, cajas y envases de cartón.

—Niamh…

—Llévate a Holly a casa —gruñó Niamh—. Jez se va a despertar.

Perdió la paciencia, lo apartó todo bruscamente, y por el suelo rodaron botellas de desinfectante y productos de limpieza. Allí. En el fondo del todo del armario había una discreta lata de galletas escocesas. Se inclinó para sacarla y volcó el contenido en un montón. Ahí era donde escondía sus pociones más clandestinas: Dedalera, Lágrimas de Amapola y demás.

—¿Qué buscas?

Elle y Holly se quedaron en el umbral de la cocina.

—Esto.

Niamh mostró un frasquito de cristal marrón de Excelsior que no tocaba desde hacía años. No recordaba si se volvía más o menos potente después de la fecha de caducidad.

Elle tenía el rímel corrido. Parecía agotada.

—Te estás quedando conmigo, Niamh.

—Llévalos a casa —repitió ella.

Cuando desenroscó el tapón, encontró un poco de costra en el precinto. Se echó cinco gotas en la lengua.

—¿Cuántos hechiceros había, Holly?

Holly meneó la cabeza.

—Creo que vi a cuatro…, puede que cinco.

—Niamh… —volvió a advertirle Elle.

—Cinco. Está bien. ¿Cuánto hace que se fueron?

—Hará cosa de diez minutos… más, quizá.

Bastante ventaja. No tenía tiempo que perder, pero cuando se dirigió a la puerta, Elle le cerró el paso.

—¡Niamh! No puedes enfrentarte a cinco hechiceros tú sola.

Niamh sostuvo la mirada a la mujer, pasó por su lado dándole un empujón y salió al jardín.

—No permitiré que se salga con la suya. En serio, Elle, lleva a Holly a casa. La pobre ya ha pasado bastante esta noche.

—¿Y tú?

—Si te necesito, ya sé dónde encontrarte.

Elle estaba pálida.

—Me quedaré despierta. —Llevó de mala gana a Holly hacia el coche de Jez—. ¿Y Helena? —preguntó con nerviosismo.

Niamh lanzó una mirada furibunda a Elle y se mordió la lengua para no descargar la ira con ella. No sabía qué haría con Helena, la verdad. Esa noche entera había sido una farsa para sacarlas de casa y aislar a Theo. Estaba convencida.

En el coche, Jez se despertó. Niamh estaba demasiado inquieta para preocuparse por cómo le explicaría Elle lo que había pasado. Creó un escudo para que él no la viese, levitó al tejado de la casita y se apoyó precariamente contra la chimenea. Los ladrillos estaban húmedos al tacto y ásperos por los líquenes.

Se mantuvo en equilibrio gracias al caballete y contempló el valle oscuro. Un rayo de luz naranja de una farola se colaba en la inmensa noche azul oscuro. A esas alturas podían estar a medio camino de Manchester. Niamh trató de vaciar la mente de ira, la emoción más ruidosa la mayoría de las veces, y escuchó.

Hebden Bridge estaba haciendo el nido y yéndose a la cama. Gran parte de la ciudad ya dormía.

«¡Theo!».

Lo lanzó de su mente lo más fuerte que pudo. Cualquier sintiente a lo largo de kilómetros la oiría.

Habría sido ideal que ella hubiese contestado, pero era hacerse ilusiones. Theo era caótica y —conociendo como conocía a Radley Jackman— él evitaría las variables no controlables. Theo debía de haber sido drogada, probablemente con Sandman. La ira amenazaba con bullir de nuevo dentro de ella, y la reprimió en las entrañas.

Cerró los ojos y proyectó la mente todo lo lejos que pudo. Era como buscar un guijarro concreto en un gran estanque. Claro que la piedra que ella buscaba era una rara gema, y eso le sería de ayuda. Los mundanos murmuraban, pero, después de tener a Theo en su casa las últimas semanas, sabía que incluso cuando la chica dormía su resonancia producía una gran vibración.

«¿Dónde estás?».

El frío aire nocturno estaba mezclado con un perfume de lirio y glicina. La brisa sopló a través de su pelo y permaneció quieta. Se quedó en silencio.

«Allí».

Venía de lejos, y podía equivocarse —podía tratarse fácilmente de otra bruja—, pero percibió algo. Sí, sí, era ella. Era como la ropa de Conrad que tenía guardada en el armario. Hacía mucho que había perdido su aroma y, sin embargo, de algún modo todavía lo conservaba.

Niamh alzó el vuelo.

No volaba a la manera de un pájaro, sino utilizando la telequinesis para propulsar su cuerpo por el aire. El aire le azotaba la cara y la revitalizaba. Ya estaba despierta y lista; el ruido ebrio bajo su piel había desaparecido. Lo único que podía hacer ahora era rastrearla con el olfato, dejar que la marca de Theo la guiase como un sabueso.

A medida que sobrevolaba velozmente los tejados y las torres de Hebden Bridge, el rastro se volvía más intenso. Como era de esperar, lo más probable era que se dirigiesen a Manchester: al cuartel general del conciliábulo.

Mantenerse en alto era difícil, pero el efecto del Excelsior era palpable. El corazón le latía más rápido y tenía la boca seca. Por muy extenuante que fuese el vuelo, la tintura la impulsaba. Resultaba estimulante, no agotador.

Dejó atrás la ciudad y atravesó Eastwood hacia el sur. La carretera plateada se hallaba medio oculta bajo un denso manto de árboles, y solo asomaba alguna que otra farola intermitente. El tráfico era escaso, y solo de vez en cuando pasaba un taxi con pasajeros rumbo a Todmorden después de una noche de fiesta en Hebden Bridge.

Lo que Niamh buscaba era una furgoneta granate. La había visto en la mente de Holly. La mente agitada de Theo sonaba más y más fuerte. Estaba luchando, forcejeando contra la poción que le habían dado.

«Sigue luchando, Theo. Te oigo».

La furgoneta. La vio. Corría demasiado rápido por las carreteras rurales con las luces largas.

«Ya te tengo».

Niamh se detuvo y se quedó suspendida sobre la autopista. Estaba segura de que luego le sabría mal, pero agarró físicamente un olmo podrido del borde de la carretera y lo arrancó de raíz antes de dejarlo caer con estrépito en el camino del tráfico que se acercaba. Necesitaba la carretera para ella sola y no quería que se retirasen por donde habían venido.

Colocado el obstáculo, siguió disparada esforzándose por seguir el ritmo de la veloz furgoneta. Se estaban escapando y ella empezaba a cansarse. Tenía que entrar en contacto con la tierra, y rápido. Un último empujón y se lanzó hacia delante. No fue una maniobra grácil, pero ¿qué más daba? No había nadie cerca para verla.

Niamh sobrevoló la furgoneta desplazándose un poco más rápido. Adelantó el vehículo y siguió adelante por el asfalto. Cuando se encontraba a varios cientos de metros por delante de ellos, descendió y aterrizó torpemente tambaleándose por la calle. Aun así, permaneció erguida y se detuvo de pie. Se volvió para situarse de cara a la furgoneta, separando los pies y preparándose.

Iba a dolerle.

Los captores de Theo se precipitaron a toda velocidad hacia ella y los faros la deslumbraron.

Atrapó la furgoneta, y el movimiento hacia delante del vehículo estuvo a punto de derribarla. Apretó los dientes y empujó hacia atrás.

Si no lo conseguía, la furgoneta la arrollaría.

Oyó sus propios gritos. Notó que los hombros y la espalda le quemaban. Estaba reduciendo la velocidad del vehículo, pero aun así se le venía encima.

Los muslos y las pantorrillas le ardían de dolor.

Solo había una solución: levantó las ruedas del asfalto. Mantuvo la furgoneta en alto oyendo como las ruedas daban vueltas en el aire y el motor aceleraba inútilmente. Abrió los ojos y vio a un hechicero al volante y a Radley asombrado en el asiento del pasajero. Niamh la elevó más y los pasajeros dieron una sacudida hacia delante, sujetos por los cinturones de seguridad.

Como mínimo uno de ellos era un sintiente: el conductor. «¿Qué cojones haces?».

«¡Niamh! —Era Radley—. Pero ¿qué coño…?».

«¡Apagad el motor! ¡Ya!».

«¡Bájanos, Niamh!», ordenó otra vez Radley.

«Apagad el motor o aplastaré la furgoneta como una lata de Coca-Cola con vosotros dentro, lo juro por Gea». Podía cumplir su amenaza, pero no lo haría estando Theo en el interior.

Radley abrió mucho los ojos y gritó una orden al conductor. El motor se apagó, y fue una suerte porque Niamh calculaba que podría sostener la furgoneta otros diez segundos como máximo. La dejó caer con un ruido sordo y los neumáticos rebotaron.

Detrás de ella, calle abajo, partió un par de ramas robustas de un árbol para bloquear el tráfico que venía en la otra dirección.

—¡Salid! —gritó.

Joder, necesitaba urgentemente recargar; el corazón le latía muy rápido y muy fuerte. El cuerpo tiene un aguante limitado. Notaba una energía residual que se filtraba a través del asfalto, pero obtendría más de la tierra o de la hierba. Si los hechiceros intentaban luchar contra ella, sinceramente no estaba segura de que pudiese con ellos.

—¡He dicho que salgáis!

Radley se peleó con el cinturón de seguridad y forcejeó con la manija de la puerta.

—¡Cómo te atreves, Niamh! —gritó furioso—. Esto es un asunto oficial del conciliábulo.

—Entrégame a Theo ahora mismo —gruñó Niamh.

Radley se dirigió con paso resuelto adonde estaba ella, el estirado de mierda.

—¡Ni hablar! Esto es un ultraje. Pienso informar a Helena V...

Niamh halló suficiente poder para empujarlo contra el capó. Él dejó escapar un grito ahogado.

—¿Te dijo ella dónde estaba?

—No estoy autorizado a...

—¡Habla!

Niamh se hizo con el control de su mente. Hacía mucho que no ejercitaba los músculos de esa forma. Una parte de ella (aunque puede que fuese el efecto del Excelsior) estaba disfrutando. Era fuerte. Había olvidado cuánto.

—Sí, Helena organizó la recogida.

—Me lo imaginaba. ¿Sabe que Theo quiere hacer la transición?

—¿A qué?

—A chica, idiota.

Radley se quedó realmente perplejo.

—No sé de qué hablas. Ella solo dijo que había un joven hechicero muy poderoso que tenía que estar con nosotros en el conciliábulo. Dijo que era peligroso y que se resistiría, cosa que hizo.

Niamh le hizo retroceder contra el vehículo.

—¿Y te sorprende que él… ella lo hiciera? ¡La habéis secuestrado!

Sonó un grito dentro de la furgoneta. Se produjo un fuerte ruido sordo cuando alguien fue aparentemente arrojado contra la pared.

—Supongo que está despierta. —Niamh soltó a Radley—. Más vale que la sueltes antes de que mate a tus hombres, Rad.

Niamh conocía a Radley Jackman desde que él tenía ocho años. Siempre había sido un quejica. Claro que nunca lo dejaban jugar con ellas, de modo que podía entender parte de su rencor acumulado.

—No puedo hacer eso, Niamh…

Sonó un chillido ensordecedor procedente del interior de la furgoneta. Theo. Pero no venía de su garganta, sino de su mente. El mismo grito espantoso que ella había oído en aquella jaula de Grierlings. El alarido atravesó la mente de Niamh como un cristal que revienta. Niamh se tapó los oídos con las manos y cayó de rodillas. Radley también se hizo un ovillo en la carretera. Era como si el grito horripilante proviniese de dentro de su cráneo.

Dolía, dolía, dolía.

«¡Theo! —Hizo una mueca tratando de llegar hasta ella—. Soy yo…, por favor».

El grito continuó. Notó que le salía sangre caliente a chorros por los orificios nasales.

«¡Theo! ¡Estoy aquí! ¡Me estás matando! ¡THEO!».

El espeluznante aullido se interrumpió. Niamh se enderezó y vio a Radley encogido cerca de la furgoneta.

—Es una adepta muy poderosa —dijo Niamh, limpiándose la sangre de la nariz con la manga—, y es una chica. Esta no es tu lucha. Suéltala ya.

Radley le dijo al conductor que abriese. Niamh se preparó, lista para luchar. Había… ¿cuántos, tres hechiceros con Theo en la parte trasera? Cinco en total. Sinceramente, no estaba segura de que pudiese enfrentarse a todos.

El conductor abrió la puerta lateral y Niamh descubrió que no tenía de qué preocuparse. Theo estaba esposada a un enorme peso de plomo con una cadena plateada, pero había tres hechiceros inconscientes a sus pies. Niamh se sintió extrañamente orgullosa por un momento, pero luego adoptó la actitud de una profesora con su alumna.

—¡Los ha matado!

Radley se volvió contra ella.

Niamh les echó un vistazo.

—Se pondrán bien. Están vivos. Cura a tus hombres, Rad. —Radley procedió a hacerlo—. Espera. Primero quítale a Theo las esposas.

—No puedo hacer eso, Niamh.

—¿Estás loco? Ya has visto lo que Theo puede hacer…

—¡No depende de mí!

—No sabía que ahora obedecieras órdenes del ASM.

El comentario tocó donde a Radley le dolía.

—¡No obedezco órdenes de ellas! Esto es un asunto de hechiceros.

—¡Theo no es un hechicero! —murmuró Niamh, mirando a Theo en la sucia furgoneta.

Era muy consciente de que básicamente estaba «sacando del armario» a Theo antes de que ella o elle se hubiese armado de valor para hablar del tema. Theo parecía ahora más asustada que otra cosa, atontada aún, sin duda debido al efecto del Sandman.

—Eso no depende de ti.

—Tampoco depende de Helena. ¿Theo? —dijo Niamh—. ¿Dónde quieres estar? ¿Conmigo o en el Conciliábulo de Hechiceros?

«¡Contigo!».

La voz resonó tan fuerte, tan indiscriminadamente, que el conductor y Radley también la oyeron. Los pájaros de los árboles se espantaron.

—Ya lo has oído. Yo diría que ha quedado muy claro, ¿no crees?

—Niamh…

—¿Qué cojones pretendes, Rad? —Bajó el tono tratando de apelar al humano que había dentro de él—. Estás hablando de detener a una menor en contra de su voluntad. Me he hecho totalmente responsable de él, ¿vale? Y ahora quítale las esposas. Por favor.

Qué lástima que Elle no estuviese allí. A él siempre le había caído mejor; cedía muchísimo más rápido cuando ella le hacía ojitos con sus extensiones de pestañas. Lanzando un gran suspiro, Radley dio su brazo a torcer.

—Hazlo.

El conductor se metió en la parte trasera de la furgoneta para liberar a Theo. Uno de los hechiceros inconscientes estaba empezando a volver en sí.

Theo salió como un animal aturdido por la anestesia, con los ojos entrecerrados e hinchados. Anduvo con paso vacilante y estuvo a punto de caer del vehículo, pero aterrizó en los brazos de Niamh.

—Por el amor de... ¿Estás bien?

«¿Qué ha...?». Ni siquiera podía formar un pensamiento completo.

«Te pondrás bien. Te tengo».

Radley se paseaba con las manos en jarras.

—A Helena no le va a hacer gracia esto...

Niamh lo fulminó con la mirada.

—No te preocupes por Helena Vance. Yo trataré con ella...

29

Los dos lados

Helena

Conque esas teníamos, ¿eh? Ella sabía que se engañaba, pero había albergado la esperanza de que Niamh aceptase el rumbo que había elegido. Sin embargo, según el mensaje de texto de Radley, no iba a ser así.

Con la cocina iluminada únicamente por las luces del armario, Helena se sirvió un bourbon con hielo y esperó la llegada inevitable de Niamh. Esperaba que no fuese un encuentro demasiado histriónico. Era tarde y todo el mundo dormía profundamente. Se había puesto una bata de seda y el pijama nada más llegar a casa.

Era un buen bourbon. Hacía falta destreza, pensó Helena, para beber tan poco como ella había bebido toda la noche y hacer obedientemente de madre rellenando la copa de vino de las demás mientras sostenía en la mano su solitaria bebida. Quería tener la cabeza despejada, consciente de que podía llegar a darse esa eventualidad.

En ese preciso instante, la puerta trasera reventó y la cerradura saltó haciendo astillas el marco. Helena se estremeció y cerró los ojos. Le pasaría la factura del arreglo.

Niamh cruzó el umbral levitando, con las pupilas negras y anormalmente dilatadas. Helena dejó escapar un profundo suspiro. Parecía que el encuentro iba a ser histriónico.

—¿En serio, Niamh? ¿Podemos tranquilizarnos?

—¿Lo sabías? —preguntó ella.

—¿Si sabía qué?

Helena bebió otro sorbo de bourbon hasta que Niamh le arrebató el vaso de un manotazo y lo lanzó contra la pared por encima de la cocina de hierro fundido Aga. El vaso se hizo añicos, y el líquido color bronce chorreó por la parte trasera de los fogones.

—¡Por lo que más quieras!

—¿Sabías que ella era trans?

Helena levantó la mano.

—No pienso hablar contigo si te comportas así. Mírate, ¿estás colocada?

—Lo sabías. Snow te lo dijo.

Niamh la sondeó, y Helena redobló sus esfuerzos para ocultar sus pensamientos. «Elige un recuerdo importante: Stefan. La guerra. Ciara, incluso. Conrad».

—¿Podemos hablar de esto por la mañana cuando las dos estemos...?

—Lo hablaremos ahora.

Pues tendría que ser ahora.

—Muy bien. ¿Puedo servirme otro vaso o esta vez tengo que ponerlo en uno de plástico?

Niamh descendió hasta que los pies le tocaron el suelo. Un avance. Helena sacó dos vasos del armario con la esperanza de que un buen trago calmase a su amiga. Niamh se quedó al otro lado de la isla de la cocina, y Helena se imaginó como una camarera de una película del Oeste. Se abstuvo de deslizar el bourbon sobre la superficie de madera.

—¿Por qué, Helena? —quiso saber Niamh, en un tono más moderado—. ¿No crees que esa pobre chica ha sufrido ya bastante?

Ella bebió un trago generoso.

—Quería librarme de él.

—Ella.

—Venga ya, Niamh… —dijo Helena con cansancio.

Niamh le sostuvo la mirada.

—No. Habla. ¿A qué te refieres?

—Le guste o no, Theo es un chico. Crecerá y se convertirá en hechicero.

Niamh se bebió el bourbon de un trago. Era un whisky muy caro para beberlo tan rápido.

—Creo que eso le corresponde decidirlo a Theo, ¿no te parece?

Helena puso los ojos en blanco.

—Niamh, es muy tarde. ¿Podemos hablar de políticas identitarias en otro momento?

—No, creo que debemos hablar ahora. Es importante. He ido a Londres y he conocido a otra bruja transgénero del aquelarre de Leonie y…

Helena rio amargamente.

—¡Debería habérmelo imaginado! —La goma elástica que sujetaba la paciencia de Helena se partió. El momento llegó antes de lo que ella esperaba; casi le sorprendió—. ¡Pues claro que Leonie tiene brujas transgénero en su aquelarre progre!

—¿Es que no lo ves? Eso quiere decir que Theo no es la primera…

—Theo es varón —susurró Helena, interrumpiéndola—. En realidad es muy simple. Las brujas son mujeres.

—No me fastidies. ¿Te has escuchado?

Sabía que Niamh se estaba irritando porque, de repente, era diez veces más irlandesa de lo normal. Torció la cara de la ira. No le favorecía.

—¿Quién coño eres tú para decirle a la gente cuál es su género? Si ni siquiera eres clarividente, cariño. Yo sí que lo soy.

Helena alzó las manos e hizo una señal para que parase.

Qué desperdicio de saliva. ¿Se había vuelto todo el mundo ciego o tonto?

—Entonces, si de repente Theo dice que es una chica, ¿todos tenemos que aceptarlo sin más?

—¿Por qué no? Tú dijiste que eras suma sacerdotisa y todas lo aceptamos.

—Vaya, qué simpática. —No iba a caer en provocaciones ni a hacer disquisiciones semánticas—. Sé realista, Niamh. No puedes pretender en serio que deje hacer el juramento a un chico. Que deje entrar en mi aquelarre a un chico.

—No —dijo Niamh con una serenidad crispante—. Porque Theo es una chica si ella lo dice.

—Entonces yo soy Beyoncé.

—¿De verdad?

Niamh suspiró con altivez.

—¿Por qué no vamos las dos a la ciudad y le preguntamos a Dave el carnicero si le apetece hacerse bruja? ¿O a tu querido Luke? Seguro que todas podemos hacer como que no vemos la barba y fingir que es una mujer.

Niamh no dijo nada.

Helena se rellenó el vaso. Tal vez fue un gesto un poco infantil por su parte.

—¿Cómo puede ser él una bruja? Nunca sangrará.

Niamh echó la cabeza hacia atrás, exasperada.

—¡Eso es un viejo cuento de brujas! Yo llevaba años leyendo mentes antes de tener la regla, como bien sabes.

Helena levantó las manos.

—¡Me da igual! ¡De verdad! Si quiere llamarse Sheila y llevar vestido, me parece bien, no tengo ningún problema. Lo que no voy a hacer es dejar que ni él ni ningún otro hombre entren en mi aquelarre. Punto.

Niamh respiró hondo y relajó la mandíbula, escogiendo las palabras con detenimiento.

—Helena, somos brujas. Se supone que somos mejores que los mundanos. Tenemos un profundo conocimiento del carácter infinito de la naturaleza, de su variedad y sus maravillas sin fin, ¿y no puedes concebir que Theo sea una chica? Puedes convertir fuego en hielo, ¿pero no puedes creer que un chico se convierta en chica? No somos nuestro cuerpo, Helena; ellos cambian, mueren y se pudren. Nuestra magia, lo que nos caracteriza, no tiene sexo, y creo que tú lo sabes.

Helena miró a Niamh a los ojos y vio que realmente se había tragado aquella patraña.

—Son unas ideas muy bonitas, Niamh, pero ¿qué pasará cuando estemos en el solsticio o en el Beltanario bailando desnudas alrededor de las hogueras y haya un pene bamboleándose? ¿Has pensado en eso?

—¡Venga ya! —estalló Niamh—. Eso es una gilipollez.

—¡No lo es! ¡Esto es la vida real, Niamh!

—Uno, ¿cuándo fue la última vez que tú bailaste desnuda alrededor del fuego? Y dos, ¿qué te hace pensar que Theo, con su timidez extrema, tenga ganas de desnudarse en público?

—¿Y qué me dices de...?

—Métete tus «Qué me dices» por el culo, Helena. No estoy teniendo un puto debate filosófico. Estoy hablando de Theo. Una bruja joven que necesita nuestra ayuda.

En el exterior relampagueó en el cielo. Empezó a llover y a tamborilear contra el cristal de la ventana. Helena lanzó una mirada asesina a Niamh.

—Una bruja poderosa que podría matarnos a todas. ¿Has olvidado esa parte? Quiero a ese niño (sea lo que sea) lejos, muy lejos.

Había albergado la esperanza de que el conciliábulo, y un cierto tiempo en compañía de hechiceros jóvenes, enderezasen a Theo. No había pensado demasiado en lo que habría que hacer si esa farsa continuaba y los poderes del chico seguían aumentando. Se suponía que Radley iba a ganar algo de tiempo. Habían hablado de un centro especial para hechiceros rebeldes de Arizona, que parecía ideal. Con suerte, en el centro lo doblegarían.

Niamh tenía una expresión seria.

—¿Has hablado con ella? ¿Has pasado algo de tiempo con ella? Yo he estado con algunas brujas siniestras de cojones. Al fin y al cabo, mi hermana gemela es así, pero te aseguro que Theo no supone ningún riesgo para el aquelarre. Ella solo quiere entrar en el aquelarre, joder.

—¡Ese es precisamente el riesgo para el aquelarre! —gritó Helena, antes de acordarse de que su familia dormía arriba.

Un trueno retumbó. Helena se preguntó cuánto costaría vencer a Niamh. Las dos tenían un nivel 5. La cuestión planteaba una interesante disquisición teórica, una en la que no pensaba desde que tenía trece años más o menos: ¿quién ganaría en una pelea? ¿Superman o Batman? ¿La Power Ranger rosa o la amarilla? ¿Niamh o Helena?

—Mira, síguele la corriente todo lo que quieras, pero yo no voy a meter un pene en el ASM, sea quien sea su dueño.

Niamh frunció el ceño.

—¿Y si Holly Pearson, y si Snow, resultasen ser chicos trans? ¿Seguirías iniciándolas en el aquelarre?

—Sí… no… ¡no sé!

Helena se puso nerviosa. Tal vez el segundo bourbon había sido un error.

Niamh pareció contener una risa amarga.

—Eres muy crítica con Leonie, pero ¿te has parado a pensar por qué tuvo que fundar Diáspora? ¿O por qué la gente se dio tanta prisa en irse del ASM? Tenemos que evolucionar, Helena.

A la mierda con ella. A la mierda con ese asunto. Cuanto más pensaba en aquella criatura flacucha con el pecho plano aprendiendo y jugando a ser bruja, más enferma se ponía. De verdad. Le repugnaba, se le ponía la carne de gallina como si tuviese piojos hurgando por dentro. No soportaba la imagen de él con el pene apretado en unas bragas de niña. Como madre…

—Sabes que puedo leerte la mente. Lo que estás pensando es una vergüenza —le espetó Niamh.

El aquelarre, cualquier aquelarre, se basaba por definición en la unidad femenina. Dejar entrar a un varón era repugnante. Un zorro en el gallinero.

—¿Has olvidado lo que los hombres han hecho a las brujas? —dijo Helena—. Los cazadores de brujas, casi todos hombres, nos ahogaron, nos lincharon, nos violaron, nos quemaron vivas. Los hechiceros siempre están intentando arrebatarnos el poder en el único espacio de este puto mundo en el que las mujeres, a pesar de las dificultades, dominamos realmente. Y si me contestas: «Todos los hombres no», te juro por Gea que me voy a poner a gritar.

Niamh se apartó de la encimera.

—Entiendo lo que quieres decir, pero Theo no es un varón. ¿Sabes qué? Estoy gastando saliva. Podríamos pasarnos la noche entera aquí, pero todo se reduce a una pregunta: ¿la creo? He sondeado a una bruja trans en Londres y he visto clarísimamente quién es y qué puede hacer, pero eso no importa. Mirémoslo de otra forma: si alguien me dijera que una parte de mí no es verdadera, lo mandaría a la mierda, y tú también. Si Theo dice que es chica, yo la creo.

Helena rio.

—Así de simple, ¿verdad?

Niamh se encogió de hombros como si fuese lo más evidente del mundo.

—Podría serlo si tú quisieras.

Niamh se volvió hacia la puerta.

No pensaba dejar que se marchase sin resolver ese asunto.

—Esto no ha acabado, Niamh.

—No pienso seguir jugando a este ping-pong intelectual en tu cocina. Es aburrido, y es tarde.

Helena estampó la palma de la mano sobre la encimera. Le dolió.

—Ese niño es peligroso.

Niamh miró hacia atrás.

—Theo no os pertenece a ti ni al ASM, y yo tampoco. Déjanos en paz. Lo digo en serio.

Y, a continuación, Niamh se internó en la noche.

«¿Crees que yo no?». Helena se aseguró de que ella oyese su último pensamiento.

Un rayo partió el cielo sobre Vance Hall.

30

Quemarlo

Niamh

El mensaje de texto de Luke llegó justo en el mejor/peor momento. «¿Qué tal la noche de juerga con las chicas?».

Niamh caminaba bajo la lluvia. En primer lugar, el agua la calmaba, pero además estaba demasiado agotada para volver a casa utilizando sus poderes. Tenía la sangre como lava. El efecto del Excelsior no se le pasaría hasta el amanecer.

Consultó la hora. Pasaba un poco de la una. ¿Qué hacía él despierto tan tarde? Supuso que era viernes por la noche. Ah, sí, las sesiones golfas de películas de terror de los viernes. Su pequeño ritual.

Tecleó una respuesta: «¿Todavía estás levantado?».

Él respondió al cabo de unos instantes: «Sí. ¿Por qué?».

Niamh hizo una pausa y se quedó inmóvil en el camino arbolado que llevaba a Vance Hall. Gruesos goterones de lluvia se deslizaban por las hojas y le caían en la cabeza. No había farolas tan lejos de la ciudad, y su móvil era un faro en la oscuridad.

Necesitaba pensarlo bien.

En realidad, no lo pensó.

Primero llamó a Elle.

Ella contestó en medio del primer timbre.

—¿Dónde estás? —susurró.

—Acabo de salir de casa de Helena.

—¿La has matado?

—¿Que si la he…? ¿Estás loca?

Hubo una pausa marcada.

—Hacía años que no te veía así.

Niamh siguió andando por el camino haciendo caso omiso del comentario.

—¿Por qué hablas tan bajo?

—Todo el mundo está en la cama.

—¿Theo también? —Niamh había querido evitarle a Theo el desastre de casa de Helena y no podía arriesgarse a dejarla sola en casa, de modo que le había pedido a Elle que organizase una fiesta de pijamas de urgencia.

—Está durmiendo. Creo que lo que le dio el conciliábulo lo… la dejó bastante perjudicada. Le di un té con leche y una galleta de chocolate, pero se quedó frita en el sofá antes de beberse la mitad.

Bajo el efecto potenciador del suero que había tomado, Niamh sintió con intensidad lo mucho que quería a Elle. Si hubiese estado con ella, le habría dado un beso largo.

—¿La dejo ahí?

—Sí, no vale la pena despertarla. ¿La recoges por la mañana?

—Bien pensado.

—¿Y tú? ¿Estás bien? ¿Quieres quedarte aquí también?

Niamh adoraba a Elle.

—Estoy perfectamente. No te preocupes por mí.

Le deseó buenas noches antes de colgar y llamar a Luke.

Luke vivía en un molino reconvertido en Pecket Well, el pueblecito enclavado en las colinas por encima de Hebden Bridge. Niamh notó en los huesos una reacción —un zumbido— a la antigüedad de los ladrillos al subir por la escalera a la tercera planta. Nunca había estado en su piso, pero a menudo admiraba el edificio y su chimenea de lejos y se preguntaba quién viviría allí. Resultó que Luke.

Él le había abierto la puerta principal por el interfono, pero ella se encontró la de su piso cerrada. Dio unos toques discretos con el anillo de turquesa teniendo presente que era la una de la madrugada. Luke le abrió vestido con unos pantalones cortos grises y una camiseta negra lisa.

Alguna cosa se retorció dentro de ella, pero no de forma desagradable.

—No sabía que eras tan noctámbula —dijo él, sonriendo abiertamente—. Pasa.

Se hizo a un lado para recibirla. Ella entró sintiendo unos nervios propios del baile de graduación al estar por fin allí. En su imaginación, sería uno de esos intensos momentos cinematográficos, y ella estaría desnuda debajo de una gabardina y se la quitaría con descaro. En la vida real, se había olvidado de los diálogos.

—Estás empapada. Voy a por una toalla…

Luke se fue corriendo y ella entró en el ático de planta diáfana. Era bonito. Todo el piso superior del molino estaba dividido en una espaciosa sala de estar y una cocina, con una habitación y un cuarto de baño separados con un muro a un lado. Un par de ventanas en forma de arco daban al valle dormido.

—Qué chulo —dijo cuando él apareció a su lado con una toalla innecesariamente enorme.

Era un típico piso de soltero; perfumado con toscos muebles de cuero, zapatillas de deporte y un ligerísimo aroma al desodorante de oferta de esa semana. Niamh echó un rápido vistazo. Tenía la teoría de que si todos los solteros heterosexuales pudiesen hacer lo que quisieran, se comprarían… Sí, como sospechaba, el ubicuo casco de soldado de asalto de *Star Wars* se hallaba orgullosamente expuesto en un hueco de la librería.

—¿Estás bien? —preguntó Luke, envolviéndole los hombros con la toalla—. Parecías un poco rara por teléfono.

Incluso con una barrera de tejido de rizo entre ellos, el contacto con él levantó ondas en su estanque interno.

—Estoy bien —dijo ella.

—¿Quieres hablar del tema?

Ella creía que sí, pero ahora se sentía cohibida.

—¿Qué estás viendo?

Niamh señaló con la cabeza la televisión de pantalla plana igual de descomunal. Había una película en blanco y negro pausada.

—*El inquisidor*, de mil novecientos sesenta y ocho. ¿La has visto? En la BBC Two la ponen prácticamente cada viernes por la noche.

—No —contestó ella—. Me suena de algo —añadió más bajo mientras se dirigía descalza a la zona del sofá.

—Es un auténtico clásico. ¿Quieres que la ponga desde el principio? —Él estaba delante de la encimera de la cocina—. ¿O prefieres que te traiga algo de beber?

No. Tenía otro tipo de sed. Al final, tal vez sí que pudiese dar el beso de película. Tiró la toalla y entró directamente en el espacio personal de Luke. Ella era alta, pero él lo era más. Niamh le rozó la barbilla con la nariz como hace un gato buscando atención.

Si a él le sorprendió el gesto, se recobró rápido. Le acarició la mejilla con su amplia mano y los labios de los dos se juntaron.

Fue maravilloso.

«No somos nuestro cuerpo», le había dicho ella a Helena, pero a veces una podía serlo. De hecho, en ese preciso instante, se dejó llevar por la sensualidad del momento porque no quería que sus pensamientos, su cabeza, su historia, irrumpiesen como una abuela sermoneadora y le dijesen que era una idea terrible.

El beso fue sensacional. La áspera barba incipiente de él contra su cara, los labios ardientes de él sobre los suyos, la promesa de la lengua.

Él la subió a la encimera de la cocina y ella ni siquiera oyó las cosas que tiró al suelo. Se abrió de piernas para ofrecerle la máxima proximidad. Los pantalones cortos grises no dejaban mucho a la imaginación, y Niamh notó su polla dura pegada a ella.

Tenía el vestido mojado y frío y estaba deseando quitárselo. Empezó por los botones de la parte de arriba hasta que se quedó en bragas y botas de vaquera. Qué imagen.

Él le acarició los pechos con las manos y le besó los pezones. Tanteó el terreno mordiéndolos, comprobando lo mucho que ella lo deseaba. Lo deseaba enormemente. Ella lo dirigió hacia abajo, aunque no hizo falta que lo animase. Luke le apartó las bragas a un lado para poder ir a la parte buena.

Sí, joder.

Los clítoris están bien, pero ¿has probado a que alguien te lo chupe estando colocada con pociones mágicas? Niamh cerró los ojos, echó la cabeza hacia atrás y se abandonó. Allí estaba, lo notaba, un vivo rosa morado eléctrico palpitando a través de ella. ¿Podía verlo él también? Emanaba de ella.

«Placer, viejo amigo, cómo te he echado de menos».

Se sentía como espuma de baño. Chorreaba sobre la encimera, por los ladrillos, de vuelta a Gea.

Empezó a notar aquel desconcertante anhelo; quería que él entrase en ella. Tiró de Luke para darle un beso y paladeó su propio sabor en los labios de él. Luke le bajó las bragas, y ella consiguió quitárselas retorciéndose. Se detuvo para sacarle la camiseta por la cabeza y para bajarle el pantalón corto por debajo del culo —un culo precioso, todo sea dicho— y lo guio dentro de ella. Gea no comete errores, y se acoplaron perfectamente, acompañados de aquella peculiar sensación: una especie de dolor en absoluto doloroso.

Se besaron, y él empezó a susurrarle gimiendo las palabras adecuadas al oído. Ella no dijo nada; no hacían falta palabras humanas en ese momento. En lugar de hablar, se recostó abriéndose como un loto. Se frotó mientras él cobraba impulso. La embestía, rápida, pero no desenfrenadamente.

Ella observaba cómo se movían su pecho y su torso, en cierta forma animales. Tenía unos brazos fuertes y musculosos. Niamh estaba al rojo vivo, cerca del punto de ebullición: la forma que tenía su orgasmo de avisarla de que llegaba. Se pegó a él y le rodeó el cuello con los brazos arqueando la espalda.

No ocurre muy a menudo, pero sus cuerpos alcanzaron el clímax a la vez sin previo aviso. Él se estremeció, y ella reventó explotando antes de implosionar en un todo. Agotada, Niamh dejó caer la cabeza sobre su hombro mientras recobraba el aliento. Él sabía salado, a sudor fresco. Ella le besó el cuello.

Luke dijo algo, pero ella no lo oyó.

Por el momento, dormiría.

Eso era justo lo que necesitaba. Por un instante, se sintió completa.

31

La mañana después I

Niamh

La estaban castigando, no tenía ninguna duda. Con el bajón del Excelsior y Saturno retrógrado en Aries, Niamh se escondió al pasar junto a la vecina de Luke, que casualmente también era una de sus clientas.

—Buenos días, señora Marshall... —dijo Niamh.

Ginger, el pekinés aplastado que tenía al lado, también la juzgó.

—Vaya, buenos días, doctora Kelly.

Estirada de mierda.

La mujer sujetó las puertas a Niamh, que huyó avergonzada del molino. El vestido de la noche anterior estaba seco pero arrugado y, sin desmaquillador en casa de Luke, tenía unos ojos de panda por culpa del delineador.

Era temprano, pero no había tenido ganas de quedarse a desayunar huevos ni a charlar en la cama. Quería estar presente cuando Theo despertase. Esa era su excusa, y pensaba ceñirse a ella. Había dejado a Luke medio dormido en la cama con una tierna despedida.

Todo la retrotraía a un tiempo pasado. El paseo de la vergüenza o los andares del orgullo después de acostarse con alguien nuevo. Llevaba una semana de novata total. No se sentía tan culpable como pensaba que se sentiría, aunque se había despertado pensando mucho en Conrad con cierta tristeza. No era algo de por sí bueno o malo, pero sin duda era distinto. La resaca era solo de Luke.

¿Qué iba a hacer con él ahora?

¿Había sido un gran error?

¿Qué significaba todo lo que había pasado?

La idea de que significase algo era intimidante, abrumadora, más de lo que ella podía procesar en ese momento.

Se detuvo a medio camino y vomitó por encima del muro de piedra en el estanque: el mismísimo Pecket Well que daba nombre al pueblo. Su vómito formó espuma en la superficie. Lanzó una mirada por encima del hombro y vio que la señora Marshall seguía observándola a través del cristal de la puerta del molino.

Que empezase la caza de brujas. En una localidad tan cohesionada como Hebden Bridge, era como si la mujer hubiese sacado un cartel camino de la ciudad: LA VETERINARIA SE HA FOLLADO AL VERDULERO.

¿Y qué significaba para Luke y para ella? Cuando uno abre una presa, no puede volver a contener el agua. No había forma de deshacer lo que habían hecho.

Primero fue a casa, se cambió rápido de ropa y se lavó la cara. Luego llevó el Land Rover a casa de Elle, donde todo se desarrollaba a un ritmo pausado de mañana de sábado. Una vez dentro, encontró a Theo, Holly y Milo viendo afablemente *Steven Universe* en el salón mientras Elle preparaba sándwiches de beicon en la cocina. Jez había salido a correr.

—¿Estás bien? —preguntó Elle, sirviéndole un café y tratando de hacerle comer un cruasán—. Tienes cara de no haber pegado ojo.

—Básicamente es lo que me ha pasado. El Excelsior tardó bastante en pasarse. Me quedé dando vueltas en la cama. Elle, ¿puedes hacer una cosa por mí?

—Claro, lo que sea.

Niamh bajó la voz. Aquello era muy humillante.

—¿Estoy embarazada?

Elle retiró el beicon del fogón en el acto y miró con cara de pocos amigos.

—¿En la cama de quién has estado dando vueltas?

—¿Tú qué crees?

—¿Luke?

Niamh asintió con la cabeza. Después de comprobar que nadie miraba, Elle puso las manos sobre el abdomen de Niamh. Solo tardó un instante.

—No. Al menos, aún no.

—¿Puedes asegurarte de que no ocurre?

En un abrir y cerrar de ojos había terminado.

—Hecho. —Elle frunció los labios—. Menos invasivo que la pastilla del día después, ¿verdad? ¿Llamo a los chicos y os doy a todos una charla de sexo seguro?

Niamh rio con pesar, aunque estaba empezando a notar la cabeza como si estuviese llena de masilla.

—Ya. Ha sido una tontería. La culpa es de la poción.

—Vaya excusa barata. ¿Estás bien?

Eso era lo bueno de Elle, que no juzgaba. Las enfermeras ven todas las facetas de la vida un día sí y el otro también. Pocas cosas las escandalizan.

Niamh asintió con la cabeza.

—¿Qué tal está Theo?

—Parece que bien. Un poco alterada, quizá.

Niamh dejó escapar un suspiro de alivio. Había estado embarazada una vez, durante la universidad. Había sentido —«percibido» no era la palabra adecuada— que no tenía sintiencia propia en esa fase. Solo tenía veinte años y, estando en el tercer año de Veterinaria, no pensaba convertirse en madre de ninguna manera. Utilizando sus poderes de sanación latentes, simplemente había reabsorbido las células en su cuerpo. Pero todavía pensaba en ello. Ahora podría tener un hijo de la edad de Holly.

Claro que, en cierto modo, lo tenía.

—¿Theo? —la llamó—. ¿Estás lista para marchar?

Theo asintió con la cabeza y recogió sus cosas. Esa era la otra resaca que estaba empezando a notar: Helena, el ASM y Theo. Hay jornadas en que todo se hace cuesta arriba. Niamh presentía que tendría que hacerlo ese día. Debería mantener la Conversación.

32

La mañana después II

Helena

—Pero ¿no crees que se está portando de forma irracional?
—preguntó Helena, con el teléfono en manos libres colocado al lado del cuenco de granola y arándanos en la mesa del
patio.

—No —respondió Elle—. Creo que tú te pasaste tres pue-
blos, Helena.

—Sabía que te pondrías de su parte.

Ella chasqueó la lengua.

—No se trata de partes. Pasaste por encima de ella y utilizas-
te Medusa con mi hija. ¿Qué quieres que te diga?

Helena hizo una mueca.

—Yo no les mandé a los del conciliábulo que drogasen a
Holly. Eso fue cosa de ellos. —Elle se quedó en silencio al otro
lado de la línea—. Tú no piensas que ese crío, Theo, sea una
chica, ¿verdad? Por favor, dime que una de nosotras todavía
tiene sentido común.

Oyó un suspiro.

—No veo qué hay de malo. Voy a ir a ver a mi abuela más
tarde. Le preguntaré qué ve.

¿Cambiaría de sexo el chaval en el futuro? A ella le daba
igual. Es más, Helena todavía no había perdonado a Annie Device por negarse a ayudarla con ese asunto.

—Así que no vas a pronunciarte. Estupendo, Elle, gracias.

Helena pensaba que Elle lo entendería mejor que nadie. Elle la sensata, a quien ni siquiera le gustaba reconocer que era bruja, seguro que llamaba a las cosas por su nombre. Pues estaba claro que no.

—Hels, no creo que esto tenga que ver con Theo. Tiene que ver contigo.

Helena bebió un sorbo de café solo.

—¿Qué quiere decir eso?

—No sé…

—No, continúa. Suéltalo.

—Es solo que…, en fin, Helena, no…, ejem, no hace falta que te diga que te gusta controlar… y no a todo el mundo le gusta que lo controlen. Eres la suma sacerdotisa, pero no puedes controlar a Niamh ni a Lee ni el puñetero género de Theo. Simplemente no puedes. No lo digo con maldad, de verdad. Creo… que cuando no paras de presionar a las personas, tarde o temprano se defienden.

Helena miró el teléfono entornando los ojos y se alegró de no estar teniendo una videollamada.

—¿A qué coño te refieres? ¿Es una amenaza?

—¿Qué? ¡No! —prácticamente chilló Elle—. ¡Helena Vance! ¡Aprende a aceptar las críticas! ¡Estoy diciendo que lo que hiciste anoche fue un pelín excesivo! ¡Nada más!

Helena estaba a punto de protestar, pero su padre sacó a su madre al patio en la silla de ruedas para que la acompañase.

—Tengo que dejarte, Elle.

—Está bien. Deberías pedirle disculpas a Niamh.

—Lamento que ayer Holly acabase metida en el embrollo.

Lo decía de verdad. Se despidieron y Helena colgó.

Lilian se sentó a la mesa y alcanzó el café, aunque parecía que su padre se marchaba. Geoff Carney, ya retirado del conciliábulo, era bastante poderoso para ser un hechicero, pero la paciencia era con mucho su mayor don. Forzosamente tenía que serlo, rodeado de brujas de la familia Vance.

—Me voy a comprar los periódicos —dijo—. ¿Hace falta algo?

No hacía falta nada, y se marchó con las llaves del Jag balanceándose por el camino.

—Parecía una conversación tensa —dijo Lilian sutilmente.

—No pasa nada.

—Veo que sigues mangoneando a tus amigas.

—Madre, ¿podemos cambiar de tema?

Helena miró la vieja casa del árbol, aferrada aún a las ramas. Había aguantado bien, en general. Se preguntó si sus padres la quitarían ahora que Snow era mayor. Llevaba allí tanto tiempo que ella ya no la veía. Formaba parte del árbol.

—Elle tiene razón. Tienes que aprender a recibir comentarios sin ponerte a la defensiva. Caray, todavía me acuerdo de tu pobre profesora de ballet.

Helena notó que se le tensaban los hombros. Se moría de ganas de decirle que convivía con las críticas desde que había nacido. ¿Sabía su madre que ella era así?

—Sé lo que estás pensando.

Lilian sonrió arrancando el cuerno de un cruasán con los dedos.

—No sabía que ahora eras sintiente.

—El sarcasmo no te sienta bien, Helena. Crees que soy demasiado dura contigo. Probablemente lo he sido, pero fíjate lo lejos que has llegado.

Helena solo la miró, demasiado agotada para discutir. La noche anterior con Niamh la había dejado rendida.

—Un aquelarre es una hermandad, por supuesto —prosiguió Lilian—. Pero hace falta algo más que popularidad para mandar, Helena. Yo lo vi en ti mucho antes de que lo viesen las oráculos, ¿sabes? Ibas a ser alguien.

Helena se hizo daño al tragar saliva; tenía la garganta como un cactus. Los halagos de su madre le resultaban tan extraños que casi prefería las quejas continuas.

—Tus amigas son un amor. Las quiero mucho, pero una suma sacerdotisa no puede permitir que la amistad le nuble el juicio. Una suma sacerdotisa es una fortaleza. A veces, tiene que tomar decisiones difíciles que no serán del agrado de la gente. Incluso debe prepararse para ser odiada, aunque sea por el bien común.

Helena no iba a llorar delante de su madre.

—Eso es lo que vi en ti hace muchos años, Helena. Sí, todas juramos lealtad al aquelarre, pero, a la hora de la verdad, ¿cuántas de nosotras están realmente dispuestas a soportar tantas molestias? Tú siempre has estado dispuesta a pagar el precio, a hacer los sacrificios necesarios. No todo el mundo está dispuesto a hacer lo que hay que hacer. Yo no lo estoy. Lo detesto, pero me obsesiona lo que la gente piense de mí. Te envidio. Es un don.

Helena tenía miedo de contestar por si se le quebraba la voz.

—Es mi trabajo.

Lilian negó con la cabeza.

—Para ti es mucho más que eso, Helena. Es una causa, una vocación. Escucha lo que te digo: tu nombre estará al lado de los de las mejores brujas de la historia.

—Gracias, madre.

Helena se sentía muy pequeña.

—No soy tan mala, ¿no? —Lilian le guiñó el ojo—. Y ahora, haz lo que tengas que hacer.

«El bien común». Elle tenía razón. Ella no podía controlar a Niamh, ni a Theo, pero podía controlar el aquelarre. Era la bruja más influyente del Reino Unido, y allí estaba, ofendida por que la habían insultado. Daba casi vergüenza. Ella tenía todo el ASM. Tenía poder.

¿Qué tenían ellas? No tenían nada.

33

La mañana después III

Leonie

Leonie cayó a plomo en la hierba y contempló el cielo. Era de un azul primaveral. Leonie estaba deseando que llegase el verano, cuando el alquitrán se ablandaba y Londres apestaba a eructos. Quería beber cervezas a la sombra de un árbol y colocarse. Quería marcas de bronceado.

En cambio, eso era una mierda.

—¡Levanta, chochete!

Chinara la empujó con la puntera de sus Nike.

—Vete a la mierda. Esto ha sido una idea terrible.

—Te curará.

—No me curará. Voy a vomitar.

—Muy bien. —Chinara la fulminó con la mirada—. O terminas la carrera, o nos vamos a casa y empezamos a buscar un donante de esperma.

Leonie se incorporó. Hay personas que llevan las resacas con alegría. Ella no era de esas.

—Vaya mierda coercitiva, Chinara Okafor.

Su novia sonrió.

—Ya, pero te has levantado, así que…

—¿Podemos ir a comer tortitas? ¿O gofres?

Chinara le tendió la mano.

—Arriba… —Leonie dejó que la ayudara a levantarse—. Anda, vamos a almorzar. De verdad creía que te ayudaría.

Leonie le dio un beso.

—Lo sé, y eres mi heroína, de verdad. Pero tengo legítimo derecho a seguir borracha, nena.

Un sábado por la mañana a esas horas, Burgess Park estaba bastante vacío dejando de lado a los corredores, las personas que paseaban perros y una de esas sesiones de entrenamiento militar en las que una terrorífica entrenadora personal gritaba órdenes a un grupo de jóvenes con pinta de tener dinero. En realidad, estaba bastante buena; saltaba a la vista que la tía se machacaba a hacer sentadillas.

—¿Le entrenadora? —preguntó Chinara—. Sí, yo también le he echado el ojo.

—Pórtate bien. Joder, tengo demasiada resaca para plantearme hacer un trío. Qué fuerte. Menuda nochecita.

Dejaron atrás a la clase paseando agarradas de la mano.

—Pero ¿estuvo bien?

—Sí, estuvo bien. Me divertí mucho más de lo que pensaba. —Leonie inspiró hondo por la nariz y deseó que el aire le limpiase el hígado—. Estar con tu grupo de amigas de la infancia es especial, ¿sabes? Ahora soy una persona nueva, y no creo que vuelva nunca, pero cuando estoy con esas chicas…, están todas como una puta cabra…, pero es mágico.

Chinara se quedó un poco abatida.

—Joder, perdona, nena. No quería…

Chinara le apretó la mano.

—Eh, tranquila. Yo también he hecho amigas aquí. Sé a lo que te refieres.

Chinara solo tenía once años cuando un incendio arrasó su pueblo en Unwana. Por cómo lo contaba, había pasado pánico corriendo por los estrechos callejones buscando a su madre y su hermana, que estaban en casa de su tía. Las casas estaban apiñadas unas contra otras, y el fuego había devorado el sitio como si fuese leña.

Leonie había visto todo eso como una película en la mente de Chinara: la niña flaca con su camiseta de Power Ranger rosa mirando al cielo y mandándole que lloviese.

Y vaya si llovió.

Es la primera lección de la magia: «No se puede hacer algo de la nada». Leonie todavía podía oírlo perfectamente con el acento de Yorkshire de Annie. Aquel día, Chinara lo hizo. En un cielo vacío color turquesa, aparecieron nubes de la nada. El cielo se oscureció, y sobre el pueblo cayó una lluvia torrencial que apagó las llamas.

Aquel día se perdieron vidas y hogares, pero Chinara salvó muchos más. Habría sido perfecto si nadie la hubiese visto gritando al cielo. A las mujeres ibgo les gusta rumorear y pronto corrió la voz.

—Chinara Okafor es una bruja.

Incluso su propia madre le tenía pánico y, rebosante de amor a Jesús, la desterró a vivir en la casa de su tía y su tío en Onueke. Allí la trataban fatal, no mucho mejor que a una criada, hasta que su padre —un hechicero humilde— la llevó a Inglaterra como refugiada. No todo es malo en el ASM, y el aquelarre cuenta con una política de inmigración para brujas y hechiceros perseguidos en otros territorios.

—El pasado es adictivo, tía. Es como el crack. Yo siempre vuelvo a por más.

Chinara rio.

—Todas nos estamos rehabilitando de nuestra infancia. Amén a eso.

—¿Adónde vamos, por cierto?

Se encontraban al lado del estanque hacia la salida norte del parque.

—¿Vamos a la cafetería aquella de los gofres?

—Sí, bien pensado.

A Leonie le vibró el móvil, que llevaba sujeto al bíceps con un brazalete. Lo sacó y vio que tenía un mensaje de Elle.

«¡Buenos días! ¿Qué tal la cabeza? 1. ¡Anoche Niamh pilló cacho con Luke! ¡Por fin!».

Terminaba con varios emojis de berenjenas.

—¡Madre mía! —exclamó Leonie riendo.

—¿Qué?

—¡Niamh ha echado un polvo! ¡Por fin!

—Menos mal. Me alegro por ella.

—La llamaré luego para asegurarme de que no está autoflagelándose.

Leonie se disponía a contestar, pero entonces vio que Elle estaba escribiendo y esperó.

«Y 2. ¡¡¡Helena mandó a tu hermano que secuestrase a Theo!!! ¿De qué coño va?».

El segundo mensaje la hizo parar en seco. ¿De qué coño iba, en efecto?

—Pero ¿qué cojones…? —dijo en voz alta.

Chinara también se detuvo.

—Vale, eso ya no es tan bueno. ¿No folló con la persona adecuada?

—No. No, no es eso.

Leonie respondió rápido a Elle: «¿¿¿Qué me estás contando???».

Elle contestaba sin falta. De hecho, si buscabas a Niamh, a veces era más rápido mandarle un mensaje a Elle. «¿Helena no quiere a chicas trans en el aquelarre?».

Leonie echó la cabeza hacia atrás. Sinceramente, aquella arpía era agotadora.

—Me cago en la puta.

—Vale, explícamelo, por favor —dijo Chinara, irritándose.

—Pues parece que Helena Vance es una TERF. ¿Por qué la gente siempre te acaba decepcionando?

Chinara comprendió. Siguieron paseando.

—¿Theo?

—Sí. Intentó endilgárselo…, mierda, endilgársela… al conciliábulo. A mi hermano, concretamente.

—Qué putada.

—¿Tú crees?

Chinara se mostró un tanto arrogante.

—Lee, no deja de sorprenderme que te sorprenda tanto la opresión constante llevada a cabo por mujeres blancas cis.

Leonie se enfureció.

—¿Qué? ¿Estás de coña? Yo fundé mi propio aquelarre.

—Tienes una debilidad por tus amigas. Pues claro que Helena Vance es una supremacista blanca de mierda.

—No sé si es tan chunga…

—¿Por qué la gente que más se beneficia de la supremacía blanca iba a correr a deshacerse de ella? La gente como Helena está muy a gusto con el sistema tal como es. Ella es como una portera que decide quién entra y quién no. Presento a Theo como prueba.

La abogada que llevaba dentro siempre acababa saliendo.

Leonie suspiró. Tenía razón. Había quien no había estado de acuerdo —aunque solo unas pocas personas— con su decisión de dejar entrar a brujas trans (bueno, a Val y a Dior) en el santuario de Diáspora, pero ella no lo entendía. Leonie era consciente de que las mujeres se veían obligadas a competir por un mísero puñado de cargos profesionales, pero no veía que se limitase el número de mujeres que podían ser mujeres.

—Creo que como brujas blancas…, como mujeres blancas, punto…, están tan acostumbradas a que los hombres nos traten a todas como una mierda que no reconocen sus privilegios.

Chinara soltó una carcajada áspera.

—¡Anda ya! Vale, si a Helena le diesen a elegir, ¿elegiría ser negra?

—¡No!

—¿Elegiría ser gay?

—Lo dudo.

—¿Elegiría ser trans?

Entonces rio Leonie.

—Está claro que no, joder.

—Entonces ya está. Ella es muy consciente de cómo funciona el sistema.

Chinara terminó la presentación de su alegato. Leonie declaró a Helena culpable de todos los cargos.

34

La mañana después IV

Elle

Elle estaba en su habitación oliendo la colada. Le encantaba cuando se había secado en el tendedero y no en la secadora. Jez, que había vuelto de correr, subió la escalera dando fuertes pisotones.

—¿Qué tal ha ido?

Jez se quitó la camiseta empapada en sudor y la tiró al cesto de la ropa sucia.

—No ha estado mal. Unos seis kilómetros hoy. Me ha dado flato.

Rodeó la cintura de ella con los brazos y le besó el cuello. Bajo y musculoso, Jez no era mucho más alto que Elle.

—¡Jez! ¡Apestas!

Era un gesto reflejo, en realidad. Lo cierto era que no le molestaba el olor del sudor reciente, y ella tampoco se había quitado aún el pantalón del chándal.

—¿Nos da tiempo a echar uno rápido? —dijo él, metiéndole la mano en el pantalón por la cintura.

—¡No!

Ella le retiró la mano de inmediato.

El sexo parecía cada vez más un capricho extraño de cuando tenía veinte años: un striptease para seducir a un hombre y convencerlo de que se quedase. Estaba claro que la estrategia había dado resultado, aunque después del paso de dos hijos por su vagina, costaba considerar la zona algo que no fuese el lugar de un accidente. Elle había ejercido de comadrona muchas veces y, aunque sin duda el parto es un milagro, también es un acto profundamente traumático. Una parte de su cuerpo que en el pasado le había proporcionado mucho placer quedó asociado de la noche a la mañana con el peor dolor de su vida. Al principio del parto, había podido hacer uso de sus poderes para aliviar un poco las molestias, pero el alumbramiento, por definición, consiste en expulsar algo que se ha convertido en parte de una misma, y sanar supondría mantenerlo dentro. Para dejar que el parto se desarrollase, había tenido que sucumbir al dolor.

Elle era consciente de que uno de sus deberes conyugales consistía en mantener a Jez satisfecho. Él tenía más necesidades sexuales que ella, de modo que Elle debía buscar un acuerdo intermedio. Cuando se acostaban se lo pasaba muy bien, y Jez siempre se aseguraba de que ella llegase al orgasmo, pero ahora tenía la sensación de que podría estar haciendo muchísimas otras cosas con su tiempo. Desde luego, no pensaba sacrificar parte de la mañana del sábado por un polvo. Había tenido relaciones sexuales habituales desde los dieciséis años y dudaba de que le quedasen sorpresas por descubrir. A veces trataba de recordar si alguna vez había disfrutado realmente del sexo, o si prefería la atención que el sexo podía brindarle.

—¿Esta noche?

Jez le dio un cachete en el trasero.

—Vale. Resérvame hora. —Se encaminó a la ducha, pero se detuvo en la puerta del cuarto de baño—. ¿Elle?

Ella miró en dirección a su marido.

—¿Qué?

—¿Cómo llegamos a casa anoche?

El pánico se agitó en su estómago, y se esforzó por mantener la cara alegre.

—¿A qué te refieres?

—No sé…, solo me siento raro. Recuerdo haberte recogido en la ciudad… y que andabas haciendo eses como una borracha.

—Gracias.

Paseó la mirada distraído mientras los engranajes de su cabeza daban vueltas.

—Pero no me acuerdo de qué pasó después…

Ella fingió que reía.

—Vaya. Un poco joven para tener demencia, Jez.

—Hablo en serio, Elle —dijo él malhumorado—. ¿Fuimos a casa de Niamh?

—¡Pues claro que fuimos! Dejamos a Niamh, recogimos a Holls y a Theo y vinimos directos a casa. —Eso era lo que Holly llamaba «hacer luz de gas», y Elle sabía que era horrible, pero no veía qué otras opciones tenía—. No habías estado bebiendo, ¿verdad?

—¡Por supuesto que no! Bueno, me tomé una triste Corona mientras veía una peli con Milo.

Elle puso los brazos en jarras, temiendo parecer demasiado teatral.

—No sé qué decirte, cariño.

Él parecía preocupado. Tendría que pedirle a Niamh que le borrase la memoria. Con el tiempo, pensó, Holly también podría hacerlo.

—No pasó nada, ¿verdad? Con Niamh.

Elle frunció el entrecejo. ¿Por qué no lo soltaba de una vez?

—¿Me estás preguntando si nos enrollamos?

—¡No! Solo que… a veces os veo a las dos… y también a Helena y a Leonie. Os miráis entre vosotras como si tuvierais telepatía o algo por el estilo. Es como si fuerais una pandilla y hablarais un idioma inventado que yo no entiendo.

Elle sonrió y se lo acercó. Le dio un beso en los labios.

—Cariño, es así realmente. Somos mujeres.

Le metió la mano por la cintura en los calzoncillos sudados. Él tenía la polla arrugada y húmeda de correr.

—¿Qué haces?

—Venga, vamos…

—¿En serio?

—¡Sí!

—Déjame darme una ducha rápida, estoy hecho un asco.

No hizo falta que se lo pidiese dos veces. Jez por poco se estrelló contra el cristal de la ducha con las prisas.

Elle cerró la puerta de la habitación y se tumbó en la cama a esperar. Vale, había mentido, pero Jez iba a conseguir un polvo. Estaban en paz.

La farmacia cerraba a las doce los sábados, de modo que Elle ni se duchó antes de hacer una visita relámpago a su abuela para dejarle los medicamentos. Aparcó de cualquier forma en el camino rural y bajó trotando la empinada y sinuosa escalera que llevaba al viejo molino de agua. Tenía sentimientos encontrados con respecto a esa casa. De niña, cuando a su hermano mayor y a ella los dejaban allí en vacaciones, otros críos rondaban los muros en ruinas del jardín.

«¿Tu yaya es una bruja?».

«¿Tú también eres bruja?».

«¿Puedes hechizarnos, Elle?».

Recordaba que solían buscar palos y pinchar trozos de caca de perro o de gato para lanzárselos por encima del muro. Los llamaban «palomierdas». Habría tenido gracia si no le hubiese arruinado la infancia. No estaba segura de si Annie entendió realmente por qué nunca quería jugar en el jardín. La única niña del colegio que deseaba que se acabasen las vacaciones.

«Es guapa para ser bruja».

«¿Tienes verrugas?».

Entonces huían de ella por si les contagiaban verrugas. Todos menos Jez, al menos.

Llamó a la puerta por educación antes de entrar.

—¡Abuela! ¡Soy yo!

—¡Hola, tesoro! —gritó Annie desde arriba—. Bajo en un pispás.

La casa de su abuela apestaba. Una vez había encargado a una asistenta que fuese una vez por semana, pero la pobre mujer lo dejó después de una sola visita. En honor a la verdad, Elle la comprendía perfectamente. Todo tenía una asfixiante capa de pelo de gato.

En una mesa plegable situada en la sala de estar, una pluma reposaba en el hueco de uno de los diarios abiertos de Annie. Elle se acercó preguntándose si echar un vistazo. De todas las brujas, las que más pena le daban a Elle eran las oráculos. La ceguera y la caída del pelo ya eran bastante graves, pero poder ver el futuro debía de ser una pesadilla.

Se detuvo. «Si te preocupas demasiado por el futuro —decía siempre Annie—, nunca llegarás a él». El mantra le había resultado muy útil. Por supuesto que se moría de ganas de saber cómo les iría a Milo y a Holly, pero quería que ellos se labrasen su propio camino. Era más que eso, para ser sincera. A veces, Elle no podía creerse la suerte que tenía: un marido cariñoso, unos hijos guapísimos, una casa bonita, un buen trabajo. Tarde o temprano algo iría mal. Ella era enfermera; lo único que veía era cosas que iban mal.

Apoyada en el pasamanos, Annie descendió cojeando.

—¿Estás bien? —preguntó Elle, acudiendo en su ayuda.

—¡Quita! ¡No hace falta!

—Ojalá vinieras a echarle un vistazo a una de las residencias de la ciudad. Son muy bonitas, ¿sabes?

Annie frunció el ceño.

—Asilos de vejestorios.

—¡No es verdad! Tendrías un piso para ti sola.

—¿Y los gatos, eh? No. Aquí me quedo.

Elle meneó la cabeza.

—Como si no te conociera. Pero seguiré dándote la lata.

—Seguro que sí. ¿Te apetece un té, cielo?

—Mejor que no. Tengo que llevar a Milo a Halifax por la tarde. —Buscó los medicamentos de Annie en el bolso—. Aquí tienes, te he traído las medicinas. ¿Necesitas que vaya a buscarte algo más?

—Oh, la próxima vez que hagas una compra grande, pídeme de esos…, da igual.

—¿Qué?

Annie se sentó en su sillón favorito, y le crujieron las rodillas.

—Nada, tranquila.

Elle se volvió a colgar el bolso del hombro.

—Bueno, pues. Me marcho…

—Elle, tesoro, espera.

Ella se volvió hacia atrás.

—¿Qué pasa?

—Siéntate un momento.

Elle se acomodó en el sofá; desde luego, el enorme Maine Coon no iba a moverse para hacerle sitio. El gato era como un condenado león.

—¿Estás bien?

—No pasa nada —dijo Annie—. Me ha parecido que necesitabas sentarte.

Elle rio con tristeza.

—Abuela, siempre me viene bien sentarme. Es un no parar.

—Trabajas mucho. Y casi toda tu actividad es no remunerada.

Elle se miró las manos y los anillos. Sabía que a Annie la desconcertaban sus decisiones vitales. No estaba abiertamente decepcionada, pero en sus conversaciones siempre salía la versión de sí misma que podría haber sido. De los cuatro hijos y cinco nietos de Annie, ella era la única descendiente con poderes mágicos. La última de las brujas Device hasta Holly.

—Me gusta cuidar de todo el mundo —contestó ella, sinceramente.

—Lo sé, y no has hecho más que empezar. Todavía eres joven.

Elle rio a carcajadas.

—¡Voy a cumplir cuarenta, abuela!

—¡Todavía te queda mucho!

Elle miró muy seria a su abuela.

—¿Es una visión oficial? ¡Porque no quiero saberla!

Annie se inclinó hacia delante.

—¡Eh! Escúchame. Cuando todo el mundo te decía lo que tenías que hacer y quién tenías que ser, tú tomaste una decisión. Elle, cielo, siempre he respetado eso. Tú seguiste tu camino. Y no tengo ninguna duda de que seguirás navegando por tu riachuelo. No necesito ver el futuro para saberlo.

Elle se quedó sorprendida.

—Vaya, gracias, abuela.

—Eres mucho más fuerte de lo que crees. —Annie suspiró—. Y eso te vendrá bien.

Eso nunca era bueno. Elle notó una sensación familiar en la barriga.

—¿Has visto algo?

Annie asintió con la cabeza, con cara seria.

—Sí. Las cartas se muestran ahora más rápido.

—¿Qué quiere decir eso?

Ella señaló con la cabeza el tablero de ajedrez de la mesa de centro. Elle sabía que a veces jugaba con Niamh; ella no sabría ni por dónde empezar.

—Las piezas se están colocando; las decisiones forman ondas en el estanque.

—Me estás asustando, abuela. ¿Se trata de Theo?

—En parte.

Elle bajó la voz.

—¿Es una chica?

Annie chasqueó la lengua.

—Eso lo vi en cuanto entró en mi casa, pero ella es un peón en un juego mucho más grande que lleva jugándose desde mucho antes de que ella naciera.

—Abuela, ¿le digo a Niamh que venga? Esto parece importante…

Buscó a tientas el móvil. Eso no era asunto de Elle, o al menos eso esperaba.

—Ya veré a Niamh, pero quiero que tú también lo sepas, Elle. Tú también estás en ese tablero de ajedrez.

Mierda, pensó Elle. Como decía Annie, ella había tomado una decisión hacía casi veinte años. Era una bruja solo de nombre.

—Abuela, ¿podemos saltarnos el rollo misterioso de oráculo? Ya sabes que me saca de quicio. ¿No puedes decírmelo directamente? ¿Tengo que preocuparme?

Annie frunció el entrecejo.

—Sí, corazón. Todas tenemos que preocuparnos. Hasta la última. —Abrió mucho los ojos—. Vi que se acercaba una tormenta y confieso que pensé que a lo mejor no llegaba, pero…

Elle tuvo náuseas.

—¿… llegará?

Annie asintió con la cabeza.

—Leviatán se alzará.

35

Conversaciones difíciles

Niamh

El mejor remedio era dormir la mona. Niamh se echó una siesta en el sofá del salón y tuvo sueños agitados de resaca. Atravesaba Hebden Bridge a toda velocidad de noche, despojada de magia, sin aliento, preguntando desesperadamente a una serie de vecinos sin rostro si habían visto a Theo. Mientras tanto, una Helena anormalmente alargada acechaba en las calles neblinosas buscando también a Theo. Y entonces Helena se convertía en Ciara, y luego, en Conrad, y todo se volvía aún más confuso.

Tardó un minuto en darse cuenta de que el ruido que oía sonaba en la vida real y no en la pesadilla. Tiger saltó de su regazo y se puso a ladrar. Había alguien en la puerta. Atontada, Niamh retiró la manta y se dirigió dando traspiés a la cocina. Tenía la lengua pastosa y el aliento le olía inexplicablemente a carne.

Joder. Era Luke. Lo reconoció a través del cristal de su nueva puerta trasera. Por un momento se preguntó dónde estaba Theo. ¿Era posible que estuviese echando un sueño arriba? El esfuerzo de la noche anterior los había agotado a los dos.

Niamh se aclaró la garganta y cuando abrió la puerta se encontró cara a cara con un ramo de rosas amarillas.

—Madre mía, Luke, estoy hecha un asco.

Él sonrió e hizo mimos al perro.

—Para nada. ¿Puedo pasar?

—Claro. —Ella se apartó para dejarlo entrar—. ¿Un té?

—Por favor. Toma, son para ti. —Le dio las rosas—. ¿Dónde está Theo?

—Arriba, creo.

Tenía que ir a comprobar que nadie había vuelto a secuestrarla.

Dejó las flores en el fregadero y buscó un jarrón. Encontró una jarra de hojalata rayada que serviría y la llenó de agua.

—Según Google, las rosas amarillas son para la amistad.

Ella hizo una mueca y lo miró.

—No tenemos que hacer balance de la situación, ¿verdad?

—No. Bueno, sí. Mira… —Él bajó la voz—. Lo de anoche fue estupendo, pero si pensara que iba a cargarse nuestra amistad, renunciaría a lo que pasó. Para eso son las flores.

Niamh agachó ligeramente la cabeza.

—Todo aclarado.

No lo estaba, por supuesto. Todavía no tenía ni idea de lo que vendría después. Era el terrorífico documento de Word vacío al que uno se enfrenta cuando tiene que entregar un trabajo.

—¿Todo está bien entre nosotros? —preguntó él esperanzado.

Ella admiró las rosas en su nuevo recipiente.

—Sí. Y las flores son preciosas. —Se hizo un silencio de expectación. La sala contuvo el aliento a la espera de un beso—. Luke, ojalá pudiera decirte cuál será nuestro futuro, pero no puedo. Quiero que sepas lo mucho que me gusta tenerte en mi vida, porque es así, pero no estoy segura de que sea justo.

Él frunció el ceño.

—¿Qué quieres decir?

—Me estás esperando. Sonará arrogante, pero es lo que parece desde mi punto de vista, y es mucha presión.

Luke se recostó contra la encimera tratando de actuar despreocupadamente mientras ella llenaba la tetera.

—Vale, hablemos de eso. ¿Y si te estoy esperando? Tampoco es que haya otra persona.

—Eso es porque no buscas…

—¡Niamh Kelly, soy un partidazo! ¡Reparto verdura a un montón de mujeres solteras!

Niamh rio.

—Pero ¿y si no ocurre nunca?

—¿Qué pasa si no ocurre nunca?

—No sé… La visión idílica: tú y yo, el señor y la señora, la familia feliz.

Todas las cosas que ella ya había tenido con Conrad.

—¿Quién dice que me interesen esas cosas?

Ella le clavó una mirada de escepticismo.

—Tú ves muchas películas. Claro que te interesan.

El amor en el cine casi nunca sale de la norma: dos personas (de ambos sexos, la verdad) se conocen, superan un obstáculo y, cuando salen los títulos de crédito finales, damos por sentado que les espera una vida entera de monogamia satisfactoria. Así es como se triunfa en la vida. Amigos, trabajo y familia pueden echarse a perder cuando la gente se casa.

—Vale, sí, pero solo tengo treinta y dos años, Niamh. Tengo todo el tiempo del mundo.

Conrad y ella en sus últimas vacaciones en Santorini, bebiendo unos cócteles. Mientras el sol se ponía sobre el cráter, la conversación se desvió a su compromiso. «No tenemos prisa por planear la boda, ¿no? Tenemos todo el tiempo del mundo». La tristeza siempre era oscura en su corazón, a la espera de algo con que lavarla. Ojalá hubiese una válvula para expulsarla.

En el estado precario en que se encontraba, se imaginó por un momento que borraba definitivamente los recuerdos de Luke. Ella también podía hacerlo. Eliminarse por completo de su memoria. Encargaría la comida a otra persona y él cambiaría de mujer; solo le quedaría una extraña sensación en la punta de la lengua del deseo que una vez había albergado. Borrar los sentimientos de ella, claro, era mucho más difícil.

—¿Qué? —preguntó él al ver que ella no decía nada.

—Sinceramente, no sé por qué te tomas tantas molestias.

Él estiró el brazo para tocarla, pero ella retrocedió.

—Creo que eres la mejor que he conocido. Lamento que no sea más poético.

Ella esbozó una media sonrisa.

—Me gusta así.

Tal vez debía volver a besarlo. Lo de la noche anterior había sido especial. Pero si le daba un beso, no podría echarle la culpa al Excelsior, que era una coartada ideal. En el momento más oportuno, oyó pisadas en la escalera y Theo bajó trotando al salón.

—Estás despierta —dijo Niamh.

—Hola, colega —la saludó Luke.

Probablemente eran imaginaciones suyas, pero el aura de la chica tenía un matiz cada vez más femenino, o tal vez había estado allí desde el principio y Niamh simplemente no había mirado en el sitio adecuado.

—Gracias por las flores, Luke. La verdad es que ahora tengo planes con Theo…

«¿De verdad?».

—No hay problema. De todas formas, he quedado con unos colegas en el pub para ver el partido de rugby. Pero… no te preocupes por mí. Soy feliz.

Niamh no sabía si ella diría tanto, de modo que contestó que se alegraba. A él pareció bastarle y se marchó por la puerta trasera.

¿Lo que tenían era una relación? Ninguno de los dos estaba viendo a otra persona, y él era lo primero en lo que ella pensaba al despertarse por la mañana y lo último que pasaba por su mente al acostarse por la noche. Tal vez ese era el problema: la visión idílica era la única relación disponible en el repertorio de películas. ¿Y si hubiese otra clase de relación en la que ella no tuviese que ser la señora de Luke? Algo basado en su propio concepto de pareja. ¿Y si lo que tenían era una relación?

No estaba muy claro, de modo que hizo lo que siempre hacía: se centró en los necesitados. Se volvió hacia Theo.

—Sí, tenemos planes. Tenemos que hablar de lo que pasó anoche.

Theo asintió con la cabeza y se sentó en el suelo al lado de la estufa de leña. Niamh terminó de preparar las infusiones que estaba haciendo para Luke y le llevó una a Theo. Imitó la postura de Theo sentándose de piernas cruzadas en la alfombra.

—Enciende la lumbre —dijo.

Theo metió unos troncos en la estufa y los encendió con un simple gesto de la mano.

—Qué bien lo haces —dijo Niamh. Bebió un sorbo de la infusión de jengibre con limón demasiado caliente antes de empezar—. Tienes todo el derecho a saber lo que pasó.

«Helena quiere que vaya al conciliábulo».

«Sí, quiere que vayas. ¿Sabes por qué?».

«Porque soy un chico».

—Bueno, esa es la cuestión, ¿no? —Niamh estaba decidida a no nombrar a Holly—. ¿Lo eres?

Theo bajó la vista de inmediato y se ruborizó.

—No te alteres —dijo Niamh, temiendo por sus ventanas—. Ya sabes que puedo oír tus pensamientos… y has estado esforzándote mucho por mantenerme al margen, pero tengo la sensación de que hace mucho que piensas en tu género.

Theo miró hacia el techo procurando que no le saltasen las lágrimas.

—¿Podemos hablar del tema? —preguntó Niamh—. Quiero ayudarte en lo que pueda. Quiero usar el nombre o el pronombre correcto o lo que sea. En fin, no quiero cagarla. Probablemente la cague, pero no quiero.

«Yo…».

«Adelante…».

Theo cerró los ojos y tomó los dedos de Niamh entre los suyos. Niamh comprendió y cerró también los ojos y vació la mente. Al principio, unas imágenes borrosas a medio formar acudieron a ella, nada comprensibles, pero luego empezaron a cobrar sentido.

Un aula llena de niños pequeños. Ruidosos y caóticos. Una niña juega en el arenero con otras niñas. Tiene el pelo moreno largo, con un flequillo que le tapa gran parte de la cara redonda. En su mano hay un muñeco de plástico de un dinosaurio hembra. Mejor dicho, un *Tyrannosaurus rex* con un lazo rosa.

—¡No puedes pedirte ese! —Una mocosa gritona le arrebata el dinosaurio de la mano—. ¡Es para niñas!

La primera niña vuelve a agarrar el muñeco tratando de recuperarlo.

Entonces una profesora, una mujer rechoncha con gafas de estilo retro, interviene.

—¡Theo! ¡Basta ya! ¿Por qué no vas a jugar con los demás niños?

Theo —la primera niña, al parecer— es llevada a otro lado, sin contemplaciones, de la mano.

Una cara sudorosa del color del jamón cocido. Un hombre de mediana edad, escocés, se le echa encima.

—PÓRTATE COMO UN CHAVAL. MARICA DE MIERDA.

A continuación, una niña un poco mayor en la banda de un campo de fútbol. A su alrededor se está jugando un partido de fútbol. En cambio, ella mira al campo contiguo en el que un grupo de niñas juega a hockey. Está tan absorta que no ve que el balón de fútbol viene rodando en dirección a ella.

—PÁSALO, MARICÓN.

Y luego todas las chicas, las obsesiones: Miley, Ariana,

Beyoncé y muchas más que Niamh no conocía; simples fragmentos de sus caras y la alegría que le daban. Después las caras de chicas del colegio que habían mirado a Theo con desprecio absoluto, las chicas que temían la diferencia que él representaba.

Niamh abrió los ojos al mismo tiempo que Theo. Le ofreció una sonrisa compasiva.

—Vaya mierda —dijo con cariño, y Theo sonrió—. No me imagino lo que se siente siendo como tú. Sinceramente, siempre me ha gustado ser chica. No lo cambiaría por nada.

Theo parecía tan cansada como alguien que hubiese tenido dolor de muelas toda la vida.

—¿Qué quieres que pase ahora? —preguntó Niamh.

«No lo sé».

—Vale, probemos con otra pregunta: ¿quién quieres ser dentro de... cinco años?

Ella lo pensó un instante y acto seguido tomó la mano de Niamh otra vez. Niamh cerró los ojos y, un momento después, al ver que no le entraba nada en la cabeza, los abrió. Se quedó boquiabierta. Enfrente de ella había sentada una persona totalmente distinta. Recordaba a Theo, pero ahora tenía el aspecto exterior de la chica que era por dentro. Llevaba el pelo negro más largo, casi hasta la cintura, muy ondulado. Tenía una cara hermosa, no por su estructura ósea ni por sus facciones —aunque eran preciosas—, sino porque parecía muy a gusto. Abierta y natural como una margarita de verano.

«Esta es quien soy en mi cabeza».

El hechizo se desvaneció y la adolescente desaliñada reapareció.

—¿Qué gracia tiene vivir en tu cabeza? —dijo Niamh, conteniendo las lágrimas. Theo había compartido con ella algo profundamente personal, y se sentía honrada—. Puedes ser ella en la vida real, ¿sabes?

«¿De verdad?».

Niamh le tomó las manos y se dirigió a ella en tono serio.

—Eres una bruja, Theo. Puedes ser quien quieras.

36

Presidenta

Helena

Sandhya entró en su despacho como si fuese a dar la extremaunción.

—Ya están aquí, señora.

Helena inspiró despacio, centrándose. Los había hecho esperar un rato a propósito. Reforzaba su imagen de mujer ocupada, su importancia, la idea de que su tiempo era más valioso que el de ellos.

—¿Hay café en la sala de juntas?

—Sí, señora.

Acababa de tener una preocupante reunión por Zoom con un aquelarre disidente de Sídney. Resultaba que en la Asociación Australiana de Aquelarres había una brecha cada vez mayor desde que el año anterior la organización había aprobado una ley que permitía a las brujas trans hacer el juramento en respuesta a la presión ejercida por el Colectivo de Brujas Indígenas. Un rollo sobre que el equivalente aborigen de Gea no tiene género, de modo que una bruja tampoco debe tenerlo. Por favor.

—Ya no nos sentimos a salvo —le había dicho una bruja llamada Heather—. ¿Cómo sabes que dicen la verdad? Básicamente lo que afirman es que cualquier hombre podría entrar, tanto si se ha operado como si no.

—Es la eliminación de las mujeres como categoría —añadió otra—. Si cualquiera puede ser mujer, las mujeres no existen.

Helena no podía sino estar de acuerdo y entenderlas. A medida que la reunión se desarrollaba, se halló retorciéndose en su asiento. Le mandaron fotos de algunas de las fornidas «señoras» que habían ingresado en las filas de la AAA. Parecía un programa malo de *drag queens*; gorilas alopécicos con vestidos de flores. Pero mientras que Heather había formado un nuevo aquelarre, con el espantoso nombre de Aquelarre XX, Helena no pensaba tolerar que el ASM volviera a escindirse. Con Diáspora ya tenía bastante.

Inquieta aún, recorrió el pasillo seguida de Sandhya hasta la sala de juntas 1. Proyectar una imagen de poder tenía una doble finalidad: hacía sentir a Helena más intimidante y, con suerte, intimidaba a los demás. Llevaba un pantalón color jade de Celine de 2017 con unos zapatos de tacón con estampado de cebra de Jimmy Choo. Tenía el pelo recogido en un moño severo y los labios pintados de color grosella. Se tomaba el trabajo en serio.

Ya se habían reunido en torno a la mesa de conferencias. La puta junta, todos y cada uno de sus miembros, como chinas en sus zapatos. En otros aquelarres más pequeños, una suma sacerdotisa tiene que rendir cuentas directamente a sus hermanas, pero en una organización tan grande como el ASM, era necesario contar con una junta directiva para tener controlado el funcionamiento del aquelarre. Sobre todo trataban asuntos financieros, pero ese día Moira Roberts había convocado una reunión de urgencia.

Cómo no iba a convocarla aquella arpía con cara de vinagre.

—Buenos días a todos —dijo Helena, haciendo una entrada a lo *El diablo viste de Prada*—. Perdón por el retraso, pero estaba reunida.

Se aseguró de ocultar la verdad a Moira, la sintiente de la sala.

Eran un grupo patético para ser tan influyentes. Radley Jackman, como hechicero jefe, estaba obligado a estar presente. Moira, la anciana jefa de Escocia, estaba sentada al otro extremo de la mesa; adrede, sin duda. A su lado se hallaba Seren Williams, la directora de la Escuela de Danza de Bethesda, lo más parecido a una academia para brujas jóvenes. También estaba Priyanka Gopal, de Psciencia Reino Unido, y la baronesa Wright y, por último, la única persona a la que Helena soportaba, Sheila Henry, la robusta lesbiana de Hedben que había fundado Orgullo Brujesco.

Helena ocupó su asiento y Sandhya le llevó un café antes de sentarse a su derecha con el portátil, preparada para tomar notas.

Como presidenta de la junta, la baronesa Wright dio comienzo a la reunión. A Helena le dio la impresión de que su último lifting no había salido según lo previsto. Parecía un poco momificada por su propia piel.

—Gracias a todos por teletransportaros con tan poca antelación... —Wright hablaba en un tono tan engolado que cuando Helena la conoció pensó que tenía un trastorno del lenguaje—. Ya sé que todos estamos ocupadísimos... Esta sesión es una reunión de urgencia y, como tal, no hay orden del día oficial, aunque al final habrá tiempo para tratar otros asuntos...

—¿Podemos dejarnos de rollos? —soltó de sopetón Moira. «No ha tardado mucho», pensó Helena—. Me están llamando aquelarres de Nueva Zelanda para preguntarme si ha llegado el apocalipsis, y aquí tenemos a Helena secuestrando a niños. Perdona si estoy un poco confundida...

A Helena no le quedaba más remedio que mantener la calma. Siendo realistas, esas eran las únicas personas que podían presentar una moción de censura contra una suma sacerdotisa.

—Muy bien, os merecéis una explicación.

—Somos todo oídos —dijo Moira con desdén.

—Como bien sabéis, las oráculos han vaticinado un grave acontecimiento. La probabilidad de interferencia demoníaca es elevada. Como las oráculos de fuera del Reino Unido no están recibiendo unas visiones tan alarmantes, es probable que el alzamiento tenga lugar en nuestro territorio y que entre en la jurisdicción del ASM.

—¿Y qué hay de ese niño? —preguntó Sheila, con la cara colorada y sin aliento—. Según el aquelarre de Hebden Bridge, Niamh Kelly provocó un accidente múltiple en la autopista.

—Niego rotundamente que eso ocurriera —interpuso Radley. Helena levantó el dedo.

—Radley, yo me ocupo, gracias. Tengo motivos para creer que el niño que destruyó el colegio cerca de Edimburgo es el legendario Niño Impuro; un niño varón que hallará la forma de liberar a Leviatán de su prisión terrestre.

La baronesa Wright intervino.

—¿Qué pruebas tienes?

—Es más poderoso que todos los varones que he visto en mi vida, incluido Dabney Hale.

—Niamh me dijo que es transgénero —declaró Radley, y Helena le lanzó una mirada fulminante.

Después de lo de la otra noche, lo había bajado de la categoría de incordio a directamente inútil.

—¿Es una niña? ¿Tiene pensado cambiar de género? —Moira se puso más derecha—. Entonces, ¿por qué se la endosaste al conciliábulo?

—Esto lo cambia todo, Helena —añadió Sheila.

Helena se sorprendió. No pensaba que una lesbiana cincuentona tuviese ganas de defender a un transgénero. Se mordió la lengua.

—Al margen de la identidad del niño, nació varón, de modo que cumple la profecía. Lo único que Niamh ha logrado confirmar es que el niño es peligroso y tiene mucho poder.

—¿Cuánto poder? —preguntó Priyanka.

—Prácticamente nos eliminó a todos, incluida Niamh —dijo Radley.

—¡Niamh es una adepta de nivel cinco!

Seren, de por sí un poco histérica, parecía a punto de desmayarse.

—Exacto. —Helena se volvió entonces hacia Radley. Eso era nuevo para ella—. ¿Crees que Theo podría vencer a Niamh?

—Está todo en mi informe, Helena, pero creo que sí. Emitió una especie de alarma psíquica que incapacitó incluso a Niamh.

Helena se recostó, exonerada.

—Bueno, está todo dicho, entonces. En el Reino Unido no hay muchas brujas más poderosas que Niamh Kelly, y de algún modo un niño la ha superado. Seguro que entenderéis por qué hice lo que hice.

—Sin consultar a la junta… —terció Moira maliciosamente.

—Los aquelarres se están poniendo nerviosos —dijo Sheila sin rodeos—. Perdimos muchas vidas en la guerra y ninguno de nosotros somos ya unos jovencitos, Helena. No creo que tengamos ánimo para volver a luchar. Han surgido rumores sobre Leviatán y, con perdón de la expresión, la gente se está cagando de miedo.

—No tienen por qué. Todo está bajo control.

Moira rio con crueldad.

—Ah, ¿sí? ¿Y dónde está el niño ahora?

—Con Niamh.

—Porque tu escapada nocturna acabó con la mitad del conciliábulo eliminada por Niamh. ¿No es cierto, Radley?

—En absoluto, Moira.

—Pero tu plan fracasó. Helena, ¿por qué eres incapaz de aceptar la derrota?

Helena notó que la piel le hormigueaba, crepitante de electricidad estática. Tenía ganas de descargar un millón de voltios a aquella arpía engreída y derretirle aquella puta sonrisa de suficiencia de la cara.

—Theo está contenido en Hebden Bridge.

Sandhya dejó de teclear y la miró intuyendo la mentira; eso significaba que Moira también la intuía.

—Tengo un equipo formado por cuatro brujas y dirigido por Robyn Jones en el refugio de Hebden Bridge. Puedo quedarme en Vance Hall y mandar más brujas en caso necesario. Está todo bajo control.

Los ojos verdes de Moira brillaron en el otro extremo de la mesa. Se lo estaba pasando en grande. El motivo no era ningún misterio. Después del asesinato de Collins, muchas personas habían pensado que Moira Roberts era la candidata más indicada para el cargo de suma sacerdotisa y que su nombramiento resolvería cualquier división entre brujas inglesas y escocesas.

Vaya, qué mala pata la suya. Y Helena dudaba de que a Moira le llegase el turno conforme se acercaba a los sesenta.

—No te envidio —dijo la escocesa—. Pero tienes más oráculos aquí que en ningún otro sitio del mundo. Averigua cuál es el riesgo y ponle fin antes de que empiece.

—Oh, creo que ya ha empezado —dijo Radley en voz baja.

Helena marchaba por el pasillo hacia el oratorio hecha una furia. Sandhya tenía que trotar para no quedarse atrás.

—¿Están en trance? —soltó.

—No estoy segura —dijo Sandhya.

—Pues si no lo están, deberían estarlo, joder.

Helena se detuvo ante la gran puerta de dos hojas y golpeó fuerte con el puño. Estaba a un segundo de arrancar la puerta de las bisagras cuando una tímida oráculo abrió. Helena no pidió permiso para entrar.

Las oráculos se pusieron a susurrar, inquietas ante su repentina entrada.

—Ya está bien —gritó, subiendo los escalones de dos en dos hasta donde se hallaba Irina Konvalinka, sentada en la postura del loto, medio oculta, como siempre, por la extraña penumbra de la sala.

La oráculo se puso de pie.

—Bienvenida.

—¡No! —Helena alargó la mano—. Basta de pistas crípticas de crucigrama. Dime lo que va a pasar y dímelo ya.

Irina la observó con una sonrisa de Mona Lisa de una serenidad exasperante.

—Hemos compartido nuestra sabiduría unificada.

—¡Habéis compartido un carajo! —Se oyó un grito ahogado—. Dime lo que va a pasar exactamente y cuándo.

—Sabes que está fuera de nuestro alcance.

—Entonces, ¿de qué coño servís? Vosotras sois treinta y yo estoy totalmente sola en esto. ¿Qué se supone que tengo que hacer? ¡Dímelo!

Se hizo un horrible silencio y Helena contuvo las lágrimas de frustración. Estaba deseando llorar. Pero no lo haría.

Irina se disponía sin duda a recitar más poesía aburrida cuando una chica muy joven y delgaducha salió de entre las sombras de las últimas filas. Helena la había iniciado en el solsticio del año anterior o en el otro, no se acordaba. Tampoco recordaba su nombre. Tenía unos ojos inquietantes que recordaban los de un marsupial nocturno. Todavía le quedaba algo de pelo rubio que llevaba peinado sobre el cuero cabelludo a lo Trump.

—¿Qué pasa, niña? —preguntó Irina.

—He visto —contestó muy seria la muchacha, a quien claramente le daba miedo hablar.

—Recuérdame cómo te llamas —dijo Helena.

—Soy Amy Sugden.

Ah, sí, eso. Una chica triste de una familia de cerca de Bradford que le tenía pánico.

—¿Qué has visto? —inquirió Helena.

—He tenido el mismo sueño todas las noches, señora Vance. No sabía si debía decir algo.

Helena miró por un momento a Irina.

—¿Cuánto poder tienes? —preguntó a Amy directamente.

—Es una nivel tres —respondió Irina por ella.

Un grado medio.

—Enséñamelo.

A Konvalinka pareció molestarle que Amy le hubiese ocultado esos sueños. Algunas oráculos trabajaban mejor estando inconscientes. Esforzarse por tener visiones puede ser como desear alcanzar el orgasmo, le habían dicho a Helena: era mucho mejor dejar que pasase.

—Enséñanoslo a todas —dijo la oráculo jefe.

Amy abrió más los ojos.

—Señora, no sé si debo. Son unos sueños… horribles.

Irina le agarró la mano.

—Muy bien, entonces enséñanoslo solo a nosotras. No soñamos en secreto, niña. Ya lo sabes.

Amy le ofreció a Helena la otra mano. Cerró los ojos.

Las visiones irrumpieron en su mente sin elegancia ni delicadeza. Fue como si el suelo se inclinase noventa grados bajo los pies de Helena. Prácticamente se precipitó al sueño de Amy.

Estaba en una pendiente cubierta de hierba. El cielo era gris plomizo. El campo era más o menos lo mismo, pero, al cabo de un segundo, Helena reconoció la cuesta familiar de Pendle Hill y la ladera desprotegida con el bosquecillo encima de ella.

El paisaje estaba salpicado de hogueras listas para ser encendidas. Hasta que la visión se aclaró, Helena no advirtió que no eran hogueras. Eran piras. Se acordó de que los agricultores de la zona habían quemado sus vacas durante el brote de fiebre aftosa de 2000: grandes montones de carne quemada y carbonizada.

Solo que esta vez no era ganado. Eran mujeres.

Helena intentó gritar, pero descubrió que su voz no tenía volumen. Intentó escapar, pero se lanzó hacia la pira más cercana. Las mujeres —brujas— se amontonaban unas encima de otras, muertas. Retorcido y enmarañado, encontró un inconfundible mechón de pelo rubio platino. Era su hija, con la boca abierta como un pez muerto. En el fondo del montón estaba el cabello pelirrojo de Niamh, medio aplastado contra el barro. La cara gris y los ojos inexpresivos de Leonie se hallaban desencajados encima de la pila.

La macabra escultura estalló en llamas y Helena retrocedió. Una tras otra, las piras se encendieron iluminando la ladera.

No había nada que ella pudiese hacer salvo mirar cómo la piel de Snow se llenaba de ampollas y se desprendía de su cráneo. El olor era horrible, más real que cualquier sueño. Helena se sentía impotente.

¿Cuántas brujas había allí? Podían estar todas perfectamente. ¿Se encontraba ella en una de esas piras?

En la cima de la colina, a través del humo, surgió una figura. Helena nunca se había planteado cómo se le aparecería Leviatán —los demonios se sentían, no se veían—, y sin embargo supo que era él. Tenía una forma vagamente humanoide, pero sus miembros y su torso eran anormalmente alargados. Los brazos le llegaban al suelo, de modo que salió del bosque erguido, pero también a cuatro patas. Casi tan alto como los árboles, llevaba un velo sobre la cara, pero Helena distinguió un cráneo inhumano contra la seda fina. De la cabeza le salían dos grandes cuernos, como los de un ciervo.

Helena sintió una punzada de terror en el costado. Casi se dobló del dolor. Allí estaba el origen de todo el miedo del mundo, delante de sus propias narices. Volvió a mirar y la bestia se convirtió en el chico, Theo. Estaba desnudo y pálido, con los mismos cuernos en la cabeza. Oteaba el valle con una sonrisa de satisfacción en los labios.

Él acabaría con ellas. Él acabaría con todas ellas.

En el oratorio, Helena se retiró de la visión de Amy al mismo tiempo que Irina. Helena estaba demasiado atónita para hablar. Parecía que a Amy le diese vergüenza desvelar su visión.

—¿Quién más lo ha visto? —gritó Irina, y su voz resonó por la cámara. Ninguna oráculo dijo nada—. ¿Alguien?

—Ha sido tan real… —dijo Helena, dirigiéndose sobre todo a sí misma—. Snow…

—Alto, Helena. —Irina tenía una expresión a medio camino entre el estupor y la precaución—. Hazme caso, Amy es una oráculo joven. Las visiones son perturbadoras, sí, pero esos hechos no están verificados ni corroborados en los almanaques.

Helena no estaba dispuesta a que la tratasen con condescendencia. Ella sabía lo que había visto. Tenía la boca seca y los ojos doloridos.

—El Niño Impuro ha sido profetizado cien veces. Tú misma me advertiste. ¿Cuántas pruebas más necesitas?

No había nada que Konvalinka pudiese decir a eso. Habían visto el colegio arder, habían visto adónde conduciría todo. ¿Qué clase de jefa sería si se cruzase de brazos y se dejase arrasar por ese tsunami? La habían elegido suma sacerdotisa porque era la bruja más tenaz e irreductible de Inglaterra.

No se dejaría reducir ahora.

Era el momento de actuar. Prefería que la conociesen como una mala pécora sin escrúpulos que como la bruja que no hizo nada mientras los demonios destripaban un aquelarre entero. Hacía días que en su mente se fraguaba un nuevo plan de acción. No sería… agradable, pero acabaría con el problema de una vez para siempre.

—No quiero más retrasos —les dijo a las mujeres del oratorio—. Se acabó.

Helena se dio media vuelta, pero notó que los dedos como agujas de Irina le agarraban la muñeca. La oráculo habló en voz baja, lo justo para que Helena la oyese.

—Cuando se enteren de tus planes, las chicas de la casa del árbol te detendrán.

Eso le dolió. Helena estuvo a punto de darle un puñetazo. Se calmó.

—¿Y quién crees que va a contarles mis planes?

Irina no dijo nada porque Helena ya sabía la respuesta. Annie Device se lo contaría.

Helena desplazó la mirada de Irina a Amy Sugden, y de ella a Sandhya. Sus amigas ya no importaban. Ya no eran unas niñas y, al final, la nostalgia es un chicle insípido.

—Que intenten detenerme —dijo, y salió de la cúpula con paso airado.

37

Hale

Helena

Se sintió un poco ridícula esperando a que anocheciese y yendo sola en coche a Grierlings, pero no quería que el aquelarre se enterase de su visita. Se lo dijo solo a Sue Porter, y le pidió que avisase al médico de la cárcel. Conducir el coche le resultó un tanto extraño. Ya casi nunca lo hacía.

Acompañada de un vigoroso carcelero con cara de *bulldog*, se dirigieron al ala este del bloque de los hombres. Los largos pasillos solo estaban iluminados por una enfermiza luz de emergencia verdosa. Bombeaban Sandman muy diluido por el aire acondicionado para calmar a los presos, de modo que Helena, Sue y la doctora Kiriazis llevaban mascarillas para no quedarse dormidas.

Dabney Hale estaba situado en los confines de la cárcel, donde no podía entrar en la cabeza de otro recluso. Nadie quería correr riesgos. Había noches, muchas noches, en las que Helena se preguntaba por qué lo habían dejado con vida. Se imaginaba muy vívidamente encerrándolo en las Tuberías y tirando de la palanca.

«Todo tiene un porqué», parecía el tipo de mensaje manido que una oráculo especialmente mediocre soltaría, pero tal vez ese era el motivo por el que ella no lo había condenado a muerte. Tal vez sabía que algún día le sería útil. Ese era, quizá, el papel de Hale.

Sue Porter abrió las cerraduras y desatrancó la puerta de las dependencias de Hale. La puerta y las cerraduras, como casi todo en Grierlings, estaba hecho de fibra de cristal, un material que no reaccionaba a ningún tipo de magia. El carcelero entró primero con una pistola mundana en ristre. La magia estaba muy bien, pero con las armas también se conseguían resultados. Kiriazis entró a continuación y Helena la siguió quitándose la mascarilla.

Si el aquelarre supiese lo lujosa que era la «celda» de Hale, habría disturbios en las calles. No había forma de justificarlo salvo que lord y lady Hale inyectaban cientos de miles de libras en donaciones en el ASM. Sus padres habían huido avergonzados del Reino Unido —aunque esa no era la versión oficial de los hechos, claro— a Gran Caimán hacía años, pero Helena mantenía relaciones cordiales con ellos. Lady Hale, siempre penitente, figuraba en la junta de varias organizaciones benéficas con ella. Después de todo, no se les podía responsabilizar del devenir de su hijo.

Helena sabía que eso también era mentira, pero a veces uno tiene que tragarse esos pequeños bálsamos para aliviar la culpa de la desigualdad. Esa habitación había sido la biblioteca de la cárcel. Él la había conservado en su mayor parte como tal. Las estanterías del nivel inferior todavía tenían miles de volúmenes, pero la escalera de caracol metálica ahora subía a su dormitorio.

Gruesos cirios de iglesia parpadeaban en la estancia. Era un rincón de lo más acogedor. Un par de sillones a juego y una mesa de centro se hallaban situados enfrente del fuego apático que crepitaba en la chimenea. Hale iba a estar allí para siempre, sin posibilidad de obtener la libertad condicional. Permitirle disfrutar de unas cuantas comodidades no iba a cambiar eso, pensaba Helena. Él sufría. Bien. Tal vez la muerte era una forma de que no se fuese de rositas.

Él descendió del entresuelo con unas pesadas pisadas metálicas.

—Madre mía. Cuánto tiempo hacía que Helena Vance no venía de noche. Qué sorpresa.

Su voz estaba teñida de sarcasmo, pero no mentía.

A toda mujer se le pueden perdonar los flirteos desafortunados de juventud. A los dieciocho, una cree que un novio de veinticuatro años es un símbolo de estatus, no un capullo que sale con chicas porque son más maleables que las mujeres de su edad.

Él no era menos guapo a los cuarenta que a los veinte. Más bien al contrario, las arrugas de la cara y los kilos de más le sentaban bien. Ahora tenía una barba cuidada, pero los ojos azules todavía chispeaban igual que cuando Helena era joven. Esos ojos habían convencido a muchas personas de muchas cosas.

El carisma es una suerte de magia, un arma muy peligrosa e incuantificable.

Kiriazis había recibido instrucciones precisas. El carcelero lo fue a buscar a la escalera y lo empujó hacia delante. Llevaba el mismo mono gris que el resto de los reclusos. Kiriazis le subió la manga y le inyectó Danza Alegre, un fuerte cóctel de etanol y guanina que haría a Hale susceptible a su voluntad. No hay nada como el suero de la verdad, ni siquiera para una bruja. Helena se preguntó si debería haber llevado a Sandhya para que le leyese el pensamiento, pero decidió que cuantas menos personas supiesen de esa visita, mejor.

—¿Era realmente necesario?

Hale no se resistió, pero se quejó frotándose el brazo.

—Gracias —les dijo Helena a los demás—. Ya pueden dejarnos solos.

—¿Seguro que es prudente, señora Vance? —preguntó Sue inquieta.

Helena le aseguró que sí y la acompañó a la puerta de la

celda. Se quedó a solas con el hombre que había matado a su marido, aunque de forma indirecta. Flexionó instintivamente los dedos para invocar un rayo, pero sintió la extraña impotencia producida por el Mal de Hermana que flotaba en el aire.

Hale se dejó caer en uno de los sillones.

—Estás fantástica, Helena. ¿CrossFit?

Helena se sentó en la otra butaca.

—Pelotón —admitió.

—Nunca has estado mejor.

Poder echar piropos con tal sinceridad es una habilidad poco común, pero por suerte ella ya era inmune. Tal vez era positivo que hubiese purgado a Hale de su organismo mientras todavía era una estudiante.

—¿Hay algún motivo por el que la suma sacerdotisa se ha dejado caer por aquí a tan altas horas? No me malinterpretes, no me quejo. La compañía no es lo mejor de este sitio.

—Esto no es una reunión, Dabney. Tú mataste a mi marido.

Él se mostró verdaderamente ofendido.

—Yo no hice eso. No he matado en mi vida.

Lo peor era que ella no podía discutirle eso. Él era lo bastante listo para tener a otras personas —Travis Smythe, Ciara y muchos más— que le hacían el trabajo sucio. El Charles Manson de la hechicería.

—Yo admiraba profundamente a Stefan Morrill —continuó—. Y nunca tuve intención de haceros daño a ti ni a ninguna bruja. Me gusta pensar que lo sabes.

Helena rio. Entendía por qué la gente quedaba prendada de ese cabrón.

—Dios, eres incapaz de reconocer la culpa, ¿verdad? Deberías haber sido político. Siempre lo he dicho.

—No más que tú, Helena.

No caería en esa provocación. Tampoco había ido allí a mantener un debate intelectual.

—Si no te mandamos a las Tuberías fue porque hicimos un trato. Cadena perpetua a cambio del paradero de tus cómplices y tus conocimientos en los futuros asuntos del aquelarre.

Hale entrelazó los dedos.

—Sí, me acuerdo bastante bien de esa parte. Pensaba que como habéis atrapado a Smythe, habíamos terminado.

—Esto no tiene que ver con la guerra.

Él se irguió.

—Ah.

—Supongo que alguien tan instruido como tú conoce la profecía del Niño Impuro.

—Por supuesto. Una de mis favoritas. Alto contenido funesto.

Helena pretendía mostrarse lo más relajada posible. Necesitaba a ese hombre, pero desde luego no quería que él lo supiese.

—Creemos que el momento ha llegado.

—¡Caramba! —Él se interesó, aparentemente encantado con el drama—. El niño que acabará con todas las brujas.

El hechicero no necesitaba que le contasen toda la trama.

—Algo así. Voy a matarlo.

Hale se meció en su sillón riendo como si fuesen dos veteranos en un pub.

—¡Dioses, cómo os he echado de menos encerrado en esta residencia para niños malos! ¡Brujas! ¡Fabulosas! Valquirias gloriosas con vuestro pelo al viento y vuestros rayos. Compadezco a los mundanos, de verdad.

Helena le clavó una mirada escéptica.

—Los compadeces tanto que querías dominarlos como un déspota fascista de mierda.

—Somos mejores que ellos, Helena. Lo sabes tan bien como yo. ¿Por qué nos dedicamos a limpiar lo que ellos ensucian? Es indigno de nosotros. Deberíamos crear las normas, no obedecerlas. —Se reclinó columpiando una pierna sobre la otra—. Claro que vosotras ya lo hacéis. Siempre lo habéis hecho.

—El ASM...

Él sonrió como un lobo.

—¡Venga ya! ¡No hacéis caso al gobierno! Tratáis a los políticos mundanos como tontos. Con razón, además. Nos tienen pánico. Y hacen bien en tenerlo.

Hale estaba en lo cierto. El trabajo de ella consistía en realidad en asegurarse de que las brujas y los hechiceros se portaban bien. Era el eterno dilema: las brujas eran mucho más poderosas que los mundanos, pero ellos eran infinitamente más numerosos. ¿Quién ganaría si se enfrentasen? Nadie, salvo Hale y sus compinches, si alguna vez quisiesen averiguarlo.

—¿Y para qué me necesitas? —preguntó—. ¿Quién es ese pequeño Damian, por cierto?

Desde luego, Helena no iba a arriesgarse a juntar a Theo y a Hale. Esa era la especialidad de él: convertir a las personas en armas de destrucción masiva.

—Necesito saber cómo lo hiciste.

—¿Cómo hice qué?

—No seas tímido, Dab. Cuando salíamos eras un sintiente bastante poderoso. Nivel tres, quizá. Luego te tomase tu año sabático o lo que fuese y volviste convertido en un adepto de nivel seis.

A él le brillaron los ojos.

—En Bali conocí a gente muy interesante.

—Oh, ¿quién no? Déjate de cuentos. Ese niño es poderoso. Puede que más poderoso de lo que tú lo has sido nunca.

Toma. Él reaccionó. A su ego no le gustaba eso.

—Ah, ¿sí?

—Sinceramente, te hace quedar como un aficionado.

—Helena, ahorremos tiempo. ¿Cómo crees que lo hice?

Ella se encogió de hombros.

—Invocaste demonios.

—Es evidente. ¿A cuál?

Había innumerables demonios que vivían de Gea, atrapados en sus infinitos recovecos.

—¿Quieres que lo adivine?

—Me conoces, Helena, en lo más íntimo. ¿Crees que dejaría que cualquier entidad sucia y pestilente ocupase mi cuerpo?

Tenía razón. Helena se acordó de su disgusto, hacía muchas lunas, cuando a ella le dio por comer McNuggets de pollo estando colocada de hierba. El ASM tenía actualmente la cuarta edición de *El grimorio moderno*, la jerarquía de demonios más rigurosa y fiel del mundo occidental con diferencia. Helena se encogió de hombros haciendo una lista de las entidades demoníacas más potentes que supuestamente pululaban cerca de la superficie de esta realidad.

—No sé. ¿Moloch? ¿Mammón?

Mammón, un demonio obsesionado con el dinero y la avaricia material, parecía perfecto para Hale.

Él volvió a sonreír.

—Piensa más a lo grande.

No, Hale no quería dinero. Su familia tenía más del que podía gastar en tres vidas. Él quería poder. La palabra acudió a los labios de Helena casi por sí sola.

—Belial.

Era una afirmación, no una pregunta. Sintió que un vacío se abría dentro de ella.

—Bingo.

Helena no estaba segura de si él bromeaba. Era... absurdo.

—¿Invocaste al Amo?

Hale no se inmutó.

—Oh, sí. Tú también lo pensaste. Él transforma a los hombres en armas. «Todos los espíritus de su heredad son ángeles de destrucción. Siguen las leyes de las tinieblas, y a estas se dirigen sus deseos». Está en los Manuscritos del Mar Muerto. Me convertí en su espada.

Helena contuvo un grito ahogado de horror. ¿Cómo podía él estar dentro de su cabeza, con todas las protecciones que ofrecía Grierlings?

—¿Cómo?

Solo le salió un susurro.

—¿Qué pasa? ¿La mojigata, la remilgada de Helena Vance, que no se quitaba las bragas ni para mear, quiere saber cómo me echó un polvazo un tercio de Satán?

Ella no dijo nada por miedo a delatarse.

—Querida mía, vas a necesitar una cuba industrial de lubricante...

—Hablo en serio, Hale.

Él se inclinó hacia delante, muy serio.

—¿Buscas un perro guardián demoníaco, Helena? No es así como funciona. Belial no sirve a la bruja, la bruja sirve al amo. Así es como yo le serví. Echo de menos tenerlo dentro.

Se recostó; no cabía en sí de satisfacción.

Eso era trabajo sucio, no cabía duda, pero nadie juega limpio. Nadie. Todos los deportistas se dopan, todos los atajos permiten llegar más rápido. ¿Qué clase de idiota sería si fuese la única pringada que sigue las normas? Normas que ella no escribió, para empezar.

—Esto es solo por negocios.

—Ese es tu problema, Helena. Hay que dejar tiempo para el esparcimiento.

—Necesito un arma para destruir a ese niño. Es por...

—¿El bien común?

—El bien común —repitió ella—. Puedes decírmelo tú o puedo hacer que unos sintientes te lo saquen por las malas.

—Cómo te gusta provocar. Vas a hacer que me borren esta conversación de la cabeza, ¿verdad?

—Por supuesto.

Él levantó un dedo e invocó un volumen encuadernado en

piel del estante superior. El libro acudió flotando a las manos extendidas de Helena.

—¿Te dejan tener libros de invocación demoníaca? —preguntó ella con voz aguda.

—Ojalá. Mira la parte de atrás.

Era un libro de fauna silvestre en latín bastante común, pero en el lomo tenía una tarjeta de visita metida a modo de marcapáginas. Helena la sacó.

—¿Qué es?

—Una dirección de un vendedor de libros raros de Rye. Archibald Frampton. Tiene una colección de textos prohibidos que consigue de contrabando. Material explosivo. Te vas a escandalizar. ¿Puedo ver tu cara mientras los lees?

—De ninguna manera, pero gracias por tu servicio inestimable al ASM —contestó ella sarcásticamente.

Se guardó la tarjeta de Frampton en el bolsillo y se encaminó a la salida.

—Espera, Helena —dijo Hale, súbitamente serio, sin fachada díscola—. No te conviene invocar a Belial.

—Ah, ¿no?

Hale se interpuso entre ella y la puerta. Helena no debería haber dejado que eso pasase. Estaba atrapada.

—Eres una mujer buena. En otras circunstancias…

Ella rio con aspereza.

—¿Sería la señora Helena Hale?

Él negó con la cabeza y se acercó. Ella notó su aliento en la oreja.

—Si volviera a nacer, puede que hiciera las cosas de otra forma. Él tiene un poder absoluto. No queda nada de mí, Helena, se lo entregué todo a Él. Lo que ves aquí es una cáscara. Una mujer como tú es demasiado buena para perderse.

Ella estaba muy cansada. Volvió a notar las lágrimas detrás de la nariz. Esta noche no. «Bien». «Bondad». «Pureza moral».

Unas características admirables, pero unas características que llevarían a su hija, a su aquelarre, a arder en un campo. La bondad es abstracta y subjetiva.

—Tengo que hacerlo —dijo Helena en voz queda—. Tengo que impedir que la profecía se cumpla.

—¿Cueste lo que cueste?

—Eso creo.

Hale se quedó casi decepcionado; su sonrisa de suficiencia desapareció.

—Lo que yo pensaba. Que tengas buena suerte. —Su boca se curvó una vez más—. ¡Un momento! Antes de que te vayas, ¿te apetece un polvo rápido? Ha pasado mucho tiempo, y siempre he tenido la sensación de que tú y yo teníamos un asunto pendiente.

A pesar de tener las capacidades mermadas, Helena lo estampó contra la librería con una fuerte ráfaga de viento.

—Eso te lo crees tú.

Golpeó la puerta de la celda para que la dejasen salir.

—Sé que lo estás deseando —dijo Hale, levantándose.

Y, en efecto, así era.

38

El problema de los clarividentes

Niamh

Había una nueva ligereza en Theo que daba gusto ver. Cualquier sintiente te dirá que los secretos pesan más que los pensamientos normales, y Theo había estado cargando con uno enorme. Ahora se movía alegremente por la casita, subiendo y bajando la escalera al galope, persiguiendo al perro por el campo, dando de comer zanahorias a los ponis que asomaban la cabeza por encima del muro trasero. Su cabeza, antes un cenagal, la ocupaba ahora la canción que había sonado en la radio del coche.

Holly y Snow estaban en el asiento trasero del Land Rover, mientras que Theo iba delante con Niamh. Halifax estaba a media hora de su casa en coche pasando por Sowerby Bridge, y tenía centros comerciales con tiendas de grandes firmas de las que Hebden Bridge carecía. A Niamh le encantaba que en Hebden Bridge solo hubiese pequeños comercios pintorescos, pero entendía que Holly, Snow y Theo quisiesen disfrutar de una jornada de sucio capitalismo. Cuando ella era adolescente, había días en los que también deseaba poder sentarse delante de un McDonald's con un McFlurry y coquetear con chicos en lugar de prepararse para la vida en el ASM.

En cuanto a Snow, no le parecía justo castigarla por las opiniones de su madre, aunque Niamh era muy consciente de que todavía podía estar transmitiendo mensajes a Helena. Pues muy bien. Que le dijese que Theo era una adolescente normal a la que le gusta ir de compras, comer hamburguesas, contar cotilleos y divertirse. Tal vez eso era lo que Helena necesitaba oír.

De momento, Theo se siguió llamando Theo, pero le apetecía probar el femenino y el pronombre «ella», aunque no las tenía todas consigo. Niamh le había dicho que no hacía falta estar segura de nada. La mayoría de los adultos de su vida todavía estaban resolviendo como podían sus enigmas personales. Le parecía muy poco razonable que esperasen que Theo lo tuviese todo claro con quince años simplemente porque era trans. Desde el punto de vista de Niamh, utilizar otro pronombre no suponía una gran diferencia para nadie aparte de Theo. Y para ella significaba muchísimo.

Niamh aparcó en uno de los parkings del centro comercial y fueron a comer unas hamburguesas vegetales antes de visitar las tiendas. Niamh, Snow y Holly hicieron de escudo humano y permitieron a Theo —andrógina de todas formas con el pelo largo y los ojos maquillados— ojear las tiendas de ropa de chicas.

Por cierto, ¿qué narices eran las tiendas de ropa de chicas?, pensó Niamh. Allí estaba ella, con unos vaqueros ceñidos y una camiseta a rayas. Parecía una versión pelirroja de *¿Dónde está Wally?* Ahora que Theo se identificaba con una chica, ¿tenía que ponerse un tutú rosa o algo por el estilo? Con todo, Theo parecía fascinada. Irradiaba ondas de alegría melosa, una reacción muy intensa, y Niamh dio un paso atrás. Habían acordado un presupuesto en casa, y Theo se había quedado maravillada de la gratitud.

Una niña en una tienda de golosinas. Niamh estaba encantada de ser Willy Wonka, aunque esperaba dar menos repelús.

Theo parecía especialmente interesada en los accesorios y las joyas. Preguntó si podía perforarse las orejas y Niamh no vio por qué no, y dio el consentimiento que la chica del estudio de *piercing* necesitaba. Theo solo hizo una pequeña mueca cuando la chica le perforó los lóbulos, y Niamh meditó sobre lo lejos que habían llegado en solo un par de meses.

Mientras las chicas elegían bebidas en un bar de zumos carísimo, Niamh hizo una llamada rápida a Annie.

—¡Hola! Estoy en Halifax con las chicas. ¿Necesitas algo?

—Hola, cielo, cuánto me alegro de que me hayas llamado.

—¿Sí? ¿Qué quieres que te compre?

—Oh, no necesito nada. Tengo un mensaje para ti. Anoche apareciste en mis sueños.

Niamh gimió.

—A ver, ¿de qué se trata esta vez?

—Soñé con agua y fuego. Tú intentabas aplacar el fuego con las manos. Recuerda que así no se apagan las llamas.

Niamh se ajustó el moño.

—Vale.

—Sí, eso es todo. No sé cuándo necesitarás saberlo, pero ten presente que no puedes combatir el fuego. El agua apaga el fuego gracias a que es agua.

No era ni más ni menos enigmática que cualquiera de sus visiones. Niamh la archivó para más adelante.

—Entendido. Pero ¿necesitas algo de la ciudad? Puedo dejártelo luego.

—No, gracias, amor. Tengo todo lo que necesito.

Niamh vio que las chicas recorrían el centro comercial de falso mármol ocupando ruidosamente el espacio, con unos *smoothies* gigantescos en las manos.

—¿Y si cocino algo rico esta noche? Bueno, ¿y si cocino algo? Puedo recogerte al volver a casa.

—Es muy amable por tu parte, tesoro, pero esta noche tengo visita.

—No pasa nada, otro día será.

—Sí.

—Bueno, las chicas han vuelto y tenemos que saquear otras diez tiendas iguales. Me pasaré mañana a tomar un té, ¿vale?

—De acuerdo. Te quiero con locura, Niamh Kelly.

Niamh sonrió sintiendo un gran afecto.

—Yo también te quiero, Annie. Hablamos pronto. —Colgó y se dirigió a la pandilla de las chicas—. Bueno, ¿cuál es el siguiente antro del poliéster?

La siguiente tienda era, a falta de una expresión mejor, «cosa de brujería». Sus prendas características eran unos blusones cutres en tonos monocromáticos. Snow dijo que eran sus favoritos, y a Theo también parecieron gustarle. La chica eligió su primer vestido: una prenda discreta y holgada con breteles.

«¿Puedo probármelo?».

«Claro».

Los probadores estaban escondidos en un rincón, de modo que ella y Snow metieron sus artículos en los dos cubículos libres. Niamh y Holly se pusieron cómodas en el sofá de cuero gastado, reservado a buen seguro para que maridos y novios evaluasen las elecciones de sus respectivas parejas.

Mientras las chicas se cambiaban, el tercer compartimento se abrió y salió una mujer. Niamh tardó un instante en recordar quién era. Hasta que vio a Holly no cayó en la cuenta.

Era Jessica Summers, la recepcionista del hotel Harmsworth House y la mujer a la que Jez Pearson daba regularmente por el culo.

La cara de Holly era la viva imagen de la confusión.

—¿Niamh? ¿Quién era esa?

De repente, Niamh levantó un enorme muro blanco alrededor de sus pensamientos.

—¿Quién?

—La mujer del pelo largo. La he visto antes.

Niamh se debatía entre mentir a la chica y protegerla. Estar al corriente de la aventura de Jez no le había provocado más que agitación.

—Yo…, ella, ejem, vive en Hebden Bridge. Yo también la he visto por ahí.

—No —dijo Holly pensativamente, cuando las piezas encajaron—. Está en la cabeza de mi padre. La he visto.

Y entonces un horror absoluto se reflejó en la cara de Holly al leer el pensamiento de Jessica.

—¡No hagas eso, Holly!

Pero ya era demasiado tarde. Si ella había visto lo mismo que Niamh había visto en la mente de Jez, no había nada que hacer.

—¿Mi padre tiene…?

—Holly…

—¿Tiene una aventura?

Una aventura: la palabra que solo alguien que las había visto en las telenovelas, pero no había tenido ninguna, usaría para describirla.

Niamh le tomó las dos manos. El pánico bullía en su cabeza; un desagradable tono marrón anaranjado.

—Oh, Holly, mi amor. Por eso tu madre se preocupa tanto. Ser una de nosotras no siempre es divertido. A veces ves a la persona real que se esconde detrás de la máscara, y no siempre es bonito. De hecho, normalmente no lo es. Todos somos un poco monstruosos, ¿sabes?

Una lágrima corrió por la cara de Holly; su boca era una U al revés casi perfecta.

—¿Lo sabe mi madre?

—No.

—¿Lo sabías tú?

—Sí —respondió Niamh simplemente.

—¡Tenemos que contárselo! —dijo Holly, hecha un mar de lágrimas.

—Espera, Holly. Escúchame. ¿Puedes sondear a tu madre?

—Un poco. Intenta ocultarme sus pensamientos.

—A mí también, pero ¿te parece feliz?

Niamh le dio un triste pañuelo de papel arrugado del fondo del bolso y Holly se secó la cara.

—Sí, pero…

—Pero nada. ¿Crees que decírselo a tu madre la haría más o menos feliz?

Holly abrió la boca como un pez.

—Exacto —concluyó Niamh por ella—. A tu madre le encanta su vida. Os tiene a ti y a Milo, a tu padre y a Annie. Hace mucho tiempo decidí utilizar el don que tengo para hacer a la gente más feliz, no menos. A veces es difícil, porque de pequeñas valoramos muchísimo la verdad. Pero a medida que nos hacemos mayores nos damos cuenta de que no queremos enterarnos de la verdad. La mayoría de las veces la verdad es horrible.

—Pero… —Holly se debatía, por dentro y por fuera—. ¿Cómo se supone que tengo que hablarle ahora a mi padre? Lo odio.

Sin embargo, no lo odiaba realmente, y ser bruja no era solo huertos y cristales. Todas las brujas deben aprender por las malas que sus poderes tienen una gran pega. Oráculos que viven a destiempo; elementales que descubren que cada día triste llueve; sanadoras que conviven con la inevitabilidad de la enfermedad y la muerte; y sintientes que oyen cosas que preferirían no oír. No es un grifo que se pueda abrir y cerrar.

Niamh hizo lo que siempre hacía. Utilizó su don para hacer a alguien más feliz, no menos. Acarició la mejilla de Holly con la palma de la mano y le puso la punta del dedo en la sien con delicadeza.

En un instante, el recuerdo de Jessica Summers se borró de la mente de Holly. Durante cuánto tiempo estaría borrado iba a depender mucho de la mente sucia de Jez. Conforme Holly se hiciese mayor, aprendería a no fisgonear en la cabeza de la gente sin que la invitasen. Por lo general, nadie pensaba nada bonito.

Niamh se enjugó las lágrimas. La cortina del cubículo de Theo se abrió y la chica salió tímidamente con el vestido negro. Holly levantó la cabeza de golpe.

—¡Qué pasada! —dijo con entusiasmo—. ¡Te queda genial!

Niamh permaneció en el sofá de la guardería de hombres. Acababa de hacer algo terrible. Inspiró por la nariz y se dijo a sí misma que era por el bien común.

39

Reina en adelante

Helena

Anochecía cuando Helena llegó a la periferia de Hardcastle Crags. Vio que el móvil zumbaba en la parte de arriba del bolso y deseó que Sandhya no colgase.

—Espera, espera, espera...

Aparcó y contestó.

—¿Diga?

—Está hecho —es todo lo que dijo Sandhya.

—¿Puedes enseñármelo?

Es probable que hubiera sido más fácil comunicarse por FaceTime, pero, en esta ocasión, Helena quería verlo personalmente. Cerró los ojos y aguardó un instante, apagando el motor del Jaguar de su padre. Sus pensamientos se nublaron y cobraron forma, recibiendo lo que Sandhya veía en su mente.

The Mermaid Inn, en Rye, era una pequeña taberna medieval llena de historia. Se decía que los fantasmas de los contrabandistas que traficaban con ron, whisky, té y café por todo el sur de Inglaterra todavía rondaban las habitaciones. Helena no estaba segura si creía en los fantasmas, pero las vigas y los ladrillos databan de 1420, lo bastante antiguos para canalizar muchísima energía, de modo que seguía siendo un sitio popular entre brujas y hechiceros.

Sandhya descendió al sótano desde el comedor con entramado de madera, lleno ahora de confusos turistas que requerirían un borrado de memoria. Se cruzó con varias brujas del ASM con sus capas oficiales; las mujeres procuraban que no cundiese el pánico después de la redada.

Jen Yamato vigilaba a un hombre de barba blanca con las manos sujetas con unas esposas plateadas.

—¡No podéis venir y quitarme mis cosas! ¡Son mías, joder! —escupió entre unos dientes amarillentos de la nicotina.

Archibald Frampton, dedujo Helena. Los contrabandistas no se habían ido nunca.

Yamato le leyó sus derechos.

—Señor Frampton, queda detenido bajo sospecha de estar en posesión de artículos demoníacos sujetos a control. Todo lo que diga podrá ser utilizado en su contra...

Sandhya dejó que Yamato se ocupase y miró a través de una trampilla abierta de la bodega de cerveza. Cuando bajó con cuidado por la escalera, Helena vio lo mismo que ella: un cuchitril oculto surtido de innumerables libros encuadernados en piel, cráneos reducidos, embriones humanos y animales en canopes, frascos marrones llenos de algo que parecían pociones. Era todo un mercado negro para una bruja entendida.

«Enséñame los libros».

Sandhya centró su atención en la estantería. *Tratado de demonios*, *Brujería demoníaca*. *El diccionario satánico*, *El libro de las sombras de Crowley*, *El grimorio de Sumatra*, *Invocación del espíritu*, *El Evangelio de Lilith*.

Allí. Se decía que *El Evangelio de Lilith* contenía la crónica más pormenorizada de cómo la Trinidad Satánica había sido capturada, dividida y contenida. Helena no dijo nada, mientras Sandhya seguía ojeando los estantes.

«Incautadlos todos. Llevad todo el material a la cámara acorazada del ASM».

Tenían suficientes pruebas para meter a Frampton en Grierlings durante una década como mínimo.

«Buen trabajo, Sandhya».

Helena arrastró su mente de vuelta al vehículo. Era como despertar de un sueño vívido, y tardó un minuto en despejarse. En el parabrisas empezaron a tamborilear gotas de lluvia. Helena respiró hondo. Algunas partes de su trabajo eran horribles. A ella le correspondía asumir la responsabilidad de todo.

Sin embargo, por eso era suma sacerdotisa. Se acordó de lo que le había dicho su madre: ella estaba dispuesta a hacer las cosas que otras eran demasiado débiles para contemplar. Ella era capaz de mirar dentro de sí misma y de hallar ese coraje. Helena Vance era fuerte. Helena Vance era valiente.

Ella podía hacerlo. Ella tenía que hacerlo.

¿Qué trabajo no tenía sus días malos?

Cerró el coche con llave y bajó por la traicionera escalera forestal al molino de agua. Hacía mucho que no iba allí. Una palpable nostalgia empezó a invadirla y la apartó de sí. Se acordó del columpio, del pozo de los deseos y de los gatos, y del murmullo soñoliento de Hebden Beck de fondo.

No. Era solo una casa.

«Encuentra el coraje».

Llamó a la puerta de Annie.

—Está abierta, cielo —gritó la anciana desde dentro.

Como siempre, la recibió el olor a pis de gato segundos antes de que el primer felino acudiese a verla.

—Soy yo —dijo Helena, que encontró a Annie sentada enfrente de la lumbre, con la tetera reposando al lado del tablero de ajedrez entre dos tazas desparejadas.

—Sí, sabía que vendrías a visitarme. —Precisamente por ese motivo había ido. Annie llevaba puesta una peluca rosa chicle y una rebeca de angora color limón. Sus ojos gris claro miraban a la chimenea, mientras las llamas se reflejaban en su mirada. La leña se partía y crepitaba—. Té Earl Grey con limón, ¿verdad? ¿He acertado?

Helena no podía beberse el té de la mujer.

—¿Sabes por qué he venido, Annie?

—Sí, lo sé.

La anciana no apartó la mirada del fuego.

—¿Le has dicho a alguien que venía?

—No —contestó Annie suspirando—. Si lo hubiera hecho, también la habrías matado.

—Entonces, debes saber lo mucho que lo siento.

A Helena le sorprendió la serenidad de su voz y de la propia Annie. En la casa se respiraba el silencio expectante de la Nochebuena.

—¿De verdad?

—Sí. Tienes que creerme.

Le pesaban las entrañas, como si las tuviese empapadas. Le habría encantado que hubiese otra forma. Los siguientes días eran decisivos, y lo cierto era que Niamh o Leonie o Chinara podían impedir que cumpliese su misión. Y eso no podía ser cuando había tanto en juego. Un par de misiones desagradables, y las cosas volverían a la normalidad. Pero si Irina podía ver las cosas que ella estaba considerando, entonces Annie también podía. La diferencia era que Irina no las alertaría a ellas.

Eso no era lo que ella quería. Nadie querría algo así.

Helena se preciaba de tener un cerebro analítico especializado en la resolución de problemas, pero ni siquiera ella veía la forma de evitar ese… escollo. Una sintiente no puede borrar recuerdos que todavía no han tenido lugar; de lo contrario, simplemente habría hecho que Robyn erradicase el futuro de la cabeza de Annie. Ojalá fuese tan sencillo.

Annie se volvió entonces para mirarla.

—Helena, tesoro, sé lo que crees que tienes que hacer. He visto el camino que está delante de tus pies, pero espero que cambies de opinión.

La tristeza de Helena era un tumor que crecía y se le hinchaba en el pecho cuanto más se alargaba la situación. Pero lo mínimo que podía hacer era escuchar lo que ella tenía que decir.

—¿Qué ves?

Annie resopló por los orificios nasales.

—Vuestro problema es que no estáis dispuestas a reconocer que os habéis equivocado. Si salís a pasear por los páramos y se pone a llover, os dais la vuelta, no seguís andando hasta que os hundís en el barro, ¿verdad? Helena, cielo, no es demasiado tarde para dar la vuelta.

Ella se repitió.

—Por favor. Dime lo que ves, Annie. ¿Detengo a Leviatán?

Si triunfaba en su empresa, ninguna bruja sobre la faz de la Tierra la culparía de lo que se disponía a hacer.

Sin embargo, la anciana negó tercamente con la cabeza.

—No hay nada en este mundo que no cambie con el tiempo. Recuerdo que cuando te convertiste en suma sacerdotisa todas vimos cincuenta años gloriosos. Una edad de oro para las brujas. —Helena lo recordaba bien. Había sido Annie quien había abogado por su nombramiento—. Pero hace unos años, como sabes, las cosas cambiaron porque todo está destinado a cambiar. Ganó importancia el Niño Impuro, el catalizador que lo cambiaría todo.

—¡A peor!

—¡La vida es transitoria! —susurró Annie, y le saltó saliva de los labios—. Todo cambia y nada sigue igual. Cuanto más nos resistimos al cambio, más se resiste él a nosotros.

Helena se sentía como si tuviese cemento en las venas.

—No puedo permitir que muera lo que representa ser bruja.

La anciana no le hizo caso.

—Y esas son nuestras telarañas expuestas a la brisa. Una en la que Theo se convierte en una bruja poderosa, posiblemente la más poderosa de toda una generación, y otra en la que Helena

Vance acaba con la vida de una niña, y volvemos a la gloriosa dinastía que todas predijimos. Pero los hilos tienen un problema: todos se enredan con la tormenta. ¿Quién sabe dónde termina uno y empieza otro? ¿Y si forman un nudo, uno que no se puede deshacer, haga lo que haga Helena Vance?

—¿Qué quiere decir eso?

—Ya lo he dicho, tesoro… La llegada de Theo cambió tu destino, y aunque la quites de en medio puede que no vuelva a cambiar. Crearás un nuevo hilo, una nueva hebra. No tienes forma de saberlo.

Helena tenía mucho calor. Se sentía como si le ardiese fuego en el pecho. Estiró la mano y apagó las llamas de la chimenea.

—Tengo que oponerme.

—¿Por qué, cielo? —preguntó Annie con toda sinceridad.

—Porque creo que es lo correcto.

La anciana chasqueó la lengua de forma desagradable.

—Todas esas cosas abstractas por las que la gente lucha (fronteras, creencias…) son efímeras. Estás tirando castillos de arena con el pie, querida. Ten presente que contraatacarán —dijo Annie, la boca convertida en una línea severa.

Helena sabía a quiénes se refería.

—¿Cómo se enterarán? Niamh, Leonie y Elle no trabajan para el ASM. No tienen acceso a mis oráculos. Tú eras la única que podía avisarlas, y has decidido no hacerlo.

Annie asintió con la cabeza y se terminó el té.

—Sí, eso también lo sé.

Helena reparó en la primera nube de vaho de Annie en el aire.

—Nunca te caí bien, ¿verdad?

Annie no dijo nada, cosa que decía mucho.

Helena continuó:

—Yo pensaba que era porque mi madre no te caía bien o porque veníamos de una familia rica, pero ahora me pregunto si siempre supiste que este día llegaría.

La anciana se abrigó con la rebeca; tiritaba tanto que tenía convulsiones. Helena, por supuesto, no notaba el frío.

—Ese hilo sombrío siempre estuvo ahí, a la vista de Gea, sí, pero no te engañes, Helena: esta decisión la estás tomando tú.

Los gatos se retiraron de uno en uno a la escalera o la gatera, pues empezaba a hacer demasiado frío. Las ventanas se cubrieron de escarcha.

—No veo otra solución. —Helena notó que le temblaba la voz—. Ojalá esto se pudiera evitar.

A Annie se le pusieron los labios morados y se le formaron cristales de hielo en las pestañas y las cejas.

—Por favor…, esto no tiene por qué ser así… No estoy lista para irme, Helena.

La mujer había vivido años de sobra. Helena tenía que pensar en el futuro, no en el pasado. Como oráculo, Annie debía saberlo mejor que nadie. El progreso es doloroso; siempre habría daños colaterales. Helena cerró los ojos e hizo que la temperatura descendiese por debajo de treinta grados bajo cero.

—Es por el aquelarre. Lo siento mucho.

Delante de la destartalada casa, la noria se paró cubierta de hielo.

40

Annie

Niamh

La noche anterior, Luke se había pasado por su casa y habían visto una bazofia de Netflix sobre un caballito balancín poseído mientras las chicas se quedaban a dormir en casa de Elle. Y lo más importante, habían bebido vino tinto y habían cenado comida china, pero no se habían acostado. A ella le apetecía, y habría sido fácil pasar de estar sentados en el sofá a tumbados en el sofá, pero quería demostrar una cosa: a sí misma, no a él.

Las cosas estaban cambiando. Ella no había previsto la llegada de Theo —¿quién podía haberla previsto?—, pero tal vez ella era el catalizador que Niamh necesitaba: algo muy gordo que la sacase de la rutina a la que se había aferrado desde la muerte de Conrad. Pero que nadie se equivocase, ella necesitaba mucho esa rutina. Algunos días esa vía férrea había sido lo único que había evitado que descarrilase por completo. A salvo, desde luego, pero estancada.

Ahora que Theo había golpeado con un mazo su existencia estática y cuidadosamente organizada, tal vez pudiese reconstruirla e incluir también a Luke. Qué familia más peculiar serían: la bruja irlandesa, el nativo de Yorkshire y la adolescente prodigio transgénero. Esa película de Netflix sí que la vería.

Mientras el pueblo de Heptonstall despertaba, Niamh paró

en la nueva panadería de moda y compró un par de panes para Annie, además de unos cafés y unos bollos de canela para desayunar. Theo todavía estaba en casa de Elle —al parecer, se habían quedado hasta las tantas haciendo el tonto con la tabla ouija de Snow—, de modo que la recogería después de ver a Annie.

Condujo hasta Midgehole, aparcó y bajó la escalera de piedra. El cielo de mayo lucía un azul casi veraniego, pero los escalones estaban húmedos. Debía de haber lloviznado de noche, y Niamh tuvo cuidado de no resbalar. Cuando llegó al molino de agua, tardó un instante en percatarse de que la noria no giraba. Esa noria, como Annie no dudaba en contarle a cualquiera que quisiese escucharla, solo se había parado dos veces en más de sesenta años.

Niamh frunció el ceño. A saber por qué había carámbanos derritiéndose en las tablas verdes cubiertas de musgo.

—¿Annie? —gritó Niamh, llamando a la puerta—. ¿Sabías que la noria se ha parado?

No hubo respuesta, de modo que entró. Retrocedió de inmediato. Esta vez no era el olor; era la temperatura. En la casa hacía un frío glacial.

—¿Annie?

A pesar de las protestas de las chicas, Annie no había instalado calefacción central en la casa, pero había chimeneas en todas las habitaciones. Sin embargo, la pasada noche había hecho bastante calor para dormir con la ventana entornada, de modo que Niamh se quedó desconcertada.

Su cuerpo era tan menudo que Niamh casi no lo vio. Estaba encogida en su sillón al lado de la mesa de centro.

—Dioses...

Niamh soltó la bolsa de papel marrón de la panadería y acudió a su lado. Estaba tiesa y fría, con la peluca sobre el regazo. Sin inmutarse, Niamh le puso la peluca en la cabeza, pues Annie nunca se dejaba ver sin ella. Ni una sola vez, y tampoco entonces. Se la reacomodó alisándola alrededor de la cara. Tenía una zapatilla calzada y la otra no. En el suelo de piedra había una taza de té volcada.

Los gatos se acercaron nerviosos maullando, casi preguntando a Niamh por qué su madre no se movía. Sus pequeñas mentes albergaban curiosidad y confusión.

El aturdimiento inicial se esfumó. ¿Cómo era posible? Niamh sintió que todo, todo lo que era esperanzador y alegre, la abandonaba como si tuviese un pinchazo.

—Oh, Annie, no —dijo Niamh—. Tú no.

Tenía la piel de una palidez cadavérica. Niamh invocó toda la energía curativa que pudo con las manos, pero parecía que fluyese alrededor de Annie, como si fuese una piedra en el arroyo. No había vida en ella que reencauzar.

Niamh la abrazó torpemente apoyando la cabeza en la chaqueta de Annie y notó que le picaba.

—Joder. Lo siento mucho, Annie. No deberías haber estado sola. Lo siento muchísimo, Annie. —Cuando las lágrimas le nublaron la vista, trató de acceder a lo que quedaba de la mente de Annie, desesperada por saber si estaba asustada, o triste, o si era consciente siquiera de lo que estaba pasando. No había nada, la nada absoluta de la muerte—. Por favor, Annie, vuelve. Te queremos mucho.

La mente de Niamh deambuló hasta aquel sitio, imperiosa y ultrajada. Podía hacerlo. Podía hacerlo si quería, no lo dudaba un segundo. Pero no lo haría. No debía hacerlo. Una bruja no debe asomarse detrás del telón.

—¿Lo sabías? —susurró a Annie al oído—. ¿Sabías lo mucho que te queremos? Espero que lo supieras.

Las lágrimas le corrieron por las mejillas y salpicaron ruidosamente el libro que la anciana tenía sobre el regazo, uno de sus muchos diarios. Había muerto escribiendo sus últimas visiones. Así era Annie.

Niamh levantó el libro de su rodilla. Solo había una palabra garabateada —un garabato infantil— en la página con todo lo demás en blanco.

La palabra era «Ciara».

41

El cementerio de la bruja

Elle

Durante siglos no se pudo enterrar a una bruja en tierra consagrada. Los motivos no fueron otros que la superstición y los prejuicios. Muchas mujeres, algunas brujas y otras no, y bastantes bebés ilegítimos fueron enterrados en la periferia de los cementerios de las iglesias, al otro lado del muro perimetral.

Elle sabía que su abuela no habría querido un entierro por la iglesia, aunque esas leyes hubiesen desaparecido hace mucho. De modo que se reunieron en la casa solariega de Annie: Demdike Cottage, en la finca de la granja de la torre Malkin, en Blacko, a treinta minutos de Hebden Bridge. Hacía muchos años que Annie —o cualquier bruja— no vivía donde había estado la torre Malkin original, pero los dueños actuales conocían bien a su abuela y habían aceptado sin dudar que el entierro tuviese lugar en el jardín.

Niamh, sentada a su izquierda, le agarraba la mano. Estaban sentadas formando una amplia herradura alrededor de la tumba. El hoyo del suelo estaba escondido en un tranquilo rincón de la ladera. Con el tiempo, las ovejas pastarían sobre ella mientras contemplaba las colinas de Lancashire.

—A ella le encantaría esto —susurró Niamh—. Todo es perfecto.

Elle asintió con la cabeza porque si intentaba hablar acabaría llorando. Niamh tenía razón: algo le decía que a su abuela le habría parecido bien. «La torre Malkin —le había dicho una vez a Elle— se llama así por la palabra *mawkin*. ¿Sabes lo que es una *mawkin*? Es una palabra fea que se usaba para referirse a una mujer desaseada, una mujer desclasada o una puta. Eso es lo que nos llamaban».

La torre de la puta en la que las brujas de Pendle celebraban sus misas había desaparecido hace mucho —aunque los restos permanecían en la granja—, pero parecía lo correcto que Annie regresase con sus antepasadas. Las *mawkins*. Annie era una *mawkin* orgullosa.

Elle respiró hondo. Tenía que terminar ese día. Solo seis horas más, y podría desmoronarse y esconderse debajo del edredón durante una semana.

Su madre, Julie, había venido en avión de Chipre, y en ese momento estaba sentada junto a Milo al otro lado de Jez, a su derecha. Aunque su hermano vivía al otro lado de Bradford, Elle había organizado todo el funeral sola, con Julie cerca para decirle lo mal que lo estaba haciendo. «¡Un campo! —Se había echado a llorar—. ¡No podemos enterrar a mi madre en un campo!». Al final había cedido solo horas antes de que Niamh se dispusiese a convencerla de una forma un poco más subrepticia.

Julie lloraba estentóreamente sollozando contra un pañuelo. Era un espectáculo digno de un reality televisivo. A Julie le avergonzaba terriblemente Annie en vida, le abochornaba su apellido, había adoptado los apellidos de tres maridos distintos y se había fugado a Chipre con un camarero hacía unos quince años, poco después de que Elle se casase con Jez. Apenas conocía a Milo y a Holly, y no le gustaba que desordenasen su casa de Limassol. En el mundo de Julie Loukanis, las cosas tenían que DAR BUENA IMPRESIÓN, y no DARÍA BUENA IMPRESIÓN que ella no fuese la persona más triste en el funeral de su madre.

El servicio lo oficiaría Tom Redferne, otro descendiente de

Pendle. Era un hechicero maduro de carácter dulce, director de una escuela primaria de día y líder chamánico de noche. Él y su marido rechazaban tanto el aquelarre como el conciliábulo, algo que Annie siempre había respetado. Había contactado con Elle el día después de que Niamh encontrase a la anciana, diez días antes.

—Y ahora devolvemos a nuestra querida Annie a la tierra —dijo con un alegre acento escocés—. Volverá a ser una con Gea. Annie vivirá en los gusanos y los pájaros, en el aire que respiramos y el agua que bebemos. No sabemos dónde está ahora su Annie-dad esencial, pero cada uno de nosotros recordaremos cómo enriqueció nuestra vida y nos llevó por el buen camino. A través de la bondad, el humor y la sabiduría, compartiremos a Annie con nuestros seres queridos, y luego nuestros hijos se lo enseñarán a sus hijos. Annie Device vive para siempre en nosotros. Aceptémoslo, no hay forma de deshacerse de esa vieja bruja.

Hubo risitas educadas. Elle no rio. Estaba imperturbable. Todo era inaceptable. No permitiría que su madre lo viese. Soltó las manos de Niamh y Jez. Sin decir palabra, se levantó y se dirigió con paso enérgico a la casa. Entró por la puerta trasera y fue directa al cuarto de baño. Bajó la tapa del váter y se sentó encima.

Lloró. Se esforzó mucho por no hacer ruido, pero el llanto le salió en unas extrañas punzadas ásperas. Ni siquiera había tenido tiempo para tomar una taza de té con ella la última vez que la había visto, cuando le había dejado los medicamentos. Demasiado ocupada con alguna mierda trivial de la que ni siquiera se acordaba ya. Tenía la memoria de un pez.

Con las prisas, se había olvidado de echar el pestillo. Ni siquiera sabía que Niamh estaba allí hasta que notó unas manos calientes que le frotaban los hombros.

—Suéltalo —dijo Niamh—. Tienes estreñimiento emocional. No puede ser bueno, cariño.

Elle se aferró a su amiga buscando un hueco en su axila y sepultándose allí.

—¿Cómo? —dijo con voz entrecortada—. Estaba totalmente sola, Niamh. Ninguna de nosotras estábamos allí. Estaba totalmente sola. ¡Dicen que murió de hipotermia! ¡Hipotermia! ¿Cómo? Yo dejé que pasara.

Lloró y lloró temblando de rabia. ¿Cómo podía haber pasado? Nunca le había fallado tanto. Qué ciega. Qué ignorante. Qué tonta.

—No es culpa tuya —dijo Niamh, frotándole la espalda—. No es culpa tuya.

Elle no veía de qué otra persona era la culpa. Y todo el mundo lo sabía. Todas las personas sentadas fuera lo sabían. Todo el mundo veía lo que era realmente. Una puta egoísta. Una imbécil despreciable y superficial. Una princesa insensible y egocéntrica. Lo único que se suponía que hacía bien en este mundo era cuidar de la gente. Y le había fallado. Contuvo un grito. Elle sentía que se le retorcían las entrañas como anguilas, las tripas asqueadas de su anfitriona.

Había dejado morir a Annie de frío.

Todos aquellos niños crueles del pasado tenían razón. Elle Device era una bruja.

Estuvieron un rato en la habitación de la casa. Aplicándose en silencio, Niamh volvió a ponerle a Elle el maquillaje que se le había corrido al llorar.

—¿Lo notará la gente?

—Es un funeral —dijo Niamh—. Te juzgarían más si no hubieras llorado.

Elle se alisó el vestido negro, el mejor de los doce vestidos negros que ASOS le había enviado, y se miró al espejo. Aunque fuese una paria, por lo menos estaría guapa. Se había propuesto como modelo a la Spice Pelirroja de la época en que había sido embajadora de la ONU.

¿Qué importaba eso?

Ese día entero era como un circo. Un carnaval sangriento para que todo el mundo hiciese y dijese lo correcto. Para que DIESEN BUENA IMPRESIÓN.

—¿Estás lista? —preguntó Niamh.

—Acabemos con esto de una vez.

La pareja bajó la escalera con dificultad, interrumpida cada pocos pasos por personas que las apreciaban. Annie era tan querida que docenas de brujas y hechiceros —y mundanos también— habían acudido a presentar sus respetos desde todos los rincones del mundo. Padma Baruwal, la suma sacerdotisa de la India, estaba allí. Helena no se había separado de ella en todo el día, y eso era lo único que impedía que Niamh montase un número. Unos cien asistentes deambulaban por el lugar, diluyendo su cháchara en tonos solemnes de biblioteca. Julie estaba con su hermanastro y su hermanastra. El tío mayor de Elle —el primer hijo de Annie— había muerto en la guerra de Corea, un dato que permitía hacerse una idea de los años que tenía la difunta.

Elle nunca había acabado de entender el concepto de velatorio. Era como decir: «La has palmado, toma un volován de champiñones». Algo muy raro. Se abrieron paso a la fuerza por la cocina, convertida en un bufet de comida para picar, hasta el patio que daba al campo. A Elle le sorprendió ver a Luke con Jez, los dos sujetando con timidez sendas botellas de cerveza. Jez iba de negro de la cabeza a los pies: traje negro, camisa negra y corbata negra. Parecía un portero de discoteca.

—¡Luke! —exclamó Niamh, aparentemente sorprendida de verlo.

Le dio un beso casto en la mejilla.

—No quería agobiaros —dijo Luke, y su voz grave casi reverberó en los huesos de Elle—. Pero quería estar aquí. Elle, siento mucho lo de tu abuela.

Elle recobró la compostura.

—Gracias, Luke. Gracias por venir.

—Qué montón de mujeres —dijo Jez, tratando de inyectar algo de ligereza en el ambiente—. Me sentía en desventaja hasta que apareció Luke.

Elle logró sonreír y le dio a Jez un apretón en la mano. Su marido estaba esforzándose mucho. Desde que Annie había muerto, no había parado de intentar animarla, pero de algún modo la hacía sentirse peor. Ella no era un coche que pudiese arrancar a base de tazas de té.

En lo alto de la colina localizó a Holly con Theo, Leonie y otras personas en el lugar de la tumba. Habían formado un círculo; eso significaba que iban a hacer algo.

—¿Qué trama Hol? —preguntó Jez, con el entrecejo arrugado, un recordatorio de que faltaba poco para la cita bianual del matrimonio con la inyección de bótox.

Luke también se quedó desconcertado. Parecía que Niamh iba a decir algo, pero Elle intervino por si acaso.

—Ya conoces a Leonie. Será alguna chorrada hippy. Vamos a ver.

Dejaron a los chicos con sus respectivas cervezas y subieron por la suave pendiente del campo de labranza.

—Puede que tengas que borrarles la memoria —dijo Elle—. Otra vez.

Niamh negó con la cabeza.

—No a menos que sea absolutamente necesario. Elle, a este paso se les va a quedar la cabeza como un queso gruyer.

—¿Puedes borrármela a mí, entonces? Quítame este año entero, por favor.

Leonie, Chinara, Holly, Theo, Snow y Tom Redferne estaban agachados alrededor de la tumba formando un círculo irregular, agarrados de las manos.

—¿Qué hacéis? —preguntó Niamh.

—Estamos devolviéndola a la naturaleza —dijo Chinara en voz baja, sin apartar la vista del montón de tierra reciente.

Al cabo de un momento, unos retoños de hierba brotaron a la luz del día y las briznas se desplegaron buscando el sol diáfano. El embarrado rectángulo marrón pronto lucía un vivo color verde. Unos cuantos ranúnculos también se abrieron paso hasta la superficie. Nadie sabría jamás que ella estaba allí, aparte de la piedra lisa y ovalada con un sutil AD grabado en ella.

—Creo que con el tiempo aquí crecerá algo bonito —dijo Tom cuando se soltaron.

La ceremonia de la regeneración había terminado.

Leonie se levantó y abrazó fuerte a Elle.

—Ni culpa ni remordimientos —dijo Leonie, sondeándola.

Elle no dijo nada porque acababa de retocarse el maquillaje.

—Lo digo en serio —continuó—. Ella te adoraba, joder. Y yo la adoraba a ella.

—Ella también te quería —dijo Elle.

A Chinara le llegó el turno de abrazar a Elle.

—¿Te ha contado Lee el ataque de nervios que le dio antes de cumplir los treinta?

Elle sonrió. No parecía nada propio de Leonie.

—¡No!

—Estaba acojonada con la idea de envejecer. Entonces me acordé de Annie —explicó Leonie—. Pensé en su vida…, en todos los sitios donde había estado y en todo lo que había hecho. Si en eso consiste ser una «vieja», firmo donde sea.

—Ojalá la hubiera conocido mejor —dijo Chinara, siempre muy serena. Todo lo contrario de su novia—. Parece que vivió muchas aventuras.

Elle asintió con la cabeza. Ese era uno de los motivos por los que ella le había decepcionado tanto. Miró hacia atrás a su madre en el jardín, que estaba obligando a los invitados a comer tempura de gambas, y le quedó muy claro qué genes había heredado. Más cerca, vio a Helena subiendo la colina para juntarse con ellas.

Leonie se puso tensa primero, situándose entre Niamh y Helena.

—Hola —dijo Niamh amargamente cuando estuvo al alcance del oído—. ¿Has venido otra vez a secuestrar a mi niña de acogida?

Leonie, curiosamente, la advirtió en voz baja.

—Ahora no, nena.

—Vengo en son de paz —dijo Helena diplomáticamente—. Elle, la ceremonia ha sido preciosa. Pura Annie.

—Gracias, Helena.

—Es muy triste —continuó—. Y, Niamh, ocasiones como esta nos recuerdan lo que importa realmente en la vida: la familia y la amistad. Espero que todo esté olvidado…

Niamh agarró la mano de Theo en actitud protectora.

—Si Annie estuviera aquí, te mandaría a tomar por el culo.

—¡Niamh! —le espetó Leonie—. Tranqui, tía. Joder.

—¿De qué vas, Helena? No esperarás que nos creamos que no vas a intentar hacer nada, ¿verdad? Te conocemos de toda la vida y no te gusta perder.

Elle se situó junto a Leonie y Niamh, y pensó en cómo debía verse desde fuera: como que estaba tomando partido. De modo que cambió de sitio y se puso entre las dos facciones, sin comprometerse con ninguna postura. Sin embargo, no ayudaba que Helena hubiese perfeccionado la tranquilidad presuntuosa y desquiciante que los políticos exhibían en las entrevistas de la televisión.

—Ya hablaremos más adelante. Ahora es tiempo de luto.

—Hablemos ahora —repuso Niamh—. Empezaré yo. ¿No

os parece raro que nuestra amiga más saludable haya muerto de hipotermia en mayo con un cesto lleno de leña al lado de la chimenea?

—Niamh…

Chinara intervino entonces para poner distancia entre ellas.

—¿Qué demonios estás insinuando?

Helena echaba chispas por los ojos, y Elle notó que se le erizaba el vello de los brazos a medida que los iones se cargaban alrededor de ellas.

—¿Puedes sondearla, Leonie? —inquirió Niamh.

—Niamh, tienes que tranquilizarte, coño. Esto está totalmente fuera de lugar, y para que yo lo diga, tienes que haberla liado mucho.

—Pero ¿puedes? —Leonie parecía indecisa—. Porque yo no veo nada. Helena, has levantado tantos muros en tu cabeza que parece Fort Knox. ¿Por qué? ¿Por qué tienes tanto interés en que no entremos?

—¿De verdad estás en la tumba de Annie preguntándome si…?

Elle saltó.

—¿Queréis callaros de una puta vez? ¡Las dos!

—Hala, mamá ha dicho «puta» —murmuró Holly.

Perfecto, pensó Elle. Los últimos quince días habían sido horribles. ¿Por qué no añadir una acusación de asesinato a la ligera? La guinda del marrón. Todo era muy de telenovela. Estaba decidida a mantener la calma.

—¿Sabéis qué? Probablemente algunas de vosotras estabais más unidas a mi abuela que yo, lo reconozco, pero ella no querría que nos peleásemos.

Niamh y Helena hicieron una pausa, avergonzadas.

—Ella solía decir: «Al patriarcado le encanta que las mujeres riñan entre ellas». ¿No es triste? ¡Antes éramos muy buenas amigas! Ahora no podemos juntarnos para pasar la tarde sin que estalle la Tercera Guerra Mundial! —Leonie intentó agarrarle la mano, pero ella la apartó—. ¡No! Sé que todas pensáis que soy idiota o algo por el estilo, pero de verdad no entiendo por qué no podemos llevarnos bien.

Se interpuso entre Helena y Niamh. ¿Cómo podía contestar a lo que acababa de decir cualquiera de las dos? Ellas se miraron fijamente un instante más antes de interrumpir el duelo de miradas.

—Lo siento —dijo Niamh a regañadientes, exactamente como había hecho después de pintarle los labios a la muñeca Barbie de Helena con rotulador permanente.

Helena cedió.

—Todas lo estamos pasando mal, Niamh. Yo también.

Niamh asintió con la cabeza con brusquedad. Y todo acabó. Había evitado la tormenta.

Sin embargo, Elle no era idiota, en absoluto, y sabía perfectamente lo que seguía cociéndose. Había evitado la tormenta de momento. Como cualquier madre sabe, las cosas que se rompen solo se pueden pegar, coser y remendar un número limitado de veces. Tarde o temprano se vuelven irreparables.

42

Asuntos de opresión

Leonie

Puede que la tercera botella de pinot noir hubiese sido un error. Niamh estaba borracha, y a las puertas de ser una borracha insoportable. Tenía los dientes azules y los labios morados. Las brujas beben. No todas, claro. Para Leonie, era muy natural: uvas, cereales y fermentación. Las brujas habían abrevado en rituales desde que al ser humano se le ocurrió poner algo por escrito. Las tres —Chinara, Niamh y ella— estaban apoltronadas en el sucio saloncito de la casa de Niamh, con las cortezas de unas pizzas para llevar abandonadas en sus grasientas cajas.

En la alfombra, Niamh hablaba arrastrando las palabras.

—Empiezas a preguntarte por qué eres amiga de alguien a quien conoces. Como por qué yo soy amiga de Helena. Es prepotente, es pija…, seguro que también es *tory*.

Eso nunca había estado en duda, pensó Leonie.

—Le gusta mucho el dinero… —añadió Chinara, mirando por encima de su copa de vino desde el sofá.

Niamh continuó:

—Lo único que tenemos son años. Hemos invertido demasiados años para desentendernos. ¿Lo que digo tiene algún sentido?

Tenía todo el sentido, y Leonie les había hecho la misma pregunta a todas ellas muchas veces. Si no hubiesen estado unidas por el juramento que habían hecho muchos años antes, Leonie pensaba que habría seguido siendo amiga de Niamh y Ciara, pero dudaba mucho de que tuviese algo que decirles a Helena o a Elle.

—Sí, tiene sentido —dijo, arrebujada debajo de una manta con Tiger en el otro extremo del sofá—. Pero es inofensiva, ¿no?

—Nadie con tanto poder es inofensivo —contestó Chinara en tono sombrío.

Como siempre, su novia tenía razón. Ella estaba ciega con respeto a Helena. Por el motivo que fuese, el vino no le estaba haciendo efecto esa noche. Leonie se sentía totalmente sobria desde que le habían dado la noticia de la muerte de Annie. Todo era serio, nada tenía gracia, nada era divertido. Alguien había desinflado todos sus neumáticos, y ahora lo único que podía hacer era arrastrarse por el asfalto.

Theo estaba arriba leyendo una cantidad sorprendente de libros teóricos sobre brujería, además de algunas versiones destacadas del *Libro de las sombras*, incluido el ejemplar personal de Valentina. Leonie se lo había llevado de regalo con el permiso de ella. El cambio en la chica había resultado evidente en cuanto Leonie la había visto. Aquellas nubes oscuras y tempestuosas de su cabeza tenían ahora el tono melba de una puesta de sol. Una nueva determinación. El final de un maratón.

—Bueno —prosiguió Leonie. Tenía un agujero en uno de los calcetines y le asomaba el dedo gordo del pie—. Sé que antes estabas muy cabreada, pero no pensarás de verdad que Helena es capaz de hacer daño, ¿verdad? ¡Ella no querría fastidiarse la manicura!

Niamh consideró esas palabras.

—Sabe Gea. Dios, estoy demasiado borracha para esto. Pero... ¡es Helena! Es... ambiciosa.

—Ya te digo.

Niamh continuó:

—Es... decidida. Es segura. Esas son sus buenas cualidades. Pero también es dogmática. Y mojigata. E inflexible. En general, un poco hija de puta, para ser sincera, señorita Jackman. No se olvidará del asunto del Niño Impuro. Ni hablar.

—Pero no pensarás en serio que ella hizo daño a Annie, ¿verdad? —dijo Leonie, sorprendida de lo inmadura que sonó su voz.

No quería creer que alguien pudiese hacer mal a esa mujer.

Se miraron un largo rato. Niamh no dijo nada, pero Leonie vio una profunda incertidumbre, casi ácida, en ella. Joder, Niamh pensaba realmente que era capaz de eso.

—Ella no lo haría —declaró Leonie en voz queda.

—Putas mujeres blancas —soltó Chinara con brusquedad, derramándose vino en la entrepierna—. Sin ánimo de ofender.

—No me ofendo —dijo Niamh, brindando por ella.

—He reflexionado mucho para intentar entender esta mierda tránsfoba, pero reconozco que estoy hecha un lío.

Chinara se rellenó la copa.

—Yo no —aseguró Leonie, alargando su copa para que se la rellenase. Tal vez esa fuese la de la verdad—. Lo digo sin ánimo de ofender, Niamh...

—Nadie se ofende...

—A algunas mujeres blancas les cuesta ver más allá de la opresión que sufren —dijo Leonie—. Fijaos en las sufragistas. ¿Hicieron campaña a favor de los derechos de las mujeres negras? ¿O de las mujeres pobres? Y una mierda. A ver, lo entiendo, ser una mujer en el patriarcado ya es de por sí traumático.

Niamh cruzó las piernas y se puso un cojín debajo del trasero.

—Tienes toda la razón.

Leonie estaba inspirada.

—Desde el segundo en que nacemos, nos hacen sentir inseguras con nuestro cuerpo, con nuestras decisiones, con nuestra vida. Entonces llegamos a la pubertad, y de repente tenemos que ser sexuales y castas a la vez, mientras nuestro cuerpo se desmadra. Empezamos a tener pérdidas, joder. Luego, después de ser entrenadas como quien no quiere la cosa para ocultar nuestra excelencia en el colegio, nos ponemos a trabajar para hombres que no entienden ninguno de esos dilemas y que creen que están más cualificados de manera innata que nosotras. Quieren que seas como los hombres, pero al mismo tiempo que no seas como ellos. Es una puta trampa. Estamos jodidas desde el momento en que el médico dice: «Es niña, querida».

—Cierto, pero yo no querría ser un chico —dijo Chinara—. ¿Tú sí?

—¡No, joder! Me puede gustar ser mujer y al mismo tiempo reconocer que es traumático. Estoy convencida de que los hombres también están traumatizados por su masculinidad, pero no conozco a una mujer que no haya sufrido porque el sistema es un fraude.

—Yo no creo que las mujeres se caractericen por el trauma común —declaró Chinara pensativa—. Estamos marcadas por él, pero yo ya sabía lo que era ser chica mucho antes de experimentar el trauma. ¿Cuándo supisteis vosotras que erais chicas?

Leonie se encogió de hombros.

—Yo simplemente lo supe.

Se volvió hacia Niamh.

—Yo también.

Leonie bebió un sorbo de vino.

—Y seguro que Theo simplemente lo supo también.

—Sí, vi su infancia. Lo supo. —Niamh asintió con la cabeza—. Cualquiera diría que siendo brujas nos iría mejor en el mundo, pero me acuerdo de que, en cuanto llegué a la universidad, uno de los profesores nos hablaba como si fuéramos tontas. Lo recuerdo diciendo: «En la veterinaria no todo son perritos y gatitos, chicas». Yo pensé: «Váyase a la mierda, señor», y metí de lleno la mano en el culo de una vaca. Hasta el hombro, para demostrarle que se equivocaba.

—Gracias, Niamh. Gracias por la imagen.

Chinara agarró un puñado de patatas fritas que habían sobrado del velatorio y que Elle las había obligado a llevarse a casa.

—A lo mejor por eso Helena quiere controlar el aquelarre. Es el último matriarcado.

Leonie hizo una mueca.

—A la mierda. ¿Quién le ha pedido a ella que haga de revisora? No dudo de que Helena Vance haya sufrido misoginia (incluso en el cargo que tiene), pero ella no está dispuesta a mirar más allá. No he oído a Helena reconocer una sola vez que yo lo tengo más jodido en la vida —miró a su novia—, o tú, por nuestra raza, o porque somos lesbianas...

Se estaba enfadando. Se detuvo y respiró, aunque la tranquilizaba saber que Niamh no era la clase de mujer que le diría que se calmase o que no se cabrease. Se acordó —como solía acordarse cuando menos lo esperaba— de por qué había fundado Diáspora. Se volvió hacia Niamh con una sonrisa pícara.

—O tú, porque eres pelirroja que te cagas.

Niamh rio amargamente.

—Cierto, mi esclavitud es grande.

—Quiero que sepas... —Leonie estiró el brazo hacia su mano— que soy una aliada de las pelirrojas.

—Significa mucho para mí, gracias. Somos brujas —dijo Niamh, con más de un asomo de crispación—, y sé reconocer una puñetera caza de brujas cuando la veo. Culpar precisamente a las mujeres trans es la última de una larga lista que se remonta a Pendle. Mujeres pobres, mujeres mayores, trabajadoras sexuales, mujeres negras, lesbianas, musulmanas, viajeras... y ahora mujeres trans. ¡Mujeres trans! ¡Es incomprensible! Puedo decir con toda sinceridad que la existencia de las personas trans no ha tenido ningún impacto en toda mi vida. Que yo sepa, me he encontrado solo con tres, todas encantadoras.

—Amén. ¿Habéis visto al nuevo primer ministro? Las mujeres trans son la menor de nuestras preocupaciones —terció Chinara—. He representado a refugiadas trans en el trabajo. Ninguna elegiría ese camino si no fuese cuestión de vida o muerte.

—Todo se resume a eso —dijo Leonie—. Helena lleva una vida tan cómoda que tiene todo el tiempo del mundo para darle vueltas a las posibles repercusiones teóricas, filosóficas y académicas de las vidas trans. Theo simplemente quiere ser cómo es, coño. ¿Acaso no es lo justo?

Tal vez estaba un poco borracha. Los adoquines del exterior de la casa de Niamh, de repente, resultaban mucho más difíciles de recorrer. Sentía las piernas como si fuesen de goma.

—¿Estás bien, Flojeras? —preguntó Chinara.

—¡Como una rosa, gracias!

Niamh entrelazó el brazo con el de Chinara. Por si acaso.

—¿Crees que se recuperará?

Leonie aspiró una buena bocanada de aire de Yorkshire.

—Oh, no le pasará nada. Dormirá la mona.

—Me refería a lo de Annie…

—Ninguna de nosotras se recuperará nunca de eso, nena. Tengo miedo. —Se hizo un largo silencio, durante el cual Chinara tuvo tiempo de pensar—. Annie siempre sabía qué hacer. No solo sabía el futuro, sino qué hacer con él. Es como cuando no se tiene cobertura para ver Google Maps. No sé adónde ir. No sé dónde estoy.

Chinara le agarró fuerte la mano. Allí podían hacerlo sin problemas. En Hebden Bridge había poco (nunca se puede decir que nulo) peligro de homofobia. Era la capital lesbiana de la región.

—Podéis guiaros unas a otras. Tienes muchas hermanas.

Leonie sacudió la cabeza. El cielo volvía a estar escandalosamente sembrado de estrellas.

—Quiero irme a casa.

Chinara la escrutó.

—¿Estás segura? Creo que a Elle y a Niamh les vendría bien un poco de apoyo.

Ella no lo dudaba, pero se avecinaba un marronazo. La clase de marronazo que atascaba el sifón y obligaba a llamar al fontanero.

—¿Qué?

—Algo no va bien —dijo Leonie, deteniéndose en la silenciosa plaza situada en lo alto del pueblo de Heptonstall.

Se acordó de la pesadilla que había tenido hacía semanas. Aquella sensación de pavor absoluto. Y la presencia de Ciara también le preocupaba. ¿Qué significaba eso? Sabía que no era posible, pero ¿y si... y si Ciara se encontraba en otra parte, en un sitio donde el tiempo no era lineal? Quizá Gea no era la única que podía ver lo que había sido y lo que sería.

—Ya sé que parece palabrería de oráculo, pero te aseguro que mi sentido arácnido está trastocado. Aquí hay algo, y quiero pirarme.

—Escúchame, Leonie —dijo Chinara muy seria—. La guerra ha terminado. La vida es bella, y podemos echar raíces. No va a pasarnos nada. A veces pienso que lo haces...

—¿Hacer qué...?

Chinara se cruzó de brazos en actitud defensiva.

—Que montas todos esos dramas del aquelarre para evitar hacer planes de futuro.

—¡Eso no es cierto, joder!

—No levantes la voz, por favor —contestó Chinara—. Pero creo que es verdad. Siempre hay algo, Lee. Lo entiendo. La vida adulta puede dar más miedo que los demonios. Contra esos se puede luchar. En cambio, no puedes luchar contra el hecho de hacerte mayor.

—No…

Leonie tenía ganas de llorar. Se sentía muy incomprendida. Vale, puede que en esas palabras hubiese algo de cierto, pero esta vez no. Esta vez era de verdad; no se estaba poniendo alarmista. Era como si oliese humo, una tenue vaharada en el viento. No había podido parar desde que Niamh le había mandado que sondease a Helena en el funeral.

—Es Helena —confesó.

—Siempre es una de ellas.

—Chinara, esta vez lo digo de verdad. —Agarró a Chinara por los brazos y la miró fijamente a los ojos—. Mírame. Hablo en serio.

Chinara transigió.

—Muy bien. ¿Qué pasa con Helena?

—No… no quería decírselo a Niamh, pero le pasa algo raro. Tiene la cabeza muy silenciosa, muy vacía, como si la hubiera esterilizado con lejía. Mantiene la mente en blanco y se esfuerza muchísimo por parecer relajada. ¿Por qué?

Chinara dejó escapar un profundo suspiro.

—Creo que tú la conoces mucho mejor que yo, pero diría que está muy acostumbrada a estar rodeada de sintientes todo el día. —Sonrió maliciosamente—. ¿Crees que yo no te pongo obstáculos?

—Sí, ¿y no crees que ya lo sé?

—Leonie, te quiero y confío en ti. Adonde tú vayas, iré yo. Tú decides.

Estaban a la vuelta de la esquina de la pensión. Leonie tiró de Chinara hacia allí. Le daba vueltas la cabeza. Vale, la última copa de vino se le había subido a la cabeza.

—Mañana nos largamos de aquí. No sé lo que trama, y me da igual.

—Lee...

—De verdad. Que el puto ASM se devore a sí mismo. No tiene nada que ver con nosotras. Nunca ha tenido nada que ver.

Puede que algunas cosas sí que diesen más miedo que la vida adulta.

43

Mujeres

Niamh

Niamh tuvo sueños agobiantes en los que perdía vuelos, se le escapaba Theo, ofendía a Leonie y le contaba a Elle la infidelidad de Jez. Probablemente era el vino, pero también la culpa. Muchas veces soñaba que visitaba a Helena. En esas estampas, a veces Helena le pedía disculpas, y otras Niamh le tendía la mano en son de paz.

Se despertó más agotada que al acostarse, con la boca seca y mal aliento. Le dio al botón de repetición del despertador dos veces y decidió que su pelo podía pasar con champú en seco un día más. Ese día tenía cirugía, pero las cosas no iban bien entre Helena y ella. Las brujas son por naturaleza más intuitivas, y Niamh despertó al nuevo día con una nueva actitud.

No podía dejar las cosas como estaban, y cuanto más las dejase, peor serían.

A la hora de la comida, sin quitarse la ropa de veterinaria, se fue de la clínica y se dirigió en coche a Hebden Bridge. Aparcó en la parte trasera del edificio de Mill Croft y atajó por la calle principal hasta Venus Nails, donde Helena le había dicho que estaría. Sonó una campana cuando entró en el salón de belleza, y vio que una tailandesa menuda con mascarilla ya había empezado a hacerle la manicura a Helena. Solo había otra clienta, a la que le estaban depilando las cejas con hilo.

Otra manicurista vestida con un uniforme blanco recién planchado saludó a Niamh.

—Hola, señorita, ¿tiene cita?

—No...

La manicurista dijo que podía hacerle un hueco y Niamh se puso al lado de Helena. Niamh tenía que llevar las uñas cortas, gajes del oficio de introducir los dedos en animales todo el día, pero nadie le impedía llevarlas de un color bonito.

—Gracias por atenderme —le dijo a Helena.

La suma sacerdotisa parecía recelosa, incluso más fría de lo normal.

—Últimamente estás tan teatral que no quería perderme el tercer acto.

Niamh supuso que se lo merecía. Había entrado volando en la cocina de su madre y le había gritado en un funeral.

—Me sorprendió que siguieras aquí.

—Estoy organizando algunas cosas para el solsticio aprovechando que estoy en la ciudad —dijo Helena con brusquedad.

La chica se puso a trabajar en las uñas de Niamh limando los bordes torcidos.

—Quería disculparme —comenzó Niamh.

Se infiltró en las mentes de las manicuristas y desvió con delicadeza su atención de la conversación.

—Me lo imaginaba. Fue muy divertido explicarle tu arrebato a mi colega india. Lo vio todo, ¿sabes?

—Lo siento. Otra vez. —Niamh había intentado preparar mentalmente un guion toda la mañana, pero ahora no sabía qué decir. Miedo escénico—. Somos amigas desde hace mucho.

—Así es.

—Lo de Theo me parece un motivo ridículo para enfadarnos, ¿no crees?

Helena miró.

—Bueno, yo diría que depende bastante.

Niamh se había prometido que esta vez no levantaría de nuevo la voz.

—Vale, planteémoslo de otra forma. Creo que la entrada de Theo en el aquelarre podría ser algo positivo. —Helena iba a interrumpirla, pero Niahm siguió adelante—. No, escúchame. Sé que te dolió que Leonie creara Diáspora, así que ¿por qué no aprovechamos esta oportunidad para demostrar que el ASM es una institución moderna que recibe a las brujas del colectivo LGTBQ? Para mantenerla al día.

Helena hizo una mueca.

—Estamos dando vueltas, Niamh. Me estás pidiendo que introduzca a un transgénero en un aquelarre de mujeres.

Cuando ella pronunció la palabra «transgénero», algo parpadeó en la mente de la mujer que hacía la manicura a Helena, y Niamh se dio cuenta de que también era trans. Al oír la palabra se puso alerta, como un ciervo que olfatea el aire en busca de peligro. Eso lo decía todo, ¿no? Una emigrante trans de Tailandia que tenía que servir a la todopoderosa Helena. Niamh desvió con sumo cuidado la atención de la mujer —se llamaba Pranpriya— de su conversación y la centró en la tarea que tenía, literalmente, entre manos.

—Sí, creo que deberías hacerlo. El ASM tiene reputación de antiguo y remilgado. Modernicémoslo.

Helena al menos hizo el esfuerzo de fingir que se lo pensaba y lanzó por un momento una mirada al techo.

—No. Creo que no.

—¿Qué color quiere, señorita? —preguntó Pranpriya a Helena.

Helena echó un vistazo a las uñas acrílicas pegadas a la paleta de colores.

—Rojo, por favor. Número veintitrés.

Pranpriya tenía una pizca de sintiencia. Estaba oponiendo resistencia —probablemente de forma inconsciente— a su intento de blindar la conversación. Niamh se preguntó si era consciente de su capacidad.

—Venga ya, Helena. Theo puede sentar un precedente.

—He dicho que no. —Helena levantó la voz, solo un pelín—. Es muy simple. Los aquelarres son para brujas, los conciliábulos son para hechiceros.

—Theo es una bruja. Ella dice que es una chica, y yo la creo.

—Y yo no. Lo siento, Niamh. Llámame anticuada, llámame lo que te dé la gana. Me da igual. Puedes ponerle un sombrero de punta en la cabeza y darle una escoba si quieres, pero ese niño nunca será una bruja.

—¿Podemos procurar no insultar a las personas trans, por favor? ¿Podemos tratar esto de forma civilizada?

—¡Estoy siendo civilizada! —dijo Helena, admirando sus nuevas uñas color escarlata—. Pero quieres que sacrifique mis creencias para ser políticamente correcta, y no estoy dispuesta a hacer eso. Esa cosa crecerá y se convertirá en un hombre, con sus correspondientes apéndices masculinos, y no pienso permitir que eso entre en mi aquelarre.

Niamh sondeó a Helena. Su cabeza era un remolino gris. Una mancha de aceite en el agua, e igual de sucia. Era el odio. En Hebden Bridge, Niamh no lo veía muy a menudo, y cuando lo veía le sorprendía lo desagradables que eran algunas cabezas. El odio también era canceroso, su capacidad para contaminar la razón y la bondad. A veces, era resultado de un pánico infundado; la idea de que alguien viene a llevarse lo que es nuestro. Otras era miedo a la diferencia, pura y simplemente, y todas las brujas sabían lo que era eso. Entonces, ¿por qué no lo sabía Helena?

Sin embargo, gracias a la parte racional de su cerebro, Niamh sabía que el odio se aprendía. Las semillas tenían que plantarse en alguna parte.

—¿Qué te pasó, Helena?

Helena apartó la vista de sus uñas y le lanzó una mirada asesina.

—¿Qué quiere decir eso?

—¿Quién te hizo daño?

Allí estaba. Una fracción de segundo. Un atisbo muy fugaz en la cabeza de Helena. Un parpadeo. Stefan y el inconfundible lodo marrón verdoso del miedo. Stef le hizo daño. Ella le tenía miedo.

—¿Helena? ¿Stef te…?

—¿Qué? ¡No! Eso es ridículo.

Stef era diez años mayor que Helena y todo un macho alfa en el conciliábulo. Niamh siempre había pensado que estaban muy bien avenidos en ese aspecto. Le parecía impensable que alguien como Helena Vance pudiese…, pero eso es lo que tiene hacer suposiciones, ¿no?

—Helena, sabes que puedes contarme cualquier cosa, ¿verdad?

—Esto es intolerable —dijo Helena, pero Niamh nunca la había visto tan ruborizada—. No puedo creer que metas a Stef en esta conversación absurda. Lleva muerto más de una década.

En la mente de Helena ahora había pánico, fragmentos de recuerdos que se sucedían en un rápido carrusel. Algunos eran del Stef que Niamh conocía: el animador sociable y grandilocuente, siempre con una anécdota picante en el repertorio. Vio un destello de la lujosa fiesta sorpresa en el Lowry que él organizó a Helena cuando su amiga cumplió veintitrés años, y su propuesta de matrimonio pública, con *flash mob* incluido. Pero también presenció a un Stef que no había visto antes. Un Stef secreto.

Cuanto más intentaba ella sacar a Stef de su cabeza, más aparecía él.

Sintió la angustia de Helena; las lágrimas; los nudos en su

estómago; el miedo a que él llegase a casa de mal humor. Él no acostumbraba a gritar, sino que se enfurruñaba; la tortura insoportable de dar la callada por respuesta; un hombre que amenazaba con hacerse daño a sí mismo.

Ver tal turbulencia en Helena era especialmente terrible. ¿Cuánto debía de haberse esforzado por mantener eso oculto? Niamh notó que se le llenaban los ojos de lágrimas. De repente todos los muros de la mente de Helena tenían mucho más sentido.

—Helena…

—¡Basta ya! —Golpeó con el puño sobre la mesa de trabajo y las dos manicuristas se echaron hacia atrás. En el exterior, el cielo se volvió negro como la noche. Helena habló apretando los dientes—. No pienso permitir que arrastres a mi difunto marido por el lodo en beneficio de tus retorcidos intereses.

Niamh negó con la cabeza. No debía obligar a Helena a hablar del asunto.

—Yo…, de acuerdo. Pero necesito que entiendas que Theo no es lo que tú temes. No es justo, Helena. Ella no es esa cosa, esa cosa que todas tememos. Es una chica confundida que necesita toda la ayuda posible.

La ira de Helena se desvaneció, aunque su cabeza tenía un color escarlata.

—Ni tú me vas a convencer a mí ni yo a ti. Como cuando tú preferías a NSYNC a los Backstreet Boys.

Niamh se quedó por un momento sin habla.

—No creo que sea lo mismo, y lo sabes. Esto es algo importante. Se trata del derecho de una persona a ser una misma.

—No vas a hacerme cambiar de opinión, Niamh.

—Muy bien —dijo Niamh con tristeza—, entonces creo que hemos terminado.

—¿Qué significa eso?

—Yo… yo respeto el trabajo que haces en el ASM —Niamh

no pensaba volver a mencionar a Stefan— y siento muchísimo si no he estado cuando me necesitabas, pero no estoy segura de que pueda ser amiga tuya, Helena.

—¿Cómo? ¿Estás rompiendo conmigo?

—Yo no he dicho eso. Mi puerta siempre está abierta para ti, siempre, pero solo si puedes ser amable con Theo.

Los duros ojos de Helena eran infranqueables. Niamh miró dentro de ella una vez más y solo vio una certeza incuestionable. Ella tenía razón y Niamh se equivocaba. No había más que decir. Se había vuelto de piedra.

Pranpriya se estremeció y le manchó a Helena el pulgar de esmalte de uñas. Helena chasqueó la lengua.

—Perdone, señorita —dijo, limpiándolo de manera eficiente.

La otra chica todavía no había empezado a pintarle a Niamh las uñas con esmalte.

—¿Sabes qué? Así estoy bien —le dijo—. Pagaré el servicio completo de todas formas, pero se me van a estropear en el trabajo. Gracias.

Retiró las manos.

—Si así es como quieres dejar las cosas —declaró Helena suspirando—, supongo que has tomado una decisión.

—No. Theo no ha podido decidir quién es. Tú has tomado la decisión de excluirla.

El porte educado de Helena desapareció por un instante y torció la boca en un rictus desagradable. No dijo nada.

—Si no vas a ayudarnos, no te acerques a nosotras. Ya no pintas nada en Hebden Bridge.

—No eres su tutora legal, Niamh —dijo la suma sacerdotisa con suficiencia.

—¿Es una amenaza?

—Solo expongo los hechos.

—Yo también. Theo puede quedarse conmigo todo lo que

quiera. Solicitaré su custodia, si hace falta. Como el ASM se acerque a nosotras…

Entonces, Helena sonrió.

—¿Es una amenaza?

Niamh recogió el bolso, el móvil y las llaves del coche de la mesita del salón de belleza.

—Sí, lo es.

44

Invocación

Helena

La noche es más cerrada entre las dos y las tres de la madrugada. Faltan horas para que amanezca y nadie con actividades honradas está despierto.

Helena contaba con eso.

Entró en el prado desnuda y descalza. El cielo estaba cubierto de nubes tenues y la luna creciente lucía un extraño color lila. A pesar de la preparación, estaba nerviosa y tenía un nudo en el estómago.

Durante las últimas dos o tres semanas había dudado muchísimas veces de ese plan de acción, oscilando como un péndulo, pero siempre regresaba a las visiones de las oráculos. Había vuelto a ver a Amy, la joven oráculo, en numerosas ocasiones, y el augurio seguía siendo el mismo: la aniquilación total de las brujas.

No tenía alternativa.

La gente. La gente te decepciona. Es una agradable sorpresa cuando no ocurre, y Helena sabía que tenía el ASM a su disposición, pero como demostraba la traición de sus amigas, una solo puede fiarse realmente de sí misma. Incluso Annie le había dicho una vez que llegamos a este mundo como lo dejamos: gritando y solas.

«Annie».

No. Concéntrate.

Si Helena pensaba hacerlo, necesitaría artillería especial. El fuego se combate con fuego, cualquier elemental puede decírtelo. Necesitaba un arma. Necesitaba convertirse en un arma. Un arma que, en caso necesario, pudiese superar al mismísimo Leviatán.

Y como cualquier bruja sabía, solo había dos demonios en el mundo que estuviesen a su altura.

Con arreglo a las normas, lo llevaba todo por delante en un cofre de madera envuelto en seda negra. Había que manipularlo todo meticulosamente y tratarlo como la vajilla de Navidad. El cofre y su contenido habían estado debajo de su cama durante siete noches, familiarizándose con la esencia de Helena mientras dormía.

Estaba demasiado inquieta para notar el fresco. Hacía frío en plena noche incluso a finales de mayo, y en la hierba se formaban perlas de rocío. Helena se arrodilló y colocó el cofre delante de ella. Desenvolvió la seda y levantó la tapa. Un potente olor a *oud* la saludó y le llegó al fondo de la garganta.

Si se detenía un solo segundo a pensarlo, perdería el valor. Hizo lo que siempre había hecho: se metió en faena.

Lo primero era lo primero. Sacó una bolsa de papel llena de sal y la esparció en un círculo de unos dos metros de diámetro. A la hora de invocar era especialmente útil un *Zisurrû*; cuando se hacía un llamamiento al reino de los espíritus, podía responder cualquier cosa, y respondería. Esa noche, Helena solo buscaba una conversación muy concreta. El círculo garantizaba que estaría a salvo de intrusos curiosos durante la invocación.

Desplegó una segunda seda y extrajo los huesos. Habían pertenecido a su abuela. Los textos eran vagos en lo que respectaba a los ingredientes: los «huesos de los antepasados» podía significar cualquier cosa, pero Helena prefirió interpretarlo literalmente. Exhumar su cadáver había sido bastante fácil. Simplemente había manipulado la tierra para sacarlos a la superficie. Siguiendo las instrucciones —y se había aprendido el método palabra por palabra—, esparció los huesos al azar en la tierra.

Todo era parte de la prueba. ¿Era digna de Belial? Su incertidumbre estaba mezclada con una cierta arrogancia: si Dabney Hale era considerado aceptable, sin duda ella también.

Temía la siguiente parte. Extrajo del cofre un frasquito azul que contenía la cantidad exacta de Jugo de Bruja que necesitaría para entrar en estado de trance. Eso conllevaba perder el control, algo que a Helena no la entusiasmaba. A partir de ese momento, todo escaparía de sus manos. Lo único que podía hacer era rezar para que su minuciosa planificación compensase su reacción al alucinógeno.

Sabía rancio, como beber un charco lleno de barro, y tenía la consistencia de un café exprés frío. Hizo una mueca y se lo tragó todo. Se detuvo por si lo vomitaba, pero al cabo de un segundo se estremeció y el líquido permaneció en su estómago. Ya notaba un calor picante irradiándole de la barriga.

Actuó rápido. Quería terminar el ritual antes de que la droga le hiciese efecto.

El puñal estaba en el fondo del cofre. Ella esperaba algo más ostentoso, más ceremonial, pero era viejo, afilado y práctico, y la hoja no tenía más de un par de centímetros de grosor. La siguiente parte no iba a ser especialmente bonita, lo sabía, pero parecía que el corazón ya había empezado a bombearle sangre más caliente a la cabeza. ¿Para qué? ¿Era el Jugo de Bruja una distracción de lo que venía ahora?

«No le des vueltas».

Se pinchó en el dedo índice izquierdo con la punta del puñal. A pesar de la droga, le dolió. Como si fuese un lápiz de labios, se untó la sangre con cuidado por la boca y luego por la lengua, asegurándose de cubrirlas bien.

Esa breve molestia valdría la pena. Tenía que valerla.

La cabeza, o el campo, o las dos cosas, empezó a darle vueltas. El último paso. Sacó una cajita de yesca del cofre. Una vez que esa lata se abriese, ya no habría vuelta atrás. La apretó entre las palmas de las manos y declaró su intención.

Escúchame, oh, Amo. Envíame a tu emisario. Concédeme audiencia».

Helena levantó la tapa con suma cautela. Convencida de que el escorpión de cola amarilla no iba a abalanzarse sobre ella ni a intentar escapar, retiró la tapa.

En realidad era un animal diminuto. ¿Por qué le tenía tanto miedo?

Lo agarró por la cola, que no era amarilla aparte del aguijón de aspecto horrendo, y lo sostuvo en alto. Si era digna, no resultaría herida, y Helena sabía que era digna. Cerró los ojos, se lo acercó a los labios y notó que movía las patas y le hacía cosquillas en la piel.

Abrió la boca y el escorpión saltó a su lengua, donde pareció vacilar. Helena no osaba respirar. Por supuesto, se había asegurado por partida doble de que el veneno de escorpión no era como el veneno de abeja, y las picaduras de escorpión de cola amarilla no suelen ser mortales, pero no quería averiguarlo…

Después de lo que le parecieron horas, el escorpión se movió. Siguió descendiendo por su lengua. Instintivamente, Helena reprimió las ganas de escupirlo cuando le vino una arcada. Se tapó la boca con la mano, y notaba que el animal le hacía cosquillas en la garganta con sus patas de araña hasta llegar al estómago.

Y entonces esperó. Hubo un momento de silencio. En algún lugar de Pendle Hill, un búho ululó. Ya estaba. No había sido tan…

Fue como si la apuñalasen. Helena gritó; no pudo contenerse. Su cuerpo entero se convulsionó violentamente. Se dio la vuelta y se puso boca arriba arqueando la columna de dolor. Dios, no podía soportarlo, era peor que el parto, como si hasta al último hueso de su cuerpo le hubiesen salido púas e intentase salir de su piel. Sus miembros subían y bajaban de golpe, como movidos por voluntad propia. Notaba que las piernas, el trasero y los hombros le golpeaban contra la tierra mientras se agitaba como un pez fuera del agua. Se dio la vuelta, rebozándose la cara contra la hierba húmeda.

Temblando de la cabeza a los pies, notó que se elevaba del suelo. Su cabeza se sacudía de un lado a otro, totalmente fuera de control, y el cuello le crujía de forma dolorosa. Jadeaba como si tuviese los pulmones demasiado pequeños.

Entonces volvió a la tierra de un panzazo. Se quedó tumbada boca arriba un momento, tiritando, con la piel empapada en sudor frío y lodo. Comprobó si respiraba. Respiraba. Por un instante, se había sentido como si estuviese ahogándose. Abrió los ojos parpadeando. Ahora eran negros como el ébano, pero veía más claro que nunca, como si tuviese visión nocturna.

Y supo exactamente qué tenía que hacer. Se dio la vuelta y se puso a cuatro patas. Dejó que sus manos fuesen adonde querían, pasando de un fragmento de hueso al siguiente a una velocidad sobrehumana. Pronto los huesos empezaron a cobrar forma y crearon una serie de runas que no aparecían escritas en ningún libro, ni siquiera en *El Evangelio de Lilith*. Como una contraseña secreta, solo se podían transmitir oralmente. Helena no sabía lo que estaba haciendo, pero parecía que sus manos sí.

Cuando quiso darse cuenta, había acabado. Ni siquiera sabía lo que significaban las figuras; aparecían en un antiguo texto de los demonios, no destinado al hombre. Se reclinó y admiró su obra. Le dolía el cuerpo, pero también se sentía viva, como después de una clase de spinning especialmente agotadora. Se apartó el pelo lacio de la cara.

Mirando al horizonte con los ojos entornados, vio una figura que salió de entre los árboles. Dejó escapar una breve risa de alivio. Lo había conseguido. Había dado resultado.

El toro desfiló majestuosamente por el prado hacia ella tomándose su tiempo. Helena esperaba un toro blanco, y lo era. Su piel era color perla, reluciente bajo la luna. Era precioso. Ella no esperaba eso.

Mientras el animal se acercaba, sacó el último artículo del cofre. El sacrificio. Una petición importante exigía un pago importante. «No se puede hacer algo de la nada». La magia tiene que estar equilibrada. Ella quería solicitar una gran fuerza, de modo que tenía que devolver poder a cambio.

El alijo de Rye le había resuelto el problema. El feto humano estaba envuelto en otra seda. Helena la puso en el suelo, la desplegó y se la ofreció al toro. Esa era la última fase en la que todo se podía torcer. El emisario podía no aceptar su ofrenda —no era un sacrificio humano—, pero Helena no se sentía con el valor para matar a un niño vivo.

Por supuesto, se trata de la sangre. Siempre se trata de la sangre. ¿Qué tiene más vida que la sangre?, ¿y qué es más puro que la sangre de los jóvenes? Por eso siempre se trata de la sangre.

El toro redujo la marcha al acercarse al círculo. Helena se puso en cuclillas antes de inclinarse ante la bestia, con las palmas de las manos mirando hacia arriba y la frente pegada a la tierra. Sumisión absoluta. No se atrevía a mirar, pero notó que salía un aliento caliente de las fosas nasales del animal cuando se encorvó para recoger el embrión con los dientes. Le oyó masticar y, cuando se irguió, la boca blanca del bovino estaba roja.

Lo había aceptado.

Era digna.

Helena rompió a llorar con un extraño cloqueo que la pilló por sorpresa. Siempre lo había sabido. «Soy digna».

Agarró el puñal con la mano derecha y lo clavó con fuerza en el pescuezo del toro.

La cabeza no se había desprendido tan fácilmente como ella esperaba, y supuso que no se podía usar una sierra mecánica. Tuvo que despedazar tendón duro y hueso durante más de una hora. Y todo se llenó de sangre; mucho después de que el corazón dejase de latir, seguía saliendo a chorro de las venas. Helena tenía la piel completamente cubierta de color rojo herrumbre, pegajosa y húmeda. El cabello le colgaba alrededor de la cara en marañas apelmazadas cuando entró en el bosque.

Sujetaba la cabeza del toro en alto por los cuernos y dejaba que sus ojos muertos le mostrasen el camino.

El bosque bullía de vida a su alrededor. Lo percibía todo: los escarabajos, los gusanos, los pulgones, las víboras. Comprendió que estaban conectados en una vasta red de vida. Ella era suprema. No había nada allí que pudiese superarla. Estaba preparada. Una asesina perfecta. Una depredadora. Una bruja. Ratones y arañas huían de su camino al atravesar la maleza. En el fondo, somos animales.

La cabeza del toro la condujo hasta un roble común rodeado de muchos más robles comunes. Solo que ese era distinto. El árbol empezó a brillar por dentro; un verde fosforescente emanaba a través de sus nudos. Los largos gajos crujieron y las ramas se movieron. Helena contempló cómo la corteza y las ramas se deslizaban como tentáculos y se abrían para crear un agujero en el centro del tronco. Helena olió un fétido hedor sulfúreo y retrocedió tambaleándose. Un eructo repugnante del intestino de la tierra.

Tratando de respirar por la boca, siguió las instrucciones de *El Evangelio de Lilith* y metió la cabeza cortada en la cavidad del roble. Plantas trepadoras y enredaderas se retorcieron sobre la carne muerta y la ataron al árbol.

Helena dio un paso atrás. Tenía que funcionar. Lo había hecho todo correctamente. No fracasaría ahora. Solo el éxito daría sentido a todo.

—Amo Belial —dijo en voz alta—. Me someto a tu voluntad como recipiente digno de tu poder. Escúchame ahora.

Los ojos muertos del toro miraban a la nada.

—¡Escúchame! —gritó a voz en cuello.

Una chispa de color verde le brilló en los ojos y la cabeza del toro cobró vida, el grueso pescuezo se dobló y los labios se abrieron sobre unos dientes amarillos. La bestia lanzó un enorme rugido.

—¿Quién osa exigir audiencia con Belial?

La voz retumbó por todo el bosque.

—Me conoces, Señor. Te he invocado a este sitio, te he imbuido de la fuerza para que te manifiestes. Soy tu sierva Helena Vance, suma sacerdotisa del Reino Unido.

Los ojos del toro la observaron.

—Eres insignificante.

Helena no esperaba que fuese fácil. El toro la fulminó con la mirada, convertido ahora en mucho más que una cabeza cortada. Ella había visto a Ciara y a otras invocar demonios, pero nunca había visto a un demonio cara a cara, aunque esa cara fuese prestada, como era el caso de la de Belial en esta dimensión. Tenía que demostrar su valía. Él todavía podía decir que no.

—Soy digna. He superado tus pruebas.

—Eres un grano de arena en todo esto.

—Entonces, hazme fuerte —dijo Helena—. Lléname de tu infinito poder.

—Busca poder.

—Sí.

—La guerra anida en su corazón. Canta la canción de Belial.

¿Qué esperaba ella? Belial era el motivo por el que los hombres iban a la guerra. Desde que los hombres habitaban la Tierra, ese demonio había sembrado semillas de discordia, venganza, insatisfacción y tribalismo. Él había puesto armas en muchísimas manos.

—Quiero ganar una guerra —dijo ella.

—La espada de las brujas.

—Sí. Yo la terminaré.

—Tú la empezarás —replicó el toro.

—Yo salvaré a todas las brujas.

—Fueron las brujas las que encarcelaron a Belial en esta prisión de carne.

—A través de mí, serás libre. Yo te seré útil.

Se convertiría en un arma, detendría a Leviatán y nadie se enteraría nunca.

—Una bruja engañaría a Belial.

—Yo serviría a Belial.

Era mentira. Ella no servía a ningún hombre ni a ningún demonio, pero la mayor debilidad del hombre era su arrogancia. No hay mujer en la historia que se haya considerado inferior a un hombre, pero hay un truco para hacer creer a los hombres que mandan. Una virtud de cobardes, pero una virtud al fin y al cabo.

—Sería el recipiente.

—Sí.

—Conocería una fuerza inconmensurable, pero pertenecería al Amo a perpetuidad.

Ella había visto a Hale y no creía al demonio. Los demonios eran aterradores, pero eran débiles en esta realidad, donde dependían totalmente de sus súbditos. Él aceleraría el poder de ella, no al revés. Sin embargo, si quería vencer al Niño Impuro, necesitaba mejorar.

—Acepto tus condiciones.

—¿De verdad?

—Sí.

—Acércate.

Helena dio un paso hacia el roble; la nube acre de gas seguía saliendo de la herida del árbol.

—Es débil —dijo Belial despectivamente.

—No lo es —gruñó Helena, súbitamente furiosa—. Lo está sacrificando todo por su aquelarre. Me he rebajado a asociarme con demonios por la causa.

El toro rio entre dientes.

—Ahí está. Pomposa, arrogante, presuntuosa. Pero dispuesta, sin duda.

—Conviérteme en una espada.

Dio la impresión de que el toro sonreía. Un espectáculo perturbador e insólito.

—El recipiente es virgen.

—Sí.

Una risa grave y cavernosa sacudió el bosque.

—Bruja, tu primera vez va a ser sonada.

Helena vio una chispa de jade verde en los ojos del toro antes de notar que una sustancia gélida y viscosa como un gel entraba en contacto con su boca, sus orificios nasales, sus ojos y sus orejas. Savia. Era savia, que manaba del árbol. Se atragantó una y otra vez conforme le chorreaba por la garganta. El impacto la levantó del suelo y la mantuvo suspendida. La sustancia le envolvió el cuerpo introduciéndose en cada orificio. Helena tenía arcadas y respiraba con dificultad. No podía moverse. La salvia le llenó el estómago, los intestinos, el cráneo.

Cubrió cada centímetro de su ser, por dentro y por fuera.

No podía respirar, no podía…

Helena se despertó sobresaltada.

Seguía desnuda, pero en su habitación en Vance Hall. Las cortinas estaban descorridas y había amanecido, un detalle que hacía pensar que habían pasado unas horas. Examinó su cuerpo: estaba limpia, con el pelo todavía húmedo. No se acordaba en absoluto de cómo había llegado a casa. Lo último que recordaba era atragantarse con la sustancia densa y asfixiante, moviendo los pies en el aire.

Oyó pasos en la escalera y miró la puerta abierta de la habitación. Deseó que se cerrase.

Se cerró de un portazo.

Helena se quedó boquiabierta. Vio la botella de agua que había en el alféizar de la ventana. Simplemente levantó la mano y la botella saltó a la palma de su mano con un grato golpetazo. La miró asombrada.

—Soy una adepta —dijo de forma apenas audible.

Había dado resultado.

Se estiró en diagonal sobre la cama arqueando la espalda como una gata. Todas las células de su cuerpo parecían recargadas, eléctricas. Oh, cómo le gustaba.

Y, sí, a Belial también le gustaba su nuevo recipiente. Le gustaba mucho.

45

La promesa del verano

Niamh

¿Cómo es posible que no sepas preparar *risotto?*, le había dicho Luke. Porque es un follón, le había dicho contestado Niamh. Cuidar el arroz como si fuese un bebé, masajearlo con una cuchara de madera... ¿Quién tenía tiempo para eso en este mundo?

Sin embargo, resultaba tremendamente desconcertante ver a Luke encargarse de la cocina como en otro tiempo había hecho Conrad. Ella siempre había adorado esa danza: una pizca de sal marina, un poco de pimienta, la forma en que sabía instintivamente qué hierbas ir a buscar al huerto. Tal vez ese era su tipo, pensó: los hombres que cocinaban bien. Desde luego, cubrían una necesidad.

Hacía suficiente calor para cenar en el patio con vistas a las colinas. Ese año la primavera estaba evolucionando bien al verano, paulatinamente, como cuando ella era pequeña, sin las extrañas anomalías que habían llegado a asociar con el cambio climático. Hebden Bridge, en el valle, se había inundado nada menos que tres veces en un trienio, pero ese año —de momento— parecía más indulgente.

Theo estaba sentada, en silencio como siempre, a la mesa del patio leyendo los grimorios que Leonie le había traído de Londres. Era la alumna más aplicada a la que Niamh había dado clase. Por fin estaba empezando a tener control. Todo encajaba: una mente confusa da lugar a una magia confusa. ¿Cómo podía mantener la calma una persona que había pasado por lo que Theo estaba pasando? La energía caótica da lugar al caos.

Con la misma maniobra que utilizan los camareros para transportar tres platos de pasta a la vez, Luke llevó el *risotto* a la mesa.

—Podría acostumbrarme a esto —dijo Niamh, y acto seguido deseó no haberlo hecho porque parecía una frase de una comedia romántica.

Luke sorteó el comentario y optó por pincharla.

—De verdad, no puedo creerme que no sepas preparar *risotto*. Te presento un *risotto* de espárragos y guisantes. —Le dio un plato a Theo—. Toma, tío.

Niamh se dirigió solo a Theo. «¿Puedo decirle una cosa a Luke? No quiero que se equivoque de género, y "tío" me parece bastante machuno, ¿no te parece?».

«Claro. No me importa».

—Luke, quería hablar contigo de Theo, la verdad.

Él se sentó y agarró un pedazo de *ciabatta* de ajo.

—Ah, ¿sí?

—Sí. Theo está experimentando cambios y, de ahora en adelante, nos gustaría que te refirieras a ella como a una chica.

Luke, que era un libro abierto, solo manifestó sorpresa un instante antes de tragársela.

—Muy bien. Ah, ¿por eso has venido?

Era plausible. Theo asintió con la cabeza.

—Exacto —añadió Niamh.

—Guay, guay —dijo Luke—. ¿Vas a cambiarte de nombre o vas a seguir llamándote Theo? Podrías hacerte llamar Thea.

Theo se ruborizó. «Dile que me voy a quedar con Theo».

—Es Theo. Al menos, de momento. A mí me gusta. La artista de *La maldición de Hill House* se llamaba Theodora.

—Me gusta —dijo Luke jovialmente.

«A mí también».

—A ella también le gusta Theodora.

Theo sonrió tímidamente y picó el *risotto*, casi grano por grano. Comía como un gorrión nervioso, como si pescase sobras de la mesa.

Si Luke iba a desempeñar algún papel en su vida, tenía derecho a saber —en parte— lo que pasaba. Tal vez, si las cosas iban mucho más lejos, incluso llegase el momento de contarle la movida de las brujas.

—El caso es que Theo se va a quedar más tiempo.

—¿Cuánto más?

No era tanto sospecha como curiosidad. Niamh ya cargaba con mucho equipaje. ¿Qué era un bolso más?

Niamh se dio cuenta de que Theo estaba esperando su respuesta con interés.

—Todo lo que ella quiera.

Theo no necesitó palabras para darle las gracias porque Niamh prácticamente saboreó el subidón de azúcar de su gratitud, de lo intensa que fue.

Terminaron la cena (acompañada del primer rosado de la temporada) y jugaron a un juego de cartas llamado *Skulls*. Era tan sencillo que Theo podía jugar sin hablar, y las dos juraron en privado no leer el pensamiento a Luke, pese a la ventaja que les habría dado.

El sol se puso y entraron para ver la tele. El primer rosado y ahora su primera serie. El perro se acurrucó entre Niamh y Luke en el sofá mientras Theo leía tomando notas en los márgenes. Niamh sentía una satisfacción que hacía mucho que no experimentaba. ¿Y si esa era su vida ahora? Había vidas mucho peores. En eso consiste el amor verdadero: no en dramas y lágrimas, sino en *risottos* y series. Había tenido la suerte de vivir esa clase de intimidad una vez, pero dos le parecía casi avaricia.

Aprovechó la oportunidad para hablar con Theo mientras Luke subía al cuarto de baño. «Theo, ¿qué te parecería si Luke se quedara a dormir alguna vez? Esta noche no, pero otro día».

La chica parecía distraída; sus pensamientos intermitentes, nerviosos. «¿Oyes eso?».

«¿El qué?».

Theo arrugó la frente oliendo el aire como un lobo. «Hay una voz nueva».

Niamh escuchó haciendo un gran esfuerzo. Al principio no detectó nada, y estaba a punto de decírselo cuando oyó algo. «Oír» no era la palabra adecuada; más bien, lo sintió. Algo frío, algo antiguo, como el aire negro y el almizcle de una cueva profunda. «Ya veo a lo que te refieres».

«¿Qué es?».

Extraño, es lo que era. «No lo sé».

Theo abrió mucho los ojos. «Tengo miedo».

Entonces, Niamh se preocupó. «¿De qué?».

«Algo no va bien. Creo que ella va a venir a por mí».

—¿Helena?

Theo asintió con la cabeza.

—No va a venir a por ti. Y si viene, la detendré. Soy más poderosa que ella. Siempre lo he sido.

Ojalá hubiese podido decir que eso tranquilizó a Theo, pero seguía pareciendo tensa.

«No pasará nada, Theo. Te lo prometo».

«Nunca había vivido en un sitio tan bonito. No quiero que acabe».

Niamh se estiró por encima del brazo del sofá y abrazó a Theo. La chica todavía estaba vulnerable, pero ya no se sobresaltaba cuando ella la tocaba. «Nadie te va a llevar a ninguna parte».

46

Llamamiento a las armas

Helena

—No me discutas, por favor —dijo Helena, doblando un bañador y metiéndolo en una maleta sobre la cama de Snow.

Snow hizo un extraño ruido: una mezcla de tacos quejumbrosos e irritación.

—¡No quiero ir a Boscastle! ¡Es peor que Hebden Bridge!

—Tiene unos paisajes muy bonitos —alegó Helena.

La pobre Snow había vuelto de Manchester hacía solo unas semanas y ya la estaban despachando otra vez. Sin embargo, era por su seguridad.

Snow la miró como si fuese tonta.

—¿Sabes lo que yo busco en vacaciones? Esto es una mierda. ¿Por qué no puedo quedarme contigo?

Helena dejó de hacer la maleta y lanzó una mirada furibunda a su hija. Abrigaba un poderoso deseo de pegar tan fuerte a aquella llorica que le rompiese la mandíbula. Y no dudaba de que pudiese hacerlo. Contuvo las ganas. «Es Snow».

—Tengo mucho trabajo. Son las vacaciones de mitad de trimestre, hará buen tiempo, y tus abuelos están encantados de poder llevarte. Antes te gustaba la casa de campo.

—Antes me gustaban One Direction. Las cosas cambian, mamá.

«Podría partirte el cuello, pedazo de...».

—Por favor, Snow, hazlo por mí. Por favor.

Snow hizo una pausa y reconsideró la forma de abordar el asunto.

—Pasa algo, ¿verdad?

—No. ¿Tan raro es que tu abuela y tu abuelo quieran llevarte de vacaciones?

—Sí, un poco. Ha surgido de repente, y la abuela tiene que hacer de jurado en la feria de las flores de Todmorden, así que no tiene mucho sentido, sinceramente.

Snow era más lista de lo que parecía.

—Ha cambiado de planes.

—Nos quieres lejos, ¿verdad? ¿Por qué?

—Eso no es para nada verdad —mintió ella.

—¿Tiene algo que ver con Theo?

—¿Qué te hace pensar eso?

Helena adoptó un tono almibarado.

Snow se encogió de hombros.

—No sé. Como cuando a la tía Niamh se le fue la pinza en el funeral y eso.

Helena apartó el bonito pelo de Snow de su bonita cara. Quería a esa chica que había agrandado su corazón. Lo sentía muy intensamente. En ese momento lo sentía todo muy intensamente; tenía hambre todo el tiempo, estaba famélica. Mataría por Snow, como debería haber matado a los que hicieron daño a su marido. Ahora no habría mostrado piedad.

Era la criatura más poderosa de este patético planeta.

Era delicioso.

—No tienes por qué preocuparte, querida Snow.

La chica hizo una mueca.

—Mamá, te estás pasando.

Helena arqueó una ceja.

—No te imaginas cuánto. Bueno, termina de hacer la maleta y espera a que te teletransporten a Cornualles. Tengo que ir a la oficina. Que lo pases fenomenal. Iré a veros, si puedo, pasado mañana. —Helena la besó en la frente y le dio un cachete en el trasero—. Ponte las pilas. Te quiero.

—Yo también te quiero —dijo Snow.

«La chica desconfía».

Al salir de la habitación, Helena se metió sutilmente el móvil de su hija en el bolsillo de la chaqueta aprovechando que estaba de espaldas. Por si acaso.

Anochecía cuando Sandhya la recibió en el ASM.

—¿Está todo el mundo? —preguntó en cuanto se volvió corpórea.

—Todas las de la lista han venido.

—Bien. —No les había dado alternativa—. No les hagamos esperar.

Helena tomó la delantera y recorrió las oficinas casi vacías dando grandes zancadas. Solo un equipo mínimo hacía el turno de noche para teletransportaciones de emergencia y demás. Subieron en ascensor al Boil and Bubble, la cafetería de la primera planta, cuya terraza daba a las rosaledas de la parte trasera. Los jardines del ASM estaban bien cuidados y eran totalmente simétricos; cuatro cuadrantes de híbridos de gloria carmesí que empezaban a florecer alrededor de una fuente decorativa central. Era un espacio precioso, incluso a la luz de las farolas.

Mientras su asistenta se quedaba atrás, Helena se agarró a la verja y observó a quienes había reunido: sus más firmes aliadas dentro del ASM. Cada una de esas mujeres le había demostrado su lealtad.

—Hermanas, gracias por venir con tan poca antelación —gritó, y el alboroto de voces respetuosamente curiosas se interrumpió de inmediato.

No le había indicado a Sandhya ni el más mínimo detalle de por qué necesitaba una sesión de urgencia.

Debajo de ella vio a su equipo de respuesta: la escultural Robyn Jones, Jen Yamato y Clare Carruthers. Las hermanas Finch —unas cotillas cargantes, pero poderosas elementales— se hallaban presentes. También Irina Konvalinka y la joven Amy. Las acompañaban otra media docena de brujas de capas grises que estaban ascendiendo en el escalafón. Todas sumamente entregadas; Helena las había sometido personalmente a evaluaciones psicométricas. Sí, con eso bastaría. La combinación adecuada de habilidades y no muchos cuerpos que levantasen sospechas. El equivalente brujesco de un equipo de fuerzas especiales.

—Seguro que os estáis preguntando por qué os he llamado con tal urgencia —empezó—. Algunas de vosotras luchasteis conmigo en la guerra, y otras sois demasiado jóvenes para acordaros de los horrores de esa época. Cuando me convertí en suma sacerdotisa, juré que esos tiempos tan sombríos habían quedado atrás para siempre. Pero, con gran pesar, debo confirmar que ciertos rumores son ciertos: ahora se presenta un peligro mucho mayor para nuestro aquelarre.

Se apartó y dejó que Sandhya avanzase.

—Enséñaselo.

Sandhya les transmitió a todas la terrible visión de Amy. Helena escudriñó sus rostros mientras recibían las imágenes, esperando a que se retorciesen de repulsión, miedo y pánico. Y, efectivamente, así fue.

—El Niño Impuro es real, hermanas mías. A través de él, Leviatán se alzará. Ahora mismo, en Hebden Bridge, proclama que es mujer; un miserable intento de infiltrarse en nuestro aquelarre y destruirnos desde dentro. En este caso, no debemos permitir que las leyes de los mundanos nos desvíen ni nos retrasen. Siempre hemos creado nuestras propias leyes, y por eso ahora debemos seguir adelante como brujas. El Niño Impuro es una abominación, y una a la que hay que poner freno.

Las brujas hablaron entre ellas descifrando de forma frenética la visión de la oráculo y sus palabras.

—Por favor, hermanas. Sé que la premonición es sumamente inquietante, pero os he reunido aquí no para hablar, sino para actuar. Formáis un cuerpo especial, mis brujas más leales y competentes. Esta noche os necesito. Tenemos una oportunidad de resolver el problema y nos enfrentamos a dos poderosas sintientes que saben que vamos a por ellas.

—¿Dos? —gritó Venice Finch desde el jardín.

Helena asintió con la cabeza sabiamente.

—Lamentablemente, nuestra hermana Niamh Kelly está dando refugio al Niño Impuro. Es posible, incluso, que se haya aliado con el mismísimo Leviatán...

Las palabras provocaron otro murmullo de escándalo en el estanque.

—Ya. Nadie está más preocupada que yo. Como sabéis, Niamh es muy amiga mía. Pero ¿qué suma sacerdotisa sería si antepusiera mi amistad a los intereses del aquelarre? No pienso quedarme de brazos cruzados mientras ese niño pervierte todo lo que yo, lo que nosotras, defendemos.

Más risitas nerviosas. Paris Finch levantó la mano. Llevaba las uñas de las manos largas y con la manicura hecha. Helena se imaginó que le arrancaba cada uña de las puntas de los dedos y lo mucho que le dolería.

—¿Y si Niamh interviene? Es una adepta de nivel cinco...

Helena hizo una pausa un momento, volviendo a concentrarse. Belial tenía ansias de dolor.

—Juntas somos más fuertes. Esta noche iremos a Hebden Bridge. No puedo obligaros a que me acompañéis, pero vuestro aquelarre os lo pide. El principal objetivo es capturar y detener a Theo Wells. Si él, o cualquiera, trata de impedir nuestra misión, estáis autorizadas a utilizar la fuerza letal.

Esta vez no hubo comentarios. Acababa de demostrarles lo grave que era.

—Bueno. No podemos impedir que esa horrible visión se haga realidad, pero el tiempo es oro si queremos aprovechar el elemento sorpresa…

Sintió que Belial se revolvía dentro de ella, hambriento, con un sabor metálico en la lengua. Albergaba el extrañísimo deseo de masticar pilas. Existía una remota posibilidad de que no llegase a ocurrir, pero si Niamh tenía ganas de pelea, le daría una que no olvidaría nunca.

Helena esperaba que Niamh tuviese ganas de pelea.

47

Una carta urgente

Niamh

Theo se había dormido en el sillón mientras Niamh se movía poco a poco por el sofá para arrimarse a Luke. Se sentía muy bien. Solo estaba atendiendo a medias a la escabrosa serie de detectives que estaban viendo, más cautivada con la cercanía y la promesa de cercanía todavía mayor que podía venir después.

El móvil vibró: la alerta de correo electrónico. Estaba de guardia y pensó que no debía desatender el aviso.

Hum, qué raro.

—¿Qué pasa? —preguntó Luke.

—He recibido un e-mail de Snow Vance. Ya sabes, la chica a la que doy clases. Es muy raro porque normalmente Snow se comunicaría por WhatsApp o por mensaje directo.

Hola, tía Niamh:

¿¡¿¡Mamá me ha robado el móvil!?!? No sé por qué, pero me ha mandado al sur con mis abuelos. Creo que le pasa algo; se comporta como si se le hubiera ido la olla. ¿Puedes ayudarla, porfa?

Besos,

SNOW

Fue una reacción muy física. Niamh se levantó de un brinco del sofá como si le hubiesen pinchado.

—¿Qué? ¿Qué pasa? —repitió Luke.

Niamh no le hizo caso y despertó a Theo.

—Theo, despierta.

La chica abrió los ojos de repente y se incorporó muy sobresaltada.

Niamh notó una opresión en la garganta.

—Tenemos que irnos. Viene Helena.

48

Duda

Helena

Todas las mujeres habían accedido a ir a Hebden Bridge sin dudarlo, y en ese momento once brujas vestidas del gris del ASM se hallaban reunidas en el oratorio esperando a ser teletransportadas. Habían tenido que recurrir a sanadoras de emergencia para un traslado tan numeroso. Estaba tardando más de lo que a Helena le habría gustado y, para colmo de males, la histérica de Sandhya había desaparecido mientras reunía uniformes nuevos.

Helena no vio a Irina aparecer a su lado cuando la mujer ciega le puso una mano fría en el brazo.

—¿Hay algún problema? —le espetó, descargando su irritación con la oráculo.

—Podría haberlo.

—¿Puede esperar? —dijo apretando la mandíbula.

—Creo que no.

Helena condujo a la oráculo lejos de sus tropas, al perímetro de la cúpula.

—¿De qué se trata, Irina, vieja pesada?

—He consultado a oráculos de todo el Reino Unido, tanto del ASM como independientes, y ni una de las nuestras puede verificar la visión de Amy Sugden.

Helena parpadeó expectante.

—¿Y...?

—Las oráculos tenemos motivos para trabajar en armonía, sacerdotisa. Somos humanas y falibles. Nuestras profecías pueden estar contaminadas por nuestros prejuicios personales, o influidas por los demonios, y algunas de nosotras simplemente tenemos imaginación hiperactiva. Lo que quiero decirle es que no se crea todo a lo que acceda.

—¿Por qué un demonio mandaría a una oráculo ese augurio? ¿Qué podría aspirar a conseguir?

Irina juntó las manos en el pecho, como si estuviese rezando.

—La función de un demonio siempre ha sido manipular al hombre para que cumpla sus órdenes, aunque personalmente no he experimentado ese delirio…

«Arráncale esa cabeza enclenque de los hombros». Helena hizo caso omiso del impulso y sonrió con amabilidad, que solía ser la mejor forma de eludir palabras condescendientes.

—Señorita Konvalinka, ¿ha hablado con alguien más de la validez de la profecía de Amy?

—No.

—Estupendo —dijo Helena, agarrándole la cara y apretando con fuerza. La oráculo gimió débilmente—. Procure no hacerlo. Si otra oráculo muere, la gente hablará. Descanse.

Helena le acarició la cabeza calva y regresó con su grupo especial. Ya era casi la hora.

49

La intrusa

Leonie

La Misa Negra de esa noche había sido mustia. La encantadora señora Rashid estaba muy enferma —neumonía—, de modo que habían dedicado la reunión a enviarle la máxima energía posible. Era muy mayor. A esas alturas, no se trataba tanto de alargarle la vida más de lo normal como de hacerla lo más receptiva a la muerte que uno podía desear.

Aun así, era una congregante popular. A todo el mundo le entristecería que partiese.

Por eso Chinara había propuesto una parada en Kreemy al volver a casa. A Leonie le encantaba ese establecimiento; luces brillantes como una terminal de aeropuerto hasta las dos de la madrugada, siete días a la semana. Eso hacía pensar que en el sur de Londres había una persona triste, colocada o embarazada prácticamente todo el día, y todos los días. ¿Por qué si no alguien iba a necesitar un helado a las dos de la madrugada?

—¿Me pone dos bolas? Una de cereza y la otra de chocolate negro. ¡Con fideos de colores! —pidió al albanés de aspecto superaburrido que estaba detrás del mostrador.

A juzgar por su cara, allí también se podía pillar hierba si uno sabía la contraseña mágica.

—¿Tarrina o cucurucho? —dijo él en tono monótono.

—Cucurucho, por favor. ¿Quieres algo? —preguntó Leonie a Chinara. Ella era intolerante a la lactosa, pero también tenían sorbetes. A ella no le apetecía nada, de modo que el tipo pasó a servir a Leonie—. Eres un ángel —le dijo Leonie a Chinara—. Esto es justo lo que necesitaba.

—¿Cereza y chocolate? ¿Cómo? ¿Qué perversión es esa?

—¡Está buenísimo! ¡Sabe a tarta Selva Negra! —gritó Leonie, y Chinara se quedó desconcertada—. Deberías probarlo. Merece la pena pillar cagalera, créeme.

Agarró el helado y se lo comió mientras recorrían el último par de manzanas hasta su piso. Londres no duerme nunca, pero ese día había poco movimiento para ser una noche de miércoles de mayo. Incluso en la zona 2 se respiraba cierta tranquilidad. La tienda de pollos asados de la esquina estaba cerrada, cosa rara, y en la lavandería solo había un tipo leyendo un ejemplar sobado de *Trampa 22* en el asiento de la ventana cuando pasaron. Leonie también detectó zorros. Siempre había zorros astutos.

¿Cómo iba a irse de Londres? Helado y lavandería a pocos minutos de las once de la noche. ¿Qué más podía querer alguien? Ese era su hogar.

—Deberíamos tener un bebé —dijo.

Chinara se paró en seco.

—¿He oído bien?

—Sí. Mira, ya sé que he estado evitando el tema, pero sabes por qué.

—Sí, lo sé. Pero no me gustaba decirlo.

—Me conoces bien. —Llegaron al exterior de su bloque y subieron los anchos escalones de piedra—. Ese crío será tuyo y mío. Adondequiera que vayamos, ella o él (o elle) vendrá también. No estoy sola.

—Nunca.

Chinara abrió la puerta principal con llave.

Leonie siguió mientras subían la empinada escalera hasta el primer piso.

—Pero da miedo.

—¡Pues claro! —dijo Chinara riendo—. Lo raro sería que no tuviéramos dudas, ¿no? ¡Crear una nueva vida! ¿Qué puede imponer más respeto?

—¡Y que lo digas! Deberían hacerte superar un examen o algo parecido.

Cuando llegaron a la puerta de su piso en el ático, Leonie se quedó inmóvil.

Agarró a Chinara por la parte de arriba del brazo.

—Hay alguien ahí dentro… —susurró.

No hizo falta que se lo repitiese a Chinara.

—Quédate detrás de mí.

Leonie puso los ojos en blanco. No era una puta damisela en apuros. Registró el piso. Era una mujer, y la mujer estaba asustada.

«Es una mujer. Creo que no quiere hacernos daño», le dijo a Chinara. Chinara entró primero invocando una bola de fuego en la palma de la mano. «No incendies el piso, por favor, o no nos devolverán la fianza».

La casa estaba a oscuras y en silencio cuando avanzaron por el pasillo de puntillas.

—¡Sabemos que estás ahí! —gritó Chinara—. Sal. Te lo advierto, estoy armada.

«El salón».

Chinara entró a toda velocidad seguida de Leonie.

—¡No me hagáis daño! —chilló la joven, y Leonie frenó a Chinara antes de que alguien resultase herido.

Leonie la reconoció: una chica asiática guapa.

—¡Soy del ASM!

—Sandhya, ¿verdad? —dijo Leonie mientras Chinara apagaba la llama.

Recordaba vagamente que había sido alumna de Niamh y luego había entrado en el aquelarre. Leonie le había mandado

407

una vez un correo electrónico para hablarle de Diáspora y había recibido una respuesta muy educada, aunque, en su opinión, ingenua, en la que la chica le explicaba que quería hacer el ASM más inclusivo desde dentro.

—Ser del ASM no significa gran cosa en esta casa —dijo Chinara seriamente—. Has entrado a la fuerza.

—¡Lo siento! —se disculpó la chica, asustada—. Les he pedido a un par de amigas de la oficina que me teletransportaran. Ella nos matará a todas si se entera.

Leonie se dio cuenta de que no bromeaba. Temía realmente por su vida.

—No pasa nada. Tranquila. No te vamos a hacer daño. —La condujo hasta su nuevo sofá de Ikea—. Siéntate, anda.

—¡No tenemos tiempo! —dijo Sandhya, aunque hizo lo que ella le mandó.

—¿Qué pasa? —preguntó Chinara.

—Es Helena…

—Quién coño iba a ser si no… ¿Qué ha hecho esta vez?

Leonie recogió a la gata de entre sus pies y la abrazó fuerte.

Los ojos de Sandhya eran charcos húmedos a la tenue luz de la lámpara.

—Va a por Niamh y el Niño Impuro.

—¿Theo?

—Va a teletransportar a una docena de brujas a Hebden Bridge esta noche. Ha rodeado toda la ciudad de una barrera y va a hechizar a los mundanos.

—¿A todos? —inquirió Leonie.

—Tiene a todo el ASM trabajando en Manchester. No puedo contactar con Niamh… No sabía a qué otro sitio ir.

Vaya huevos tenía aquella mujer.

—Me cago en la puta.

Sandhya retorció un pañuelo de papel viejo entre las manos.

—He trabajado con ella durante años… y siempre se lo ha

tomado todo muy en serio, pero esto es distinto. Creo que está pasando algo. Nos hizo llevarnos unos objetos mágicos de contrabando de un local de Rye, y luego alguien accedió a las cámaras acorazadas con su pase de seguridad. Lo he comprobado: algunos de los objetos que incautamos han desaparecido.

Esa chica, Sandhya, era lista.

—¿Qué piensa hacer con ellos? —preguntó Chinara.

Ella no sabía la respuesta. No había ni rastro de exageración ni de engaño en la mente de Sandhya. La abrió de par en par para que Leonie la sondease.

—Si se oponen a que las detengan, las brujas del ASM tienen autorización para matarlas a las dos.

Inmediatamente, Leonie se volvió hacia Chinara. No necesitaron comunicarse telepáticamente porque las dos comprendieron enseguida que habían cometido un error de principiantes. Habían subestimado a una mujer blanca vengativa.

50

SOS

Elle

Elle estaba cepillándose los dientes con su Sonicare cuando recibió el mensaje. Entró de golpe en su mente sin avisar con el estruendo de unas latas. Se le cayó el cepillo eléctrico en el lavabo y se agachó junto a la ducha.

«Soy Leonie. Elle, ¿por qué coño tienes el móvil apagado?».

Elle se agarró el cráneo tratando de mantenerlo intacto. «¡Sal de mi cabeza, Leonie!».

«No. Ve a casa de Niamh ahora mismo y avísala. Yo no puedo ponerme en contacto con ella; la han aislado de mí también. Helena y el ASM van a por Theo, y las matarán a las dos si no se dejan detener. Vete YA».

Leonie desocupó su mente y hubo un glorioso segundo de silencio.

—Mierda —dijo Elle en voz alta.

Jez asomó la cabeza por la puerta y miró inquisitivamente su cepillo de dientes, que zumbaba en el lavabo.

—¿Estás bien, cariño?

Elle se levantó.

—No, no lo estoy.

Pasó por su lado dándole un empujón para ir a la habitación. No tenía el móvil apagado, sino en silencio sobre la mesilla de noche. Vio que, efectivamente, había recibido cuatro llamadas perdidas de Leonie.

Lo desenchufó y llamó rápido al número de Niamh. «El número que ha marcado no está disponible. Por favor, inténtelo de nuevo más tarde».

Elle lanzó una mirada asesina al teléfono como si el aparato tuviese la culpa. ¿Cómo era posible que el número de Niamh no estuviese disponible? El ASM, claro. Por lo que más quisiera, Helena podía teletransportarse por el espacio. Desconectar el móvil de alguien era pan comido para ella. Como último recurso, intentó llamar al fijo de Niamh, pero oyó una extraña señal.

—Elle, tesoro, ¿qué pasa?

Jez parecía totalmente perplejo, pero preparado como un muñeco de acción, listo para lo que fuese en cualquier momento.

¿Por dónde empezar?

—Hay problemas en casa de Niamh.

—¿Qué clase de problemas?

Abajo, oyeron un portazo y ruido de pasos.

—¡Mamá! ¡Vamos! —gritó Holly.

Estupendo, pensó Elle, la sintiente de la casa también había recibido el mensaje. Se acordó de aquel juego de mesa en el que ganaba el que sacaba las pajitas correctas. Si uno se equivocaba de pajita, todo se venía abajo. Sus mentiras de repente se le antojaban una casa hecha de pajitas. Estaban a un solo soplido del desastre. Hizo caso omiso de la pregunta de Jez y salió a toda prisa de la buhardilla.

—¡Elle! —gritó Jez detrás de ella.

Elle encontró a Holly en pijama poniéndose las zapatillas de deporte en el recibidor.

—¿Qué narices estás haciendo?

Holly la miró, no por primera vez, como si fuese tonta.

—He oído lo que ha dicho Leonie. Tenemos que ir a casa de la tía Niamh.

—Yo creo que no, señorita. A la cama.

—¡No! Si el ASM va a por ellas, necesitarán toda la ayuda posible.

Jez apareció entonces en lo alto de la escalera. A Elle le daba vueltas la cabeza. Se acabó. Eso sí que no iba a poder explicarlo. ¿Podría Holly borrarle la memoria ya? No, no podía arriesgarse a eso; la chica podía acabar amputándolo. Vaciló en la entrada sin saber dónde meterse.

—¡Vamos, mamá! —gritó Holly.

—Elle, ¿qué pasa, cariño?

Elle cerró los ojos y deseó que todo parase.

—¡Callaos! ¡Dejadme un minuto los dos, por favor!

—¡Ellas no tienen un minuto, mamá! ¿Vienes o no?

—Holly, no vas a acercarte a esa casa si…

Elle iba a agarrarla y a llevarla a rastras a su habitación si hacía falta, pero Holly levantó la mano para impedírselo. Tal vez con más fuerza de lo que pretendía, porque Elle notó que un muro invisible se estrellaba contra ella. Se quedó sin aliento, salió despedida hacia atrás contra la escalera y cayó de culo.

Holly corrió hacia la puerta principal.

—¡Lo siento! —gritó mientras salía como una flecha a la noche.

Jez bajó la escalera corriendo para ayudar a Elle a levantarse.

—¿Qué coño ha sido eso? ¿Lo has visto?

Elle apretó los dientes.

—Sí, Jez, lo he visto.

A él se le pusieron la cara y los labios pálidos.

—Acaba… acaba de mandarte volando por los aires, joder.

Elle se lo sacudió de encima y se dirigió a la puerta. A saber adónde se creía Holly que iba a pie. La casa de Niamh estaba a unos cuarenta minutos de allí andando y diez minutos en coche.

—Tengo que alcanzar a Holly.

—No. Ni hablar. —Jez estiró el brazo por detrás de ella para cerrar la puerta y la atrapó dentro de casa—. Dime ahora mismo lo que está pasando. Lo digo en serio, Elle.

Elle se apartó el pelo de la cara. En su vida se habían ido abriendo finas grietas a lo largo de los años. Tarde o temprano, el jarrón se haría añicos. Ella lo había sabido siempre; desde que tenían diecinueve años se había iniciado una cuenta atrás. Y ahora se había acabado el tiempo.

¿O no? Si hubiese un mañana, Niamh podría volver a borrarle la memoria.

—Suéltame, Jez.

—No. Hasta que me lo digas, no. Merezco saberlo. No tenemos secretos.

—Jez...

—Lo digo en serio, Elle.

Él no parecía tan enfadado como preocupado. A lo mejor eso era algo, un atisbo de esperanza. A lo mejor él se mostraría como Conrad: curioso, intrigado, comprensivo. A lo mejor su futura vida podía ser igual que *Embrujada*.

—Jez... —Elle se esforzó por no alterar la voz—. Tengo que alcanzar a Holly porque podría resultar herida.

—Pues más vale que me lo digas rápido.

Elle tenía ganas de abrir la boca y gritar y gritar sin parar. Siempre se había imaginado ese momento como una escena cinematográfica: con acompañamiento de trompas o violines, quizá frente al mar al atardecer. En cambio, una corriente de aire le soplaba por los tobillos en la entrada y la casa todavía apestaba a pescado al curri. Lo normal, la verdad.

—¿Te acuerdas de que todo el mundo decía que mi abuela era una bruja?

—Sí. —Él esperó a que ella acabase. Ella esperó a que él lo captase—. ¿Qué? ¿De verdad?

Elle asintió con la cabeza.

—Soy una bruja. —Solo hicieron falta tres palabras—. Vengo de una estirpe muy larga de brujas famosas.

Él seguía esperando el final del chiste. Elle se limitó a mirarlo fijamente.

—No. Vete a la mierda. —Ella asintió otra vez con la cabeza—. ¿Qué? ¿Y tu madre?

—No. Mi madre no. Se saltó una generación.

Jez consideró esa información.

—Ah. En realidad, eso habría tenido más sentido.

En cualquier otro momento, puede que a Elle le hubiese hecho gracia. Apretó suavemente los brazos de Jez.

—Una vez me dijiste que entre mis amigas y yo hay algo especial; pues eso es. Son más que simples amigas, son mis hermanas. Niamh me necesita. De verdad tengo que ir con ella.

Holly también la necesitaba. Elle lo entendía ahora; Holly ya no era solo su hija, ni Elle era solo su madre. También ellas eran hermanas, iguales en ese aspecto.

Él estaba a punto de discutir, pero ella acercó la mano a sus labios.

—¡Por favor, Jez! Podemos hablar de esto el resto de nuestras vidas, pero ahora mismo tengo que alcanzar a nuestra hija. ¿Te quedas aquí con Milo? Yo no puedo hacerlo todo.

Algo que una madre no debía admitir nunca.

Jez asintió con la cabeza de mala gana y se apartó. Ella se disponía a abrir la puerta, pero él volvió a detenerla.

—¿Vas a salir así, nena?

Llevaba puesto un camisón de satén. Él tenía razón.

Elle no estaba segura de dónde se estaba metiendo. Los pensamientos se agolpaban en su mente. ¿Niamh contra Helena? Había una decepcionante inevitabilidad en ese enfrentamiento. «Las chicas no pueden llevarse bien», decía siempre su madre. Elle siempre había pensado que era porque su madre se acostaba con tantos maridos de otras mujeres, pero tal vez había algo de verdad en ello.

Se cambió rápido y corrió al coche con la ropa más ligera que tenía: unas mallas elásticas de la línea Fabletics de Kate Hudson, un sujetador de deporte TK Maxx y unas zapatillas de correr que había usado muy poco. Se recogió el pelo en un moño. Pasara lo que pasase, Elle Pearson estaba lista. En el espejo retrovisor, Jez observaba como se marchaba desde la puerta de su casa. Todavía no lo había asimilado, se notaba. Ella tendría que estar allí cuando llegase el momento.

«Céntrate en lo que estás haciendo». Bajó del bordillo de la entrada y solo hacía dos minutos que recorría la calle cuando vio a Holly andando hacia Hebden Bridge en pijama. La embargó el orgullo. Una chica que no dudaba en ayudar a sus amigas. Las lágrimas le picaban en los ojos, pero las contuvo parpadeando. Annie estaría muy orgullosa de ella.

Bajó la ventanilla.

—¡Sube, pringada, nos vamos de compras! —gritó Elle.

Holly giró la cabeza de repente. Por una fracción de segundo, pareció sorprenderse de verla y luego sonrió, mientras corría hacia el asiento del pasajero.

51

Huir

Niamh

Niamh metió la última maleta en la parte trasera del Land Rover y cerró el maletero.

—¿Dónde se ha metido Tiger? ¡Tiger! —Volvió corriendo a la cocina—. ¿Tiger? ¡Qué perro más bueno!

Luke la agarró.

—¡Por favor, Niamh, para! ¡Estás descontrolada!

—¡Luke, vete! Te lo he pedido cien veces. Lo mejor que puedes hacer es marcharte.

Theo se hallaba al lado del coche; tenía toda la pinta de estar tan preocupada como Luke. Tal vez sí que parecía un poco loca, pero no tenía tiempo para preocuparse por si parecía chiflada además de estarlo realmente. Cuando estuviesen a salvo, se pasaría un cepillo por el pelo.

—No te voy a dejar así, Niamh.

Niamh agarró a Tiger por el collar y lo llevó hasta Theo.

—¡Theo! Súbelo al coche. Enseguida estoy.

La chica hizo lo que le mandó.

—No me debes ninguna explicación. No me debes nada, pero seguro que hay algo que pueda hacer para ayudarte.

Niamh rio. En realidad le dio la risa porque Helena Vance podía aplastarlo como a una mosca.

—Luke, no hay una forma bonita de explicar esto, pero si te quedas, existe la posibilidad de que mueras.

Él no parecía demasiado convencido.

—Yo no…

—Pero yo sí. Vuelve a casa, por favor. Y cierra las puertas con llave.

Niamh se volvió para subir al coche.

—¡Espera! ¿Volveré a verte?

—No lo sé —reconoció ella.

—Así que esto es una desped…

Y entonces puso los ojos en blanco y se desplomó al suelo como un saco de patatas.

—Pero ¿qué coño…?

Niamh maldijo al cielo.

Theo bajó del coche y se quedó al lado de ella. «¿Qué le has hecho?».

«Nada. ¿Lo has dormido tú?».

«¡No!».

Joder.

—Eso quiere decir que ya están aquí. Deben de estar sedando a los mundanos para quitárselos de en medio. Solíamos hacerlo durante la guerra. —Joder, joder, joder, joder, joder—. Me cago en la leche. Abre la puerta de atrás.

Theo hizo lo que ella le dijo y Niamh se valió de la telequinesis para levantarlo y meterlo en el coche. No fue fácil, como enhebrar una aguja, pero consiguió depositar sus anchas espaldas sobre los asientos traseros.

«¿Viene con nosotras?».

Niamh le lanzó una mirada indecisa.

—No estoy segura de que hayamos llegado a la fase de nuestra relación en la que nos fugamos para casarnos —respondió ella—. Vale, cambio de plan. Lo dejaremos delante de su edificio. No puedo dejarlo aquí. Será el primer sitio donde mirarán. —Theo se limitó a asentir con la cabeza—. Venga, vámonos.

52

La caza de Hebden Bridge I

Helena

Primero se materializó Helena e inmediatamente después, Robyn a su izquierda y Clare a su derecha. Llevaba una capa del ASM por encima de la ropa para mostrar solidaridad con las mujeres que no podía evitar considerar sus «tropas». Había desenterrado el sufrido pantalón militar y la camiseta de tirantes que solía llevar en la guerra.

Volvían a estar en guerra.

El aire crepitó y más «tropas» aparecieron en puntos estratégicos alrededor del hogar de Niamh.

Sin embargo, la casita parecía tranquila.

—¿Alguna señal de vida? —preguntó a Robyn.

—Está vacía.

Helena echó un vistazo al camino. El Land Rover de Niamh había desaparecido.

—Alguien las ha avisado… —Y sospechaba que sabía quién. Sandhya Kaur seguía desaparecida. La muy traidora... Después de todo lo que había hecho por ella...—. ¿Están al menos dentro de la zona de exclusión?

—Creo que sí —le dijo Robyn.

Menos daba una piedra. Nadie podía entrar ni salir de Hebden Bridge sin su permiso. Habría sido maravilloso que Niamh hubiese entregado inesperadamente a Theo y lo hubiese puesto bajo la custodia del ASM, pero Helena no creía en absoluto que eso ocurriese. Todavía cabía una pequeña posibilidad de que esa noche todo acabase de forma pacífica. Al fin y al cabo, ella solo quería al niño detenido. Nadie tenía por qué resultar herido. Al pensarlo, casi oyó la risa áspera de la voz que hablaba en lo más recóndito de su cráneo.

Una parte de ella sabía lo que iba a pasar, y lo ansiaba. Qué decepción se llevaría si el desenlace era pacífico.

—Muy bien —dijo—. No pueden haber ido lejos. ¡Acercaos!

Sus brujas se aproximaron; un equipo compuesto por diez, debido a la ausencia de Sandhya.

Se dirigió a todas juntas.

—Señoras, Hebden Bridge es una ciudad muy pequeña, pero con muchos escondites y recovecos. Llenaré las calles de niebla. Los mundanos están o dormidos o hechizados, así que no tenemos que preocuparnos por ellos. No nos vamos a ir de aquí sin ese chico, así que os recomiendo que os pongáis a buscar. Equipos de dos. Una sintiente por pareja por si os ven.

Las chicas formaron parejas.

Helena asintió con la cabeza, satisfecha.

—Venga, arrasad esta ciudad si es necesario.

53

La caza de Hebden Bridge II

Niamh

Como el río atravesaba Hardcastle Crags, no había una ruta directa a Pecket Well salvo volando, de modo que Niamh condujo cuesta abajo hasta el valle.

—Noticias de última hora. En las Tierras Medias se ha activado la alerta por mal tiempo —dijo el locutor nocturno con su voz ronca y seductora—. En el norte soplan fuertes vientos, algunos huracanados. Es posible que caigan ramas de árboles y se suelten tejas, e incluso hay personas que afirman haber visto un torn...

Niamh apagó la radio. Tenía que concentrarse.

Por lo demás, las carreteras estaban vacías: incluso la carretera principal a Todmorden. Una niebla espesa y helada acechaba sobre la carretera y se iba adensando a medida que descendía al valle.

—Son ellas —le dijo Niamh a Theo.

Les estaban dificultando la huida.

Un solitario Volkswagen se hallaba al borde de la carretera, en el arcén con hierba. Era evidente que la conductora mundana, una mujer, había parado a medias cuando el hechizo le había hecho efecto. Había tenido suerte. Podría haber sido peor.

—¿Qué coño se ha creído? —dijo Niamh en voz alta—. ¡Podría haber muerto gente!

Se estaba acercando al punto decisivo de regresar a la ciudad cuando dos mujeres se materializaron en medio de la carretera. Las dos llevaban las reveladoras capas grises del ASM.

Theo golpeó el salpicadero para avisarla, pero Niamh ya las había visto. Aprovechando que la carretera estaba vacía, cambió de sentido haciendo chirriar los neumáticos. Theo aferró a Tiger, que estaba acurrucado entre sus piernas en el hueco para los pies. Por el espejo retrovisor vio a una bruja rubia y menuda que invocó un relámpago del cielo. Esperó a que lo lanzase hacia el coche y giró bruscamente al otro lado de la carretera. Una luz deslumbrante pasó como un rayo junto a su ventanilla.

—Agárrate, Theo.

Pisó el acelerador. Las brujas reconocían a otras brujas. Ahora lo único que podían hacer era huir. Echó un vistazo a la figura corpulenta arropada sobre los asientos traseros. «Luke, me parece que vas a acabar viniendo con nosotras».

El coche saltó por encima de la cumbre de la cuesta, dejó atrás la cooperativa a toda velocidad y llegó a Market Street. Otro rayo impactó en la carretera y Niamh se subió al bordillo para esquivarlo. ¿Qué pasaba si un relámpago alcanzaba un coche?

La bruja rubia apareció volando enfrente del vehículo, con un azul eléctrico brillando en los dedos.

—¡Mierda! —gritó Niamh.

Theo estiró la mano para estampar a la bruja contra la fachada de una cafetería como si fuese un bicho. La bruja atravesó la ventana. Niamh miró fugazmente a Theo, quien puso cara de disculpa.

—No lo sientas. Bueno, al menos por ella. Ya lo arreglaremos luego con el dueño.

En las películas de acción nunca se ven las tareas de limpieza. ¿Quién paga para que recojan los desperfectos de Superman y Batman? Era curioso, no se le había pasado por la cabeza luchar.

—Tú encárgate de luchar, yo me encargaré de huir —le dijo Niamh.

Tuvo que reducir la velocidad para esquivar un taxi que había parado en la curva del pub Old Gate. Allí la carretera era estrecha, y tenía que avanzar despacio.

«¿Notas eso?».

La carretera vibró, y el Land Rover giró violentamente y escapó del control de Niamh.

—Y ahora, ¿qué?

Provocar un terremoto era algo serio. Hacía falta una bruja poderosa...

De repente, el hormigón hizo erupción en su camino y una cañería reventó. Un torrente de agua cayó sobre el parabrisas. Niamh sorteó a la desesperada la fuente caudalosa, pero más adelante la carretera estalló en otro punto. Sucesivamente, un chorro más y luego otro estallido de la tierra destinados a sacarlas de la carretera.

—¿Ves dónde está? —preguntó Niamh, sorteando los obstáculos.

En alguna parte, una elemental estaba haciendo brotar el agua a través del cemento.

Theo bajó la ventanilla para tener mejor visión de arriba.

«No la veo».

Una sima irregular se abrió en Market Street y Niamh aceleró para esquivarla. Una farola se desplomó sobre la grieta y estalló en chispas al caer. La superficie estaba resbaladiza, y casi —casi— perdió el control y se estrelló contra la verja situada delante de la tienda de bicicletas.

—¡Joder!

Tenía dos opciones: dirigirse cuesta arriba más allá de Hardcastle Crags o salir de la ciudad hacia Mytholmroyd. Si conseguía salir de la ciudad, el hechizo de sueño no llegaría hasta allí. Ni siquiera el ASM podía sedar a todo West Yorkshire.

—¿Está bien Luke?

Theo se volvió para mirar el asiento trasero. «Parece que sí».

—¿Puedes intentar… abrocharle el cinturón de alguna forma?

Theo se puso manos a la obra. Niamh dejó atrás el Picture House y la iglesia baptista sin dejar de mirar por el espejo retrovisor. No veía a nadie; tal vez les habían dado esquinazo. El camino estaba despejado salvo por la niebla persistente, y aceleró por la suave pendiente para salir de la ciudad.

De repente el motor se paró. Retrocedieron un par de metros hasta que pudo echar el freno de mano.

—Pero ¿qué coño…?

Volvió a arrancar el motor y siguió adelante, pero ocurrió lo mismo.

«¿Qué pasa?».

—Hay algún tipo de barrera. —Naturalmente que la había; otra táctica de la guerra—. Estamos acorraladas. Podemos intentarlo en la otra dirección.

Esta vez, Niamh arrancó el motor y trató de dar marcha atrás. Funcionó. Percibió que alguien se acercaba… a toda velocidad. Giró repentinamente en la carretera y al dar marcha atrás chocó con un coche aparcado con un horrible crujido de metal contra metal.

Regresó disparada hacia el centro de la ciudad y el desvío al bosque.

«¡Para, Niamh!».

La carretera se quebró justo delante y el suelo se abrió como una herida. Niamh dio un frenazo, pero era demasiado tarde. Las ruedas delanteras toparon con un escalón recién formado en el hormigón, y lo único que ella pudo hacer fue inspirar cuando el coche dio una voltereta hacia delante.

Se inclinaron y volcaron. Por un segundo, Niamh se sintió ingrávida. Demasiado sorprendida para respirar, buscó la claridad interna para suspender el vehículo en el aire y mantenerlas inmóviles y a salvo. Pero no sabía dónde estaba arriba ni dónde estaba abajo y no podía concentrarse, y no logró estabilizarlas. Era superior a sus fuerzas. Había perdido.

Con un estruendo ensordecedor, volvieron a la tierra.

54

La caza de Hebden Bridge III

Leonie

Un tornado avanzaba por el distrito de Peak levantando polvo en una columna en espiral. El torbellino derribaba árboles y cercas, y arrancaba arbustos de raíz. La naturaleza es destructiva. Fingir lo contrario es negar el mundo.

Chinara era la calma en el ojo de la tormenta. Totalmente inmóvil, totalmente dueña de sí misma, con los ojos de un blanco eléctrico. Llevaba a las demás con ella, suspendidas plácidamente en el embudo. De todas formas, Leonie estaba lista y podía estabilizar a cualquiera si quedaban atrapadas en la tormenta de Chinara.

A última hora, había llamado a las personas en las que más confiaba: Valentina y Kane. Diáspora no era un ejército, ella no había formado a soldados, pero —como cualquier persona *queer* a la que podía nombrar— Val y Kane eran guerreres por naturaleza. Cuando alguien ha peleado toda la vida para ser quién es, está acostumbrado a luchar. Sandhya también iba con ellas, ayudando a Leonie a orientar su rumbo.

—¡Estamos cerca! —gritó Sandhya—. ¿Percibes la barrera?

Leonie asintió con la cabeza; a ningún sintiente podría pasarle por alto. Helena tenía al menos a diez sintientes formando una barricada sobre la ciudad entera, como si estuviese atrapada bajo un enorme vaso de cerveza. Nadie podía entrar ni salir.

—¡Para, Chinara! —gritó.

El remolino disminuyó de velocidad, y Leonie volvió a asegurarse de que podía atrapar a Kane si empezaba a caerse. Solo tenía un nivel 3 y no podía levitar sin ayuda.

Se detuvieron suavemente, suspendidas a gran altura por encima del exuberante paisaje verde.

—¿Estás bien? —preguntó a su novia.

Un vuelo de travesía huracanado no debía de haber sido fácil.

Chinara se limitó a asentir con la cabeza mientras recuperaba las fuerzas. Leonie las mantuvo a todas en alto.

Sandhya alargó la mano.

—Está aquí. Es fuerte.

Valentina retrocedió e invocó un relámpago. El rayo ondeó por su cuerpo y lo dirigió contra el bloqueo. La energía se deslizó por la superficie y dejó el campo de fuerza a la vista de todos por un momento. Era inmenso.

—¿Qué hacemos? —preguntó Sandhya.

—Entraremos a la fuerza —gritó Leonie, mientras el viento hacía que el pelo le azotase la cara—. Buscad su frecuencia e introducid los dedos…

Leonie arremetió con todas sus fuerzas contra la pared, como si clavase las uñas en madera. Las sintientes que estaban proyectando el campo lo notarían tanto como ella. Era un duelo de voluntades.

—Sandhya, Kane, ayudadme.

El trío se centró en el mismo punto exacto. La zona se irritó y empezó a palpitar en un tono amarillo antes de abrirse. Estaban dentro. Leonie asió la brecha con la mente y la separó más. Le hizo un daño atroz en la cabeza.

—¡Pasad! —susurró.

Valentina se coló por el agujero primero, seguida de Chinara.

—Vamos, Sandhya, yo me encargo. —Sandhya se deslizó por el hueco—. ¡Deprisa, Kane!

—¡No! Ve tú —dijo elle—. Yo te lo abriré.

—¿Puedes hacerlo?

—¡Vete! —gritó Kane, y Leonie se lanzó dentro.

Kane solo pudo aguantar un segundo. Acto seguido, la barrera se cerró detrás de Leonie y atrapó a elle al otro lado. Leonie comprendió demasiado tarde lo que iba a pasar. Al interponerse la barrera entre ellas, nadie mantenía ya a Kane flotando.

—¡No! —gritó Leonie cuando Kane se desplomó al suelo.

Estiró las manos. Descubrió que no podía detener la caída, pero si reducir su velocidad.

Leonie descendió rápido al suelo, un campo corriente en la periferia de la ciudad. Al otro lado del campo de fuerza invisible, Kane yacía en un seto, inmóvil. Chinara aterrizó a su lado.

—¿Está bien?

Leonie proyectó la mente, tarea difícil a través de la brecha.

—Vive. Pero está heride. —Miró a Chinara—. ¿Qué estoy haciendo?

—Todo lo que está en tu mano —contestó Chinara con seriedad.

Leonie no podía llegar hasta Kane por culpa del muro.

—Mierda.

Vio que elle despertaba, pero siguió sintiéndose impotente.

—Vamos, o todo esto habrá sido en vano. Niamh te necesita.

Leonie estiró los brazos para agarrar las manos a su novia.

—¡Para! ¡Espera! Chinara, ahora que estamos aquí, no sé qué hacer. ¿Por dónde empezamos?

Tal vez había sido el viaje en tornado, o tal vez era pánico, pero estaba convencida de que iba a devolver. Se le humedeció la boca como si estuviese preparándose para vomitar.

Chinara le puso las manos en las mejillas, como protegiéndola del mundo.

—Tranquila, amor mío. ¿Dónde está Niamh? ¿La percibes?

Leonie tanteó el terreno, dejando que sus sentidos recorriesen Hebden Bridge.

—Joder.

—¿Qué pasa?

Agarró la mano de Chinara y las elevó a las dos por los aires.

—Ella también está herida…

55

La caza de Hebden Bridge IV

Elle

Elle nunca había visto un coche dar una vuelta de campana en la vida real. Tenía una extraña gracilidad, como la vez que había obligado a Jez a llevarla al ballet en Leeds. ¿Cómo algo tan grande podía desplazarse por el aire con tal delicadeza? Solo que luego se estampó contra el suelo con un desagradable crujido.

—¡Dios mío! ¡Mamá! —gritó Holly, pero Elle tiró de ella hacia atrás del brazo.

Habían abandonado el coche en el puente cuando las tuberías de agua habían empezado a reventar en la carretera. Había visto que el coche de Niamh daba la vuelta y se encaminaba en dirección a ellas.

—¡Espera! —gritó Elle—. ¡Podría explotar!

Es lo que siempre pasaba en la tele.

El suelo se sacudió otra vez y Holly cayó de rodillas.

—Tienes que ayudarlas.

Tenía razón.

—Quédate detrás de mí, Holly. Lo digo en serio.

Elle corrió hacia la carretera dando saltos por encima de las grietas dentadas que ahora surcaban la calle. ¿Dónde estaban las brujas que provocaban los terremotos? El tamborileo del agua que caía ahogaba prácticamente el resto de los sonidos, y Elle confió en que estuviesen lejos.

Antes de que llegasen al coche de Niamh, Tiger se escapó por la ventanilla hecha añicos del lado del pasajero. Sacudió el cuerpo entero antes de acercarse cojeando a ellas. Holly enganchó el collar con los dedos y examinó al animal. Las zapatillas de correr de Elle crujieron sobre los cristales rotos. Se agachó y vio a Theo primero, sujeta boca abajo por el cinturón de seguridad. Estaba viva y se retorcía tratando de soltarse.

—¿Estás herida, Theo?

Ella negó con la cabeza. Elle vio que Luke estaba boca abajo en el techo y que Niamh se hallaba inconsciente. No le gustó nada. Theo logró desabrocharse el cinturón de seguridad y cayó en el techo dado la vuelta con un ruido sordo.

—¡Holly! Ayuda a Theo a salir... con cuidado.

Elle se puso en cuclillas en el lado del conductor y estiró el brazo hacia la cabeza de Niamh. La tocó con delicadeza y con eso bastó para reanimar a su amiga. Niamh abrió los ojos de golpe y retrocedió asustada.

—¡Soy yo! —dijo Elle.

—¿Elle?

—Sí. ¿Estás bien, tesoro?

—No puedo moverme... ¡Luke! ¿Está bien Luke?

Elle estiró el brazo hacia él y puso la mano sobre la suya.

—Se encuentra en mal estado.

¿Qué sentido tenía mentir? Niamh se enteraría.

—¿Puedes desabrocharme el cinturón de seguridad? —Elle lo intentó, pero no cedía—. Vale, apártate...

Niamh utilizó sus poderes para arrancar la tira y descolgarse. Salió a gatas de entre los restos.

—Ven aquí...

Elle asió las mejillas de Niamh y curó sus cortes superficiales y sus arañazos en unos segundos.

—Gracias.

—Theo, deja que te eche un vistazo...

Olvidaba, claro, que Theo podía repararse sin ayuda.

—Mamá, ¿Luke está muerto?

Elle volvió a agacharse.

—No, pero tengo que ayudarlo urgentemente. Niamh, ¿puedes sacarlo?

—Todo el mundo atrás…

Niamh alargó las manos y arrancó la parte superior —o, mejor dicho, el chasis— del coche y la echó a un lado como si abriese una lata de sardinas. Tambaleándose ligeramente debido al peso de Luke, lo sacó flotando de los restos a un lado de la carretera.

Elle lo agarró por la chaqueta y le dio la vuelta en el aire. Niamh lo posó en el hormigón. Elle le puso otra vez las manos en la frente manchada de sangre. El pobre estaba viviendo un verano complicado, y solo era mayo.

—Tiene las costillas rotas. Le están aplastando los pulmones.

—¿Puedes curarlo? —preguntó Niamh.

—Quizá…, si es una rotura limpia. —Theo se acercó a ella y posó también las manos sobre Luke con vacilación. Elle, que no estaba en situación de rechazar ayuda, dijo—: ¿Puedes echarme una mano?

Theo asintió con la cabeza y se pusieron manos a la obra. Elle empezó a dirigir su energía a los pulmones mientras Theo se encargaba de las costillas fracturadas y…

«QUEDAOS DONDE ESTÁIS». Una voz resonó en sus respectivas cabezas. Elle se desconcentró.

—No pares —le dijo Niamh.

Tres brujas del ASM venían flotando por Market Street entre niebla y agua encabezadas por Robyn Jones: una bruja con la que ella no querría encontrarse en un callejón oscuro a altas horas de la noche. Y era una lástima, porque esas eran exactamente las circunstancias en la que se encontraban.

«SI HUÍS, ESTAMOS AUTORIZADAS A ADOPTAR MEDIDAS LETALES».

—Necesito más tiempo, Niamh —dijo Elle.

Niamh levantó lo que quedaba del coche y lo lanzó en dirección a ellas como si estuviese jugando a los bolos. Robyn alzó la mano y lo arrojó contra la panadería. El bonito escaparate se retorció como un cartón.

—¡Theo, corre! —gritó Niamh.

«SI OS MOVÉIS, OS INCAPACITAREMOS».

Las brujas del ASM siguieron avanzando. Niamh empujó cuatro coches aparcados y formó una barrera entre ellas, pero las brujas pasaron por encima, un obstáculo sin la mayor importancia.

—¡Theo, vete! ¡Yo las distraeré todo lo que pueda!

Elle apartó a Theo de Luke.

—Theo, vamos, tesoro. Yo me ocupo.

Theo empezó a retroceder por la calle sin apartar la vista de la hermana Finch situada a la izquierda de Robyn —Elle no sabía distinguirlas—, al tiempo que invocaba una bola de rayos entre las manos. A la bruja le brillaban los ojos de forma perversa. A Elle nunca le había gustado esa zorra pija.

—¡Corre, Theo! —chilló Elle cuando una nueva bruja se lanzó en picado detrás de ella: una emboscada.

Entonces la recién llegada disparó un rayo directamente a la hermana Finch, que salió despedida hacia atrás por la calle. Elle se quedó desconcertada.

—¡Valentina! —gritó Niamh al reconocerla.

Elle no tenía ni idea de quién era, pero parecía que estaba de su parte. La tal Valentina agarró a Theo y se abrazaron como si fuesen viejas amigas.

—¡A cubierto! —gritó una voz desde arriba.

Elle alzó la vista y vio a Chinara en lo alto. Gracias a la diosa. «La caballería». A pesar de la distancia, vio que Chinara aspiraba hondo y, con los ojos de un blanco resplandeciente, abría mucho la boca y expulsaba llamas de los pulmones. Un torrente de fuego recorrió Market Street e hizo retroceder a las brujas del ASM. Elle se protegió la cara. Hacía un intenso calor.

—¡Escupe fuego! —exclamó Holly.

—Ya te digo —asintió Leonie, posándose grácilmente a su lado, como si saliera de la nada—. ¿Por qué crees que la llaman «la Dragona»?

—Nadie la ha llamado así nunca —murmuró Holly.

Elle estrechó a Leonie entre los brazos y Niamh se unió también al abrazo.

—Nunca me he alegrado tanto de ver a alguien —susurró Elle contra los rizos de Leonie.

—¿Vienes de pilates, nena? —dijo Leonie, y Elle la mandó a la mierda.

—¿Cómo te has enterado? —preguntó Niamh.

—Tienes amigas en las altas esferas.

Leonie se separó de ellas y señaló con la cabeza a otra persona. Sandhya Kaur se había quedado atrás tímidamente.

Niamh se acercó a saludarla.

—No tienes ni idea de lo que esto significa, Sandhya. Gracias.

La joven bruja se encogió de hombros.

—Era lo correcto.

No había tiempo para eso. Elle se arrodilló al lado de Luke una vez más.

—Tengo que llevarlo a algún sitio seguro para poder curarlo.

Como si de una señal del cielo —el tradicional— se tratase, la puerta de la iglesia baptista se abrió y Sheila Henry salió con su uniforme de pastora. Quién sabía lo que hacía en la iglesia a esa hora —otra vez, gracias a Dios—, pero Elle la conocía desde que era una niña, y Annie y ella eran viejas amigas. Es posible que más que amigas, pero a Elle no le gustaba pensar en eso.

—¿Qué demonios está pasando aquí? —Sheila contempló horrorizada cómo Chinara seguía haciendo retroceder al ASM hacia la ciudad con fuego—. Reconozco que el día del juicio final no aparecía en mi calendario.

—¡Sheila! ¡Necesitamos ayuda! —rogó Elle.

Sheila no era la clase de persona que cuestionaba el tipo de ayuda que necesitaba alguien en apuros.

—Rápido, pues. Entrad.

Sheila era miembro de la junta. Ese acto implicaba desobedecer directamente a Helena, y Elle intuía que Sheila lo sabía.

Elle miró a Leonie.

—Marchaos. Nosotras os cubrimos. ¡Venga!

Niamh y Theo levantaron a Luke entre las dos y se encaminaron a los jardines de la iglesia baptista. Era un edificio imponente, de estructura no especialmente eclesiástica, con una entrada flanqueada por formidables columnas de piedra. Era antigua y segura. Elle siguió al paciente.

—Vamos, Holly.

—Yo me quedo con Leonie...

—¡Venga, Holly!

La mirada de Elle decía que no estaba de coña, y Holly los siguió dócil a la iglesia. Elle lanzó una última mirada a Leonie cuando alzaba el vuelo para enzarzarse en una reyerta, y deseó con todas sus fuerzas que no fuese la última vez que la viese. Era una situación terriblemente familiar. No podía creer que hubiesen acabado igual. ¿Cómo es que nadie había aprendido nada de la guerra? ¿Qué pasaba? Como la última vez no había sido lo bastante grave, ¿por qué no repetir?

Una vez dentro, Sheila cerró la puerta de dos hojas.

—Es de avellano y muérdago —dijo—. Nadie la cruzará fácilmente. A ver, ¿quién me va a contar lo que pasa?

Elle hizo caso omiso de su pregunta y se puso a atender a Luke, que yacía junto a la pila de la parte de atrás de la iglesia. Mentalidad de guerra: intentar curar a alguien mientras el caos se desataba alrededor. Cerró los ojos y localizó los focos de color escarlata fuerte de su cuerpo. Si no lo hacía bien, puede que él no volviese a respirar con normalidad. Los huesos son pan comido, pero los órganos son harina de otro costal. Sinceramente, podía no tener arreglo.

Mientras tanto, Niamh puso a Sheila al corriente.

—Helena nos persigue.

—Ah, ¿esta es nuestra Niña Impura?

—Sheila, te lo juro por Gea, Theo es inofensiva.

Sheila resopló.

—Toma, eso ya lo sé. Helena necesita pasar algo de tiempo en nuestra Agrupación Juvenil Arcoíris.

Elle sonrió al tiempo que absorbía parte de la luz positiva de Sheila y la encauzaba hacia Luke. Sheila era la yaya lesbiana de Hebden Bridge. Debería haberse imaginado que no perdería la calma.

—No podemos quedarnos aquí —dijo Niamh—. Esa puerta no aguantará eternamente.

—¿Podemos luchar contra todas? —preguntó Holly.

—¡No podéis! —gritó Elle.

Ella era madre; sabía lo que era hacer muchas cosas al mismo tiempo.

—No —convino Niamh—. Pero se me ha ocurrido una idea. ¿Hay alguna salida trasera? —Sheila le contestó que sí—. De acuerdo. Theo y yo iremos a Hardcastle Crags, a casa de Annie.

—¿Por qué? —preguntó Holly.

«El acueducto». Theo respondió por ella.

—Sí. Si no podemos ir por encima de Hebden Bridge, seguro que podemos ir por debajo. El acueducto nos llevará al pozo de Blacko.

Sheila asintió con la cabeza.

—Marchad. Protegeos.

Niamh acudió al lado de Luke.

—¿Está bien?

Elle la miró.

—No lo sé. Necesito tiempo. Podría tardar un poco, e incluso entonces…

—Quédate aquí. Leonie tiene la iglesia protegida… y, de todas formas, ella no busca a Luke.

Elle asintió con la cabeza. Niamh se marchó, pero Holly se le acercó.

—¿Puedo ayudarte?

—No —le dijo Niamh—. Tu madre es la única persona que puede salvarnos si algo sale mal. Necesito que la protejas a ella. Y también a Tiger. ¿Podrás hacerlo?

Holly no se arredró.

—Claro.

Agarró otra vez el collar de Tiger para que el perro no saliese detrás de su dueña.

—Vamos, Theo.

Theo abrazó a Holly y siguió a Niamh. Elle no pudo evitar pensar que cada despedida parecía definitiva.

Sheila acompañó a Niamh y a Theo a una discreta puerta situada a un lado del púlpito y escaparon. Holly volvió junto a Elle.

—¿Hay algo que pueda hacer?

Elle trató de concentrarse en Luke.

—La verdad es que no, solo tener cuidado. No puedo preocuparme por ti y curarlo a él.

Sheila regresó de acompañarlas a la salida.

—No había nadie en la parte de atrás…

En lo alto se rompieron unos cristales. Elle abrió los ojos de golpe justo a tiempo para ver que un cubo de basura pasaba volando por encima del nivel de la galería y se estrellaba cerca del altar. Una figura sólida ocupaba el marco ahora vacío de la ventana, y la mole de Robyn Jones entró levitando en la iglesia.

—Mierda —exclamó Elle.

Sheila, que también era sintiente, levantó las manos.

—¡Quédate donde estás! —ordenó, pero Robyn era más poderosa con diferencia.

Lanzando un gruñido, arrojó a Sheila por el pasillo, y la robusta pastora chocó ruidosamente contra los bancos de madera y dejó escapar un grito.

Holly atacó.

—¡No! —gritó Elle, pero ella no le hizo caso.

Su hija, su única niña. Elle nunca había tenido tanto miedo. Resultaba asfixiante. En ese momento, se le paralizó el cuerpo entero y solo pudo mirar cómo su hija se enfrentaba a la bruja sin ayuda.

Robyn aterrizó y rio mientras Holly corría hacia ella.

—¿Qué vas a hacer? —dijo, con la boca torcida en una mueca—. ¿Lanzarme una pluma?

Holly se detuvo en medio del pasillo.

—Una pluma no. Cristales.

Había montones de cristales rotos por el suelo. Holly los elevó y se los arrojó a la amazona. Como un enjambre de moscas, los fragmentos arremetieron contra la cara de Robyn. La bruja retrocedió tambaleándose y llevándose las manos a los ojos.

—¡Perra!

Elle respiró de nuevo y se sintió henchida de orgullo. Las ondas carmesíes que Luke emitía eran ahora de un color naranja apagado. Estaba funcionando; sobreviviría. Elle se apartó de él y avanzó a gatas por el pasillo de la izquierda, con el pecho pegado al suelo. Con suerte, Robyn no la vería venir.

Los pequeños fragmentos de cristal seguían girando alrededor de Robyn, cuya cara estaba cubierta de rasguños y cortes, mientras le chorreaba sangre por la cara.

—Buen intento, niña.

Robyn hizo una mueca y alargó una manaza.

Holly empezó a ahogarse como si esa misma mano le rodease la garganta. Los cristales cayeron al suelo de la iglesia al mismo tiempo que Robyn elevaba a la chica del suelo. Elle avanzó más rápido; solo veía fragmentos al pasar por cada banco.

—Esta me la pagarás, putita —gruñó Robyn, con los dientes rojos.

Holly agitaba las piernas y daba patadas al aire. Los ojos se le salían de las cuencas.

Entonces Elle se levantó detrás de la bruja y se lanzó por encima del reclinatorio. Apretó el cráneo de Robyn con las dos manos.

—¿Por qué no buscas a alguien de tu tamaño? —le susurró al oído.

La función de una sanadora consiste en absorber el dolor de un paciente, pero esa corriente puede circular en ambas direcciones. El cuerpo de Elle todavía estaba lleno del sufrimiento del que había purgado a Luke, y entonces invirtió la operación vertiendo los rojos sanguinarios e intensos en la cabeza de Robyn Jones.

La corpulenta bruja aulló de un dolor atroz. Era un ruido espeluznante y lastimero que iba en contra de todos los principios de Elle. Holly se desplomó, pero se puso de pie con dificultad cuando Robyn cayó de rodillas. Chilló y gritó mientras Elle seguía retorciéndole los huesos y activando sus sinapsis del dolor. Un segundo más, y el tormento le resultó insoportable. Robyn se desmayó y cayó hacia delante. Elle la soltó sintiendo un hormigueo por todo el cuerpo.

—Hala —dijo Holly—. Arriba, mamá.

Elle no dijo nada. Tenía trabajo que hacer.

56

La caza de Hebden Bridge V

Niamh

Tuvo que aterrizar antes de que Theo se le cayese de la espalda. Paró a trompicones a la vera del camino del molino, en pleno corazón de Hardcastle Crags. Soltó a Theo y cayó de culo al lado del arroyo. El riachuelo corría rápido después de la reciente lluvia, borboteando sobre las piedras en rápidos espumosos.

—Perdona, necesito descansar —dijo.

«¿Estás bien?». Theo invocó una discreta bola de fuego en la palma de la mano para poder verle la cara.

—Sí, dame un segundo.

Había agarrado a Theo y subido levitando con ella a cuestas por la empinadísima colina para ahorrar tiempo, pero escondiéndose para evitar que las viesen. El bosque espeso y oscuro proporcionaba cierto cobijo, y aprovechó para recobrar las fuerzas.

Respiró hondo y se arrastró hasta la orilla. Notaba las piernas huecas, ligeras, como si se fuese a desmayar. Bebió un par de tragos con la mano. El agua era potable para una bruja. Theo se acercó y rodeó la muñeca de Niamh con los dedos. Le traspasó algo de energía, y Niamh notó que corría por sus venas como la miel. Así estaba mejor.

Se sentó en una roca lisa, absorbiendo toda la energía posible de la naturaleza. La caída y el vuelo la habían agotado.

¿A quién quería engañar? Los últimos meses la habían consumido.

—Seguiremos el arroyo —le dijo a Theo—. El agua tiene poder y hace ruido. Nos ocultará de las sintientes.

«Lo siento mucho. Es todo culpa mía».

—No digas tonterías. Ella solo tenía que dejarte en paz. Tú no has hecho nada malo. —Agarró las manos de Theo y la hizo sentarse a su lado en la roca—. ¿Me oyes? Lo que te pasó en el pasado, en tu antiguo colegio, es responsabilidad nuestra. El aquelarre debería haberte encontrado hace años y haberte enseñado a manejar tus facultades. El sistema te falló, no fue al revés.

«Ahora mismo eso no nos sirve de mucho».

—No, tienes razón, pero te voy a decir lo que sí nos servirá: tus poderes. Necesito que luches. Cuando llegue el momento, dalo todo.

«¿Y si te hago daño?».

—Ya soy mayorcita. Eres muy fuerte, Theo. No te contengas. —No parecía que eso le hiciese la más mínima gracia. Niamh se levantó de nuevo—. Pongámonos en marcha. Deberíamos llegar a casa de Annie dentro de poco si seguimos el arroyo.

Agarradas de la mano, enfilaron el azaroso camino del bosque. Por primera vez, Niamh pensó que podían conseguirlo.

57

La caza de Hebden Bridge VI

Leonie

¿Dónde se había metido aquella mala pécora? Leonie voló alrededor del perímetro de la iglesia. Una de las ventanas estaba rota. Miró por el hueco y vio que Elle se ocupaba de Robyn Jones ella solita. La giganta cayó a lo «¡TRONCO VA!».

«Recuérdame que no te toque las narices», le dijo a Elle, y volvió a concentrarse en lo que pasaba fuera de la capilla.

Chinara y Valentina estaban ocupándose de casi todo el trabajo pesado, haciendo retroceder a las capas grises del ASM con fuego, rayos y viento en dirección a Market Square. Leonie echó otra ojeada al interior de la iglesia, pero no vio a Niamh ni a Theo por ninguna parte.

«¿Niamh? ¿Estás ahí?».

No hubo respuesta. Leonie descendió al nivel de la calle y se dirigió a donde estaba Sandhya.

—¿Sabes dónde está Niamh? Ya no está en la iglesia.

Sandhya hizo una mueca.

—La percibo, pero débilmente.

—Yo también. A lo mejor tiene agua cerca.

Leonie vio que la otra hermana Finch planeaba bajando en picado como un ave de presa. Se movía demasiado rápido para que ella la detuviese. La bruja lanzó un rayo y abatió del cielo a Chinara, que cayó a la calle y rodó por el suelo de forma espectacular.

Leonie se apoyó contra Sandhya, y las dos atraparon a Finch en pleno vuelo y la estamparon con tanta fuerza contra el lado de una furgoneta aparcada que le hizo una abolladura. La bruja se cayó y permaneció en el suelo.

Leonie corrió junto a Chinara.

—¿Estás bien?

—Esa la he notado.

Leonie la ayudó a levantarse. Se encontraban en el centro de la ciudad, en la calle adoquinada situada junto al río. Al otro lado del puente se materializó una bruja con una capa gris, luego otra y luego otras tres.

—Mierda, ha pedido refuerzos.

—¿Dónde está Helena? —chilló Sandhya.

—No lo sé.

Valentina se posó al lado de ellas, con la cara pálida y salpicada de gotas de sudor.

—No puedo retenerlas más. Me estoy quedando sin fuerzas.

Las capas grises se dirigieron a ellas presentando el flanco.

—Ya estoy harta de esta mierda —dijo Leonie. Marchó hacia el puente—. ¡Alto! —gritó, casi con aire despreocupado.

Las cinco brujas se quedaron inmóviles. Se había enfrentado a tríos, pero nunca a quintetos. Aun así, Leonie se sentía fuerte. Más fuerte de lo que se había sentido en años.

Reconoció a la de delante: Jen Yamato. En una ocasión había criticado Diáspora quejándose de que Leonie trataba con favoritismo a las brujas negras. Bueno, alguien tenía que hacerlo, coño. Le parecía una revancha merecida.

—¡Adelante! —ordenó.

Rebelándose contra el maleficio que ella les había lanzado, las brujas arrastraron los pies hacia delante, andando como los zombis del video de *Thriller*. Trataron de resistirse a su control, pero ella aguantó con todas sus fuerzas. Leonie las condujo a todas al puente de Old Packhorse.

Se volvió hacia Chinara y le dijo lo que necesitaba. Chinara acudió a su lado.

—Lista —anunció simplemente.

—Lo siento, señoras —dijo Leonie—. Obedezco órdenes. ¿De verdad?

«Sandhya, ayúdame a contenerlas». La otra sintiente se unió a ellas.

Leonie alargó las dos manos y retorció los puños. El puente de arenisca era antiguo y sólido. Los enormes bloques no querían ceder. Apretó más fuerte clavándose las uñas en las palmas de las manos. Le empezaron a sangrar los puños apretados. Clavó las uñas más y más y retorció los puños. Lanzando un grito, lo partió en dos. El famoso puente que daba nombre a Hebden Bridge se desmoronó como si fuese de arena.

Las brujas chillaron cuando ella las liberó y se desplomaron al río.

Chinara levantó la mano y un fuerte torrente de agua cayó de las colinas. El tsunami rompió los diques, desbordó Market Square y arrastró a todas las brujas río abajo. Sorprendidas, se revolvieron en vano mientras la marea las llevaba fuera de la ciudad.

—La araña chiquitita… —dijo Leonie.

—¿Qué? —contestó Chinara.

—No importa. Nena, acabo de cargarme Hebden Bridge.

Chinara no se inmutó.

—Nada dura eternamente.

Leonie echó un vistazo a las calles. La hermana Finch seguía inconsciente en la carretera. Parecía que estaban solas. Market Square había vuelto a inundarse, y el agua turbia y marrón corría contra las tiendas y el pub, pero los desperfectos no eran demasiado graves.

—Esto no me gusta —dijo Leonie—. ¿Dónde coño está Helena?

58

La caza de Hebden Bridge VII

Niamh

La luz de la luna formaba ondas en el arroyo mientras atravesaban el bosque. Hacía un frío cortante. Niamh se sentía fuerte, nocturna, como los animales que la rodeaban. Percibía a murciélagos, tejones y zorros. Tomó prestada energía de ellos, que le aguzó la vista y avivó su sentido del olfato.

Escondiéndose detrás de ramas y hojas, pasaba de un árbol a otro. Era un animal salvaje. Los humanos son animales salvajes bajo los sujetadores, los perfumes y el rímel. Somos bestias. Y ella estaba dispuesta a luchar para proteger al cachorro.

Detrás de ella, Theo se detuvo.

—¿Qué pasa? Ya casi hemos llegado.

Con su nueva visión nocturna, distinguía vagamente la forma oscura del molino de agua. Dentro de cinco minutos estarían fuera de Hebden Bridge. Y luego, ¿qué? Bueno, ya se preocuparía por eso cuando llegase el momento.

Incluso a oscuras, Niamh veía el pánico en la cara de Theo. «¿Notas eso?».

—¿El qué?

Ella expandió sus sentidos por el bosque.

«Algo se acerca…».

—El lobo feroz —anunció una voz desde arriba.

Un relámpago hizo temblar el cielo entero y las bifurcaciones lamieron la tierra. Niamh atrajo a Theo hacia sí, y las dos se metieron tambaleándose en el arroyo de rápida corriente. De repente, tropezó hacia atrás y cayó en el agua helada. Se quedó sin aliento de la impresión.

Helena planeaba sobre el riachuelo con el cuerpo rodeado de electricidad. Tenía los ojos negros como el cielo.

—Era un buen plan —gritó—. Me había olvidado del viejo acueducto de la casa de Annie hasta que me lo recordaste.

—¿Cómo? —chilló Niamh, consciente de que no debía de ser la pregunta más urgente.

—Ya no eres la única adepta de la ciudad.

Helena estiró una mano pálida y elevó a Theo del arroyo sin tocarla. ¿Cómo lo hacía? ¡Imposible! La mano húmeda de Theo se escurrió entre los dedos de Niamh.

—¡Theo!

Theo se revolvió en el aire tratando de soltarse, pero Helena la sujetaba fuerte. La suma sacerdotisa miró inquisitivamente a Theo como si la viese por primera vez.

—¿Esto es lo que a ella le da tanto miedo? —A la voz de Helena le pasaba algo. Era demasiado grave, demasiado ronca—. Patético.

Con un gesto de la mano, arrojó a Theo contra los árboles como si fuese una muñeca de trapo.

Niamh se puso de pie. Flexionó los dedos y levantó la roca más grande del lecho del arroyo. Se la lanzó a Helena, pero la piedra se hizo añicos a su alrededor como si no fuese más que un pedazo de tierra seca. A Niamh por poco le dio la risa, un reflejo histérico.

—¿Te acuerdas de cuando éramos niñas? —gruñó Helena—. Siempre discutíamos sobre quién ganaría en una pelea. Me la voy a jugar y voy a decir que seré yo…

Niamh abrió mucho los ojos. Río abajo, el agua se convirtió en fuego que palpitaba en dirección a ellas. Parpadeó rezando para que fuese un simple hechizo…, pero el fuego seguía ardiendo hacia ella. Niamh se agachó y se protegió la cara de la ardiente marea. Se preparó para el dolor, pero la sensación no llegó. Alzó la mirada y vio que el río de llamas se desviaba a su alrededor. Le quedaba un islote de agua, pero notaba que las llamas le lamían el vello del brazo.

—Quédate ahí.

Helena hizo hincapié en lo evidente y descendió a la orilla.

Niamh intentó hacer retroceder las llamas con la mente. El fuego está hecho de materia, como el resto de las cosas. Necesita gas para arder. Pero cuanto más empujaba, más se acercaba el fuego y su círculo de seguridad se estrechaba a su alrededor.

Estaba atrapada. Observó como Helena andaba entre los árboles hasta el lugar donde había caído Theo. Estaba herida, con un corte feo en la frente. «Levántate —le dijo Niamh—. Levántate, Theo. Se acerca».

Theo volvió en sí y, presa del pánico, se metió entre la maleza. «¡Corre!».

Niamh miró horrorizada cómo el bosque parecía cobrar vida. Helena flexionó los dedos y manipuló los árboles y las raíces a su alrededor, envolviendo a Theo en una red de ramas y brotes. Levantó a la pobre chica y la mantuvo en alto, atrapada como una mosca. Niamh vio que las enredaderas se enroscaban más fuerte alrededor de Theo, como serpientes. Helena iba a estrangularla.

Theo estaba aterrada, demasiado asustada para oponer la más mínima resistencia. Sus pensamientos chillaban a través del bosque, puros y salvajes.

Niamh rompió a llorar. Se sentía débil, inútil. Ya solo le quedaba una cosa, una carta por jugar, aunque no era su mejor baza. Ella era una adepta. Mitad sintiente, mitad sanadora. Niamh se arrodilló en el agua. Cerró los ojos. Soltó amarras. Se abrió como una flor, ofreciéndose a Theo todo lo humanamente posible, liberando la energía que le quedaba por el agua hasta el cuerpo de la muchacha. La energía fluía. Relucía: plateada y dorada, y añil y zafiro. Niamh notó como se le escapaba.

«Tómala».

«Tómala toda».

«Úsala».

Le daría hasta la última gota si era necesario.

59

Metamorfosis

Helena

Vigilaban al niño.

—¿Qué vamos a hacer contigo ahora?

Theo despertó y, asustado, empezó a retroceder escarbando entre la maleza.

—¿Adónde vas?

Helena lanzó una breve mirada a los árboles y las ramas se estiraron hacia Theo como tentáculos. El bosque la obedeció y le aferró las muñecas y el torso, y lo levantó del suelo, Una mosca enredada en una telaraña. El crío emitió un trágico sonido gimoteante. Ella le enroscó una enredadera alrededor de la cara para hacerlo callar.

—Ya no eres tan terrible, ¿verdad...? —dijo Helena ahora que tenía un público atento—. Comprendes que no puedo dejarte vivir, ¿verdad, Theo? A pesar de todo lo que te habrá contado Niamh, en realidad no es nada personal. No podría importarme menos si te consideras un chico o una chica o un helicóptero. El problema es que, lo sepas o no, eres una bomba de relojería. Hace veinticinco años juré que antepondría el aquelarre a todo lo demás.

Helena notó que las lágrimas le picaban en los ojos. Belial lo contuvo todo.

—Las cosas que he hecho para detenerte... Los extremos a los que he llegado... Tienen que contar. Tienen que significar algo.

La mirada de Theo —frenética, como la de un animal acorralado— se volvió de repente serena. Helena frunció el entrecejo. Tal vez las enredaderas le apretaban demasiado. El chico cerró los ojos un momento, y cuando volvió a abrirlos dio la impresión de que brillaban en la noche. Relucían como el oro o el ámbar. Su expresión también cambió. «Determinación».

Helena miró hacia atrás adonde había encarcelado a Niamh. Ella también brillaba, luminiscente, como si se estuviese curando. Ya no necesitaba invocar relámpagos de la atmósfera; ella misma los generaba por dentro. La suma sacerdotisa fulminó a Niamh con un rayo.

Sin embargo, Theo seguía brillando. Su piel relucía con un lustre perlado increíble, un resplandor que procedía del interior. Helena retrocedió, dispuesta a matarlo. Pero había mucha luz, demasiada, como si estuviese mirando al sol. Se tapó la cara con el brazo.

—¡Basta! —gritó—. Basta ya.

La luz alcanzó un punto álgido y se apagó. Helena entornó los ojos y vio a una chica flotando en medio de los árboles. Las enredaderas y las ramas la soltaron con elegancia y volvieron por donde habían venido.

Oh, qué brujilla más lista. Era Theo y al mismo tiempo no lo era. Claramente el mismo humano, con los mismos vaqueros y la misma camiseta, pero a la vez diferente. En realidad era preciosa, con un largo cabello negro azabache flotando alrededor de su delicado rostro como si estuviese sumergida. La joven descendió al suelo del bosque.

—Un glamour muy efectivo —concedió Helena.

—No es un glamour —repuso ella, y Helena tardó un instante en darse cuenta de que era la primera vez que hablaba en voz alta—. Niamh me ha curado, y esta es quien soy, quien siempre he sido. Soy Theodora. Como debería haber sido. Como yo decido ser.

Tenía un nuevo porte, una nueva fuerza. Mocosa pretenciosa... Helena no pensaba aguantar un sermón a esas alturas del partido.

—Sigues siendo el Niño Impuro.

—Soy una niña. Solo soy una chica, señora Vance, y no quiero herirla. No quiero hacer daño a nadie.

Helena notó que le rechinaban los dientes.

—Lo que tú quieres no importa. Nos destruirás a todas.

Helena invocó unas bolas de fuego en las dos manos y se las lanzó. No importaba lo guapa que estuviera, ni la pelambrera que tuviese, si tenía pene o no; esa cosa era un chico por dentro. La quería muerta.

Alrededor de Theo se formó un frente frío que apagó las bolas de fuego. El viento la —lo— levantó del suelo, y una racha de hielo y nieve azotó a Helena. La bruja retrocedió tambaleándose y estuvo a punto de caerse, pero no tardó en recuperar el equilibrio. ¿De veras pensaba ese crío que podía superarla?

—Tendrás que hacerlo mejor —gruñó.

Un relámpago hendió el cielo y cayeron rayos sobre Theo. El impacto lo obligó a volver al suelo. La granizada remitió y Helena alargó la mano. «Ayúdame, Amo Belial. Hazme fuerte».

El esmirriado chico salió disparado hacia ella. Theo gritó al ser catapultado a través del claro hasta la palma de la mano de ella. Helena le rodeó el cuello huesudo con los dedos y lo sostuvo en alto. Belial había cumplido su promesa. Ella era fuerte, más fuerte que nadie.

Theo dejó escapar un grito ahogado, tratando de despegar los dedos de Helena de su garganta. Parecía una chica, pero no lo era. «No lo es». Sí, sí, era lo correcto. Tenía ganas de estrangularlo con las manos. Tenía ganas de notar su último aliento. Tenía ganas de notar que su cuerpo languidecía y perdía las fuerzas.

Annie. La pérdida de sus amigas. La cosa que tenía dentro del cuerpo. Todo era culpa de él.

Nada de eso habría ocurrido si él no hubiese llegado. Apretó más y más fuerte, y la cara de ella —de él— se amorató.

Stefan. Su madre. Hale. La tienda de ropa para chicas.

«Te alegraste cuando él murió».

¿Qué? No. Helena respiró de forma entrecortada. Las lágrimas le ardían en los ojos.

«No les gustas».

¡No!

Era él.

Por todo el daño que él había causado.

Por todo lo que él había hecho.

60

Debilidad humana

Niamh

Estaba débil. Después de traspasarle a Theo casi toda la energía se había quedado agotada, tumbada boca arriba en las aguas poco profundas. El arroyo ondeaba contra su mejilla, entre su pelo, como si le acariciase para que volviera en sí.

Sin embargo, había sentido la transformación de Theo. La última pieza del rompecabezas al encajar. La sensación de justicia. La satisfacción de ver culminado el proceso.

Pero solo por un instante. Y, luego, terror.

Niamh se obligó a levantarse absorbiendo energía del agua y del sedimento. Se incorporó y vio a través de las llamas como Helena ahogaba a Theo. Una Theo remozada. Avanzó dando tumbos para ayudarla, pero las llamas volvieron a saltarle a la cara y la quemaron. Olió a carne chamuscada.

—¡Theo! —gritó.

Vio que la chica miraba en dirección a ella, con lágrimas corriéndole por la cara, pero solo podía dar patadas y retorcerse.

—¡Céntrate, Theo! ¡Eres más fuerte que ella!

Si se dejaba llevar por el pánico, no podría controlar su magia. Niamh estiró otra vez el brazo a través del fuego, pero las llamas trataron de abrasarle los dedos.

Niamh no era una elemental. No sabía cómo utilizar el agua para apagar las llamas.

Ah.

Aquella vieja sabia, mezcla de Obi-Wan Kenobi y Yoda.

Recordó las palabras de Annie: «No puedes combatir el fuego. El agua apaga el fuego gracias a que es agua». ¿Qué significaba eso? Estaba rodeada de agua, pero Helena había convertido el agua en fuego. Podía pasar cualquier cosa.

Helena, una bruja del fuego. Niamh, una bruja del agua.

«No puedes combatir el fuego. El agua apaga el fuego gracias a que es agua».

¿Significaba eso que podía vencerla? Niamh se puso de pie, con las piernas temblorosas, y alargó la mano. Trató de derribar a Helena recurriendo a todas las fuerzas que aún le quedaban. La suma sacerdotisa giró repentinamente la cabeza hacia ella y contraatacó con un simple parpadeo. Niamh cayó de culo y se hizo daño. Dio un manotazo al agua de la frustración.

«No puedes combatir el fuego». Entonces, ¿sé agua? ¿Qué significaba eso? Niamh no podía concentrarse. El fuego, los gritos de Theo, la ropa fría y empapada. Demasiado ruido.

Se sumergió bajo el agua. Necesitaba silencio. Era un mito que las brujas podían respirar bajo el agua —como se había descubierto en muchos juicios de brujas—, pero Niamh siempre hallaba cierta calma en su elemento.

Todo se apagó. Maravilloso solaz. Con todo en silencio, podía escucharlo todo. La sinfonía de la naturaleza, perfectamente afinada. Allí debajo podía fingir que todo iba bien. Cada elemento de la orquesta estaba donde tenía que estar: la percusión del sapo que croaba; una araña violinista en su tela; la lechuza a los instrumentos de viento en el viejo molino; la víbora bajo su piedra, y la colmena, inactiva hasta la mañana, dentro del tronco hueco de un tocón podrido.

A veces uno sale de sí mismo y se aleja tanto que ve el panorama completo como debe de verlo Gea. Por encima, por debajo y por todos los lados. Cómo han pasado las cosas y cuándo y por qué. El principio y el fin de todo.

Hacía diez años, Ciara había utilizado un glamour para incapacitar a Helena en el hotel Carnoustie. Hacía veinticinco años, una Elle de trece años había salvado la vida a Helena cuando estaban lejos de casa entre las campanillas.

Algo que solo una amiga podría saber.

Niamh salió a la superficie y dejó que el agua le corriese por la cara. Se levantó. Lo gracioso fue que ni siquiera era difícil. «Los pájaros y los insectos están chupados».

Proyectó la mente sobre el agua, a través del fuego, más allá de Helena y de Theo, hasta los juncos y la hierba, y el interior del tocón podrido. La colmena estaba llena de vida, a la espera de que la despertasen.

Niamh dio una patada al nido.

Helena no reparó en la primera abeja. El insecto empezó a orbitar alrededor de su cara, pero estaba demasiado concentrada en Theo. La chica se estaba quedando inconsciente, con la piel de un azul pálido. Niamh no tenía mucho tiempo. Dos o tres abejas pueden emitir un persuasivo zumbido, y Helena se dio cuenta de lo que pasaba.

Dejó caer a Theo con un ruido sordo.

Cinco, seis, siete abejas. Volaban alrededor de Helena formando un ocho. Helena se volvió hacia Niamh echando chispas por los ojos negros.

—¿Imitando el numerito de tu hermana?

La distracción dio resultado. Las llamas del agua se apagaron, y Niamh anduvo hasta la orilla, cada paso un poco más penoso. Negó con la cabeza con gran pesar, dijo simplemente:

—No.

Diez, quince, veinte abejas.

Nada contentas de que las hubiesen despertado. El zumbido se volvió un coro susurrante, un muro de sonido casi físico.

Helena miró a Niamh a los ojos y vio que decía la verdad. El pánico la invadió y empezó a intentar aplastar las abejas.

—Ni...

Una abeja se le metió en la boca.

Treinta, cuarenta abejas.

Empezaron a picarle. Helena gritó y se desplomó hacia atrás a la maleza. La naturaleza es cruel, y cuando una abeja pica libera una feromona para comunicar a las demás abejas que ataquen también a la amenaza en cuestión. Los insectos revoloteaban a su alrededor, paseándose por su cara, introduciéndosele en las orejas y el pelo. Helena se agarró la garganta; se le estaba cerrando la tráquea. Niamh había visto esa escena una vez, y no era bonita. Los labios se le inflaron como ciruelas y la cara se le puso roja.

Helena cerró los ojos hinchados, y cuando los abrió volvían a ser de color avellana. Alargó el brazo hacia Niamh suplicando ayuda sin palabras. Las abejas se movían por su mano.

Niamh corrió primero junto a Theo. Tenía unos desagradables verdugones en el cuello, pero por lo demás parecía en perfecto estado.

—¿Estás bien?

—Sí —contestó ella en voz alta; fue toda una sorpresa oír por fin su voz. Era inesperadamente, en fin, mundana.

Niamh se concentró y despachó a las abejas espantándolas. Las obligó a retirarse. El palpitante zumbido disminuyó.

Helena se convulsionó y arqueó la espalda. Niamh y Theo retrocedieron cuando una viscosa niebla verde brotó de su boca hinchada. Niamh se llevó la mano a la nariz. El hedor era pestilente, sulfúrico.

—¿Qué es eso? —preguntó Theo.

Niamh había visto algo parecido en una ocasión, después de atacar a Ciara, cuando la entidad abandonó su cuerpo.

—Es un demonio —respondió Niamh, mientras comprendía cómo Helena había conseguido ser tan fuerte.

La nube verde empezó a cobrar forma en el aire, por encima de Helena. Niamh y Theo permanecieron juntas, listas para repelerla. El contorno recordaba el de un toro, algo con dos cuernos curvos en todo caso. La figura se mostró inquisitiva, observándolas, evaluándolas antes de retirarse. La niebla fétida se coló por las raíces y las hojas de los árboles más próximos para lamerse las heridas.

El bosque volvía a ser el de siempre. El riachuelo murmuraba, el aire nocturno había recuperado su frescor, y todo olía a ajo silvestre y musgo húmedo. Solo el ahogo desesperado de Helena desentonaba. Había cerrado los ojos y tenía toda la cara abultada y deformada.

Niamh acudió a su lado y rompió a llorar.

Eso no era necesario, joder.

Se arrodilló junto a ella. ¿Cómo demonios habían llegado a ese punto? Su amiga estaba desfigurada y respiraba con gran dificultad. Y ella era la responsable. Niamh enterró la cara en sus manos y lloró. Ni siquiera sabía si ella la oía; tenía un pie en la tumba.

Le quedaba una cosa por hacer, y solo podía hacerla mientras Helena estuviese débil. Le tocó la sien con el dedo índice y la sondeó. Podría haber detectado el vinagre de la culpa a un kilómetro de distancia. «Annie». Niamh presenció los últimos momentos de la vida de su amiga: la casa al helarse hasta quedar bajo cero. A Annie le falló el corazón. Eso fue lo que la mató. Vio como se desplomaba en el sillón y que le resbalaba la peluca.

Niamh se abandonó y flexionó las rodillas debajo del mentón. Cuánto había deseado equivocarse. Helena la había matado, y Niamh se preguntó en qué punto exacto, en qué momento crítico la habían perdido.

Los sollozos le sacudían el cuerpo. Al principio notó que Theo la abrazaba tímidamente, moviendo sus hombros menudos con incomodidad. A pesar de haber recuperado el habla, no dijo nada. Olió a Leonie —lavanda, pachuli y humo de cigarrillos— antes de oír su voz o de notar el roce de sus rizos contra la mejilla.

—No llores, nena —susurró—. Ya estamos aquí. Estamos aquí.

Niamh se desmoronó contra ella y oyó otra voz.

—Puedo salvarla. —Era Elle, dulcemente, por el otro oído—. Todo saldrá bien.

Los brazos de Elle las envolvieron a todas.

Niamh se asomó por detrás de las manos y vio que Chinara descendía sin esfuerzo en la orilla, con Holly a cuestas en la espalda. Pegó la cabeza a la de Elle y notó que la sanadora absorbía parte de su culpa y su dolor.

—Has hecho lo que tenías que hacer —dijo Elle antes de centrarse en Helena.

—Diosa mía —exclamó Holly, corriendo junto a Theo—. ¡Mirad qué cambio más espectacular!

Leonie se mostró igual de entusiasmada y estrechó fuerte a Leo entre los brazos.

Niamh observó como Elle atendía a Helena.

—¿Y Luke…?

Elle lanzó una mirada por encima del hombro.

—Se pondrá bien. Probablemente. Estaba recuperando el conocimiento cuando hemos venido a buscaros. Está con Sandhya y Valentina… Llamarán a una ambulancia ahora que el hechizo se ha roto.

Se concentró en Helena, cuyas heridas empezaban a mejorar; la hinchazón iba disminuyendo, y las ronchas estaban desapareciendo.

Niamh se centró en el rumor ensordecedor del arroyo. Deseó recuperar el silencio un instante.

Vio que Holly admiraba las nuevas facciones de Theo; que

Leonie y Chinara se besaban con ternura; que Elle atendía diligentemente a Helena y que, en alguna parte, Luke se encontraba bien. Relajó los hombros y se secó las lágrimas. Estaba a salvo. No le pasaría nada.

Estaba con su aquelarre.

61

Consecuencias

Niamh

Volvieron a la ciudad a la antigua usanza: a pie. Probablemente, era igual de cansado que ir volando, pero nadie tenía la capacidad mental para planteárselo. Por lo menos era todo cuesta abajo. Cuando llegaron a Hebden Bridge, todos los mundanos ya se habían recuperado del «terremoto» que había tenido lugar en su ciudad.

El grupo de mujeres desaliñadas que salió del bosque no debía de desentonar demasiado. La reverenda Sheila Henry había alertado al ASM de Escocia, que había mandado una unidad a Hardcastle Crags. Helena, aún inconsciente, sería llevada al hospital de Grierlings hasta que decidiesen qué hacer con ella.

Qué desastre, la verdad. Las luces azules se proyectaban sobre los edificios de arenisca y las caras de la multitud.

«¿Cómo no nos hemos despertado?».

«¿De qué magnitud ha sido?».

«¡Es un milagro que nadie haya resultado herido!».

Market Street estaba llena de periodistas, furgones de la policía y ambulancias, y los ciudadanos tenían especial interés por echar un vistazo donde se había «derrumbado» el viejo puente de Packhorse

—No me puedo creer que te hayas cargado el puente —le dijo Holly a Leonie—. ¿Ahora vivimos en Hebden a pelo? ¿El agujero de Hebden? ¿El hueco de Hebden?

Elle se despidió aduciendo que tenía que volver a casa para afrontar la situación con Jez. Les dijo que se había ido después de soltar una pequeña bomba. Se marchó con Holly a buscar su coche, que con suerte seguía intacto después de la pelea.

Niamh escudriñó a las multitudes. Él tenía que estar en alguna parte. No le costó ver a Luke en medio del caos que reinaba delante del White Swan. Él descollaba por encima de la mayoría de las cabezas. Estaba sucio y manchado de sangre al lado de un sanitario que trataba de meterlo en la parte de atrás de una ambulancia, pero parecía que él buscaba a alguien.

Se cruzaron la mirada a través del río. La estaba buscando a ella.

Niamh echó a correr y se elevó por encima del río, resguardada de la vista de todos menos de él. Él esquivó al sanitario para llegar hasta Niamh, y ella cayó en sus brazos.

—¡Estás bien! —dijo ella, pegando la cara a su pecho—. Gracias a los dioses.

—¿Acabas de…? —preguntó él contra la coronilla de Niamh.

—Sí. Es algo que puedo hacer —reconoció ella, mirándolo. A veces el momento oportuno se presenta cuando uno menos lo espera—. También puedo hacer otras cosas.

Él le rodeó la cara con sus grandes manos.

—Tranquila, Niamh. Ya sabía que pasaba algo. No soy tonto. —Se encogió de hombros—. No sabía que eras Supergirl, pero podremos vivir con eso.

—No soy Supergirl —dijo ella, agarrándole las manos—. Soy una bruja.

Él consideró esa información un momento y asintió con la cabeza.

—Tiene sentido.

—Sí, ¿verdad? ¿Te acuerdas de lo que se interponía entre nosotros? ¿Lo que nos impedía estar juntos? No era solo Conrad.

Utilicé a Conrad de excusa. Pues esto es lo que hay. Soy una bruja, y si queremos que esto llegue a buen puerto, tienes que saberlo.

—¿Una bruja? ¿De las que hacen magia?

—Sí.

—¿Vas a tener problemas por decírmelo?

—Probablemente no.

—Bien. ¿Eres... una bruja buena?

Oh, eso sí que le dolió. Habría jurado que el cerebro se le retorció, como una esponja al escurrirla.

—No —dijo, conteniendo un sollozo—. No hay brujas buenas ni malas; solo hay brujas y las decisiones que tomamos.

—Eso también es aplicable a los humanos.

Niamh sonrió.

—Todavía soy humana. Solo que me va la brujería.

Luke le devolvió la sonrisa.

—Bueno, seguro que es para bien. ¿Puedo besarte?

—Por supuesto.

Él la besó con ternura, tanteando el terreno, antes de darle un beso de verdad. Esta vez a ella no le preocupó lo que significaba. Simplemente fue maravilloso.

Mientras Niamh le hacía jurarle que no estaba herido, y ella le informaba de lo que había pasado realmente mientras él dormía, Niamh reparó en un alboroto detrás de ellos. Se volvió y vio que Radley y una banda de brujos con capas verdes del conciliábulo avanzaban por Market Street hacia ellos. Los mundanos no les prestaban atención, cosa que le hizo pensar que se habían escudado.

—¿Rad? —Leonie se acercó a recibirlo, seguida de Niamh—. ¿Qué haces aquí?

Él contempló los destrozos con seria preocupación.

—Yo podría preguntarte lo mismo. ¿Esto es obra vuestra?

—No. Qué disparate —dijo Leonie.

Radley no quedó convencido.

—¿Qué ha pasado aquí?

—A Helena se le fue la pinza e intentó matar a la niña.

Señaló con el pulgar en dirección a Theo.

Si a Radley le sorprendió la transformación física de Theo, su cara no lo reflejó.

—Entiendo…

Chinara fue más explícita.

—Autorizó a un pequeño equipo del ASM. No tenía permisos ni órdenes judiciales para separar a Theo de Niamh. No había motivos para llevar a cabo una detención inmediata. Además, invocó a una entidad demoníaca y creemos que asesinó a Annie Device.

Hasta el impasible Radley se estremeció.

—Entiendo…

—¿Eso es todo lo que vas a decir? —dijo Leonie—. ¿Que lo entiendes? Porque yo no entiendo un carajo.

Su hermano se puso más tenso si cabía.

—No sabía que estabais aquí —dijo él, eligiendo las palabras con cuidado.

—Entonces, ¿qué hacéis aquí? —preguntó Niamh.

—Estamos investigando un asunto grave del conciliábulo. Ha habido un… incidente.

—¿Qué es el conciliábulo? —susurró Luke.

—Luego —le contestó Niamh.

—¿Un incidente que no es este incidente? Pues habla —dijo Leonie.

—Esta noche han soltado a Dabney Hale de Grierlings —respondió Radley con seriedad.

—Pero ¿qué coño…? —explotó Leonie.

—¿Qué? ¿Por qué? —añadió Niamh.

Radley negó con la cabeza.

—¡No lo sabemos! Lo único de lo que tenemos conocimiento es de que Helena Vance fue a Grierlings y lo puso en libertad.

—¿Él salió de una cárcel de máxima seguridad así, sin más?
—dijo Chinara maliciosamente.

Entonces él se ruborizó mucho.

—Sí, eso parece. Sin embargo, nadie lo recuerda.

Se miraron entre ellos. Theo parecía un poco confundida;
Luke parecía totalmente confundido.

—Helena invocó a un demonio —dijo Niamh—. Ha debido
de querer liberar a Hale.

—¿Por qué? —preguntó Theo inocentemente.

Niamh no tenía respuesta a esa pregunta. Llevaba casi veinticuatro horas despierta. El cerebro le funcionaba a duras pe-
nas. En lo alto de la colina había sentido una lucidez que no
experimentaba desde hacía tiempo, pero ahora todo volvía a
estar confuso. ¿Qué pintaba Hale en todo eso? ¿Y qué demonio
había invocado Helena?

—Entonces, ¿Hale está suelto? —inquirió Chinara.

—Creemos que sí. Las cámaras de seguridad lo grabaron
saliendo del complejo, y es la última vez que lo hemos visto.
Pero podéis estar seguras de que el conciliábulo se ocupará de
este asunto y de que se hará justicia.

Estaba tan decidido que Niamh casi le creyó. En ese momento ella estaba muy aturdida y agotada, pero por la mañana pro-
cesaría lo que significaba esa información. Significaba que la
guerra estaba lejos de haber terminado.

62

Las Tuberías

Helena

Pensándolo ahora, debería haber derribado ese edificio. Había una terrible ironía en el hecho de que su única muestra de verdadera desgana profesional fuese a provocar su muerte.

Flanqueada de guardias encapuchados anónimos, Helena fue conducida por los angostos pasillos de Grierlings. Olía a productos químicos, a petróleo o al acelerante que utilizaban en las Tuberías. Una de las luces estaba estropeada y zumbaba y parpadeaba. Le recordó las abejas del bosque y se le pusieron los pelos de punta. Los guardias tiraron de ella.

Bah, ¿para qué retrasarlo más? Estaba en sus manos. Elle, la muy traidora, la había curado al filo de la muerte, pero la había dejado inconsciente, indefensa. Todas las sintientes del ASM habían curioseado en su cerebro dormido. Lo habían visto todo. Helena habría preferido morir en la reyerta del bosque. Ese espectáculo era humillante.

Claro que siempre había existido un riesgo, uno que habría valido la pena si ella hubiese tenido éxito aquella triste noche de hacía cuatro semanas. Pensándolo ahora —otra vez—, veía su error con toda claridad: los hombres.

Todo habría ido bien si no hubiese hecho caso a Hale ni se hubiese fiado de Belial. No le importaban sus amigas ni Theo Wells. Su mayor traición había sido a las mujeres. Los hombres la habían vuelto temeraria, la habían contaminado de negligente bravuconería masculina. No recordaba haber ido a Grierlings ni haber liberado a Hale de su celda. El día de la redada se había echado una siesta por la tarde para prepararse para la larga noche que le esperaba. Ahora comprendía que no estaba cansada; la habían engañado.

Y ahora tendría que pagarlo.

Llegaron a la escalera que subía a la cavernosa sala que albergaba las Tuberías. Uno de los guardias hizo sonar un estridente claxon, y alguien situado al otro lado abrió. Helena mantuvo la vista gacha, pero notó las miradas de quienes se hallaban reunidos. Morbosos sin excepción. La llevaron a la fuerza a la cámara central.

Las Tuberías —como bien sabía Helena— habían sido construidas en 1899. Después de crear el ASM, necesitaron un elemento disuasorio contra toda bruja a la que se le ocurriese sublevarse cuando el aquelarre se alió con el gobierno y la corona. Durante la primera mitad del siglo XX, varias separatistas se organizaron; pero si atacaban al aquelarre, acababan allí.

Al principio se las conocía como Ejecución Automatizada en la Hoguera, pero no es un nombre muy pegadizo, ¿verdad? De modo que las altas cámaras cilíndricas pronto pasaron a ser conocidas como las Tuberías. Había cinco, aunque las cinco nunca se habían utilizado a la vez. En 1909, las autodenominadas «aquelarristas» Enid Poole, Ava Crabtree y Phyllis Lyndon fueron ejecutadas simultáneamente por haber intentado embrujar al rey en la gran inauguración del Museo Victoria y Albert.

Las Tuberías no se utilizaban desde los sesenta. Tenía gracia. En el fondo, Helena entendía por qué sus predecesoras no habían desmantelado esas monstruosidades. Sí, eran un elemento disuasorio, pero siempre había sabido que algún día tendrían que encender esas cámaras una vez más. Quizá todos tenemos una oráculo dentro de nosotras.

Helena fue conducida al gran tubo de tela metálica. Nunca

había entrado en uno. Era más estrecho de lo que parecía por fuera, sin apenas espacio para estirar los brazos. El acero estaba ennegrecido y chamuscado. Uno de los guardias cerró la puerta interior, y el cerrojo encajó con un ruido metálico. Sintió unas fuertes náuseas que le recordaron el malestar matutino. Por los conductos de ventilación bajaba Mal de Hermana y le llenaba las fosas nasales. Allí dentro no podía encender una cerilla, y mucho menos fugarse.

—Helena Jane Vance —dijo una familiar voz escocesa.

Helena alzó la vista finalmente. Había que joderse; eso era el colmo. Moira Roberts llevaba puesta su túnica negra ceremonial. Ella y el público se hallaban a una distancia prudencial, en una plataforma de observación detrás de una barandilla.

La plataforma en cuestión era un elemento especialmente morboso. Los victorianos tenían la culpa de muchas cosas.

Helena se aseguró de que no habían llevado a Snow como ella había solicitado. No veía el característico pelo de Snow. Bien. Por lo menos había conseguido eso.

Costaba identificar a los presentes con las capas con capuchas, pero supuso que la figura de la silla de ruedas era su madre, y la de al lado, su padre. Inspiró. Ellos no deberían ver eso. A la izquierda de Moira estaba el resto de la junta, y a la derecha se encontraban Niamh, Elle y Leonie. Elle lloraba abiertamente.

Judas de mierda. Y la desfachatez de Leonie Jackman al hacer que Chinara intentase anular su sentencia por motivos humanitarios. ¿Se suponía que era ironía? Ella no estaría allí de no ser por ellas. Era culpa suya. Que llorasen, coño.

Una ráfaga de aire caliente subió por la rejilla sobre la que estaba de pie. Llevaba unas zapatillas negras baratas y una bata corta informe a juego. En esa pira no había ropa de Balenciaga.

Moira empezó a leer de un iPad.

—«Según lo establecido en la Constitución de mil ochocientos sesenta y nueve, y reconocido como la ley de las brujas desde el siglo quince, has sido declarada culpable en un juicio imparcial de los siguientes cargos: traición a tu aquelarre; homicidio culposo de una bruja hermana, y los cargos menores de asociación con demonios y falta grave de conducta en cargo público. El castigo es la muerte en la hoguera».

De todos los presentes, fue Niamh quien manifestó su oposición.

—Por favor, Moira. No tenemos por qué hacer esto.

«Un poco tarde para eso, Niamh, cielo».

Moira hizo una mueca, y Helena solo pudo especular sobre las horas que habían trabajado en secreto deliberando sobre su destino. Aun así, por lo menos había sido rápido. Ni siquiera la habían retenido en la lujosa celda de Hale. De un modo u otro, no saldría de Grierlings con vida.

—¡Esto no es digno de nosotras! —continuó Niamh.

—Esto es como siempre se ha hecho.

Había un rastro de tristeza en la voz de Moira.

—Entonces, a lo mejor ha llegado la hora de cambiar —intervino Leonie.

Helena rio. Hipócritas. Qué noble por su parte. ¿Cómo llamaba Snow a los quejicas que lloriqueaban en Twitter? «Guerreros de la justicia social». Que mirasen. Que se muriesen de pena.

—No alarguemos este triste día debatiendo —dijo Moira—. Helena Jane Vance, ¿quieres decir unas últimas palabras?

Nada le habría gustado más que pronunciar un discurso de mártir. Tenía muchas ganas de decirles que la historia demostraría que estaba en lo cierto, que habían traicionado al aquelarre dejando vivir a Theo. Solo deseaba vivir para verlas temblar cuando Leviatán se manifestase. Pero no dijo esas palabras. En realidad dijo:

—Por favor, mostrad clemencia. Tengo una hija joven. Quiero ver cómo se hace mujer.

¿Por qué se había arriesgado a eso? En el fondo, ese era el

motivo por el que estaba furiosa. En cierta forma, había elegido a Theo por encima de su familia. «¿Qué me pasa?».

—No cabrá recurso —decretó Moira—. Guardias…

A un lado de la sala, una de las brujas encapuchadas —o puede que un hechicero— levantó una tapa y pulsó el botón rojo oculto debajo. Sonó otro claxon.

El grueso blindaje térmico empezó a descender con un chirrido mecánico sobre la tubería interior. Estaba hecho de ladrillo; rojo por fuera y negro por dentro. A ella no la engañaban. No era para impedir que los espectadores se quemasen sin querer; era para evitar que viesen lo que estaba a punto de ocurrir.

Todos desaparecieron cuando el blindaje pasó por delante de su cara con un ruido sordo. Helena cerró los ojos y entrelazó los dedos en la valla de tela metálica. Oyó que el horno se encendía rugiendo en las entrañas de la cárcel. El blindaje llegó al suelo con un golpe seco. Parpadeó en vano en la oscuridad total.

La siguiente luz que viese sería la última.

63

Solsticio

Niamh

A pesar de todo, Niamh sintió cierto orgullo al ver a su joven discípula acercarse al Gran Durmiente, el enorme altar de piedra lisa. Esa noche, Moira Roberts llevaba la capa escarlata y la diadema: una guirnalda de hojas de hiedra labradas en plata.

—¿Quién llama de noche? —dijo teatralmente.

—Holly Pearson.

—Snow Vance-Morrill.

—Theo Wells.

Niamh tenía el corazón a punto de estallar.

Moira le dio la copa primero a Holly, luego a Snow y, por último, a Theo. Ese verano solo había tres brujas dispuestas a decir las palabras mágicas. Cada una bebió un sorbo de la copa y, pocos segundos más tarde, sus ojos se volvieron negro azabache. Leonie, que estaba a su lado, le susurró al oído:

—¿Te acuerdas de lo asustadas que estábamos nosotras?

—Como si fuese ayer. —Al otro lado, Elle lloriqueaba como si estuviese en una boda—. Anda, para, llorona.

Niamh le dio un pañuelo de papel nuevo.

—¡Es un día importante! —dijo Elle, y lo era, pues Jez estaba allí para agarrarle la mano, con cara de estar muy poco convencido de la capa que había tenido que pedir prestada.

«Parezco Drácula», había dicho. De todas formas, no se

parecía en nada a Drácula; Annie había coincidido con él en una ocasión.

—Sabed que el juramento no debe tomarse a la ligera —dijo Moira a las iniciadas, con cuidado de no dedicar las palabras directamente a Snow. Lilian y Geoff Vance habían llevado a su nieta, y la verdad es que Niamh no estaba segura de si debía decir algo—. Vais a dedicar vuestra vida a la hermandad; al aquelarre del mundo. A partir de esta noche, dondequiera que estéis, seréis brujas antes que nada. Esta es vuestra última oportunidad de renunciar a vuestro derecho de nacimiento. Decid, principiantas, sí o no.

—Deseo hacer el juramento —dijo Holly.

—Deseo hacer el juramento —repitió Snow, en tono glacial.

—Deseo hacer el juramento —declaró Theo por último.

—Muy bien —dijo Moira sonriendo—. Todas juntas.

> Juro por la madre
> defender solemnemente la hermandad sagrada.
> Su poder ejerceré,
> el secreto guardaremos,
> la tierra protegeremos.
> Un enemigo de mi hermana es un enemigo mío.
> La fuerza es divina;
> nuestro lazo, eterno.
> Que ningún hombre nos separe.
> El aquelarre es soberano
> hasta mi último aliento.

Las chicas vertieron una gota de su sangre en la copa.

—Bienvenidas, brujas… —dijo Moira finalmente, con una amplia sonrisa que le iluminaba el rostro.

Los presentes prorrumpieron en entusiastas aplausos y Elle corrió a abrazar a Holly.

—¡Mamá! ¡Qué vergüenza!

Niamh se acercó a recoger a Theo con aire más despreocupado, y las dos se abrazaron.

—¿Lo ves? No ha sido tan terrible, ¿verdad?

—Veo raro —dijo Theo, parpadeando con sus grandes ojos negros.

—Tendrás los ojos así una hora más o menos. Disfruta de la visión nocturna mientras puedas.

Theo saludó tímidamente con la cabeza a unas ancianas que se acercaron a desearle lo mejor. Debido al juicio sumario y la ejecución de Helena, se habían planteado seriamente cancelar la celebración del solsticio de ese año, pero en el ASM deseaban mantener la normalidad y echar tierra sobre los acontecimientos del pasado mes.

Ojalá hubiese sido tan fácil. Cada vez que Niamh pensaba en Helena, era como si la apuñalasen en el estómago. Nunca se había sentido tan culpable, ni siquiera después de lo que le había hecho a Ciara. Bueno, eso no era del todo cierto, pero lo que el ASM le había hecho a Helena le recordaba más que nunca que era una bruja. Ellas no obedecían las leyes de los mundanos porque no eran mundanas. Y eso daba miedo.

—¿Te alegras de haberlo hecho? —preguntó Niamh.

—Sí —respondió Theo, que claramente se alegraba de que su momento de protagonismo hubiese pasado ya—. Esta es quien soy.

Niamh le dio otro achuchón.

—Así es. Estás espectacular, por cierto.

—Me ha maquillado Elle.

—Tenía un lienzo estupendo para pintar. —En la pradera hubo vítores cuando alguien encendió la hoguera y empezaron a tocar el tambor. Les esperaba una larga noche—. Venga, esta es tu fiesta…

Holly agarró a Theo de la mano y las dos echaron a correr

por el camino hacia el fuego. Niamh buscó a Leonie y a Chinara en el claro y no vio a Moira acercarse.

—¿Puedo hablar contigo, Niamh?

—Claro —dijo Niamh, cuando en realidad quería decir: «Vete a tomar por el culo. Tú ejecutaste a la última suma sacerdotisa».

—Te he traído una copa de hidromiel. Es la tradición.

Apestaba, pero Niamh aceptó la copa por educación.

—Ven a dar un paseo conmigo. —Niamh accedió y las dos anduvieron en dirección a la fiesta. Por supuesto, todo estaba protegido de la vista de los mundanos—. Sé perfectamente que algunas personas creen que estoy disfrutando de este giro fortuito de los acontecimientos, dado mi pasado con Helena...

—¿Eso es lo que dicen?

Desde luego que sí. Todo el mundo lo decía.

—Niamh, ¿sabías que Iain ha estado enfermo últimamente? —dijo la anciana jefa.

Iain McCormack era el marido de Moira.

—No, no lo sabía —contestó Niamh—. ¿Está bien?

—Se recuperará. Bueno, eso esperamos, pero en contra de la opinión popular, no tengo el más mínimo deseo de que nos traslademos a Manchester. Estoy muy contenta en Fife, sinceramente. Ahora que Iain está convaleciente..., bueno, quiero pasar más tiempo con él. No tengo intención de presentarme como candidata a suma sacerdotisa. Y ahí es donde entras tú.

—¡Yo! —El grito de Niamh despertó a las palomas del toldo que tenían encima—. ¡Ni siquiera soy inglesa!

—Tu abuela lo era. No hay problema, lo he consultado.

—Ha sido vaticinado —dijo una nueva voz que salió sutilmente de las sombras.

La cara pálida de Irina Konvalinka brillaba por debajo de su capucha como una luna creciente.

—¿Vaticinado por quién? —preguntó Niamh, sintiéndose de repente aturdida después de solo un trago de hidromiel.

—El futuro cambia constantemente —dijo Irina—. Nace una era fascinante, aunque perturbadora.

Niamh hizo una pregunta que le había perseguido a altas horas de la noche.

—¿Qué pasa con Leviatán?

Irina miró a Moira, quien no dijo nada.

—Leviatán se alzará.

Bueno, no había nada más que decir.

—En ese caso, comprenderás mis recelos con respecto a volver al ASM. Y ahora, con tu permiso, me voy a bailar con mis hermanas.

—Te hemos visto con la corona —dijo Irina, y la hizo parar en seco.

Niamh no hizo caso a ninguna de las dos y se fue por el camino echando chispas. La hoguera estaba ahora bien encendida, y el bosque se hallaba lo bastante iluminado para ver por dónde iba. Estaba tan decidida a llegar a donde estaban sus amigas en la fiesta que no vio a Snow cuando salió del sendero paralelo.

—¡Snow! —dijo—. No te había visto.

Snow no dijo nada. Antes estaba delgada, pero ahora se la veía demacrada.

Niamh comprendió que ella tendría que ser la que ejerciese de adulta en ese brete.

—Oye, Snow…

—No —dijo ella interrumpiéndola—. No lo digas. No quiero oír nada de lo que tengas que decir.

Ella no esperaba que fuese fácil.

—Tienes que saber que yo no quería que las cosas acabasen así…

—Ahórratelo. No te estoy escuchando —dijo Snow—. Me vuelvo a Boscastle con mi abuela y mi abuelo. Estaré fuera todo el verano, puede que más tiempo. Ellos no soportan a las chismosas que hacen preguntas sobre mamá.

Niamh asintió con la cabeza.

—Me lo imagino…

—Sí, imaginarlo debe de ser muy duro —le espetó Snow antes de recobrar la compostura—. ¿Sabes qué? No digas nada más, porque cada día que pasa me hago más fuerte. La abuela cree que dentro de poco podría ser una nivel cinco. Cuando vuelva a Hebden Bridge, y volveré, voy a acabar contigo y con ese circo de travelos.

Snow la miró fijamente a los ojos al pasar por delante de Niamh en dirección a la fiesta. El odio, gélido y a la vez candente, ardía detrás de su mirada. Niamh no dijo nada. Lo aceptó porque, si se hubiesen vuelto las tornas, ella se habría sentido igual.

Y el fatídico día que Snow Vance-Morrill regresase a esa ciudad, Niamh estaría lista para enfrentarse a ella.

64

Trabajo de bruja

Leonie

Él tenía que estar allí. Le había dicho que asistiría. En realidad, los hechiceros no iniciaban a sus aprendices en Samhain, sino en Litha, pero Radley debía estar allí esa noche. Sin embargo, no estaba. ¿Por qué?

Algunas de las brujas más mayores no salían mucho, de modo que ya habían empezado a mover el esqueleto alrededor del fuego. El baile era una parte tan importante de su cultura como los hechizos o las pociones. Gozar del cuerpo, moverlo desenfrenadamente era espiritual. El movimiento extático era similar a un trance, una vía para alcanzar un estado superior de conciencia.

La fiesta es cosa de brujas.

—¿Qué pasa? —le preguntó Chinara cuando volvió con dos cervezas. Pasaba de hidromiel.

—En serio, ¿dónde coño está Rad?

—A lo mejor no le apetecía venir. No es precisamente un fiestero, ¿no?

—Tiene que estar aquí a título oficial. ¿Has visto que mi hermano se haya saltado sus deberes alguna vez?

Ella no lo había visto nunca.

—Tranquilízate. A lo mejor vino a la ceremonia y se escapó luego. Está lidiando con la cagada más espectacular de la historia desde el Brexit.

—A lo mejor…

Chinara estaba preciosa esa noche, con las llamas bailando sobre su cara. Llevaba maquillaje dorado en los ojos y los pómulos, y relucía como una estatua de bronce. Leonie sintió el impulso de darle un beso, y lo hizo.

—¿Y eso?

—Gracias.

—¿Por qué?

—Por saber siempre lo que necesito. ¿Cómo lo haces? No serás una adepta, ¿verdad?

Chinara sonrió.

—Lo dudo.

—Espero poder compensarte algún día. Te debo mucho.

Era cierto; Leonie iba por la vida como el elefante de la expresión, y Chinara se dedicaba a seguirla con una escoba y un recogedor.

—No me debes nada. Das tanto amor como recibes.

—Prometo seguir haciéndolo. Siempre.

Volvieron a besarse.

—Voy a decir una cosa —anunció Chinara—. No quiero que digas nada, solo que dejes las palabras macerar en tu cabeza, ¿vale?

Leonie frunció el entrecejo.

—Claro.

—Creo que este sería un sitio ideal para criar a un hijo. Todo este espacio… Todo este cielo, con todas estas estrellas… No sé si aguantaré muchos años más en la ciudad. —Leonie estaba a punto de discutir, pero Chinara le puso un dedo en los labios—. Déjalo reposar.

Leonie se fue calmando. Vio a Nicholas Bibby, el ayudante de Radley, yendo a por comida al puesto de la barbacoa.

—Oh, espera aquí. Vuelvo enseguida, te lo prometo.

Se separó de Chinara y fue directo a Nicholas. Por el camino, se cruzó con Jez Pearson, que parecía totalmente fuera de lugar, moviendo la cabeza al ritmo de los tambores. Él la saludó con la cabeza.

—¡Hola, Jez! —Leonie se desvió en dirección a él—. ¿Te estás divirtiendo?

—¡Oh, sí! Es original, ¿verdad?

Ella se acercó mucho a él.

—Bueno, ya lo sabes, ¿no? Elle puede curar a la gente, y Niamh y yo podemos leer el pensamiento, y también Holly. Cuánto crees que va a tardar Holly en descubrir lo que has estado haciendo con la chica del hotel, ¿eh?

La cara de Jez se tiñó de un tono blanco enfermizo y ceniciento.

La falsa camaradería se esfumó de la voz de ella.

—Ponle fin o cuéntaselo a ella, Jeremy. Ya sabes lo que somos. No te conviene tocarnos las narices.

Le dio un sonoro beso en la mejilla cuando Elle apareció a su lado.

—¿Estáis bien? —dijo alegremente—. ¿Qué me he perdido?

Leonie le dedicó una sonrisa deslumbrante.

—Nada, nena. Solo me estaba asegurando de que Jez se lo está pasando bien en su primer solsticio.

Él tenía cara de que fuese a vomitar en cualquier momento.

—Sí, fenomenal.

—Soy la bruja con más suerte del mundo —dijo Elle, besando la mano de su marido.

Sonrió, toda guapa y contenta. Leonie no pensaba mandar eso al carajo.

—Vuelvo en un momento —dijo, desesperada por alcanzar a Bibby.

Lo perdió un momento entre la multitud, pero los hechiceros acostumbran a no separarse como los niños en el baile escolar, y lo encontró con un trío de capas esmeraldas. Los escudriñó para asegurarse de que ninguno era su hermano.

—¿Nicholas? ¿Nick?

Él se volvió para mirarla. Si a Leonie le hubiesen atraído en lo más mínimo los hombres, Nicky podría haber tenido una oportunidad. Alto, anguloso, con un agradable punto friki.

—¡Leonie! ¿Qué tal?

—Bien. Oye, ¿sabes dónde está mi hermano?

Él se mostró esquivo un momento antes de apartarla de sus colegas del conciliábulo.

—Oficialmente, no sé nada de nada.

—Nick, quiera Gea que nunca te detengan para interrogarte.

Él puso los ojos en blanco.

—Juré que no contaría nada. Tengo que decir que está trabajando en una beca de investigación en Salem.

—¿Es allí dónde está?

—Sinceramente, no tengo ni idea.

A la mierda. Se metió de lleno en su cabeza.

—Hale. —Nick se estremeció, avergonzado de haberlo revelado tan rápido—. ¿Ha ido a buscar a Hale?

—Yo no he dicho nada.

Ella ya sabía la respuesta. Su hermano se había esforzado mucho por mejorar la reputación del conciliábulo después de lo de Hale, y ahora todo se había ido al garete. Nick dejó escapar un profundo suspiro.

—Cree que Hale intenta reclutar hechiceros para volver a las andadas. Quiere detenerlo.

—Ser el héroe… —dijo Leonie, concluyendo por él, que había empezado a divagar—. Si encuentra a Hale, acabará muerto.

Nicholas Bibby no dijo nada. No hacía falta. Su hermano se había embarcado en una misión suicida. Leonie miró a través del fuego a Chinara, que reía echando hacia atrás la cabeza mientras bailaba con Elle y Niamh.

Las lágrimas le nublaron la vista. La vida, los bebés y los paraísos rurales tendrían que esperar un poco más. Tenía que salvar a su hermano pequeño.

65

Septiembre

Niamh

Niamh se quedó dormida sin querer y se despertó con el sonido de la vajilla en el lavaplatos. Se puso un kimono por encima del camisón y bajó corriendo. No quería perderse el primer día de Theo.

—Madre mía, ¿te has visto?

Theo se puso derecha y Niamh admiró su uniforme recién estrenado.

—¿Estoy bien?

—Estás adorable. ¿A quién no le gusta una falda escocesa? —Niamh le quitó un pelo suelto del jersey—. ¿Llevas el almuerzo y el abono del autobús?

—Sí y sí —contestó Theo, suspirando.

—¿Qué pasa?

Niamh encendió el interruptor del hervidor y se inclinó para agarrar el cuenco de Tiger. El perro se agitó, consciente de que era la hora del desayuno.

Theo se movió incómoda.

—¿Y si ellos se enteran de que no soy una chica normal? —murmuró.

Niamh hizo una mueca.

—Quiénes coño son «ellos»? Y, de todas formas, tú no eres una chica normal; eres una adepta del Aquelarre de Su Majestad. —Eso no pareció consolarla mucho—. Oye, no existen las chicas normales. Hay tantas formas de ser una chica como chicas hay en el mundo. ¿Qué tal eso?

Theo sonrió.

—Mejor. Gracias.

—¿Has quedado con Holly?

—Sí, en el autobús.

—Estupendo.

Es posible que Theo detectase el nerviosismo de Niamh, porque al cabo de un instante dijo:

—¿Vas a ir a Manchester?

—Sí. Hoy es el día.

«Ciara».

Theo le dio un abrazo rápido.

—Todo irá bien. Es lo correcto.

—Ya. Estaré aquí cuando vuelvas. Déjalos tiesos.

—¡Entendido!

Theo se echó la mochila al hombro y salió por la puerta.

Niamh oyó sus pasos crujiendo por el camino y luego unos más pesados que bajaban la escalera haciendo ruido. Luke atravesó descalzo el frío suelo de piedra vestido únicamente con sus calzoncillos Calvin Klein.

—¿Crees que sabía que yo estaba aquí? —preguntó.

Niamh rio con aire melancólico.

—Sí, lo sabía, por muchos motivos. Pero no es una niña, y yo no soy su madre.

Luke la rodeó con los brazos mientras ella preparaba café.

—Como si lo fueras.

Niamh se recostó contra su torso y contempló el valle por la ventana de la cocina. Las hojas estaban empezando a adquirir el color amarillo del tono de la luz del sol. Inspiró hondo.

Volvía a tener una vida, y daba gusto formar parte del mundo.

Mildred, la amable bruja mayor que hacía el turno de día en la casa de Manchester, acompañó a Niamh al cuarto de Ciara.

—¿Algún cambio? —preguntó Niamh.

—Me temo que no, tesoro. Como siempre. —Se apartó para dejarla entrar, y Niamh vio que Ciara dormía plácidamente como de costumbre—. Ya te dejo.

—Gracias.

Habían pasado... dos años desde la última vez que la había visto. Era egoísta, pero le resultaba demasiado triste. La habitación no era como la de un hospital. Estaba decorada con tapices e iluminada con velas. Ciara no tenía ningún problema médico; simplemente, Niamh había amputado el espíritu de su gemela de su recipiente.

Su hermana parecía muy pequeña en la enorme cama. Estaba tumbada boca arriba con las manos cruzadas sobre el torso. El cabello pelirrojo le caía sobre la almohada blanca como en un cuadro del Renacimiento. La habitación olía mucho a Virgo *Vitalis*, un acre resina reconstituyente de incienso y salvia. En la mesa de noche había una serie de cristales calibrados para favorecer el sueño plácido.

Niamh siempre tenía la sensación de que debía esperar a que su hermana le diese permiso antes de entrar. Estableció contacto físico con ella, pero solo halló aquella fría oscuridad, era como mirar por un profundo pozo. Niamh ocupó su sitio habitual en el sillón de las visitas a la izquierda de la cama. Esa había sido la última voluntad de Annie: que hiciese las paces con Ciara. Era lo mínimo que podía hacer en honor a su difunta amiga.

—Hola, Ciara —dijo—. Siento haber tardado tanto.

La escudriñó en busca de algún tipo de respuesta. Nada. Niamh empezó.

—Lo siento, hermana. De verdad. Lo que te hice fue por rencor y venganza. Quería hacerte daño como tú me lo habías hecho a mí. Ahora… ahora sé que eso nunca sirve de nada. Solo te vuelve peor. Todos estos años has necesitado mi ayuda y yo…

«Niamh…».

Sonaba muy lejos. La voz del fondo de ese mismo pozo.

—¿Ciara?

Hacía tanto tiempo que esperaba ese momento que podía haber sido una alucinación. La esperanza puede jugarnos malas pasadas.

«Niamh…».

—¡Estoy aquí!

Niamh se volvió hacia la puerta y estaba a punto de llamar a Mildred cuando la pálida mano de Ciara se movió, un poquito, sobre las sábanas.

Estaba buscándola.

—Estoy aquí —repitió Niamh, y tomó la mano de Ciara entre las suyas.

Ciara estaba débil, terriblemente débil, pero Niamh notó que le apretaba suavemente la mano. Y entonces sintió que algo pequeño, puntiagudo y duro presionaba contra su piel y…

66

Ciara

Hubo un intenso destello blanco azulado —un relámpago detrás de sus ojos— y de repente estaba de pie por primera vez en casi una década. Oh, resultaba extraño, curiosamente sórdido, como estar sentado en el asiento caliente de un váter. Ciara flexionó las extremidades de su hermana, meneó los dedos de las manos y los pies, y movió la mandíbula.

—Qué raro.

Probó la lengua de Niamh. La notaba hinchada, floja. Todo parecía un pelín desajustado, como cuando uno se pone una prenda usada que no le entra.

¿Y no era eso lo que acababa de hacer?

Mientras se adaptaba a la tremenda cantidad de luz de la habitación —la oscuridad durante diez años con los párpados cerrados es acojonante—, miró su antiguo cuerpo. Le habían dejado crecer demasiado el pelo. Parecía una hippy de mierda. Ciara abrió su antigua mano de un tirón y recuperó el pequeño rubí que había estado aferrando desde que el demonio vestido con la piel de Helena Vance se lo había puesto en la palma de la mano hacía semanas.

Una pequeña piedra preciosa, un gran poder. Tan pronto como tocó su piel, Ciara supo exactamente de qué manera se desarrollaría todo. Menudo giro de los acontecimientos. Le encantaba.

Guardó el rubí en el bolsillo de la chaqueta de Niamh. Se inclinó y susurró a su antiguo oído izquierdo.

—Pobrecilla Niamh. No te lo esperabas, ¿verdad? Sé que puedes oírme porque yo te he oído a ti perfectamente. Todos esos «lo siento». Yo te voy a dar a ti «lo siento».

Ciara descubrió que sus antiguos poderes seguían intactos. Pensándolo bien, era posible que incluso fuese más poderosa en el cuerpo de Niamh. Su hermana siempre había tenido esa ventaja. Siempre. Escudriñó su cuerpo y, efectivamente, Niamh habitaba ahora su viejo caparazón. Un cambio de cuerpo que no tenía nada que envidiar al de Lindsay Lohan en *Ponte en mi lugar.*

Arqueó la espalda y se estiró, totalmente descansada y con muchas ganas de acción después de una siesta de diez años. Esa piel daba gusto. Sinceramente, había olvidado lo que se sentía no teniendo que compartir el cuerpo con demonios. Se sentía bien. Se sentía fuerte.

Lamentablemente, no podía dejar nada al azar. Su deteriorada jaula de carne no aguantaría mucho a una bruja como Niamh. Al estar las dos cerca, la naturaleza trataría de recobrar el equilibrio. Siempre lo hace.

De modo que Ciara retiró la almohada de debajo de la cabeza de su hermana y, después de comprobar que no miraba nadie, se la puso en silencio sobre la cara. Desde luego, lo suyo era de psicólogo, pensó para sus adentros. Freudiano. Eso sí que era la muerte del ego.

Niamh no forcejeó; tampoco podía. Ciara presionó más fuerte hacia abajo.

—Esto es lo que pasa por obligarme a ser siempre la Spice Deportista, hija de puta —dijo Ciara.

Agradecimientos

Realmente hace falta un aquelarre para escribir un libro. Me gustaría dar las gracias a mis agentes Sallyanne Sweeney, Marc Simonsson e Ivan Mulcahy por permitirme pagar la luz todos estos años. Sallyanne creyó en *Las brujas de Su Majestad* incluso cuando yo no creía. Lo hemos conseguido. A Paradigm, en Estados Unidos (sobre todo a Alyssa Reuben y Katelyn Doherty); significa mucho para mí tener por fin un hogar al otro lado del charco. Era uno de mis últimos obstáculos y finalmente lo he superado. El mundo de esta novela me absorbió por completo. Me volví la sexta miembro del aquelarre. Estaba poseída y muchas veces pensé que me había vuelto loca. Fue crucial que otras dos mujeres se sintiesen igual que yo. Natasha Bardon y Margaux Weisman: vuestro entusiasmo fue importantísimo. Me sentí totalmente reafirmada en mi obsesión.

A todo el mundo en Harper Voyager y Viking Books, muchas gracias. A cada publicista, cada becario, cada profesional de marketing, cada redactor (gracias, Jack Renninson, Vicky Leech Mateos y Mayada Ibrahim) por trabajar incansablemente para hacer el libro lo mejor posible. Gracias especialmente a Helen Gould por tu valiosa labor como lectora de sensibilidad. Gracias a Holly Macdonald y Lisa Marie Pompilio por vuestra portada.

Un nombre que mis lectores habituales reconocerán es el

de Samantha Powick, que siempre es la primera persona en leer mis novelas. Cuando te entusiasmaste tanto como yo con *Las brujas de Su Majestad*, supe que había dado con algo especial. Muchas gracias. Gracias a Darren Garrett, Kerry Turner y Max Gallant por dejarme utilizarlos también como cajas de resonancia durante todo el proceso. ¡Gracias a Samantha Shannon y James Smythe por sus charlas acerca de trilogías de libros de fantasía!

Por último, gracias a TI, querido lector. *Coven* («aquelarre») viene del latín *conventio* («convención»), y eso es lo que somos: una delegación de lectores, fans, brujas, mujeres y personas *queer*. Si este libro ha conectado contigo como conectó conmigo, eres de los míos, y yo soy de los tuyos.

«Para viajar lejos no hay mejor nave que un libro».

EMILY DICKINSON

Gracias por tu lectura de este libro.

En **penguinlibros.club** encontrarás las mejores
recomendaciones de lectura.

Únete a nuestra comunidad y viaja con nosotros.

penguinlibros.club

 penguinlibros

f editorialmolino

X EdMolino

© editorialmolino

▶ penguinlibros

⑧ penguinlibros

Este libro se terminó de imprimir
en el mes de noviembre de 2022.